《诗探索》编辑委员会在工作中始终坚持：

　　发现和推出诗歌写作和理论研究的新人。

　　培养创作和研究兼备的复合型诗歌人才。

　　坚持高品位和探索性。

　　不断扩展《诗探索》的有效读者群。

　　办好理论研究和创作研究的诗歌研讨会和有特色的诗歌奖项。

　　为中国新诗的发展做出贡献。

诗探索 ④

POETRY EXPLORATION

作品卷

主编 / 林莽

2016年 第4辑

作家出版社

学术主持机构
中国当代文学研究会
北京大学中国新诗研究院
首都师范大学中国诗歌研究中心

《诗探索》编辑委员会
主　任：谢　冕　杨匡汉　吴思敬
委　员：王光明　刘士杰　刘福春　吴思敬　张桃洲　苏历铭
　　　　杨匡汉　陈旭光　邹　进　林　莽　谢　冕

《诗探索》出品机构： 北京人天书店有限公司
社　长：邹　进

《诗探索·理论卷》主编： 吴思敬
通信地址： 北京市西三环北路 83 号首都师范大学
　　　　　　中国诗歌研究中心《诗探索·理论卷》编辑部
邮政编码： 100089
电子信箱： poetry_cn@163.com
特约编辑： 王士强

《诗探索·作品卷》主编： 林　莽
通信地址： 北京市朝阳区 100026 信箱 156 分箱
　　　　　　中国诗歌研究中心《诗探索·作品卷》编辑部
邮政编码： 100026
电子信箱： stshygj@126.com

目 录

2016 年《诗探索》奖专栏

汉诗新作

探索与发现

驻校诗人冯娜专栏

2016 年"人天华文青年诗人奖"获奖诗人作品选

获奖诗人张二棍（山西）

作者简介

张二棍，本名张常春，山西代县人，生于 1982 年深秋。现就职于某地质队。有诗作散见于《诗刊》《诗潮》《诗歌月刊》《扬子江》等刊物，有作品被选入多种选本。曾参加诗刊社第三十一届青春诗会，获得过 2015 年度《诗刊》青年诗人及小众文学奖等。出版有诗集《旷野》。山西文学院签约作家。

获奖理由

诗人张二棍是一位有着深厚人文情怀的诗人。他的作品平实、厚重，灵动而不矫饰，细微处见大场域，在现实的呈现与思考中触动读者的心灵。鉴于他所取得的诗歌成绩，特授予他 2016 年人天华文青年诗人奖。

获奖诗人聂　权（北京）

作者简介

聂权，1979 年生，山西朔州人。诗刊社编辑。有作品见于《人民文学》《诗刊》《星星》《扬子江诗刊》《诗江南》《诗潮》《诗歌月刊》《中国诗歌》等刊物及《2003 中国诗歌精选》《2010 中国年度诗歌》《当代新现实主义年选》等多种诗歌选本。曾获中国·星星 2010 年度奖。诗集《一小块阳光》入选中国作协重点作品扶持项目。办有"诗藏阁"公微。

诗人聂权是一位心灵温暖的诗人。他的诗歌语言朴素，叙述简洁，在日常事物中发现诗意，诗中的疼痛感与爱，体现了诗人心灵深处的终极关怀。鉴于他所取得的诗歌成绩，特授予他2016年人天华文青年诗人奖。

获奖诗人武强华（甘肃）

作者简介

武强华，女，1978年9月10日生，甘肃张掖人。有作品发表于《人民文学》《诗刊》《星星》《诗探索》《飞天》《诗选刊》《中国诗歌》《诗潮》《散文诗》等多家刊物，并入选多种诗歌选本。曾参加《人民文学》第三届"新浪潮"诗会、诗刊社第三十一届青春诗会。获得《人民文学》2014青年作家年度表现奖、诗刊社2014年度"发现"新锐奖。出版诗集《北纬38°》。

获奖理由

诗人武强华是一位有悲悯情怀的人。她的诗缘于生活的感知与领悟，境界开阔，语言充实、清晰，于细微处见真情，她的作品具有很好的可塑性。鉴于她所取得的诗歌成绩，特授予她2016年人天华文青年诗人奖。

【张二棍诗文】

文化与生活的共振写作

张二棍

一个人活着，他的门前有不可更改的山水，他的一生屡次落第，或者，被反绑着离开洪洞县，这些都是他无法选择或把握的生活。

一个人活着，举杯邀明月，读红楼，晨临米元章。实在没条件，就冥想，或念一声阿弥陀佛。这应该就上升到文化的范畴了。

那么，问题就滚滚而来。最后我们会发现，许多生活经验和文化经验是交织的，撇不清理不顺，譬如现在我哼着小曲，"草原上只留下我的琴音"，生活的草原和文化的琴音之间的关系是没办法分开的。苍茫草原只有搭配呜咽的马头琴才像回事，架子鼓和钢琴是不能成立的。也就是说，什么生活诞生什么文化，这是相应的。这就不得不说，生活制约了文化，文化有时候很被动，稻田里插秧的爹娘不可能去听交响乐。再回头一想，文化经验也可能牵动生活。譬如苏东坡，因为他读书太多太透彻，早就机智地看穿了一切，就算贬谪岭南，依然没完没了自寻乐子，要是换作你我，是熬不住的。这个例子，又是文化经验点亮了凄凉生活的烛光。

磨叽这么久，太危险了。不妨回到诗歌写作中探讨一下生活与文化。我们大部分人都有着被动的生活，不得不负担或者承受些什么，生活是我之外的客体，就像身体是精神之外的客体一样，我们做不到绝对的超然和剥离。而写作，应该就是不断摆脱客体的过程。也就是说，我们需要让文化经验更主动一些。茅屋为秋风吹破了是生活，但我们需要构筑"雕栏玉砌应犹在"的高贵内心。这就是一个诗歌写作者的自我塑造和追求。

我们用文化经验修改和干扰着生活，形成一种诉求了，我们的写作才能更加广阔厚重。是的，作为一个诗人，我有话要说，我体内的孔子、杜甫、岳飞有话要说，这是文化对我们的馈赠。我体内的孤儿、疯子、溺水者有话要说，这是生活给我们的启示。如何让孔子如同孤儿般无助，疯子仿佛杜甫般忧患……这就成了，当文化和生活形成共振，一个诗人就成立了，甚至是值得期待的。

话说得差不多了，一瞅，字数不够啊。那就凑几句前几天的只言片语吧，算是个人生活与文化经验的体悟，拿来探讨，多担待！

□ 我们要避免向语言献媚，要努力为生活致敬。现实远比所有语言所能繁殖的东西更悖谬，更狗血，也更精彩，更具歧义。

□ 有时，我是诗歌的遗体。

有时，诗歌是我的亡魂。

□ 写诗当开门见山，还要去看山的风骨、性情，山巅缭绕的云雾，大雾中走动的神与兽。

□ 与打仗类似，诗歌即战场。应当让诗人先撤退。诗人不是语言的长官，他是分行时，被折断肋骨的伤员。

□ 在河之洲，或者跑马溜溜的山上，你说说，哪个句子更高级？

□ 时间是个老中医，它比一切批评家更懂得望闻问切，它会让一些诗歌活下来。

□ 好诗人应该是个狙击手。隐忍，冷静，有一击必杀，然后迅速抽身的本能。

□ 世界上许多事物，配得上千言万语去描述，所以有了小说或者散文。

还有许多事物，他们不得不沉默无言。这就需要诗人携带着诗歌出来，当作呈堂证供。

□ 世界是越来越残缺的，而一个诗人的一生都要在内心中竭力恢复完美。这很虚无，也很实际。……我们在完成上帝遗留的工作。

□ 请饮下这杯药酒，饮下这杯泡着阳具、头颅，乃至尸体的酒。

请读完那首诗歌，读完那首带着体温、呼吸，乃至心跳的诗。

□ 写诗，犹如挑灯夜行，亦如负荆请罪。

□ 三个和尚没水吃，三个诗人呢？

□ 给诗人一间 KTV 包厢，也许他会变成庙宇，我说的是，也许。

□ 如果尊重读者

请把姿势抬起来，把态度放下去

如果尊重诗人

请允许他不学无术，指鹿为马

□ 读完你的下半身诗歌，我愿意削发为僧，焚香礼佛。

读你口语诗时，我如读《春江花月夜》一般，情不自禁摇头
晃脑。

——这大概就是好诗了

□ 气场足够强大的人，可以在诗歌中，拥有宗教、军队，甚至朝
廷、律法。

□ 画匠，入殓师，奸细，铸剑者，自虐狂，（　）（　）（　）……

对于诗人，我已经找不到更好的形容了，来来来，你也来补
充吧

□ 写一首诗，就像奔赴一场冥冥中永无期限的约会。我们的约会
对象，是一个素不相识的老鳏夫，或者是一只病倒的即将被宰
的驴子，也或者，就是那个落日下投射在崖壁上巨大扁平的
影子。

□ 诗人勘验过的现场，不会放过任何蛛丝马迹。

诗人爱过了的人，不会再爱诗人。

□ 给强者一个杠杆，他能撬动地球

给弱者一首好诗，他能改变自己

张二棍诗六首

六　言

因为拥有翅膀
鸟群高于大地
因为只有翅膀
白云高于群鸟
因为物我两忘
天空高于一切
因为苍天在上
我愿埋首人间

在乡下，神是朴素的

在我的乡下，神仙们坐在穷人的
堂屋里，接受了粗茶淡饭。有年冬天
他们围在清冷的香案上，分食着几瓣烤红薯
而我小脚的祖母，不管他们是否乐意
就端来一盆清水，擦洗每一张瓷质的脸
然后，又为我揩净乌黑的唇角
——呃，他们像是一群比我更小
更木讷的孩子，不懂得喊甜
也不懂喊冷。在乡下
神，如此朴素

默

大水漫岸。大水退去。

诗探索4　作品卷　2016年　第4辑

大水没有冲垮房屋
没有淤平田地
没有带走牛羊
1961 年没有
1980 年没有
最近也没有

甚至，没有大水
没有地震，瘟疫，战乱
这生机勃勃的村庄
这沉默如谜的人们
没有一个祖父厌世
没有一个父亲虚无

在这里，我学会
写春联，编鱼篓，杀鳝
我学会不动声色的
埋葬溺水的亲人。我和所有的水
没有敌意

有间小屋

要秋阳铺开，丝绸般温存
要廊前几竿竹，栉风沐雨
要窗下一丛花，招蜂引蝶
要一个羞涩的女人
煮饭，缝补，唤我二棍
要一个胖胖的丫头
把自己弄的脏兮兮
要她爬到桑树上
看我披着暮色归来
要有间小屋
站在冬天的辽阔里

2016 年『人天华文青年诗人奖』获奖诗人作品选／／2016 年《诗探索》奖专栏

顶着厚厚的茅草
天青，地白，
要扫尽门前雪，洒下半碗米
要把烟囱修的高一点
要一群好客的麻雀
领回一个腊月赶路的穷人
要他暖一暖，再上路

静夜思

等着炊烟，慢慢托起
缄默的星群
有的星星，站得很高
仿佛祖宗的牌位
有一颗，很多年了
守在老地方，像娘
有那么几颗，还没等我看清
就掉在不知名的地方
像乡下那些穷亲戚
没听说怎么病
就不在了。如果你问我
哪一颗像我，我真的
不敢随手指点。小时候
我太过顽劣，伤害了很多
萤火虫。以至于现在
我愧疚于，一切
微细的光

水库的表述

1
故乡有十一座小水库

诗探索 4　作品卷　2016 年　第 4 辑

死过很多人
死在夏天的
要多一些
死的女人
要多一些

我一直认为，死于夏天的
女人，更伤心。你看，白莲一片片多美好

2
在北方的冬天
欲死于水
必先破冰
这是力气活儿

——这是一种耕田男人的笨办法

3
童年，我见过玩伴溺于水库的泥沼
水草裹着他的身体
宛如胎衣。第二日
邻村疯女，去水库看热闹
于岸边，产一女婴
脐带绕颈，死

经商量，俩童合葬

——是年，水库清淤
得鱼千斤
村人分之，大喜

4
我曾数次骑驴穿过芦苇丛

有时，是驴惊飞了水鸟
有时，是水鸟惊了驴

——但它们永不互相伤害

如同，迷路的人，不伤害
黄昏的宁静。死亡的人，不伤害
误入鱼篓的鱼

5
也死过两个水库员工
我都认识。其一青年
刚去几天就死在火中
浑身焦煳，费了公家
几斤柴油。其一老迈
水库巡逻多年，吊亡
自己的绳，无主的树

——他们都没有死于水，但他们
在水边徘徊过吗？

6
肯定有人杵在屋檐下
翻来覆去，想
夜深时，奔向水库
肯定有人在堤岸上
来来回回，走
鸡鸣前，折回村庄

肯定有许多守口如瓶的秘密
溶化在水里
肯定有许多冰
沉在湖底，终年不化

诗探索4　作品卷　2016 年　第 4 辑

肯定有许多人
埋着头，走动在乡村里
木讷，憔悴
仿佛魂丢了，丢在哪里

7
有的人活得毫无道理
就选择了水

有的人，死得毫无道理
——可能是水，或者
水鬼，选中了她们吧

都过去了。她们的亲人
种稻，挖藕。青啊黄啊的
一方方水田，明晃晃
都是村庄的创可贴

8
这里有二十三种水鸟
它们都有乡下的名字
一白天不叫的那种
长脖子，头顶一圈儿白
可以很久地埋在水里
我们喊它，孝子

不要在黄昏时，大声喊它们
不吉利。更何况，天黑下来
只要你叫，它们就会一声声
答应你。像心疼你的人

9
有没有一种鱼

会说话
和她们，家长里短说一说
有没有一种鱼
会说我爱你。请说给
那些好看的
殉情的女人，听

10
钓鱼的时候，蚯蚓是诱饵
捕一只鸟的时候，鱼是诱饵
要想捕天边那一群鸟
拴住翅膀的这一只，就是诱饵
……
许多人活下来了
瞎眼眼六爷
老寡妇宽女
……
这些最苦的人啊
是我们活着的诱饵

【聂权诗文】

器皿中的神奇之物
——生活经验与文化经验

聂 权

2016年『人天华文青年诗人奖』获奖诗人作品选 /// 2016年《诗探索》奖专栏

一

身之所历，眼中所见，是铁门限。

一个诗歌写作者的生活经验与文化经验的深度和广度，决定他能走多远。

二

曾在一个小访谈中，将自己这几年做诗歌编辑的选稿标准，同时也是自己看重的诗歌中的一些要素列了出来：

情感的冲击力或渗透力，体验生活、生命的深度，思想深度，格局，语言的成熟度，骨力，意义上的张力，独特性，开拓性，气息，技巧，有根与否，是否有余味，是否对当前的创作探索有贡献，作者的积淀、情怀气度、思想素养，是否形成个体风格，是否形成自己的体系。

看到今年的这个命题，忽然想到，这些，绝大多数是从生活经验、生命体验和文化经验中来的。

三

有根，作品才能在毫不留情、铁面公允的时间判官的身体里存留得久一些。

诗歌的根，应该在国家与民族的历史、文化的积淀中，在集体与个体心理的交融中，在我们的生活中。

写作者不重视生活经验，就无从获得深层的真切的生活与生命体验；不尽可能深入地贯通文史哲，且可跳得进去，脱得出来，就无由获得支撑作品长久屹立的根基与精髓。

吴冠中说，笔墨等于零。

苏轼有诗云："论画以形似，见与儿童邻。赋诗必此诗，定非知诗人。"

唐人重言外之意、象外之象、味外之味、意外之韵。严羽在《沧浪诗话》里说得好："盛唐诸人惟在兴趣，羚羊挂角，无迹可求。故其妙处透彻玲珑不可凑泊，如空中之音、相中之色、水中之月、镜中之象，言有尽而意无穷。"

一首诗，如果读者读过许久之后，忘记了它的语言、结构、表述方式等，却能记得它表达的情感或意味，记得它的余味，它一定是一首不错的诗。

余味的获得，来自于写作者对自己与自己、自己与他人、人与自然、人与社会等关系的内在的探讨。不以生活为师，不以森罗万象为师，无由获得这些探讨的深入的结果。

叶燮《原诗》中有云："大约才、胆、识、力，四者交相为济，苟一有所歉，则不可登作者之坛。"才气，其实多来源于阅读与生活的积淀与融会。生活经验、生命体验和文化经验的多寡，内震外烁，成我们可以感知的一个人的才气。力，更多的是坚持力、对理念的执行力，不在生活中培养毅力，不在博观、深思、慎取得来的文化经验中得开阔眼界，确定正确道路，力无倚撑，写作者终难走远。

"活"到什么境界，"写"就到什么境界。

——对于有深厚功底的写作者来说。

生活、生命体悟到了什么境界，修养到了什么境界，情怀和气骨到了什么境界，写作才可能抵达相应的境界。

而深度的生活、生命体悟中，相当大的一部分来自于间接经验中的文化经验。

叶燮《原诗》中有一段话："我一读之，甫（杜甫）之面目跃然于前，读其诗一日，一日与之相对；读其诗终身，日日与之相对也；举苏轼之一篇一句，无处不可见其凌空如天马，游戏如飞仙，风流儒雅，无人不得，好善而乐与，嬉笑怒骂，四时之气皆备：此苏轼之面目也……余尝于近代一二闻人，展其诗卷，自始至终，亦未尝不工，乃读之数过，卒未能睹其面目若何，窃不敢谓作者如是也。"不独叶燮所处的时代如是。新诗一百年间，从作品整体可窥诗人情怀面目的，不过几人。抵达这种境界极难，难处，不在写作者是否有呈现自己面目的意识，更难在写作者在作品中呈现的生命个体面目是否有足够的情怀、气度、学养、识见、人格魅力等，可以让读者愿倾心，愿于思想中与之促膝相对或仰望。

"世事洞明皆学问，人情练达即文章。"好的诗人，会在这样的由万事万物万象与人构建的宏大世界的学问与文章的基础上，在生命个体的修炼中，养就其他生命个体可以追循的思想和人生境界。

功夫，真在诗外。

四

作诗无定法，无论哪一种方向的写作，都可能抵达诗歌的高峰。

然而，一定有一个类型的作品，最接近诗歌的本质；最接近诗歌本质的作品，一定是最好的可以传世的作品。

找寻诗歌本质的过程很艰难，像我们找寻生活的本质一样艰难。

找寻到了生活的本质，诗歌的本质可能就找到了。

在找寻生活本质的过程中，生活经验的体悟、文化经验的积淀，是两种不可少的工具。

五

曾经听我很敬重的一位诗人说起他大量写作长诗的缘由。

"写到一定程度，短诗就放不下了。"

他的声音轻而安定，在我耳边却如一阵隆隆雷声。

那是一种令人向往、艳羡的境界。

太满。要溢出来。要成为大河大海。

竟然可以这样。

生活、生命的经验，文化经验，就是蓄积在诗歌这只美轮美奂的大器皿中的支撑诗歌涌流的根基，是一种神奇之物。

聂权诗八首

春　日

我种花，他给树浇水

忽然
他咯咯笑着，趴在我背上
抱住了我

三岁多的柔软小身体
和无来由的善意
让整个世界瞬间柔软
让春日
多了一条去路

理发师

那个理发师
现在不知怎样了

少年时的一个
理发师。屋里有炉火
红通通的
有昏昏欲睡的灯光
忽然，两个警察推门
像冬夜的一阵猛然席卷的冷风

"得让人家把发理完"

诗探索 4　作品卷　2016 年　第 4 辑

两个警察
掏出一副手铐
理发师一言不发
他知道他们为什么来，他等待他们
应已久。他沉默地为我理发
耐心、细致
偶尔忍不住颤动的手指
像屋檐上，落进光影里的
一株冷冷的枯草

浮桥上的月亮

再没有比它更高的浮桥了。
而人们忙忙碌碌，只顾
重复每日脚步。但还是
有人
仰头，注意到
那轮红色的月亮
它竟然那么大那么圆
散发与现实对应的
梦境一样的光彩——
兴奋地，对身边的男孩大叫了一声
把手指向了它

铁卵池

齐白石画
梅花草堂
梅花
如漫天雪

画堂、作品、藏品毁于一旦
朱屺瞻老人

2016 年『人天华文青年诗人奖』获奖诗人作品选 /// 2016 年《诗探索》奖专栏

于原址插疏篱
重建草堂，于其旁
疏凿日军炸弹所留深坑为池

——如今，池中水绿
睡莲低矮，开得美艳

三峡大坝旁

屈原祠不再
诗人毛子兄说，他还记得
孩童时，走在江边
有江猪子此起彼伏地追逐
和他一起前行
像满怀兴奋的
顽皮油亮的小男孩小女孩。
江猪子，形同白鳍豚
只是色黑

鱼越来越少，好多年没看到它们了
他的语调，仿佛是在长久地呼唤
濒临危亡的江猪子：春天，两岸花盛开
它们要离开家园
逆流穿过西陵峡
穿过巫峡
瞿塘峡
万里洄游，到奉节，清澈的源头产卵。
它们，前仆后继地撞死在
突然矗立无法逾越的水泥上

四个人的下午

一个女孩

诗探索 4　作品卷　2016 年　第 4 辑

在六年前的出租屋，我的隔壁
门前站着，敲，咚咚，噔噔
一个下午

昏黄的光线煎熬而又漫长
像炒锅煎煮小黄鱼。
数次探头，看到她马尾辫的油亮

"我知道你在里边！"有时她发出呼喊
而里边的两个人一声不吭

忽然想起她，是想起
她的伤心、绝望和坚持
是基于
多美好的一份情感的
不死心和期望

惘　然

傍晚那轮又大又黄的圆月
让我们猛然抬头
诧异而欣喜
而走着走着
忽然看不见它了

它还在某个地方，但我们生起
恍有所失的惘然

我们是多么易于
患于得失，即使身旁不易察觉地
运行着庞大的爱的世界
像那轮满月。

相亲的老男人

封闭的相亲室里，对方还没有来
他倦了，一个人

宽大的扶椅上
有一刻仿佛睡着了
房间仿佛
无限地变大，疲乏的骨节和肌肉
宇宙间无限地蓬松放大

耷拉的眼睑沉重
仿佛已到庞大的暮年
仿佛已停靠白发昏沉的岸边
仿佛心中有许多小火焰，小火焰
把一些细语讲给他听
不关悲喜，只是轻声的，一些
轻声的絮语
仿佛，一生已完满地历尽
熨帖的洪水慢慢向他淹来

【武强华诗文】

胆小鬼、医学生或异己者

武强华

我出生在河西走廊祁连山下的一个小村庄，十五岁之前，从未离开过那里。我天生胆小，害怕和厌恶一切鼠类，老鼠、松鼠、竹鼠、袋鼠以及一切与鼠有关的东西，我都避之不及。延及捉鼠的猫、长得贼眉鼠眼的人，因为他们身上有几分鼠气，我都不喜欢。甚至写下这一段文字，我也是强忍着内心的憎恶。但当我回顾自己并不丰富的半生经历时，这几乎又是一个无法回避近乎痼疾的性格特征。小时候在大人们面前我一直是个羞涩、胆小的姑娘。家里来客人，我常常躲进角落里，把自己小小的身子藏在大铁皮盆的后面，有时候一藏就是一下午，直到客人离去我才会出来。常常一个人去幽深无人的小树林小溪边采蘑菇，对那种野蘑菇的味道有极其敏感的嗅觉，直到现在，走在野外，我都能够凭着嗅觉在非常隐蔽的地方找到那种蘑菇。似乎童年时我就是一个远离人群的人，一个喜欢沉浸于自我世界的人，只有在一个人安静的世界里我才具有丰富的想象力和敏锐的感觉。这应该遗传于母亲，她不但给了我天生敏感的体质，也给了我惧怕鼠类的胆小怯懦。

但我常常想象自己由高处往下飞，犹如蹦极，或在山巅，或在飞机上，或在无底洞口，害怕极了，但还是义无反顾地往下跳，霎时间脑袋轰的一下，心脏骤缩，继而魂飞魄散，豁然开朗。一次又一次，在想象中挑战自己，把自己置于风口浪尖，绝境之地，然后带着粉身碎骨的快意跳下去。这种想象也时常作为写作中打开自己的一种意念尝试。危险的尝试借助于想象，是释放，是意淫，也是自救，我在一场想象飞跃的游戏中，试图战胜怯懦，也在试图打开更广阔的思维空间，让思想和文字自由结合，脱胎换骨地飞。

现实总是很无奈，一个从小怕老鼠，怕见血，怕打针吃药的人，别

2016年『人天华文青年诗人奖』获奖诗人作品选／／／2016年《诗探索》奖专栏

无选择地进了医学院，成了一名医学生。很多次，当我的同学们围在人体标本周围观察人体的时候，我总是站在最后面，不敢靠近。很多次，解剖学老师举着一根人骨标本提问的时候，我正沉迷在文学典籍之中。我认得那是一根腿骨，但我说不出那些凸凹和结节的医学名称，也记不住寄生虫和药品的拉丁文字母，因此常常被罚站，有时候一站就是一节课。但我并不认为罚站是坏事，站着比坐着视线要开阔得多，我喜欢站着看窗外的景色，幻想自己走出了课堂，走进了田野、树林和教堂。也正是在百无聊赖的医学课上，我发现了诗歌会给我一种与读小说和散文不一样的兴奋感，这种简洁的分行文字非常契合我内心的表达方式。

1996年，我在敦煌医院实习了一年。这貌似普通的一年，却是我内心发生巨大变化的一年。医学不再局限于书本而完全进入生活，出生、死亡、疼痛、血污、伤口全部以其真实的面目呈现于眼前，无法逃避，不称职的医学生在措手不及中不得不以战胜自己的决心履行职责。在手术台上切开孕妇的肚皮，抱出啼哭的婴儿；在显微镜下，一针一线缝合断裂的神经；切开窒息者的气管、拿掉发炎的阑尾、堵住喷血的血管、切掉肿胀的盲肠……医学几乎以强暴的方式让我接纳了它。

工作后，改了行，我以为从此彻底摆脱了医学。而实际并非我想象的那样，谁也不能摆脱疾病、疼痛和生老病死。命运没有固定的方程式，不喜欢的东西也会变得刻骨铭心。这些年，当我书写世间万物，书写生活的时候，我发现我的文字始终也绕不过那些源自生命的疼痛。人体、骨骼、药、病痛、器官，这些词出现在我脑海中时往往会成为具体的物象。当我面对一个人的时候，总是会产生透过外表看内质的想法，甚至只要用心，他们的肢体和器官都会像标本一样呈现在我的眼前。熟悉的朋友常常调侃说："我知道，你了解我们的身体。"然而正因为这种了解，我希望更深地探究这个世界光鲜外表下的病灶、隐患、伪装和支离破碎。

曾经有十年，为了生存，我一直没有写诗，医学院写下的东西全部封存箱底。那时候的生活空间非常闭塞、狭小，远离了读书，整天陷于应付繁杂的行政事务，需要学习的是一种适应工作和生存的实际技能，而诗歌几乎是软弱无用的，甚至在那种环境中被提及都会遭到嗤笑。我只能妥协，不让自己成为一个与现实格格不入的人。一晃十年就过去了。2008年，当我再一次开始写作时，我感觉文字有了贴近生活的真实和疼痛感。上学时，我一直以为我热爱的写作和我面对的生活不是一

诗探索 4　作品卷　2016年　第 4 辑

回事，甚至以为写作比生活更崇高，更有意义。但现在，我觉得写作和生活本是血肉关系，不可分割，写作必须来源于生活，而生活更重要。这些年，诗歌也以其神奇的穿透力渗进了我的血液。读也罢，写也罢，梦也罢，醒也罢，已经成了一种思维和生活模式，无法割舍。有时候想想，诗歌于我到底有什么意义，恐怕一时难以说清楚，正如诗人李南所说："诗歌什么也不是，同时什么都是。"是诗歌给了我剖开生活、剖开内心的勇气，也给了我一颗敏感的心。

我不是我，我常常这样想，常常感觉自己是另一个人、另一种事物。是的，当我写下诗句，替万物述说忧伤、快乐和疼痛时，我感觉自己和山川、草木、铁器、虫鸟、走兽都是一样的；我不是我，我是女人、妻子、女儿、母亲、小职员、小市民，现实生活并没有确认我的诗人身份。当然我也并不需要去得到确认，诗在内心，借助文字物化成形时，它有它自己的命运；我不是我，当我这样想时，我才能写作，必须分离出另一个自己，让她脱离了思想和肉身的桎梏，让她以另一种形式真实存在，我才能与诗歌像与我自己本身一样，保持最亲密的关系；我不是我，唯有保持自我意识的游离性，我才能更好地介入语言和现实的缝隙里。一旦想给自己的身份明确定位，就有绳索紧紧地把我捆绑在一处。这个异己者，并非虚幻的出窍灵魂，她是另一只手，另一双眼睛，另一颗跳动的心，以无形之力游走在现实与思想之间，于我自己而言，她比现实的自己更真实、更具体、更自由、更大胆。但异己者注定是个矛盾体，她不断演绎着与现实身份的重叠与分离，再重叠与再分离。

在遥远的青藏高原边缘地带生存与写作，我的想法有时单纯得就像一株芨芨草。但我也有自己独有的精神世界，面对天空和大地，在诗中我执守内心的这一份孤独和宁静，正如童年时一个人去密林深处采蘑菇，寻寻觅觅，冥想沉思，时而沉默，时而惊喜。辽阔的西部苍穹也给了我西部特有的辽阔与粗犷，雪山的高远洁净，大漠的辽阔苍凉，像血脉一样渗透在一个人的身体和灵魂深处，但我并不想把地域性作为自己写作的文化标签，希望内心无限大，可以包容宇宙和世间万物。

写作是一种深刻的生命体验，胆小鬼、医学生或异己者，现实中身份的不断演变，也随着阅读和冥想的不断升华和拓展，有了全新的诗歌体验。我不确定这段文字是否偏离了经验的主题，也许它只是涵盖了一部分生活经验和文化经验。但相对于经验我更喜欢体验这个词，无论是写作风格还是写作经验，我希望写作永远是一种新鲜的生命体验。

武强华诗八首

黑河大峡谷

山上的雪水，白天汇合成刀子
在夜晚切开山体
不需要无影灯，也不需要旁观者
但我们需要在天黑之前进山
坐在山顶上，去听
哗哗流淌的血液
发出二十七种黑色的回声

在回声里
身体的化石渐渐复活
我们变成鱼
和正在游过峡谷的青海裸鲤一样
柔软，冰凉
有真正的绕指柔

山色尽

黄昏
女人脱掉衣服，在河水的源头俯下身子
山褪掉豹皮，袒露出腹肌和胸部的肉
野兽只能在远处观望，却不能去打扰
这近乎野蛮的仪式……

这一切与神无关
但令兽类最原始的欲望

诗探索 4　作品卷　2016 年　第 4 辑

也感到惊惧

甘南一夜

深秋，在甘南的某个小镇上
凌晨某刻，一个叫阿桑的流浪汉
在街边醒来，突然看到自己的身体
一团火，正在熊熊燃烧
他吓坏了。以后无论他躲到什么地方
醒来时都会看到周围人们惊恐的眼睛
他筋疲力尽，快要疯了
分不清自己是佛还是魔
每个晚上，他都想
浇灭自己身体里的火
或者干脆杀死自己

这是藏人扎西讲给我的故事
我讲给舒听。这时
正是深秋时节，在郎木寺的一间小客栈里
只有我们两个女人，围着火炉
舒说：这么冷，为什么不喝一杯呢
出去买酒。月光很亮
山坡上的寺庙已经睡了
山顶上的天葬台和月光一样，白得一丝不挂
我们不知道会不会遇见那个身体着火的人

每人二两青稞酒
躺在客栈二楼小木屋的床上
乘着酒意
我们第一次说起
那些想和我们上床的男人

——他们

2016年『人天华文青年诗人奖』获奖诗人作品选 /// 2016年《诗探索》奖专栏

或者其中的一个
如果半夜醒来
看到身体里的火
会不会产生杀死自己的想法

春风浩荡

风从山岗上下来
每一次吹拂
都暗含窥探之心

风没有翅膀，但它在天空中飞
也在我们的身体里飞
并成倍繁殖着速度
身体里的那些虫子、蝴蝶、鸟雀
还有本身酥软的骨头
因急于发现另一个自己
而显得有些不知所措

在湖边，我看不透一支芦苇的内心
只能从她摇曳的腰肢上
看见那只手，野蛮的力
乘着她走神时的一丝心旌荡漾
打开了她身体里的另一扇门

我可能和她一样
一不小心
就会爱上这世上最邪恶的东西

傍晚经过米拉日巴佛阁

暮色从对面山坡上漫过来了

诗探索 4　作品卷　2016 年　第 4 辑

晒经台上还反射着一点光亮
最后的金色像一滴黏稠的泪珠
就要从米拉日巴佛阁之上滚落下来

从这座桥上过去，用不了多久
我就能和转经的人群相遇了
但这段距离之外仍有隐形的距离
使我无法阻止身体里的那些慢，停下来
平息自己

假如跟得上
我能不能在顺时针的人流里
和他们一样，掏空身体里的那些杂物
去承接那滴灯一样的泪珠呢

假如，就这样
我把自己锻造成薄薄的银盘，等着
日落以后，那咣啷的一声清脆会落下来吗

红　尘

也许前世与今生的距离
就是我和他肩膀之间的距离
我们并排走着。阳光落在他赭红色的衣服上
酥油的味道，从融化的旧时光里蒸腾出来

庙堂之间，两个身影
并不能使石块铺就的小路从低沉的呢喃中
瞬间醒来。但渐渐呈现的温热
就要使十月的众神从经堂之上来到人间

其实，中间也发生过几次轻微的碰撞
他的肩膀上那些细密的尘埃

2016 年『人天华文青年诗人奖』获奖诗人作品选／／2016 年《诗探索》奖专栏

被我不小心惊动，在白光里漂浮了一会儿
刹那又归于沉寂

"人为什么烦恼?"
是欲望
是贪，是嗔，是痴
还是深不见底的宿命?

——我并不想从他口中得到答案
其实，谈论什么都是多余的
这个上午，我和一个叫丹增的喇嘛
都试图从红尘中全身而退

拒　绝

起身离开的时候
一个男人挽留了我
多么及时
夜色还未抵达深渊
酒精还未将我麻醉
众人关于生活趣事和文艺创作的主张
才刚刚使我感到厌倦，他刚好
给了我一次说不的机会
让一个在饭局上沉默已久
如坐针毡的女人
轻而易举地
通过拒绝一个男人
拒绝了整个世界
强加于她的全部理论

替一个陌生女人表达歉意

我暗恋过他的那些年

诗探索4　作品卷　2016年　第4辑

他正疯狂地爱着另一个女人
长发，温柔，白净
每一个男人都可能迷路的陷阱
他也深陷其中

他让我学会知难而退，学会走神
在人群中分辨另一个自己
学会虚构，在午夜昏黄的路灯下
邂逅孤独。学会给自己写信
描述不一样的眼球和隐秘的发声器
学会单相思，为一个人写诗
想怎么爱就怎么爱
这些年，没有比这更重要的事情
让我乐此不疲
迷恋，热爱，单相思，拯救
得不到的东西，继续
爱它美好的部分

尽管现在，我不可能
再去爱一个善良却懦弱的男人，却不能
对一个陌生女人抛弃掉的精神病人
不闻不问
我不会再爱，但我可以
冒充那个伤害过他的人
给他写信
替一个女人和全世界
表达歉意

2016 年『人天华文青年诗人奖』获奖诗人作品选///2016 年《诗探索》奖专栏

第六届"红高粱诗歌奖"
获奖作品及评点

获奖作者及授奖词

魔头贝贝（河南）

作者简介

魔头贝贝，本名钱大全。1973 年生于河南南阳卧龙岗。1988 年开始写诗，中间辍笔。2001 年触网后重新开始写诗。作品入选《中国新诗百年大典》等多种选本。曾参加诗刊社第二十九届青春诗会。2013年 7 月开始画画。现在河南南阳油田某单位工作。

授奖词

魔头贝贝的组诗《故园诗经》结构严谨，内容充实，情感真挚，语言现代而意蕴丰富，是一组表现故乡亲情的优秀作品。鉴于他这组优秀诗歌的创作，特授予他"第六届红高粱诗歌奖"。

吴乙一（广东）

作者简介

吴乙一，原名吴伟华，1978 年 9 月出生，广东省平远县人，当过兵。作品发表于《人民文学》《诗刊》《诗探索》等刊物，收入《中国年度诗歌》《中国诗歌精选》《中国诗歌年鉴》及中央电视台端午诗会等。曾出版诗集《无法隐瞒》《不再重来》。系中国作家协会会员、广东文学院第四届签约作家。

授奖词

吴乙一的组诗《从这里开始成长》是一组对故乡自然物，果园，月光，乡亲的爱与怀念。诗中的情感真挚，语言表达平实丰满。鉴于他这组优秀怀乡诗歌的创作，特授予他"第六届红高粱诗歌奖"。

<h1 align="center">敬丹樱（四川）</h1>

作者简介

敬丹樱，女。生于晚秋，现居巴蜀。文字见于《人民文学》《诗刊》等期刊，入选多种选本，曾参加《人民文学》第三届"新浪潮"诗会。

授奖词

敬丹樱的组诗《泥筑的窝发出橙色的光》以简洁、明朗、生动为特色，语言表达清晰、感人，生活体验很好地融入自然意象之中。鉴于她这组优秀短诗的创作，特授予她"第六届红高粱诗歌奖"。

魔头贝贝获奖诗歌作品

故园诗经（组诗）

日损经

下午四点。和老母亲散了会儿步。期间
谈到失踪的飞机，吃香椿
一定要用开水焯一下。然后
并排坐在草坡。晒太阳。听手机里《大悲咒》。无言良久。

有的沉默像墙角堆积的空啤酒易拉罐，天天增长。
有的沉默。像眼前海棠花，淡粉，风一吹，片片零落。
有的沉默像你
刚刚完成了一首诗——把痕迹交错、反复涂改的
满满一张白纸，倒扣桌面，使之看上去什么也没发生。

萋萋经

谢了的海棠。欲开的含笑。手机里传来的
般若佛母祈请文。雨水滴滴答答沉默着。

香樟枝叶间怕淋湿的斑鸠、麻雀、八哥。
天地间，怕转瞬即逝的骨肉。
又一次，撑着伞，和母亲散步。
风中柳丝嫩黄轻拂。像某种情感没法说出。

诗探索 4　作品卷　2016 年　第 4 辑

蔼蔼经

风中，拂动的柳丝仿佛在说着什么……
鹅卵石小径，不喜欢文学的母亲来回走着，没听见；我跟在后面。

孩子们故意踩踏积水，笑闹着。在一代一代的妈妈爱着的眼睛里。
身旁，昨夜淋过雨被压弯的青草又挺直了。仿佛逝者踮起了脚尖。

浅知经

菜刀剁案板的温馨。
两只碗：两朵不再互吻的嘴唇。
像在遮掩下面发生的
千篇一律的事情，乌云
蒙上了月亮的眼睛。

你睡着时雨终于像悬着的心落了下来。
默默中，室内蟋蟀唧唧亲切如
母亲的叨叨——一道
只属于我一生的闪电……

被锯过的人流入
黑暗的下水道。酒杯里，那些淡淡的脸。

清明经

晨曦中幽暗的祭品：万物。
开在相框里，笑容。一小时车程。另一生，就被抛到脑后。

然后她忙着给楼上
打麻将的做午饭。餐费二十桌钱四十。不时传来舅舅的安徽口音。

顶层露台。一口铝锅内，小乌龟趴在大乌龟背上，晒太阳。

小时候，群山怀抱中，外婆也这样用竹篓背着我，不知农药滋味。

弹指经

院内。从巢穴飞落晾衣绳，四只燕子。当我开灯。

窗外树门紧闭。只有阳光，才能打开它们的翠绿。
睡梦就是练习死。
想到一些事。那些一代一代被忘记的，化为繁星。

穿　过

卧龙岗——
　　传说诸葛亮在此隐居。后来据说是假的。
　　不管它，我还是被生出来。
　　两岁，一个姐姐披肩发。我要她，给我
　　摘那朵花。我已记不清她什么模样。
　　我第一次吃到面包。
　　飞机在头顶每天轰隆隆响。

白荡闸——
　　把手伸进洞里摸老鳖却拽出一条蛇妈妈呀。
　　舅舅挑着箩筐，一头是弟弟，一头是我；
　　不远的小山丘，一匹狼；
　　抽出扁担瞪着它直到它长嗥一声走远了舅舅一屁股坐地上。
　　五月，山坡的灌木丛，偶尔能发现草莓
　　——"那是蛇吃的，人吃了，会毒死的"——
　　外婆说那叫"蛇果"。"大头大头，下雨不愁"——
　　他和我们邻居，他傻。

炸药库——

　　我始终没看到过炸药。

　　我只记得兔子和桃子。

　　割罢麦，兔子满坡地乱窜。

　　用枪打，用夹子夹。

　　桃子不中看，龇牙咧嘴的。但红，但甜。

　　兔子被剥皮。瞪着眼，鲜血淋漓。

双石碑——

　　我也始终没看到两块石碑。

　　我只记得皮带和耳光。

　　我只记得欺骗、伪善、脑浆。

　　从窑里往外搬砖。除了眼球是黑的

　　牙齿是白的，全身，都灰溜溜的。

　　一上午喝一大桶凉水。不是渴的，而是热的。

　　除夕，值夜班，一个人在院子里来回走

　　听见远远的鞭炮声，哭了。

田李庄——

　　喝了两杯我们摸黑来到野外。

　　玉米已经收割完毕，到处都是秸秆。

　　一阵纵火的冲动。

　　有点儿湿，烧起来噼啪响。

　　蹲在田埂上，如水的月光中

　　我静静地方便。几米开外，老丁大声歌唱。

官庄镇——

　　总有可能离开你想离开的。

　　时间在虐待，地址在拘留。

　　发生的事，转移到镜子里。仿佛从未发生。

　　仿佛用两句话，解释一句话，越来越说不清。

　　此处盛产红薯和小麦。

　　你的邻居叫空虚，你的哥哥是悲鸣。

在未来

下午光线柔和。
捧着远方的诗，在楼顶，小凳子上独坐
旁边是几瓶啤酒。
有那么一次，往楼下撒尿。野草中
几棵向日葵，突然变成闪烁的黄金。

微风吹拂脸颊。头顶喜鹊喳喳。
三只黑白相间的喜鹊，在两米开外
一棵浓绿大杨树上。
隐秘的激情，迫使它们歌唱。
它们歌唱在两米开外，几座坟茔上方。

我停下阅读。又咬开一瓶。
我注意到阴影，已经越过了身后的厨房。
有时候偶尔早起，会看见你在那儿做饭。
光线清凉，斜射到你肩膀。
我抠掉眼屎。蹲在厨房门口刷牙。

油烟腾起，飘出窗纱。
有时候抱着你能闻到你
头发上的油烟味儿。
有时候你做饭的样子使我
想起很多年前。朦胧的早晨，妈妈
已经将饭菜摆到桌面，然后拉亮我和
弟弟卧室的灯，用安徽枞阳口音喊
大钱宝钱，起来上学。
通常是玉米糊，煎鸡蛋，一碟豆腐乳。

通常是醋泡油炸花生米，我下酒的小菜。
当我喝醉时扇了你你哭着捂着脸。

诗探索 4   作品卷   2016 年   第 4 辑

不认识你之前，喝醉了

我通常和弟兄们在街道瞎逛。

掀桌子，摔瓶子。

后来他们都进去了我单独发酒疯。

挨了几次打。额头至今有道疤。

后来我喝醉了不敢外出。在家里

扇了你几次脸。

我感到内疚。为前些年，扇了你几次脸。

那天喝醉了但还有意识。

扶着墙，从楼顶下来。

把诗集塞进书柜。又在书柜里乱翻。

一本书中掉下一张相片。小学毕业合影。

刘涛笑得有点儿傻。肖荷——

当时真是小荷啊——表情显得

与年龄不相称地严肃。

其余大多记不起名字了。也不知

都在哪里。有一位据说已经去了天堂。

我个子小，站在最前排。

红领巾，白衬衫，蓝裤子，白球鞋。

微微侧着身体。眼睛明澈，面向未来。

你的邻居叫空虚，你的哥哥是悲鸣

臧海英

大多数诗人把世俗生活中的自己和写诗时的自己分开，他们能理性地往来于两者之间。而有少数人，他的生命状态就是诗歌状态。即使不写诗，他也处于诗的状态。我觉得魔头贝贝就是这种人。似乎他活着，就是为诗而来。

短暂的见面，让我感觉他是在一个相对自由的、自我的生命状态里。而自由，正是诗要抵达的状态。他是怎样的，就表现出怎样的他。他好像也已经不再看重外界的目光和声音。他在人群中，又时刻抽离于人群之外。

与众人区别开来。他的诗也是这样。从一开始他就具备了自己鲜明的特点。从一开始他就选择了有难度的不迎合的写作。现在太多人还在写差不多相同的诗。魔头贝贝是在写自己的诗，极具个人辨识度的诗。语言、气息、结构都是魔头贝贝的。这对一个诗人来说太重要了。

此外，我还在他身上看到尖锐、疼痛、温暖、天真、不羁等等混杂在一起的悲喜交集。"魔头"与"贝贝"，像他体内的两个自己，对峙着，矛盾着，又在和解和拥抱着，呈现出一种不可思议的撕裂的和谐。在他的诗里，也常常有几种不相干的事物同时出现，甚至是两种对立的相反的东西，这有些不讲理。但经过他的语言，又呈现出异常的精彩。

具体到获奖的这组诗，整体的语言气息都比较统一。有一种冷静中的悲凉，孤绝下的温情。他写到了时间的磨损，写到弹指一挥间，写到存在与虚无……

结构上，从日常入诗，最终抵达日常之上。他总有能力在把各种事物放置在一起后，实现"纵身一跃"或"就地一沉"（魔头贝贝语）。比如《日损经》中，叙述"与母亲散步，交谈，山坡上晒太阳，听《大悲咒》"等日常细节后，说到三种沉默，最后抵达了佛性或哲学的那面："有的沉默像你/刚刚完成了一首诗——把痕迹交错、反复涂改的/满满一张白纸，倒扣桌面，使之看上去什么也没发生。"似乎整首诗

诗探索 4　作品卷　2016 年　第 4 辑

接通了天地之气。地气，即烟火的，向世俗的，也是向外的。天气，佛性的一面，向上的，也是向内的。

魔头贝贝是那种天才型的写作。然而，他的才华并没有为他的现实生活带来任何什么帮助，他至今也还是一个油田的看门人。也许正是这样，诗在他这里保持着根本的纯粹。

众人在欢笑，在交谈。我在不远处看见，他独自坐在一角低头饮酒，走在醉与醒的边缘，他紧紧绷着的那根弦，可能随时断掉。这情景让我有种说不出来的难受，让我想到某个人，某些人。他们身上有类似的东西。没人进入他的悲伤，也无人靠近他的孤独。一个好诗人往往是世俗意义上的失败者。但我仍然希望他们活得好一点，快乐一点，这也是我对自己的祈愿。没人愿意为写诗而经受苦难。但命运选择了你，除了承担，也没什么可说的了。

一个诗人的命运，"你的邻居叫空虚，你的哥哥是悲鸣"。(魔头贝贝诗句)

吴乙一获奖诗歌作品

从这里开始生长（组诗）

那一年

仿佛回到大集体时代。机耕路修葺一新
淹死过不贞女和牲畜的银水塘
再一次蓄上了水
夯坝的号子嘿呦……嘿呦……
将一个村庄惊动
电线杆翻山越岭排队站立
比起发动机、抽水泵、二十米水管
比起宽银幕的《第一滴血》《十八罗汉》
馋坏了的孩子更愿意趴在大礼堂窗户
分辨梦幻般甜美的橙树、椪柑、柚田柚……
大人们说到集体所有、地租、分红
三十年租期。争论着谁会当选为场长
向阳的山冈更适合栽种哪种果树
后来，父亲只被选为出纳
而在母亲的纵容下，弟弟抓了最坏的阄
那一年，我们一家人开山种果
每一锄头下去
都能翻出柑橘辛辣的芳香

无从追问

村人多是笑脸相迎，你又回来了啊
银水塘空无一人

诗探索 4　作品卷　2016 年　第 4 辑

荒草重又遮了我与众多亲人相遇的路

别家的果园早已荒废

或种上其他作物

寂静中，游弋的水鸭突然惊飞

嘶哑的呼叫牵着天空左右摇晃

女儿总是问，为什么喜欢回到这里

度过一个又一个无所事事的下午

我常常无言以对

不远处的松树林，先是葬下爷爷

再是奶奶，后来是父亲

那一片土地一定是温暖的

因为也埋着我的体温和牵挂

所以，我会抚摸女儿的头发

告诉她，这是你爷爷留下的果园

数一数我的果树

很多时候，我只是喜欢走在果园

像一个个清晨，放下自行车

沿着缓坡走向山顶

又一次爱上满山草木散发的清香

雾霭从山谷升起，带着自身的神秘

将我慢慢淹没

经过又一个夜晚，泥土重新获得赞美

此时，群山安静。松树林里

亲人们被落叶和三月的流水

一层层覆盖

我只是站在草地，看着一排排果树

或齐齐整整，或歪歪斜斜

我默默数着父亲留下的

十二株沙田柚，六十二株蜜柑，四十八株椪柑

八十株红橙，一株枇杷，还有三十九棵李树

它们暗自花开花落

果实一年比一年少，也小
而自己种下的桂树、罗汉松、山茶花
迎风而立，缓缓生长
没有留下一粒种子

你必须知道的禁忌

拜神时，只能求健康平安
不可求神明保佑获取不义之财
如赌博赢钱，六合彩中特码
不可求神明助你诅咒他人、陷害他人
野外遇尿急，不管大人小孩
需向四周抱拳，心中默念
"伯公伯婆保佑，小孩子无意冒犯"
才可放心小便
路旁"送鬼子"的鸡蛋、饭团
须等鬼吃过之后的第二天
才可捡回家，吃下方得免祸、消灾
不可以惊扰正在交配的昆虫
不能手指刚长出的南瓜、西瓜、苦瓜
它们可能就此枯萎
小孩脱掉的牙齿，要扔回屋瓦上
有身孕的人不可亲自采摘果实
否则，明年那棵果树将不再结果

种一株蜡梅

我在泉池边种下一株蜡梅。只因为
南京一座寺院，我见过小和尚拄着扫把
蜡梅花瓣落在纹丝不动的僧衣上
好像前世的我在等待另一个人
这么多年，那阵钟声依旧在体内生长

诗探索 4　作品卷　2016年　第4辑

我网上购得种子和树苗
又迟迟不敢种下。有人告知我
蜡梅并不是梅花
在南方，也不一定能开出花朵
就像不断违背父亲的遗志
我会在果园种下更多无用之物
只为等待它们
长出一树新叶子
现在的它，这么小，这么孤单
不问它能不能成活
能不能开花，散发异香
你看天上的云
并不是昨天那一朵
但它又经过了银水塘，继续飘向闹市

读 信

山中信号弱。回家途中，坑坑洼洼
暮色苍茫，手机提示音突然响起
修剪树梢，或锄草埋肥时
谁打来了电话，谁在微信上留言
一张张脸庞像鱼群在眼前游动
而我更愿意，跟着老黄狗
心无旁骛地行走
那些一直被我忽视的艾叶、车前草
风中哭泣的山苍树
大火烧过后重新回到春天
但我只在内心为它们喝彩
我愿意就这样回到家中，靠在门槛上
翻读老师连续发来的几条短信
"居山中，你可带够了酒？
记往，落日不是《诗经》，星光也不是
且将你给我留的那些果实

全都种地里吧！"
此刻，月亮正升起
我采回的野菜，一半浸在井水里
一半已被妻子拿进了厨房

大雨过后是大雾

谁也无法阻拦这场雨。想到自己
努力爬上柚子树，差一点就能飞翔
又回到阴凉处呼呼大睡
雨一直下着
空瓶子盛满了雨水，像一壶新酒
我并不比一只蚂蚁卑微
比一只蜜蜂勤劳
我雨中徘徊，只是看着
天地模糊之后变得无比辽阔
雨水中走来的人，有的抱着花
有的唱着歌，有的沉默不语
我一直在等待，直至大雾涌起
那些飘浮起来的事物
将一一见证
我是陪伴你成长的
一株不会开花、不会结果的植物

我们看见的月亮

今夜，与友人喝自制的蜂花酒
喝下蜂蜜。喝下蜜蜂的刺
一束幽暗的火把
因为弯曲而显得格外脆弱
窗外钟声散落
我听见果园里的一朵朵花开了
像一双双眼睛

诗探索 4　作品卷　2016 年　第 4 辑

像准备摇晃的甜蜜的井
没有悲伤跟随，没有疾病困扰
今夜，我只是乡间果农
任由花开花谢
蜜蜂飞进又飞出
从不记得曾经一群人上山看月亮
有人抬头看见了永恒
有人低头时爱上了身边的姑娘

一朵花的战栗

或许，她刚刚提来一壶清泉
洗净月白色心事。或是跨上马匹
准备追逐天空中金黄的太阳
失散的鸟鸣再一次响起
或许，她已经有了心上人
从闪电的喊叫中苏醒过来
膨胀的身体藏着一枚小小的核弹
却在飞翔途中
遭遇了我的拦截
我谨记父亲教导：花太盛，则果小
蔬花、蔬果得尽早，免得消耗养分
但我的"尽早"并不是老果农的忠告
我只是不希望
在最灿烂的一瞬，将一个梦想折断
春风浩荡啊，人间草木
此刻，一朵花的战栗，是整个春天的哀恸

痰，或咳嗽

入秋后，常常深夜里咳嗽。咳得睡不着
恨不能撕开喉咙，揪出里面的痒、涩
常常起来一个人枯坐，想起往事

满脸羞愧，泪水涟涟

有医生说是热咳，也有医生说是凉咳

煮冰糖雪梨，喝野马追糖浆、枇杷止咳露

还是在咳。有时吐出一些痰

有时什么也没有，只一个劲咳

每一次痛苦地咳，总是想到您

想您在病床上，我将细长的管子

透进你切开的气管、塞着胃管的鼻孔

启动机器，吸出你永远无力咳出

会要你命的痰。（最终还是要了你的命）

父亲，这些痰已不再令我恶心，厌烦

就像这样的夜晚，我弓着身子

用一声声咳嗽，与您对望

就像您让我读农校，我选择了抗拒

今天我又回到了果园

从这里开始生长

他说："旧年的半枫荷还在原地"

那座木桥已不是返乡的路了

走失的亲人不会循着它归来

他说，阿六古病了，满脑子野兽的叫喊

挖来竹笋种在家门口

唯有我，还会如此热衷于

替田间的草木寻找《诗经》里的名字

唯有我，初一十五烧香拜佛

不为升官，也不为发财

只求保佑一村人的平平安安

打工的，有多少人没有回来过年

超过三十的，还有多少人没有娶亲

喋喋不休退休校长身后

我和女儿恭恭敬敬抬着墨迹未干的对联

走向败破的祠堂

明天，是一个新生儿满月，是一个节日

诗探索4　作品卷　2016年　第4辑

而此时此刻，是我一个人的庄严

冬日赞美诗

我们不说悲伤往事。你此刻拥有的金黄
就是春天里流泪的闪电
并排坐在这山岗上吧
稻田、果园、荒地。溪水日渐见浅
刚开辟的茶园，砍伐的灌木
被我们区分为有用、无用的植物
得到的是同一位神的眷顾
银月塘畔张望的人，擦去手臂上的泥污
她内心的波澜已被泉水融化
就站在山岗仰望天空吧
我热爱漫山遍野的薄霜
就如把饥饿当作身体的忠诚
越长越高的树木，会在触碰星星之后
重新落到地面
就在此写下一首诗吧，献给母亲
我从此不再远游
只做一个合格的果农、孝顺的儿子

第六届『红高粱诗歌奖』获奖作品及评点／／／2016 年《诗探索》奖专栏

谈谈吴乙一的组诗《从这里开始生长》

江红霞

我想先从《那一年》这首开始我的解构。正如颁给吴乙一的授奖词所提到的，"这是一组对故乡自然之物，果园，月光，乡亲的爱与怀念。诗中的情感真挚，语言表达平实丰满"。作者用短短十八行的分行字给读者放映了一场二十世纪下半叶的旧影片，那个时代的远景近景，以及一个中国普通农民家庭随时代变化的浮动。通过这幅流动的画卷，我们一下子找到了作者生存的坐标，哦，原来他在这里。

吴乙一的组诗中浸透着这种对时代变迁的感悟，对家园的眷恋与无助，对田园生活的向往与无奈。由此，我们找到了吴乙一作品中一个基本的也是容易被当代作者丢失的特点，也是一个明显的优点——忠实。

作品忠实于自己是文学作品的基本条件，但这个基本条件现在经常被当下作者刻意遗忘。"诗"字在古希腊文中的意义是制作、创造。只有在忠实于自己的心灵世界时，诗人们才能做到有话说，说得好，才会有自己的创造。当下有个较为普遍的现象，今天乡村题材火了，作者们就一哄而上写乡村，明天城市题材火了，大家又都去写城市。事实上大家都知道，艺术的好坏并不取决于题材，立足于自己熟悉的位置，熟悉的生活体验，才能像照镜子一样照出自己的精神境界，找准自己的价值向度。吴乙一用他熟悉的故园乡情构建自己独特的叙述语境，呈现出一个独立的精神王国。"此心安处是吾乡"，我看到作者吴乙一不仅拥有他美丽的地理故乡，同时也拥有美好的长在内心深处的精神故乡。

本组作品的第二个优点是叙述姿态。组诗《从这里开始生长》的叙述一直是平静的，却能让人感受到平静的海面下是波涛汹涌的情感。作者用自己习惯的言说方式进入诗歌：自然，朴实，客观，身段轻盈而身体结实厚重。

我们看见的月亮
今夜，与友人喝自制的蜂花酒

诗探索 4　作品卷　2016 年　第 4 辑

喝下蜂蜜。喝下蜜蜂的刺

一束幽暗的火把

因为弯曲而显得格外脆弱

窗外钟声散落

我听见果园里的一朵朵花开了

像一双双眼睛

像准备摇晃的甜蜜的井

没有悲伤跟随，没有疾病困扰

今夜，我只是乡间果农

任由花开花谢

蜜蜂飞进又飞出

从不记得曾经一群人上山看月亮

有人抬头看见了永恒

有人低头时爱上了身边的姑娘

　　这首诗的表达让我想起了卡尔维诺提倡的"轻"，以轻快写意的笔触摩擦着现实生活的重。作者用平静轻盈的叙述托起了对现实世界的沉思，一种浸润作者性格和情趣的思索。这是一种对精神世界的探索，看似孤立绝缘，实有独立、自足之乐。这种叙述姿态让我们看到一个乐观的悲观主义者的身影。我也是一位乐观的悲观主义者。宇宙、时间、人类，所有这些存在，最终的指向一定是虚无。在确定的远处这片废墟面前，我们在近处清醒地、痛苦地、坚强地、乐观地活着。如果说"存在"有意义的话，我想，这就是意义吧。

　　第三个优点：用证据说话。"诗是人生世相的返照"，我们知道诗歌有"表现情感"与"再现印象"的功能，在表现与再现的过程中，只有寓情于事，"拿出证据来"，才能在自己丰富的生活经验上，建立生活经验之上的反省，才能当作情感的证据，进行心灵熔炼。作者通过具体生活场景的介入、生活细节的刻画，使读者不仅能感受情绪而且能加以沉静回味，能够"入乎其中"，继而"出乎其外"，这需要相当的修养。从某种意义上说，文学的修养就是趣味的修养，"用证据说话"堵截了许多空洞的言说，毫无疑问，是一种进步的趣味。

　　这组诗的优点很多，在这里不再赘述。接下来我想寻找一些瑕疵。

　　首先是语言问题。这也是我在写诗时困扰我的问题。语言不够凝练，思想表达必然不够清晰。对语言的处理过于散文化，破坏了诗歌内在的节奏，破坏了句子的张力和跳跃性，影响了作品的音乐性。组诗中多次出现类似情况，如《读信》的开头：山中信号弱。回家途中，坑坑洼洼/暮色苍茫，手机提示音突然响起/修剪树梢，或锄草埋肥时/谁打来了电话，谁在微信上留言……这些过于生硬直白的表达影响了整组诗歌的艺术美感，是一种遗憾。

第二点，在艺术表达上，需警惕掉进朴实叙事的陷阱。为了叙事而叙事不是艺术，是讲故事；在生活体验中来回转圈也不是艺术。我们说出生活体验，是为了跳出圆圈，找出生活体验中瞬间永恒的我们称之为意义的那部分；我们叙事，是为了捧出内心创造的那个世界，即我们所说的诗意。

在此，我还想将自己创作中的一些体会与大家分享：

一、要感受，但不要局限于感受。我们在作品中追求美感，聚精会神于诗歌所创造出来的世界。作品中让我们惊叹的，不是实际人生中某些特殊情绪，如失恋、恐惧、悲伤、焦虑之类。诗需要从感受的圆圈里、生命体验的环绕里跳出来。

二、审美的重要性。诗歌艺术的美丑不取决于题材的美丑。风花雪月、秀丽山水之类的很美，但和无病呻吟，装腔作势的姿态一起出场，就不美了。

三、语言的凝练和思想的清晰密不可分。一件作品，语言啰唆，叙述不清的原因在于思想混乱。条理清楚了，语言自然会凝练。一件作品的问题，仔细追究，原因都在于思想不够清晰。

四、多练剪裁的艺术。诗的真实高于现实的真实。

在精神探索的过程中，我遇到了诗。我知道，诗人不是道学家，但他的精神世界是丰富而自由的。因此，我想做一个好的诗人，想让自己成为一首真正的诗。

敬丹樱获奖诗歌作品

泥筑的窝发出橙色的光（组诗）

是凉薯，也是番葛

喜欢叫它地瓜，像外婆唤我小名
喜欢蹲在菜地，等第一茎嫩芽顶破泥土
喜欢把满园碎花
看成蠢蠢欲动的蝴蝶
喜欢对着锄头祈祷：偏一点，再偏一点
喜欢日子劈开两半，伤口都是甜的。喜欢心满意足捧着肚皮
听童年传来白生生的脆响
喜欢外婆菜园一样年轻
唤我小名，指尖轻轻戳我的眉心

野地瓜

廖英说，野地瓜要分公母
公的可以吃，母的，有毒。在癞巴石
她发现过野地瓜王
洋芋那么大
被我几下捣成了糨糊。暮色里，她眼中射出的利箭
至今还在追赶我

廖英十几岁远嫁石家庄藁城
听说大儿子已经结婚
那天突然听女儿唱："六月六，地瓜熟，九月九
地瓜朽"

第六届『红高粱诗歌奖』获奖作品及评点///2016年《诗探索》奖专栏

醪　糟

桂花婶从坛子里舀出醪糟摆上来
桌上你一调羹，我一调羹，大斗碗很快见了底

弟弟缠着桂花婶又舀一碗，撒上白糖
躲在灶房吃独食
捧着圆滚滚的肚皮，回家的路，被弟弟走得歪歪扭扭

姐姐，晃得厉害呢
姐姐，快来帮我，把路按住

黄荆棍

挨打前，黄荆棍还得自己找
折下来勒去叶子
一边哭，一边骂，就连它开出的小碎花也恨
照着灌木丛一顿乱挥

"黄荆棍下出好人"
功劳簿上
白花花的小屁股，受了多少红印印的苦

屋檐下

围坐在红漆剥落的方桌前
我们说说笑笑，把煮洋芋倒在筲箕里
剥皮，吹凉，蘸上辣酱

窗外有时是雨，有时是风
五只燕子总是早早回来

诗探索4　作品卷　2016年　第4辑

挤作一团。路灯下，泥筑的窝发出橙色的光

白鹤嘴的初夏

男人扶犁赶牛。妇人们埋头插秧
偶尔直起腰
像几只高贵的鹤

妹仔把鹅撵下塘，顶着荷叶，踮脚跑过湿漉漉的田埂
捉蝴蝶去了
风开始翻书，满枝桑叶哗啦啦响

时间在白鹤嘴收拢翅膀
竹蜻蜓一样易于掌控。躺在草丛，我是一朵懒散的蘑菇

小蚂蚁不管不顾
顺着一架燕麦梯子奋力爬向天空

苹果园

挑中糖分最足的果实
雀鸟迅速撤离。父亲学不来雀鸟的洒脱
他想替苹果安上翅膀
他想阻止富含糖分的生活，接二连三砸在地上
他的腰身愈显佝偻
他卷起衣角
他埋头，把圆滚滚的苹果擦得锃亮

暮晚书

树木有树木的执着
输光了叶子，仍一如既往把疑窦

第六届『红高粱诗歌奖』获奖作品及评点／／2016年《诗探索》奖专栏

抛向苍穹
牛羊有牛羊的倔脾气，朝着土地
俯下身子，在泥土的缝隙里搜寻所剩无多的草籽

灯火寥寥
安慰着散落村庄的孤魂

姐 姐

弓起身子，搂柴、挑水、剁猪草
屋里屋外都是你
玩儿时避开你，怕触到你长满厚茧的手指
写作业时也避开你，你的书本关进箱子，再不能重见天日
只有在暮色的掩护下
才敢偷偷打量，一根风中的稻穗
眼里从未熄灭的火苗，总让我想起院子里的石榴树
每粒石榴，都藏着一根硬骨头

琴 嫂

日头偏西，两杯高粱酒入喉
琴嫂扛起锄头，把后山沙窝的花生地
又刨了一遍

摔成八瓣砸在地里的，分不清是汗滴
还是泪水。琴嫂是最好的捕快，每粒落单的花生
都被她缉拿归案

九龙村的秋天

西风穿过骨缝，桂花婶
踩着霜粒走进菜园

扶着叶片紧裹的莲白，轻轻挥起菜刀

女儿十岁上被拐，她不觉得疼
男人前些年去外省挖煤，脚板苫一样埋在井下
也不觉得冷

霜后的莲白多甜呐
屋顶上空，很快便会升起薄薄的炊烟
田野空茫
有的绿着，有的荒着

老 龟

叔公捡废品多年。除了枕头下
皱巴巴的存折，他放不下的，还有只老龟

每天，叔公都要探探它的鼻息
再用清水
擦洗它废品般的脸

叔公食量越来越差。
他搬来条凳，盘算着掐一把香椿芽

椿树下
老龟贪睡如死神

健忘症

我记得她掌心的野地瓜、马奶番茄和白月光
记得灶膛里的罐罐饭、烧苞谷、笋子虫和爆粉条儿
记得搭在橡子上的秋千椅
记得橡皮鹿和哭断枝条的核桃树

记得背篼里的桑叶、豌豆管和脚板苔
记得无数个从山梁背回的晨昏
记得每条通往龙台镇双龙乡九龙村四组的路
她全忘了。她总是摸不清
卧室的方位
在住了一辈子的院落，每天无数次地徘徊

羊奶果

外公坟前，羊奶树淡淡地绿着
我跪在鞭炮的硝烟味里，把纸钱往火堆送
母亲念念有词：保佑这个，保佑那个……

外公是个老实巴交的石匠
大饥荒死于水肿。我并不悲伤，我没吃过羊奶果
也不知道外公长啥样

门前的老杏树

顺着风，几朵杏花躲进了门槛上
外婆的白发。杏子青了，外婆慢悠悠地疏着果
杏子黄了，外婆举起拐杖追雀鸟

班车喇叭响一次
她就朝公路上望一次

杏树旁的合影，人数总也凑不齐。这一年
缺席的是外婆

清　明

我唱"马兰开花二十一"

诗探索 4　作品卷　2016 年　第 4 辑

你用竹枝，替我刮去浅口布鞋上的新泥

篮子里装满清明菜，白叶子毛茸茸
小黄朵软乎乎。洗净。切碎。揉面。做粑。

小雨初歇。清明粑又出锅了
心清目明。我看见你坟上的草更深了

告　别

风拂霜发。遥望山梁的苞谷、大豆
田间的稻米，河畔的桑树，像是一种告别

不再背太阳过山。鸡鸭鹅叫声
此起彼伏，仿佛一种陪伴。她被需要
是有用之人

痛，从四十年前就开始了
风瘫两年后，她奇迹般起身，撑起倾伏的梁柱
撇下的五张小嘴

疼痛加剧。神一样
供奉着的土地，总也给不够合理的答案
总有跌不完的跟头等在前方
最后一跤，从床上到床下，丢开拐杖，她再度俯首于宿命
她决心喊出所有的痛，而眼皮越来越重
还有些面孔正辗转途中，未及咽下的那口芋头粥
是句温热的遗言

没被夸张过的灵魂

徐俊国

第六届红高粱诗歌奖的三位获奖诗人各有所长，对诗歌的理解角度和艺术表达效果也各不相同。魔头贝贝独成一类，具有强烈的语言意识，他步步惊心地梦游于意识的钢丝上，主体形象辨识度很高，恰如他的名字，贝贝的肉身，魔头的灵魂。他的诗歌带着电，明明是一个温情和日常的词，忽然就在修辞里拐了弯，嚓嚓嚓爆出冷冷的蓝火花。

吴乙一和敬丹樱可以归为一类，是典型的全因素写作，善于用诗意的语言完成对内容的准确表达。吴乙一在抒情和叙述之间自由转换，有一种"从生命经验里生长"的蓬勃诗意。在他的书写里，"一朵花的战栗，是整个春天的哀恸"，他"喝下蜂蜜"，也"喝下蜜蜂的刺"。

敬丹樱的短诗写作让我一再相信：简约就是力量。在所有文学体裁之中，诗歌是最讨厌铺张浪费的艺术。对语言的随意浪费、对修辞的过度使用，都是罪过。面对伟大的母语，尤其是在唐诗宋词面前，我们理应怀有一颗敬畏之心，学会节省。现代主义建筑大师大多信奉一个原则，那就是"少即是多"，重视细部的生动，追求比例的精准。诗歌也是如此，语言的妙处，在少，在精确，而不是堆砌词语，含糊其辞。

这组诗的标题非常迷人，"泥筑的窝发出橙色的光"是《屋檐下》这首诗里的句子，它有一个温暖的情感调子在里面。燕子筑的泥窝不可能发光，但诗人把它安置在路灯之下，这个诗意就成立了。并且，诗人将燕子拟人化，"窗外有时是雨，有时是风"，"五只燕子总是早早回来/挤作一团"，这又与开头全家围坐在一起吃洋芋的情景取得呼应。一家人和一窝燕子互相暗示，自然而然，彼此关联，看似简单，却经过诗人的精心设置。

这组诗是对乡村的回忆和低低的诉说，里面到处是暖暖的伤感和沉

诗探索 4 作品卷 2016年 第4辑

重的命运感。比如，诗人喜欢地瓜，她说，"喜欢对着锄头祈祷：偏一点，再偏一点/喜欢日子劈开两半，伤口都是甜的"；小时候挨打，要自己找黄荆条给大人，一边哭，一边咒，"白花花的小屁股，受了多少红印印的苦"；诗人"记得橡皮鹿和哭断枝条的核桃树……记得无数个从山梁背回的晨昏……"，得了健忘症的亲人却全忘了；"她决心喊出所有的痛，而眼皮越来越重/还有些面孔正辗转途中，未及咽下的那口芋头粥/是句温热的遗言"，等等。

如何处理和书写悲伤是诗人们经常面对的一个问题，这涉及一个词：限度。"悲伤的限度"，即如何做到诚实，不夸大，不浪漫主义，不消解悲伤的严肃性，不降低悲伤的艺术性。敬丹樱写这些诗句的时候，是忍住悲伤的，她在祭拜外公时，甚至说，"我并不悲伤"，因为我没吃过坟前的羊奶果，也不知道外公长什么样。就像她写九龙村的桂花婶，安于宿命，不觉得疼，也不觉得冷。敬丹樱善于截取黑白电影中的一两个典型镜头，抹去了许多不必要的铺排和夸张。她的诗里有悲伤，但她能忍住悲伤，也能化解悲伤。这都很好地体现在诗的结尾里，如《暮晚书》，"灯火寥寥，安慰着散落村庄的孤魂"；《清明》的结尾，"小雨初歇。清明粑又出锅了/心清目明。我看见你坟上的草更深了"。

我们说敬丹樱的诗不复杂，主要基于她的修辞密度而言，她是节约的、谨慎的，但不乏深刻。如她写捡垃圾的叔公，每天用清水为陪伴他的老乌龟擦脸洗脸，老乌龟的脸是什么样子呢？"废品般的脸"，这种意象的挪移，突然但合情合理，深得特朗斯特罗姆写果戈理的那句"衣衫破旧如狼群"之精妙。这首诗结尾那句也很形象，"老龟贪睡如死神"，不动声色地埋伏了一些暗示在里面。她写妇女们埋头插秧，偶尔直起腰，这种平淡的表达，却在下一句被点亮了，"像几只高贵的鹤"，写出了劳动的美和高贵，这个修辞是献给农耕文明的一份敬意。修辞不在多，而在于准。修辞不是为了让意义更含糊，而是为了让表达更有意味，在更深刻的意味里抵达准确。

敬丹樱对复杂的修辞有着天生的戒备。这位喜欢简单的诗人，她对诗歌的理解和把握却并不简单。诗歌是什么？诗歌就是"可以"（认识论）"怎样"（方法论）"塑造一个人"（目的论）。写了一辈子诗，所有的诗加起来，最终是为了塑造一个人，一个什么样的人？活着或者死去，每个诗人呈现给世界的形象是不一样的。在当下汉语写作现场，也许，茨维塔耶娃、阿赫玛托娃和自白派的普拉斯，还有时下很火的莎朗·奥兹，这样的女诗人更容易受到关注。什么样的人写什么样的诗，没有那样活过，就不要模仿那样的诗，否则，就是诗歌作弊，灵魂造假。优秀的诗人有许多种，除了茨维塔耶娃、阿赫玛托娃、普拉斯和莎朗·奥兹她们，还有金子美玲和狄金森。就我的偏见而言，我更喜欢金子美玲和狄金森，因为，她们有一颗没被夸张过的灵魂。敬丹樱就是这样的诗人：恪守灵魂的诚实和悲伤的限度。

新诗四家

语文组（组诗）

一树怒放的桃花有多少火气需要发泄

刘芸芸艳若桃花的脸
今天像一块阴暗潮湿的天花板

刘芸芸站上讲台
空气瞬间凝固，甚至闻得到烧焦味

刘芸芸把教案扔在一边
顿时伶牙和俐齿之间燃起一堆火——
体罚怎么啦？没有体罚哪来真正的教育？？
开除怎么啦？废除死刑这个国家马上完蛋！！！
谁是告密者？谁是这间教室里的犹大？
谁把我们之间的信任和尊重卖给了校长？？
谁？谁？？谁呀？？？

窗口，一树怒放的桃花探出头来
它带来的春天迷住了三只蜜蜂和一个叫李智的男生

李智的眼睛被蜜蜂死死摁在一朵桃花上
李智的脸被那朵桃花粉得通红

突然这个开小差的李智站起来
弱弱地造了一个比喻句——
一树怒放的桃花有多少火气需要发泄

教室里顿时笑成了桃花园
刘芸芸背身擦黑板，擦了又擦
回过身来，脸上的火气擦得一干二净

老潭要把巴掌上的魔鬼浸死

当着全班同学的面
他不管不顾一巴掌扇了过去

李四的脸扇得泛红
周围同学的脸扇得发白
教室扇得一团漆黑
窗外的暴雨扇得越来越凶暴
连自己也扇得认不出自己了

这个老潭呀，平时异常清醒
知道不能打学生，也明白冲动是魔鬼
有时碰到顽皮，最多嘴上毒点
也要压住火气——
又不是自己个娃，算了，算了，算了
又不是跟我读，算了，算了，算了

……暴雨停了
那个挨打的李四也掐灭了眼里的凶光
教室明亮起来
倒是老潭还丢了魂似的
心里一直响着惊雷

回到办公室，老潭用自己的左手

诗探索4　作品卷　2016年　第4辑

死劲打自己的右手
老潭还罚这只差点惹事的右手
浸在一盆冷水里。一直浸到全身
冰凉。我知道
老潭是要把巴掌上那个叫冲动的魔鬼
浸死

胡老师的后悔比苍茫的夜色还要苍茫

楼道口已经封了
地面冲洗得异常干净
几只麻雀叽叽喳喳还在议论
那棵枸骨则站在原地守口如瓶
一束鲜活的白菊花代替钱菲菲
躺在冰凉的水泥地上

胡老师双眼紧闭
双手拎着自己的头发
心提到嗓子眼上
脸憋得发紫
似乎这样，那个在晨曦中从六楼跳下去的钱菲菲
就能站起来，就能走回教室
坐在第三排最中间的那个空位上
继续听他的语文课

胡老师想
如果时光可以倒流，一切可以重来
打死他也不会给家长打那个电话
不打那个电话，家长就不会知道考试作弊的事
就不会把作弊的手机砸掉，就不会骂孩子猪
就不会赶孩子滚，就不会发生这样的悲剧

胡老师用手死劲打自己的头

罚自己站在办公室外，一直站到天黑
一群星星出来了，胡老师说
自己见到的分明是一群鬼
胡老师内心的后悔呀，比苍茫的夜色
还要苍茫

我要说的是
现在是事发后第四天
钱菲菲还在殡仪馆的停尸房里
家长就把心思从悲痛上转移到了闹钱上
我还要说的是
胡老师意料之中地被停课了
理由是他自始至终都无过错

邪恶的水果刀

风翻动教案
黑板黑得发抖
女生都哭了
几个男生追出教室
多数男生目瞪口呆
脸吓成白纸

这是一个星期七的上午
十万阳光从窗口涌入
也没能阻止一把水果刀行凶
血淹没了整个校园
课桌都浮了起来
校长的神经全断了
我不断击打自己的头以证明不在梦中
扔在门口的水果刀
面对警察已经没有了杀气

诗探索 4　作品卷　2016 年　第 4 辑

我也有把这样的水果刀

我用来削苹果皮

偶尔也用来割鸡

它的刀口很钝

我想象不出

一个未成年的孩子

内心到底卷起过什么样的风暴

会在瞬间让它变得如此锋利

我更想象不出

一个站在讲台上朗诵春暖花开的年轻同事

会在瞬间死于非命

是人性之恶，还是时代之恶

是教师之悲，还是教育之悲

是偶然，还是必然

这些追问让我毛骨悚然

似乎每个学生都是杀人犯

每个老师都该杀

再次面对学生似乎面对仇敌

我打过学生的手似乎还在颤抖

我骂过学生的嘴似乎要被撕裂

我整个人似乎要崩溃

我在心里反复唠叨那句名言——

感谢不杀之恩

门口拉起了警戒线

一只流浪狗不知人类发生了什么大事

急匆匆要进入现场

被警察一脚踹得老远

一群白玉兰花在高高的树上

接受一群蜜蜂的亲吻

它们耳朵朝天，只听云响

不听人间的哭声

陈和尚的最后一课

陈和尚身份证名陈大凯
之所以叫陈和尚
一是因为他至今单身
二是因为他的一句口头禅
"于我而言，学校就是庙。"

陈和尚在这个庙里干了四十年
明天就退休，今天上最后一堂课
陈和尚有点留恋和伤感
见到谁都打招呼，都怪怪地笑

陈和尚提前来到教室门口
跟门前那棵樟树对视了一分钟
站在台阶上发呆了一分钟
走进教室，在课桌间穿行了一圈
来到讲台，拿起粉笔乱写了几个字
又拿起擦子在黑板上擦了又擦
陈和尚是在走一个告别仪式

上课了
陈和尚一直瞎扯
期间哈哈大笑了五次
黑白了三次
无声胜有声了三次
流泪了二次

还剩五分钟
陈和尚似乎理尽词穷了
瞪着一双老眼肆无忌惮地看
陈和尚的意思是

诗探索 4　作品卷　2016 年　第 4 辑

你们看你们的书吧

让我再静静地看看你们

班主任赵老师的又一个星期七

2016 年 6 月 19 日，又一个星期七

（我愿意这样叫它，是因为我看到了一段时间的倥偬）

赵老师洗好衣服买好菜做好早餐

看了一眼还在梦中的女儿就匆匆忙忙往学校赶去

赵老师跟树上的蝉说自己没空听它唱自信的知了之歌

赵老师跟广场上的大妈说自己没空看她们跳快乐的螃蟹之舞

赵老师跟眼前的滚动电子屏说今天是星期七不是星期天

赵老师深吸了一口冷空气，电动车像子弹

在龙津路上飞

赵老师 6 点 45 分到校

签到。检查卫生。清查人数。带操。上第一节课。上第二节课

期间向肚子里塞了两个馒头接了两个电话

一个是王逸华的家长打来的请假电话

一个是年级主任打来的查岗电话

（年级主任经常在电话里问："在哪里呢？到我办公室来一下！"）

期间又向肚子里塞了一片奥美拉唑打了三个电话

一个打给罗也萍的家长

告知罗也萍不在教室，最近经常迟到旷课

一个打给马小力的家长

告知马小力昨晚一定又在网吧通了宵

现在睡在桌子上打也打不醒

一个打给远在南昌打工的丈夫

告知自己上完两节课就赶往抚州高铁站

赵老师打完这个电话嘴角翘起一丝羞涩的笑影

心想已经两个多月没见老公面了

10 点 45 分学校保卫科打来电话

出现在站台上的赵老师突然慌乱起来

大约十分钟后赵老师让心魂随着和谐号去了南昌

肉身回到学校，处理李洋阳跟吴四毛的打架事件

14点赵老师出现在吴四毛的病床前

送上鲜花和慰问金，跟家长做耐心细致的解释

愿四毛早日康复，同时希望家长大人大量宽恕洋阳

16点30分赵老师在办公室接待李洋阳的家长

向其讲述事件经过，并请求其去医院看望争取获得谅解

遭到拒绝和反咬——

"我那么优秀那么乖的孩子，怎么会把人打伤？

"你们是怎么教的？请给我一个说法！

"我关心的只是洋阳变野的原因！！

"我要去找你们校长……"

21点15分赵老师出现在校长办公室

校长说，这件事充分暴露了你在班级管理中存在严重问题

校长说，严重还在于今天是星期天，我们违规将它变成了星期七

校长说，这事再闹一大点点，你我都要吃不掉兜着走

校长最后语重心长地说，小赵啊，做好一个班主任不容易，要以班

为家，爱生如子

赵老师坐在沙发上，没有辩解，眼角垂泪

眼前放着一杯还冒着热气的泡茶

人间事（组诗）

刘　厦

我

我一直在努力寻找着
故乡与远方
拼凑着白昼与黑夜
我千万次与世界相认
但我摸到的脸却越来越
无法辨认

大地在下
天空在上
我却无根

春天我跟着柳絮飘荡
秋天我跟着落叶翻飞
当我停在某个角落
我也像那根羽毛一样瑟瑟发抖

那个走失的孩子
在大哭着奔走之后
终于在垃圾堆旁安静下来
若无其事地拾捡着能吃的东西

冰冷的夕阳在燃烧
高速路上的虫都在闭着眼爬

落日就只剩壮丽

我又上路了
在路上
便安下心来

只是风

三月是风的
一切也只是风的

那老墙是风的坚硬
小树是风的慌张
河流是风的平静
红红绿绿的人们眯起眼
就成了风眼中的沙子

早晨所有的树等着
妹妹从村外哭了一场回来
就都绿出来了

一切是越来越轻
还是越来越重
干燥的尘土飞上了天
肆虐的欲望也混进了理想
满世界只有风的声音

傍晚来临
风也累了
它挨着街边那个老人坐下了
用老人的眼睛望去
它看到的只有风

诗探索 4　作品卷　2016 年　第 4 辑

国培夜雨

国培的雨落在夜里
闪烁着五彩斑斓的光
灯光的颜色被雨水侵染了一地

橱窗映出的那个穿白色复古衬衫的
清澈的女子
仿佛雨的前身
在这个城市忽隐忽现

不远处那饭店的滚动菜目还是
两个月前的内容
只是少了里面那跑调的歌声

低矮的小卖部和所有的建筑一起
隐去了
在这个雨夜只剩霓虹
就像这雨中的路人
在伞下隐去
只剩一片秋叶在飘动
飘动、不停

路旁的电动车湿了、冷了
疲倦了
而那个人
却正在向这个雨夜的深处
走去

安静了

雷还在远处

风已经来了

知了还在叫着
在秋天的第一场雨落下之前
它是否知道这是最后的欢愉

一切还很无助
但风一阵阵将我推向远处

我开始一点点将尘世忘却
就像风吹掉满树的叶子
最终只剩永恒的身躯

冷与暖这人间的两极
让多少人眺望天涯

我将用前半生消瘦为奴
换来后半生的修炼成仙
最终的一无所有
将是我来人间最圆满的修行

知了突然就不叫了
安静是多么清晰的声音
我听见
雨点先落在菜叶的身上
后落在我的身上

一个春天的上午

阳光还是凉的
风已经是湿的了
晾晒着的纯白的内衣
散发着最干净的清香

诗探索4 作品卷 2016年 第4辑

它直视辽阔的天空
没有半点羞愧

我右边过道里的车声
去往了不同方向
我左边院子里又响起
多年不变的喷嚏
生活与生活相安无事

一只麻雀从生活的缝隙中飞过
离生活这么近
却又不进入生活

杨花也是一样
在风与风之间飘飞
我看见它像一个想象无法停留

其实那么多结果只有一个原因
这个原因在尘世毫无隐藏
却被尘世视而不见

多少飞翔在生活中越飞越深
后来
世界就春暖花开了

人间事

1
苏格拉底监狱的灯
还亮着
两千多年的漫漫长夜里
所有找路的人
都看见了

从而从不同方向走出了
千万条路

为了躲避那碗永不变质的毒汁
每一条路都走得
曲曲折折

他不会死去
因为我能听得见
他赤裸的脚板
仍在来来回回渡步

2
在那个解冻的下午
传说会重新复活
就像铁锹掘出的红萝卜
孩子拿走了一个
老鼠偷走了一个
其余的被不同的时间切碎、翻炒

不过很快它又会聚集在一起
在繁花似锦的暮春
那个白衣少年
在出家前回头望了一眼
却没有看见
那个望着他的
憔悴的女子

3
草木无声
动物的语言不被翻译
《老子》和《成功全书》在书架中紧挨着

诗探索 4　作品卷　2016 年　第 4 辑

虎视眈眈也相安无事

那金苹果至今未被谁收获
所以战争从未停止

但那个化缘的和尚
为了填饱肚子
已经学会了说吉祥话

当然这并不能证明佛不存在
佛正如路边那块沉默的石头
慈悲的让好人和坏人
都活着

松江拾零（组诗）

何居华

松江的雪

松江无雪 松江的雪

下在六月 下在 303 年的西晋时代

三湘财富广场堆积了近 2000 年的雪

小昆山的雪也赶来凑热闹

纷纷扬扬 平地三尺

陆机 陆云兄弟好雅兴 迎风踏雪

衣袂飘飘 把盏无酒 只有两支羊毫

奋力章草《平复帖》《春节帖》天下第一帖

出自陆机之手 为后世留下文人墨宝和骨气

一部《文赋》高耸为山 山下有狗吠鹤鸣

二陆为狗的谗言咬得遍体鳞伤 深知

错爱了狗 高呼"华亭鹤唳，岂可复闻乎?"

洛阳太守马颖的鬼头刀比鹤早了一步

松江的雪被染得通红 血的文字

仿佛在说文章能抒情 但不能治世

余天成药店

外地人把余天成看成是药店老板

只有当地人才知道余天成是店名

余游园又是谁 恐怕松江当地

知道余游园的人也不多

诗探索 4 作品卷 2016 年 第 4 辑

余游园是余天成药店的创始人
凭几船酱菜起家的宁波人 在清朝的日光下
收购了一位老乡的药店 名医坐堂
货真价廉 加工精细 童叟无欺
余天成药店不断发展 晚年余游园
把产业交给儿子 儿子败家孙子兴家
几起几落 如今余天成药店的老板
是否姓余尚不可知 人才兴业是
药店奉行的宗旨 余天成中医院的郎中
仍秉承古规 肩挎挂囊赶来坐诊
挂囊里有脉枕 眼镜 处方笺……
装得最多的还是病人的病情

东门集市

在松江东门菜场算是有特色的集市
东门菜场很大 大得可容纳
五湖四海的货物 新疆梨
云南核桃 阳澄湖大闸蟹 马来西亚
榴梿 各地果蔬应有尽有

东门集市是上海不多 可以直接
从农民手里买到东西的地方
在这里可以和农民对话交流
从他们充满泥土味的语言中
感知农民的生活和农村的变化
他们唇上吐着梨花三月的清香

东门集市豪爽慷慨 这里从不讲价
以角为单位的钱无人计较 称足了秤
还会再给你一点 多点少点从不上心
五元钱可以买四个西瓜 四元钱
买一堆青菜 仿佛不是在购物

是亲戚间互通有无

塔为什么是方的

方塔 从北宋熙宁元祐年间站到现在
承受了整整九百二十年的风霜剥蚀
高高的塔身挂白云为经幡 承唐代风骨
方方正正九层楼塔 在松江地界
东海之滨听千年风雨 古塔
像一棵树把一段佛学的根扎进地里
结出了佛骨舍利 象牙化石 唐宋钱币……
塔旁的古银杏树 面朝湖泊
向人们诉说方塔的过去 文人墨客
曾蘸着这里的水书写松江历史
醉白池竹简上的文字 诠释
清楚了吗 自古至今塔为什么是方的
是圆的好还是方的好
让我们问问释迦牟尼吧

陌生的光明

汤叶强这本该属于男人的名字
却让一个女子使用着 幼年记忆中的
氨水池 让她失去了一双明亮的眼睛
命运把她推进了一个黑暗的世界
那一刻她提醒自己叫汤叶强
要像男人一样坚强地活着
她用不熟悉的手指去寻找人体穴位
酸痛的手指在喧嚣的市声里 找回
一张张浸透汗水的票子
她用这些票子维持家庭 交纳孩子学费
也为自己买了三次眼角膜 这些眼角膜

诗探索4 作品卷 2016年 第4辑

曾让她看见建筑物上的红色标识
陌生的光明让她激动不已
可生活艰辛让她又重返黑暗
她咬牙挣扎　要钻出夜的茧壳
拥抱渴盼已久的光明

掰着指头数人生

城市　一个角落
准确地说在他陋室的床沿上
他一声不吭　十分谨慎
从口袋里掏出一个月的薪水
像掰着指头数他艰难的人生
指头上的童年非常模糊　少年和青年
都从针尖上爬过　记忆中
还有隐隐血迹　他弱视的双眼
对现实看得非常清楚
他工作量不比别人少
由于残疾他比别人付出要多
别人一个月拿七千多元的工资
他却只有一千二百元　一个正常人顶六个残疾人
颤抖的手希望有一天能把这个数字数平

回乡书（组诗）

那一年，我十三岁

那一年，那一年的夏天，那个夏天的夜晚
我们经常去村南的小河边，在那儿见面
不牵手，不拥抱，不亲吻，也看不清对方的脸
你总是坐在我的左边，我总是坐在你的右边

那一年，那一年的夏天，那个夏天的夜晚
我们经常情不自禁地去村南的小河边，在那儿见面
你告诉我，你恨那个人。但我不知道那个人是谁，你为什么恨他
那时，我只是一个懵懂的小小少年

每次，我都是踏着蛙鸣把你送到家门口
感到自己是顶天立地的男子汉
其实那时候我们都还很小，还是孩子
满打满算，你不过二十，我仅仅十三

早上，去湾里挑水

那年，我十六岁
早上起来，去湾里挑水
全村的人，也陆陆续续到湾里去挑水

家里的水缸，不大

诗探索 4　作品卷　2016 年　第 4 辑

· 84 ·

爷爷屋里的水缸，也不大
但挑满这两个水缸，需要来回十几趟
计算路程，少说也得六公里
一根扁担压得我气喘吁吁
我还是坚持把两个水缸挑得满满的
映出我少年的影子

回乡书

父亲七十六，母亲七十五
不种地，已经好多年了

每次回到老家
母亲指着那些大包小包，说
那些绿豆，是庄东你芈汉大爷送的
那些桃，是坝南你大石头叔送的
那些地瓜，是东邻你二表婶子送的
那些白菜，是西邻你四姈子送的
那些青玉米，是小花她奶奶送的
那些鲜花生，是欢欢她娘送的
这些熟悉的称谓，不是街坊，就是四邻

每次回到老家，乡村都是崭新的
每次返回，车的后备厢里
大包小包的乡情，总是装得满满的

日记：7月28日，农历六月二十五，三里大集

早上，我和妻子去三里赶集
回来的时候，看到一个精神失常的人
坐在路边。妻子拿了一个大个儿的甜瓜，送给他

下班回来，妻子告诉我
她拿了我的几件旧衣服，还有
三根火腿肠，两个馒头，一瓶子矿泉水
去找早上遇见的那个人
但那个人已经走了
她向四周找了半天，也没有找到
不知道他去了哪儿

我劝妻子，别去找他了
他已经吃着甜瓜，走远了

挺好的

小县城，大不过一个镇
小不过一个村
我在这里生活，挺好的

道路没有北京的宽，但不拥挤，挺好的
车子没有上海的好，但速度不慢，挺好的
钱没有广州挣的多，但顶用，挺好的
医疗条件没有大都市好，但生病的少，挺好的
小县城天高、云淡、繁星满天，挺好的

我在小县城生活，挺好的
家有儿女，挺好的
不去盲目羡慕别人，挺好的
过着自己的日子，挺好的

诗探索4　作品卷　2016年　第4辑

湖南常德诗人作品小辑

余仁辉诗五首

回乡偶书

过大江时春风正浩荡
想起小小的石拱
斜搭在溪流两岸
一边是野火　一边是炊烟
一边是稚子　一边是少年

静夜听着蛙鸣
想起荷花
她在邻家的池塘
矮身是藕　探头是莲
我曾是一片荷叶想为她打伞

再回来所有关闭的门打开
想起舞台的霓虹
旋转　谁歌罢已忘言
谁最终搀扶谁走向故乡

我的江湖已载不动酒
在某一个清晨的鸟语里
想起低吟的岁月
我只要两岸青山
一苇孤舟

大雨如注时在空山

这一场雨必然是为我而下的
赶了几十年的路到达蜿蜒的夜晚
无非是想在无酒的古寺醉上一宿
看檐前瓦当乱晃梧桐狂舞
无非是想让雨遮掩寂寞超度梦境
置身他乡的暗处来一次绝望的抒情

于是打马上山披着翻滚的乌云上山
踌躇的马蹄踩破心思
还有什么跟着我不忍离去
影子已披上蓑衣翅膀躲进草丛
沅江的芷、澧水的兰，一丛丛上阶绿

而这时一记钟声穿透雨幕
所有的幻象落叶般枯萎
我站立的地方，离你仍有数十年之遥

哪里是我打马归去的村庄

我的脚印，被挂成村头的榆钱了
从哪里开步，从哪里迈脚
才能把故乡的山水量上一遍
作为胃疼时的草药相煎半碗

父亲造就的红砖瓦屋呢
堂前屋后爱不尽的苦柚、野葡萄呢
在转转飞的金蜂翅膀上
在小河淌水的岩桥上
才宿着我的村庄

诗探索 4　作品卷　2016 年　第 4 辑

我行色匆匆，是经过故乡的客人
在村东指点，在村西盘桓
在一张张蓝图里迷失
故乡坐化成一朵云，一曲歌谣
到哪里打马寻找我的村庄啊

暮晖里的庭院
小鸡啄食，桃李斗艳
兄弟携手归来，水桶晃动
天光像幸福的镜子
映照不知名的昆虫、野草

到哪里打马寻找我的村庄
谁剪断了我的脐带却喂我以泪水
谁堵塞了我的河流却请我上高楼
百里开外，我呼吸急促
只能在一枚稻叶上补充口粮

唉，更多的时候就饮这一地月光

我所热爱的孤独

我所热爱的孤独是这样的
等待雪的老梅
等待月光的昙花
等待佛法说得点头的顽石

我所热爱的孤独是这样的
擎着一首诗的意象
如满眼涟漪的池塘
举起一枝又一枝傲然的荷
整个夏天企图醺醉
一位路过的人

我所热爱的孤独是这样的
众人拥向大街
那里是你搅动的喧哗
而我反身走向田野
耕耘你抛荒的庄稼
而我醉心于烂漫的桃花之下
编织你未完成的篱笆

我所热爱的孤独
正如哑巴没有发出声的
正如盲人没有比画出的
正如泉在地底奔突
正如春在冬的根部萌芽

我所热爱的孤独
就是你眼中的瞳仁
就是你活泼泼跳动的心
只有用这孤独日日夜夜喂养
才能浇透这朵热爱
才能绽放这朵热爱

夜宿普光寺

这一夜我绕了三千年的道
八遍轮回从生到死进进出出
挡开飞旋的魅影
没什么可以再次遗忘
只要一晚，前世就会重新归来

归来的有松涛。看不见的针
根根竖起，扎破四面八方的暗
归来的有石径，勒在阳山之肩的纤绳

诗探索 4　作品卷　2016 年　第 4 辑

归来的有一袭青衣，一双芒鞋
挈妇携女走向一个熟悉的晨

今夜不为拜佛，寄的是身
宿的是心。半夜几声大咳
咳得星子躲进云层
所有碎梦已无处安放
唯有方丈禅房灯亮如故

立秋之夜，我终于无所事事
与大和尚泡过一轮山月之后
亲手埋了多余的蝉鸣

唐益红诗四首

纸上行走

我要借水汽蔓延的九万里晨光
说出美——
一个女子生命中的三千流水飞逝
借她衣襟上那朵洁白的栀子花
说出爱——
那些浓郁　那些跃跃欲试

在融入明亮的地方抵达十万亩波光闪烁
一壶缓慢的沸腾啊
与你隔着一层薄薄的天空
来吧，把这一生的雨水都交付大地

纸上行走　并不需携带锋利的兵器
我只随身一把细密的梳子
在黑夜里狠心地打量这些过往时光
梳落连绵不断的叹息，吹掉希望的浮屑
然后猛地拔出这骨缝里的寒、生命里的痛

你在深埋火焰的地方制造梦境
我在制造梦境的地方深埋火焰
我们相视一笑　同时用完成完成了完成

站在索县的悬崖边

风一吹，藏在荷叶里的荷花、莲蓬纷纷探出头

诗探索4　作品卷　2016 年　第 4 辑

且要看你如何醉倒在无数英雄美人之下
试图描述任何一个英雄时代
是危险的，很容易被一道锋刃伤害
因为世人都已忘了如何进入与退出
听，一群归巢的麻雀飞过
所有回家的人都已经上路

站在索县的河池城址之上
看不到黑暗中的荷池里暗藏的凶险
英雄的头颅如草芥，白马长枪的厮杀尘埃已定
一个朝代的儿女情长
必会用另一场旷古的别离和抚慰来做铺垫
我们赏荷，就犹如站在来时的悬崖边
细数覆盖危途的大雪

杨家将

推开宅门就是这南方的稻田
起初，秧苗是浅浅的青色
伏夏后，秧田变成了密不透风的绿翠
叔父的银枪摆前厅
锋开五指阔，上挂猩猩红缨

烟熏火燎的每一道日常生活都住着一个神奇的前生
宋朝的方子明朝的药，手疾眼快安邦定国凭胸襟
祖辈们战功赫赫，南方北方都有亲人
那时候，五峒四十八寨的时光都很慢
眺望这飞檐翘角可以花上一整天
跨出这青砖灰瓦要花上一个时辰
走出这三十六峰的则要花上一个月
时光缓慢，阳光太猛
一封家书来来回回要走上半年

青山庄重、天井阔达，儿郎们在演武场厮杀从容

湖南常德诗人作品小辑（三）汉诗新作

一间古老的木格窗棂洒满橘黄的光影
黑瓦粉墙的老屋外有亲人打马回疆的马蹄声
蓄发椎髻的后生在北方的疆场跃马扬鞭
祖母在房中舂米磨浆，准备简单的饭食
祖父在书房洗笔研墨，写一幅兰亭草字

黄金打造的楼宇

沙潮河从远处来带来消息
江山一夜之间变色

身边是一千年前的澧水
澧水一泻而下的是这座冲积平原的繁荣
这一座沙洲与我们深情对视
讲述着迁徙的草木，重返的飞鸟
当春天来临，再细小的草茎也会为自己加冕

多么美啊，就像从头到脚一下子焕然一新
我不爱你无边无际奢侈的黄金
也不爱无遮无拦的光线镶满的钻石
只爱你的小蛮腰小嘴唇
爱你桃红柳绿的花花世界
和坠入绿水青山的怀抱

多么激荡啊，就像一只重锤落下
溅起满天的霞光
你在赶往十美堂的路上，发梢沾满露水
走得太急 连蝴蝶蜜蜂
也跟不上你的脚步
有人在十万亩菜花之上吟哦
时而仰天 时而泪流满面

你有你的黄金打造的楼宇
我有我的春光十里蜿蜒如径

曾宪红诗五首

稻草人和鸟

如果一只鸟爱上一个稻草人
再高旷的蓝天还有什么用
再和煦的风,甜蜜的远方

翅膀还有什么用
她曾掠过高山,湖泊
她穿越云朵时,日光缓缓盛开
——有什么用
此刻她正迷恋大地
迷恋稻草人脚下的田野
而麦地正涌起金色的波涛

如果季节唤来寒流
春天的路线还有什么用
她眷念稻草让人流泪的气息
多么暖,多么迷人的芳香

让我在你的心房里住吧
冬天已经缓缓来临
关上所有的门窗,就像
关上整个世界

如果一只鸟爱上一个稻草人
世界还有什么用

一路向下

顺着这条路向下
是大地的边缘
再向下，是黑的沼泽
再向下，我仍旧不相信
地狱

总有一种方向可以直达世界底部
如果风给我惯性
我将重回殷商废墟里的
都城

如果泥沙俱下
在光阴和瓦砾同时破碎的今朝
我仍能辨认
象形文字里的冷暖

当所有的人都向上
触及云朵的华丽
我仍愿意向下，跪着，拥抱
大地深处的温暖

我听懂了鸟儿们说话

清晨，有凉风
有鸟儿的鸣叫
有梦里的一颗露珠坠落在草间

那些鸟儿在跟我说话，它们说——
心有多大

诗探索 4　作品卷　2016 年　第 4 辑

世界就有多辽阔

是的，我听见了
长一声，短一声
它们守着我的三尺窗台
它们望我帘中的倦意松松

只有它们会告诉我真实的东西
只有它们在爱过后还有欢颜
只有它们在经年的疲惫后还能热闹于枝头

我第一次听鸟儿说话
听懂了它们在天空飞翔的喜悦
也听懂了它们歌声里的清明

光与尘

与你的仁慈比，我更爱你的邪恶
与你的光明比，我更爱你的黑暗
正如——

快乐之于忧伤
繁华之于凋零
喧闹之于永久的沉默

如果将来我在虚无中等你
迟一步，或早一步
你都会走向我
只有消亡的力量
比天地更久长

我的悲悯是因为
我们都据守一截阳光

而终究要回归永恒的黑夜
尘与光，原本都一样

不如归去

算了，我还是回到我自己
我不能让疼痛占据五脏六腑胜过粮食
不能让思念长出黑色的铃兰

我必须回到我自己
变矮，缩小
在十八岁那年青色的田野
看到小草是无辜的
清澈的眸子里吹着蓝色的风

如果还不行，就再小
再小，在十岁的河滩
张开小小的双臂
像小鸟张开翅膀
那些水草、沙砾、小贝
在潮水退去之后
一片欢笑

如果仍有忧伤的风追随而来
仍有疼痛暗流涌动，
就让我——哗的一下
回到百万年前的原始丛林
在那里，我只需要一点粮食和火种
一点御寒的兽皮衣裳
我抽不出时间去爱
也没有智慧去思考
我所有的感受只是——
看着我火种不熄和食物丰足的
喜悦

诗探索 4　作品卷　2016 年　第 4 辑

龙向枚诗四首

悬　崖

她把家养在悬崖上
也养明月，养春风
养着一篮子的水

她说红颜过后你要爱我苍老的面庞
可是一转身，冰雪不融
一条溺亡的鱼只能顺流而下
一只折翅的鸟只能垂直而亡

可是那满院子的月光还在
那月光下兰花的脸庞
胭脂未冷，多少光阴隐匿于色彩
她隐匿于河流

当别人都说到了哀伤
她只说
夜色迷人，兰花又开了一朵

痕　迹

要抹掉夜色和晨光
抹掉长安路上马蹄声声
抹掉花瓣上的指纹，月上梢头
抹掉春风万里和它携带的香

抹掉所有。

花不再开，青鸟不再来
我站在一片旷野里，辽阔，苍茫
远处传来落花声碎
最后，我抹去了大地
和我飞翔的天空

在画中

阳光在白屋顶上流动
背光的部分，线条飞行
这是你画笔下的长安

我是樱花树下那一个
请你轻描淡写
用鹅黄和柳青
塑我罗裙花钗，凌波微步

如果夜里醒来
在你的画纸上兀自行走
这小小的孤单，谁人可见

穿过宣纸的背面
琉璃红瓦，哪一处
是你为我描摹的家
这忽略的一笔
让我终生行走在
长安古道，青石向晚

刚刚好

早一点有霜露，迟一点有梅雨

诗探索 4　作品卷　2016 年　第 4 辑

这样刚刚好，刚好容一树桃花
细细地开放

天空的亮度刚刚好，云霞刚刚好
麦地里的雨水，花圃里的日照
刚刚好。这条路
一往情深向北，也刚刚好

他的眼神刚刚好，
一些忧郁，一些深情
一些红尘里的沧桑，一些世外的阳光

正如她的青春也刚刚好，
她的似水流年，她的回眸一笑
刚好安放一段美丽的邂逅
时间，地点，人物
都刚刚好

戴希诗三首

我坐在父亲的肩上

和风轻拂 阳光明媚
我坐在父亲的肩上

父亲的手 紧抓我的手
父亲的手臂 把我的手臂
托举成 飞翔的鹰翅
我们在登山呢 好高好大的一座山

然而才过半山腰 父亲的躯干
就慢慢弯成了 一把箭在弦上的弓
我不禁勾下头来 偷看
但见父亲的脸 沟壑密布
父亲的身躯 已形同槁木
父亲七十多岁了呵 我也年近半百

快放下我 父亲
我羞愧得无地自容
不 你只管坐好 儿子
父亲依旧紧抓我的手
父亲的手臂 依旧把我的手臂
托举成 飞翔的鹰翅

忽然闪亮清脆的鸟鸣
忽然从梦中苏醒
天已微明 我眼角的泪滴呵
俨然兰草尖上的露珠 滚动

诗探索 4 作品卷 2016 年 第 4 辑

早在七年前 父亲就驾鹤西去了
我怎么还像 稚嫩的小毛孩
而父亲 怎么还像 年轻时的做派

难道 我一直
坐在父亲的肩上

一把椅子

一把椅子
端坐在那里
总是俯下身子
不停地 任人搬弄
却始终能够
保持虔诚的微笑
期待坐它的人

这把椅子
凡人坐上一辈子
也不过是 一把椅子
奇人只坐一阵子
就会 不同凡响

这把椅子
坐久了也会
忍不住伸腰 打哈欠
也会忍不住眺望远方

一把椅子
能够选择坐它的人
就能改变自己的命运

远和近

其实故乡很近
近到我坐在自家的窗前
也能听到母亲唤我的小名
近到我伫立城市的阳台
也能看到儿时伙伴们的追逐与欢笑
近到我每每漫步沅江的江畔
故乡歌声似的荷香
也能扑鼻而来

多少次 我乘车向故乡疾驶
蓝天白云一晃而过
蓊蓊郁郁的树木一晃而过
粼粼的潋滟和展翅飞翔的白鹭
一晃而过
我的头一直伸向窗外
望眼欲穿 望穿秋水
怎么总也抵达不了
故乡曲曲弯弯的河流
总也抵达不了
故乡星罗棋布的田园
总也抵达不了
故乡袅袅的炊烟
嘹亮的鸡鸣和亲切的犬吠

故乡呵故乡
其实离我近在咫尺
可我的梦里
你为什么遥远又遥远
远在天边 遥不可及

诗探索 4　作品卷　2016 年　第 4 辑

余志权诗三首

鸟　语

天刚放亮
鸟就开始在枝头喳喳叫
不是一只叫
是几只一起叫
早晨把鸟声映衬得很脆

鸟叫让我一早就醒了
我多听一会儿，醒又睡着
鸟给了我宁静
我不是鸟类学家
至今不知鸟的名单
至今不懂鸟语
这并不影响我对鸟的欣赏

真正的相悦
语言是一种多余
我们同在一个院子
鸟住在树上
我住在楼里
到底是鸟活得本真
还是我活得本真
到底是鸟活得自在
还是我活得自在
至今我没结论

湖南常德诗人作品小辑 三 汉诗新作

人的自然

人有许多不一样
比如，人在屋里与室外不可能一样
人在床上与床下不可能一样
人在有人与无人时不可能一样
此一时彼一时
这才是人的自然

他人的城市

一
城市没有牛群羊群
便以长长的道路为鞭
牧起一群群人，一群群车
唱起一曲摇滚的牧歌

二
城里人有邻居
却没有串门
串门锈蚀了
卡在楼上楼下
左邻右舍的铁门外

三
铁窗
铁门
铁栅栏
人们站在铁窗里
羡慕着空气的自由

诗探索 4　作品卷　2016 年　第 4 辑

四

小气的城市
容不下路边的一棵小草
小草无处立足
疯长在人们的心地

五

人有路
车有路
就是没给风修条路
无路的风乱跑
撞倒了一条招牌
踩灭了半条街的霓虹灯

六

夏天卖冬季的菜
冬天卖春季的菜
城市的四季乱了套
人们迷失在四季
放纵着假冒伪劣的季节

七

不管城里人醒还是睡
不管天阴还是天晴
晨钟定时响起，完了
余下的事不管
城里人钻进晨钟不管的事堆里作茧

八

趁着夜色没有褪尽
趁着大街空空荡荡少有人影
牛，拉着一车牛肉进城
车上，牛肉一颤一动

鲜活
车下，流着血水
滴湿路程
牛没有回望
习惯耕地犁田的四蹄
踏破了人独霸的早晨

九
把昨天封闭的火炉捅开
顺便把天捅亮
添上煤，于是烟灰飘起
弥散在小店剩下的今天

十
城里的阳光
被高楼遮断
矮屋
逃不出高楼的阴影
傍晚一场雨
洗尽太阳的余晖
洒凉高楼
也洒爽矮屋
不多给高楼一滴
也绝不少给矮屋一滴
一阵风吹过
城里有了一份清新

谈雅丽诗五首

草木缘

我进入一个故事最低潮的部分——

泉水在铁壶里沸腾
面前十只青花瓷碗微光闪烁
代表了我们相逢的岁月

一棵老茶树，就要将青翠的时光沉淀
那年茶树上，也许落过一只叽喳鸣叫的金雀
或者是茶树下吹箫的你
又或者是夜露流岚，我喜欢有那么一刻
微雪降落，染白我们中哪一位的发髻

或笑或泣的我们
铁壶在唱歌，一匹白蜡色的马
奔跑进玄青的瓷碗，我看着你眼里晶莹的部分
疑是泪水泛滥——
雪在融化
微风吹过
星辰落进茶碗，泡出一杯诱人的金红

《石头记》记载过一株仙草
我记得前来灌溉的侍者是情圣
我记得一眼泉，泉边的茶树
他回头深深看我一眼，不觉时光流逝

不觉时光流逝——

湖南常德诗人作品小辑／三 汉诗新作

围拢过来的饮茶人
一只递过来的茶碗，装满苦涩过后的
微甜

落日之美

我有过类似的体验，人群散去
黄昏骑着一匹老马行走在地平线上
当我独自在江堤漫步

江水清清，夏日村庄释放着辛辣的青春
秧苗已经长成，菜籽刚刚割去
一大块平展的黑土地，托着一轮金红的落日

水渠在与江水做更深的交谈
仿佛一次快要到达终点的奔跑
我站立的地方是青草的长坡
农人背负暮色正待回转，深红的落日
带着温热气息……渐渐沉入江水

一去不返的忧伤——
提醒我看破如泡沫般昙花一现的人生
不要汲汲营营于琐碎事物
我拍摄到的——也仅是时光凝固的片刻

幻　象

我渐渐习惯眼前的幻象
黄昏一座寺庙，落满灰色的阴影
晴空下一排透明的冰凌，悬挂在蔚蓝的天底

我梦见过同一首曲子，在世界每一架钢琴上

诗探索 4　作品卷　2016 年　第 4 辑

——演奏
我梦见过灵魂穿透毛孔，在月光下飞散
我梦见象形文字，排出氏族图腾的舞曲

我梦见过一群天使组成的鼓队
一列在天空行驶的马车
一座废弃的绿色花园
我梦见过古老的记忆，在一座消失很久的湖底厅堂
——重现

野樱花

我贪心到想把整个樱花谷搬进
自己的花园
当我把手停留在——
一枝横向春风的樱花时，忽然想到
那不速之客的来临
原来竟是旧日的相识，这里春光泛滥
又何尝不是当年无意种下的野樱花树

或零星数棵，隐于山林
或数树飞花，涌起浪潮

晴空下它们叩响——
一道连接过去和未来的门
一道连接前世、今生和未知的门

樱花开遍，我心微澜
我心微澜
——又何尝不是明日的沧海

理想生活

任由河流带我看遍千年面貌不曾改变的
极北平原
好想亲眼见证驯鹿，从远古不断沿袭的季节迁徙
也想看看森林里灰狼长啸的模样

当我编织出游的梦想，那流水经由山川闪闪发光
吸引我来到荒无人烟的阿拉斯加

我理想的生活包含那些渺无人烟的原野
深邃迷人的河谷，以及我们站在河边
深深迷醉于大自然的寂静
——和回荡在初冬山谷的野性呼唤

探索与发现

文本析读

记与者（组诗）

黑关紧夜
门关断路

独坐书房，点上烟，闭上眼
一个人的孤单，因烟与火的相遇
而感人而明亮，继而看清寂静的嘴脸——
书们旁观，桌椅缄默

点上烟，一个人的烦躁
会叫出更多的烦躁。一吞一吐间
唯有半暗半红的烟头抚慰自己——
眼里有薄凉，心里有慈悲

点上烟，一个人的内疚会悄悄发芽
吸一口和气，滤掉呛人的悔恨
好烟和好人，活法该如此——
劲足味醇，宠辱皆忘

我不是烟鬼，但人生是一支烟
原谅我越吸越短

本命者

这一年，用我偶像的话说
悲欣交集

这一年，借助贵人的手
两年之久的悲，被欣扳倒

这一年，欣是三喜
本命门里，大落有小起

这一年，大于天际小于针尖的焦虑
接踵而来，又被安抚我的人
悄然带走

这一年，带不走的是感恩
左口袋信念，右口袋信任
我将轻装远行

这一年之后，虽有雾霾
但空气中还有大把的氧气
我要慢，自在，深呼吸

这一年之后，马自奋蹄
有声的大雨，是家乡的鼓点
无声的大雪，是明亮的……方向

落叶记

隔着窗门，已能清晰看到
一年一度的收官之作——

诗探索 4　作品卷　2016 年　第 4 辑

白发和白雪暗生
本色与春色即将巧遇

近处，台阶上的落叶触动心房
——少年时伸枝展叶，青年时
泛出青绿，而中年
落叶满地

远处，雾霾一层层加厚
冬是元凶，裸奔的风——
回眸，便惆怅。多少事
多少人，窸窸窣窣了一生

隔着窗门，已能清晰看到
落叶的身上，季节的影子——
时间的真容。打扫和清理自己
这一刻，冷，又酸楚地热

打水者

马年马一样咀嚼
近五十年，我好像挺傻的
一直在空忙——用竹篮打水

并沾沾自喜。尤其是三年前
在"宁海斜"中，我也没站稳
以为兄弟很铁，亲戚很亲

以为乱中能取胜，能至少
用竹篮滴下的水，积少成多
抑或，打上空气里的氧气，心安理得

但东倒，西也歪……活着

谁能躲避空忙？谁的身体不似竹篮？
谁家的水，不欲上善若水？

后悔记

想起一生中后悔的事
夜里的向日葵，低下了头
想起一生中后悔的事
一只高脚酒杯，摇着天地

我的后悔事，细碎、多余
像多年的暗疾，羞于说出
所犯的过失、错误，似浮尘、草屑
因无法阻止，可忽略不计

摸黑走路，顺着后悔的事迹
目睹性格，绑架了命运。一瞬间
躲在肉里的骨头，因缺钙，缺铁
感到自卑和惭愧

世上无后悔药。我的后悔
也只是写在纸上，一声叹息后
一寸一寸地燃尽。而余温
会让往后的我，面对荣辱，一笑了之

致歉者

向妻女致歉，因春节放假
我拥有六天假期，想单独神游书海
并写出甲午年的第一首诗

向门窗致歉，刚掸过尘的地方

诗探索4 作品卷 2016年 第4辑

尘埃与明净一样多，这说明
我尘根未净，内心的努力远远不够

向短信致歉，去年重复的事情
今年淡了：不回复，也不转发
知天命的祝福，倦于表白

向钟声致歉，大红灯笼亮起来
拼命响的爆竹，是新年的心跳
新春天，被马蹄声提前叫醒

过年记

初一起，试着关机，试着过
自己的年：一天读一本书，或者
一天写一首诗

双亲亡，年味少，酒也戒了多年
阅读权当是痛饮，写诗乃小酌
劝自己：简单爱，减法活

累了就枕书而眠，醒了就一个人
嗑瓜子，一周的时光和静美
一个重听者深谙，并珍惜

这些年，热闹是别人的事，我偏爱
沉默的事物：灯光，书刊，铅笔，纸页
以及无声的大雪和《诗经》

抄袭者

写来写去还是那首诗

从模仿到重复，我是我作品的
抄袭者，虽无罚单
但离优秀，越来越远

走来走去还是那条路
从单位到家庭，我是我日子的
抄袭者，虽无厌倦
但离浪漫，越来越远

活来活去还是那种命
从自强到自责，我是我命运的
抄袭者，虽无沉溺
但离宁静，越来越远

时间记

时间是一把刀，追杀我多次
但我不怕硬的，但它带走了我父母
——这让我瞬间忧伤

我知道我是它的人质
早晚有一天，它会逼我缓缓松开双手
——让我感慨：万物终有时

年至百半，善待是唯一的方法
不忙碌，不浪费，更不要去填补
——时间会冲淡一切

时间之间没有空隙
如果可能，请向时间学习修补术
——用余生，修补前半生的裂痕

内疚者

    "享受生活，享受诗歌"——
    偶尔读到这条短信，就会想起他
    和那些爱才不爱财的人，他们的好
    让我内疚

    他们是及时雨，滋润我的诗歌——
    以前我的诗，肉里有刺，喊疼，发炎
    现在，落寞如雪，在故乡的掌心悄悄融化

    用半年的时间解决后半生的事——
    他们用特殊的阳光逼退抑郁的阴影
    让日落，翌日有日出的可能

    让被大气候的闪电击伤的翅膀
    有飞翔的可能——一条体制外的蛇
    挺起腰杆后，是否有底气
    从蛇到龙

    这，几近虚幻。但至少在妻女面前
    写诗不再是一件羞于启齿的事情

抑郁记

    先焦虑，后失眠，当安眠药
    失效；当起床、洗澡，简单的事，变得
    无比困难；当活着，成为负担

    像耶稣受难般漫长。这种痛
    有口难言，不能自拔。拿月亮当电灯

把沙发坐出一个坑

被睡眠抛弃后，就只能与自己抗争
迟钝，易怒，一不小心就触动
生命停止键的开关

之后有大把的时间长眠，爱黑夜
就是爱黑暗；天亮，最揪心的
是亲人们，白发送黑发

晨重夜轻，这个世界
他们，曾经来过……

治水者

老家有五大溪流，其中一溪
我童年时，见过它的童年
清澈，水处有景，有点甜
鱼水同欢，香鱼和桃花水母是常客

我中年时，就像中游的水
有些杂质，倾倒月光与目光的少了
多了垃圾、浮躁、污染和虚名
人无诗意，水也不爱在大地上旅行

水，是有灵性的。水生万物
它看得见人类的修行。五水共治
还水以干净，从自然来，还原自然
给自己和鱼，许多条路，许多精气神

2014年，草木做证，治水者为大地疗伤
解开河流的衣带，打通经脉后
水花与虫鸣

没完没了

酒过三巡，水流四季
我在溪边钓上一落叶
写上一首山水诗
也画上一日千里的美

去世记

从占据了一面墙的书中，抽出一本
《邵一涛遗墨》。砰一声，掉落地板
响声很大，像瞬间的车祸——2011 年
他车祸遇难。享年四十七岁。一个热爱
书法与佛法的男人。妻告知噩耗时
我刚写完《祭母帖》。我捂住脸
捂不住眼眶里的泪水。泪水两行似挽联
左为好友，右为无常

从占据了一面墙的书中，又抽出一本
《乡村抒情诗》。翻阅，诗如其人
朴实，敦厚。作者徐群飞，我同事，和邻居
亦师亦友。2011 年 6 月 1 日晚他病逝
我短信速告文友们后，三夜无眠——
难道我又一次目睹了生死变幻？我不信！
我怀疑他写累了，去了另外一个房间休息
因此，至今保留他的手机与 QQ 号码……

老的去世，新的去世。已届知天命
却一次次，被迫领教生命的脆弱
从马航失联到韩轮沉没，那么多的人
一下子被海洋，这巨大的坟墓覆盖
仿佛水滴消失在水中，尸骨无存
这让我悲伤，恍惚，麻木……

死亡，是一张不漏的网。时间之灰啊
早晚，埋我于故土

写诗者

也许前三十年的厚积，是为了今起
一周一诗的薄发？

也许之前的我，类似古代采诗官
只是语词尸体的搬运工？

也许每一个语词都有情人，而我
已找到拯救和同居的秘方？

也许一首诗的完毕，就像我女儿
有了我管不着的命运，甚至不再属于我？

也许我太贪心，想一辈子写诗
并给它足够的宠溺是宿命？

也许多写意味着重复，而超越举步维艰
那就放弃，如同放下一负担、一债务？

但这样做，我会闲死。十字路口
我选择，做一个喂养语词的诗人

诗探索 4　作品卷　2016 年　第 4 辑

洗尽铅华见从容

——品读阿门"者"系列组诗有感

南溪生

诗人阿门加入中国作协了。这当然是个好消息，可喜可贺。但我以为，对于一个人民文学奖获得者，这其实已经算不得什么荣誉。加入是迟早的事。不加入才怪呢。

何况，就算荣誉吧，这东西本就是个"身外物"。对于一个真正的诗人，他自己也未必十分在意。一个真诗人，更在意的是他的作品本身，以及他的作品在读者那里的反馈。

我与阿门相识至今已经近十年。从诗友到朋友，到现在成为同事，我一直是他诗歌的粉丝。在一定程度上，我见证了阿门的诗路历程，也见证着他诗风的演变，以及他诗歌中有些东西自始至终的坚守。

最近一年来，他连续（几乎是一气呵成的）创作了差不多近二十首的"者"系列组诗，不少诗歌刊物发表和转载了他的这些诗歌，反响很好。从一个读者和粉丝的角度，我有幸拜读了他的这些诗歌，并且，有了一种不吐不快的感觉。

一

读阿门十多年前的诗歌和现在的诗，有时会有一种强烈的反差感。

以前的阿门，更像是个浪漫主义诗人（尽管也有愤懑和孤独）；而现在的他，更接近现实主义。他年轻时候的诗歌，色调更加明朗。一个显著的特征是，以前他爱写情诗，那种活泼、绚烂、充满想象、天马行空、美得令人眩目的诗行俯拾皆是。而现在，他的诗歌（以这些"者"系列组诗为代表）色调明显沉郁了一些。他也几乎不再写情诗。

他现在的诗更多地落脚于一些具体可感的事、物和人，和一种似乎触手可及的更可靠的情绪。他的诗歌里也不再有天使、海豚、姐姐这些如梦似幻的暖色意象，而多了诸如"时间""死亡""人生"这类冷冰冰的字眼，以及对人生、人性话题的思考和追寻。

这种转变，自然与人到中年渐"知天命"的豁达通透有关，也与他自身这些年来的人生遭际不无关系。

还有技巧和修辞。打个比方，如果将诗人的作品比作一个女子，年轻的时候，因为爱美，化妆、傅粉、涂唇，这些都是少不了的。所以，作品可能更注重外在的形式，更在意技巧，更在乎修饰。人到中年，在经历了很多的人事沧桑之后，在有了漫长的沉淀之后，诗歌就自然而然地由外及内，转向了对内在的关注，对诗歌所要表达的内容本身的偏重。于是，施朱抹粉就少了，修饰和技巧的痕迹少了，更多了一种铅华洗尽后的坦然与从容。

他现在的诗，即便是严肃的话题，也少了以前那种"把赵家的屋檐放在肩上"的沉重感，多了一些"人生是一支烟/原谅我越吸越短"这样的妙悟。他展示人的宿命和无助，开始有参悟的智者般的淡定、坦然，如：

我知道我是它的人质/早晚有一天，它会逼我缓缓松开双手/——让我感慨：万物终有时（《时间记》）

哪怕是内心的疼痛、愤懑、悔恨，也少了以往那种和现实关系的紧张，而是以一种看起来很从容的笔调展现：

我的后悔/也只是写在纸上，一声叹息后/一寸一寸地燃尽（《后悔记》）

而这些文字，已经很难看出雕琢的痕迹，仿佛就是从笔端，从诗人的心间自然地流泻出来，却直击内心。

二

如果把一个诗人的诗路历程看作一条河流，有些东西在变，在不停流动，那么，也一定有一些东西是不变的，是诗人始终在坚守的。就像河流中的砥柱。

对于阿门，改变的是他的诗风，是色彩，是愈见娴熟的技艺——他现在就像一个高明的铁匠，火候怎样把握，怎样使劲，往哪儿使，都胸有成竹，得心应手，信手拈来。

而不变的，是他写作的"姿势"。

诗探索 4　作品卷　2016 年　第 4 辑

有诗评家把诗歌写作分成三种"姿势"，并据此把当今的诗歌写作者归为三类——坚守者、迎合者、推销者。坚守者，他们在寂寞中以虔敬之心面对诗歌，坚持纯正严肃的诗歌写作；迎合者，他们迎合大众的心理和口味，实施"卖点"战略，想方设法吸引读者的目光；推销者，这类人干脆把诗歌作为生财谋生之道，把诗歌当作商品直接出卖。

阿门无疑属于第一类。他不迎合世俗，更不善自我推销，所以，埋头写诗曾经让他的日子捉襟见肘。但他不怨悔，正像他自己所说：

劝自己：简单爱，减法活……/这些年，热闹是别人的事，我偏爱/沉默的事物：灯光，书刊，铅笔，纸页/以及无声的大雪和《诗经》（《过年记》）。

因为甘于"简单"，偏爱"沉默"，所以他始终坚守着自己的诗歌理想。这个理想，在我看来，是一种为诗歌而诗歌，一种对艺术纯粹而执着的追求。尽管，诗人仍这样谦虚："写来写去还是那首诗/从模仿到重复，我是我作品的/抄袭者，虽无罚单/但离优秀，越来越远"（《抄袭者》）。

尽管，诗人仍有这样的怅惘："也许之前的我，类似古代采诗官/只是语词尸体的搬运工？//也许每一个语词都有情人，而我/已找到拯救和同居的秘方？//也许一首诗的完毕，就像我女儿/有了我管不着的命运，甚至不再属于我？//也许我太贪心，想一辈子写诗/并给它足够的宠溺是宿命？//也许多写意味着重复，而超越举步维艰/那就放弃，如同放下一负担、一债务？……"（《写诗者》）。

然而，他又马上给了自己这样坚定的回答："但这样做，我会闲死。十字路口/我选择，做一个喂养语词的诗人"（《写诗者》）。

有人说，诗歌写作，天分是不太可靠的。依靠天分写作的诗人，也大抵很难摘取诗歌领域最高的桂冠。一个有诗歌能力的诗人，才可以渐渐将天分转化为写作持久的可能。也是在这个意义上，海子将自己最大的敬意献给了但丁、歌德和莎士比亚，而将热情和天分留给了荷尔德林、叶赛宁、兰波。

诗歌能力，显然包含着诸多复杂的要素。写作的持久，也必然是多种因素共同作用的结果。但我以为，这种写作"姿势"的坚持，对诗歌完全出自内心的欲罢不能的热爱，是其中最要紧的。

阿门一直坚定地走在这样的道路上。

所以，诗歌带给了他荣誉，诗歌让一位失聪者找到了生活的方向，找到了尊严，找到了一条接通外部世界的特殊渠道，找到了一条通向理想生活和生活理想彼岸的轨道（阿门自己曾说，诗歌于他是"一条必然的自救之路"）。

三

如果在这个时代谈论诗歌理想多少让人生疑，或者起码有些矫情，那么，诗人必须要具备写作的诚意，这大抵是毋庸置疑的。

读当下诗人的一些诗，有时不免会生出一种疑惑：在诗人和其创作的作品之间，你该相信谁。诗人？还是诗歌？

这么说，很明显的一个问题就是，当下的不少诗人和他的诗歌之间是分裂的，不统一的，就像他们分裂的人格。在他们的作品里，你仿佛永远只能看见某种"大"，那种"大"或者"高"压得人喘不过气，叫人望而生畏，敬而远之。

阿门从不避讳自己内心的"小"，他尊重自己内心的情绪，并真实地呈现着自己的情绪，就像："我中年时，就像中游的水／有些杂质，倾倒月光与目光的少了／多了垃圾、浮躁、污染和虚名"（《治水者》）。

就像："抱恨终天，人前若无其事，人后／丢了魂似的，一颗半死的心／两只悬空的手，三字姓名／被法院或公证处曝光，声名狼藉"（《贪小者》）。

正因为如此，他有时在诗歌里展示的那种孤独感、无助感，甚至悲剧感，愈加地打动人心：

我的后悔事，细碎、多余／像多年的暗疾，羞于说出／所犯的过失、错误，似浮尘、草屑／因无法阻止。可忽略不计（《后悔记》）

拿月亮当电灯／把沙发坐出一个坑／／被睡眠抛弃后，就只能与自己抗争／迟钝，易怒，一不小心就触动／生命停止键的开关／／之后有大把的时间长眠……（《抑郁记》）

……

有诗评家说，好的诗歌，它应该让人感受到血肉、骨架、呼吸和灵魂。按诗人西川的说法，衡量一首诗成功与否有四个"程度"：诗歌向永恒真理靠近的程度；诗歌通过现世界对于另一世界的提示程度；诗歌内部结构、技巧完善的程度；诗歌作为审美对象在读者心中所能引起的快感程度。

诗探索 4 作品卷 2016 年 第 4 辑

虽然，并不是每一首诗都必须要做到这四点，何况所谓的"永恒真理"本身也具有未知性和不确定性，但它至少对广大的诗人是一种有益的启示。从这个角度来看，我以为阿门很多诗作中对于人生的一些思考和探索，正是符合这样的定义的。

　　譬如他对于生命的脆弱和不可预测的感知，从身边亲人、朋友的离去，以及：

　　从马航失联到韩轮沉没，那么多的人/一下子被海洋，这巨大的坟墓覆盖/仿佛水滴消失在水中，尸骨无存/这让我悲伤，恍惚，麻木……（《去世记》）

　　在没有空隙的时间之间，生命是一种暂时现象，而死亡就是一种永恒真理。所以诗人最后发出这样的喟叹——"死亡，是一张不漏的网。时间之灰啊/早晚，埋我于故土"。

　　还譬如他从一片落叶察觉到的"时间的真容"：

　　隔着窗门，已能清晰看到/落叶的身上，季节的影子——/时间的真容。打扫和清理自己/这一刻，冷，又酸楚地热（《落叶记》）

　　这些，是否有着如诺贝尔文学奖获得者托马斯·特朗斯特罗姆所描述的那样，"像是真理扑动的一角"？

四

　　诗评家崔勇曾有一个比喻，诗人是消费时代的一根刺，鲠住了我们这个时代的只是习惯吞噬而不知道歌唱的喉咙。而优秀的诗人和他的诗歌，应该持续不断地刺痛这个消费时代的阵地。

　　按照这个说法，那些颂歌和甜腻的爱情诗当然不是刺，那些纯粹"小我"的表达也不是，那些赤裸裸标榜"身体写作"甚至"下半身写作"的更不是。

　　诗是时代的神经末梢。

　　好的诗人，他应该长着敏锐的触角，他们对现实世界的触碰要有异于常人的敏感。他既关心自己的内在体验，也关注外部世界，并把接收到的来自外部世界的信息，在有了自己的内在体验并经过"发酵"之后，以诗人特有的方式呈现出来，传递出去。而他传递的情绪，也应该有一种时代性和普遍性。

　　让人欣慰的是，阿门身上的这对触角依旧敏锐，在他的诗作里，这样一根刺也从来不曾消失。虽然阿门自己在诗歌《内疚者》中说，"以前我的诗，肉里有刺，喊疼，发炎/现在，落寞如雪，在故乡的掌心悄悄融化"。我则以为，变化一定有，但现在这根刺也并不是真就"悄悄融化"了。

他的"者"系列组诗，大多来自于自己生活经验的表达，是个人情绪在独特情境下的体验，但这种情绪和体验往往是很多人共通的。

譬如，他对人性的怀疑：

这些人，你不陌生，甚至太熟悉/像牙齿，貌似整洁、坚硬、亲密/张开却是一口陷阱（《跑路者》）

在物质化的金钱和利益至上的时代，人的信义呢？人的良善呢？在它们面前，不值一提，不堪一击。那些为了钱，不惜坑蒙拐骗，连朋友、亲人都不放过的"跑路者"，让诗人感到人性的"恶"、虚伪和不可靠，让诗人感觉到了疼。

而对于那些把身家性命都押在这些"跑路者"身上，结果"竹篮打水"一场空的人们，诗人在诗歌中以"打水者"的隐喻给予了深切同情：

以为兄弟很铁，亲戚很亲//以为乱中能取胜，能至少/用竹篮滴下的水，积少成多/抑或，打上空气里的氧气，心安理得//但东倒，西也歪……（《打水者》）

譬如，对于人生的意义，特别是人到中年后的"蓦然回首"，他以自己独有的感受展现了很多人普遍会有的一种惶惑、不安和惆怅：

走来走去还是那条路/从单位到家庭，我是我日子的/抄袭者，虽无厌倦/但离浪漫，越来越远//活来活去还是那种命/从自强到自责，我是我命运的/抄袭者，虽无沉溺/但离宁静，越来越远（《抄袭者》）

人生的意义在一定程度上被诗人残酷否定。对于缺乏人生理想的苟活者，对于日复一日的命运"抄袭者"，这不啻一道抽在他们心里的鞭痕，生出热辣辣的疼痛。

五

和我一样，看了阿门的这些"者"系列诗歌的读者或者都有兴趣会问这样一个问题：阿门为什么要创作这样一个系列组诗？而且据说很有可能还要继续。

诗探索 4 作品卷 2016 年 第 4 辑

我私下里揣测：可能他是以这样一种方式对自己某一段特定时期的心路际遇的一次系统梳理。或者，他因不满于自己"写来写去还是那首诗"而主动谋求一种转型和突破的尝试。或许二者都有。

　　不管何种理由，我以为，对于阿门自己，这在他自己的诗歌生涯中必将是一件具有"里程碑"意义的事情。其意义绝不下于几年前他推出的中国第一部"网恋长诗"《天使与海豚》。

　　当然，这个里程碑，也或者意味着他的诗歌创作之路找到了一个新的起点。那么，诗人自己有福，读者、粉丝们也有福了。

　　那么对于一座城市呢？

　　我以为，一座有底蕴的城市是不能没有诗人和诗歌的。没有了诗人的吟唱，城市就缺少一些灵魂和生气。从这个角度讲，洗尽铅华的诗人阿门，找到一个新的起点的阿门，我们对他的期待自然就又要多了一些。

文本析读三 探索与发现

夜行动物（组诗）

林宗龙

一　年

我离家许久，一月像鸟儿，二月像火车。
三月，我找不着北，在城市乱窜，
等邮差的消息，在酒吧，喝烈酒，跳艳舞。
四月，我迷失在字典里，
X 是希望，Y 是绝望，XY 组合一起就是时间。
五月，我在时间里，偿还高脚杯，
把良心当游戏，练习爬墙，漂泊如浮萍。
六月啊，我怀疑，六月不存在，
老街的白玉兰，不再开放。
七月，我终于找回六月，找回高索桥，
投在城市边缘的影子。阳光炽烈，
像亡魂在歌唱。我唱到了八月，唱到精疲力竭，
唱到天黑，江边坐着钓鱼翁。他钓走了九月，
鱼饵诱人，美人薄命，我摇着船橹，
来到十月。十月是送葬人的节日，他们举着火把，
搬起巨大的石头，相互撒谎。
他们说，十一月是逆转的钟，马上就到。
我等到英雄迟暮，蛛网结上了房梁，
等来十二月的白雪，纷纷扬扬。

扫墓记

我沉浸在一种笨拙的语调：

诗探索 4　作品卷　2016 年　第 4 辑

在奶奶的坟头，父亲卑微地蹲着，
挥动着手上的镰刀。
没过多久，他的身旁就堆满了
被割下来的野草。
我沉浸在父亲熟练的动作中，
那急促的缓慢，
有着天然的荣光，
像语言洞悉了一切，
在这座山里来回走动着。
或许你会听到
那野兽嘶吼过后的声音，
像雨中生长的
那些芒萁一样平静，
锯齿状的触角，
多么旺盛的生命。
但你不得不承认：我的父亲
一个无法躲避的事实，
在他起身时，树影打在
他曾经年轻的脸上，
我仿佛看见一枚石头被丢了出去，
回荡在一股原始的
温柔之中。

黑暗中的声音

黑暗中的声音，每天
都会和我说话。他们一个说：
天黑了，你可以停止取火；
另一个说：你要汲水，一直
到天亮。他们一会儿说：
离开它吧，把那些词语
像木头一样烧掉；一会儿又说：
你要永远追随着它，

它多么的重要，有时候仅仅
只是，只是做完爱后
空气里的潮湿。他们说的都是
错的，但也可能是对的；
他们赐予我重复的生活，
但又让我在这重复中，看见
某个瞬间难得的光亮。
那是每次坐在江边的石阶上，
黑暗中的声音，会躲在雨水里，
轻轻摸着我的头。

梦的部分

醒来时，妻子坐在床边，
天是阴的，麻雀时不时地落在
灰色的围墙上。
"整个下午，奇怪的梦
都没有停止过。"我对妻子说，
她微笑着以此回应。
"我梦见我骑着一头麋鹿
在找一只粉色的羊。"我继续说着，
好像那是真的。
在我自言自语时，我听见楼下
回来的父亲脱鞋的声音。
像一种习惯，他喜欢对着瓷砖地板
轻轻地敲着鞋跟，
我知道这个时候黄昏要来了。
在我下楼时，天慢慢黑了，
好像是梦的部分，那群麻雀早已
和黑色融为了一体。
而坐在门口的小家伙，正一片片地
摘下鹅掌楸的叶子，像纸片一样撕碎
然后扔在地上。

诗探索 4　作品卷　2016 年　第 4 辑

他总是能快乐地找到
童年的玩具。

回忆录

台风过后，你手里弯曲的路
满是倒下的树，我看见了裸露的树根
以另外的形式死去。
父亲，我消失的这几个小时，
好像你也不存在了。
街上的人群，好像从蚁穴里爬出来
他们慌乱地看着彼此，
看着消失的我，像什么都没看见。
但事情确实在发生着：
水面上漂浮着嘴里吐着气泡的鱼群，
而陆地上搁浅的海豚，
正是我消失的一种集合。
它的声波曾像你一样照耀着我，
在有雾的夜晚，或者当某种不明的
情绪劫获我的时候。
父亲，当海水淹没了我寄居过的岛屿
那个幽蓝色一样忧郁的微粒，
始终在你叛逆儿子的潜意识里
像钟摆一样回荡着，
它说：我们以此出发并作为终点。

它看着我

它看着我，从母亲的
肚子出来，喊了一声"妈妈"。
妈妈，我学会了走路，
但不知道要去哪里，这是

永久的秘密，白色床单
盖着死人的身体；它在
洗干净之后，被挂在天台的
铁杆上。它看着我
随风飘动着，妈妈，我学会
了撒谎，那根芦苇
是我带回来，插在江边的
墓地上。妈妈，我在纪念
这些流动的消失，那枚钟是
我拆下来的，那只火柴，
是我点着的，还有那个漂浮
的泡沫……长时间地
出现在梦里，妈妈，我找到了
一个恰当的理由：我想回到
你的肚子里。

浮　物

从盆架子的树荫经过，衰老的雨，再
次像浮物一样滂沱起来。在遥远的近
处，蜂鸟隐藏在空寂的惯性里，除草
机将植物的气味，递到空气中。我仿
佛看到另一个自我，从树洞渗出的神
性的光照着我，像高贵的爱，再一次
将沙漏一般的日常，隐匿在木房子背
后的那片绿地，我消磨着我的肉身，
我的肉身消磨着我，这不足以让我感
到沮丧，我有高贵的爱，像快乐的邮
差，哼着歌，一转身就能找到回家的
路，那时抬起头能看见天上的启明星

火车和船

多像一个月前。傍晚，

诗探索 4　作品卷 2016 年 第 4 辑

我会到铁轨附近的小路散步，
风吹着无垠的蒲公英，
从遥远的地方，火车时不时
地驶过，像河面上
那艘运沙的船，人的痛苦
并没有淹没在马达不停转动
的轰响之中。
我看着火车，就像看着一艘
人一样的船。在茫茫的水的
无尽的开阔地带，
芦苇荡漾，水面是空寂的山，
我看着那艘船，
在其他事物的照耀下，
获得了人的形式，
船桨涌起的水花，是无穷的
虚无里无穷的孤独；
渐行渐远的马达声，
在暮色里像人的痛苦
越来越微弱；
那是我用我的方式，
在歌颂例外的我。

所　爱

一些雪落下来。一些谷物
泛着微光。这样的你，离死亡很近
离死亡越近，就越能看见
我绝望的抒情。我早已和这个世界
格格不入。早已从镜子外的生活
分裂出自己。我在壁虎爬过的地方
留下孤独的气味。那是你
察觉不到的晃动。我在一场
看似漫长的木偶戏中，不断消耗你

托付给我的身体。不断破坏
并建造新的秩序。我究竟获得了
怎样的力量，让那些弃我而去的海水
重新淹没了我。现在，它并没有
停下来的意思。现在，我将再次
死过一次。这多么微不足道啊
没有人注意到，生长在我周围的向日葵
没有人在意我持久的热爱
那些卑微的事物，在我绝望的抒情中
获得了新生。可是，天空是
布满血丝的红色。我去过这些有限的
地方。在那里，我不仅看见了
人类的渺小和局限。还有那道
没有父亲的风景。它让雪覆盖在谷物
残缺不齐的身体上面

幻　觉

大量的幻觉涌来，在死之前
你前胸贴着后背，在幽暗的卧室写作
拆下各种机器的零件。有时候
原封不动地收割着各种身体。比如
银色的图钉，你把它流放在
墙壁的深处。比如破碎的蜘蛛网
你让更多的灰尘，落在它上面。比如那些
被照耀过的假面具，如今完好无损
你就这样义无反顾地形成自己
修建着自己的宫殿。那里全是
幸福的孩子。他们骑着扫帚，飞来飞去
他们把你的欲念，埋在后花园
皂角树的下面。就像现在，他们有比你
更为完整的童年。你努力抓住的
那些葵花种子，浮在空气中，始终没能

落到地面。你始终没能打开
那座挂钟，看看时间，能否为一个
无家可归的人，停留半拍。看看
无人倾听的蔷薇，能否
开出绚烂的花。你找不出与
土壤相对称的寂静，陈旧而腐朽
那些不堪一击的浮雕，突然倒下来
压住你裸露的河床。彻夜不止的歌者
让黑玫瑰垂危的美，慢慢钻进
自己的刺中

文本析读三 探索与发现

夜行动物一盏灯

——林宗龙的诗及"阴性写作"的启示

曾念长

　　我有一条未经论证的阅读经验：一本书的书名，如果不是被出版商左右，而是出自作者本人的命名，往往是最能呈现作者的精神状态的直观信息。他的气质、他的姿态、他的观察和表达自我和世界的方式，都可以在书名中窥得一线天机。林宗龙的诗集《夜行动物》，就有一个泄露了作者的精神秘密的书名。它是如此直截了当，又是如此深不见渊，似乎有一道光，发自作者的幽暗而清醒的内心，投向我昏睡的意识里，就像注入了一个激灵的问候。

　　仗着这种大胆的偏见，当我刚拿到这本诗集时，我就决定读它一回了。

　　《夜行动物》共收入林宗龙的诗作一百一十四首，有目录却没有分辑，每一首诗也没有标注创作时间。这意味着什么呢？意味着我们无法通过诗歌之外的信息，来判断诗歌与作者的真实生活之间的对应关系。哪怕对这种关系的暗示是微弱的，也聊胜于无。可是没有。对于读者来说，这是一种折磨。诗歌本来就难解，倘若没有诗人的生活背景做线索，更是如坠云雾。不过，这正是我们在进入林宗龙的诗歌之前必须接受的一个预设："夜行动物"不向窥视他们的人们提供任何生活背景。作为一种如幽灵般在夜间走动的精神主体，"夜行动物"不仅不提供生活背景，而且试图抹除或搅乱一切可见的生活痕迹。这种奇怪的性情代表了他们对一切理性的、可被计算和推理的文明编码的拒绝。他们崇尚一种夜间的秩序，自由、袒露、神秘，略带神经质，不受白昼的理性秩序的规约。这种秩序观，首先在林宗龙的诗歌语言里得到了展现。

　　《一年》这首诗被安排在诗集的首篇位置，想必是作者最为珍视的作品之一。从语言的角度来看，这首诗在林宗龙的所有作品中也是具有代表性的。诗人从一月开始写起，一直到十二月结束，从表面上看，这

诗探索 4　作品卷　2016 年　第 4 辑

是完整的一年。但是从内部语言来看，诗人对每一个月的陈述并不能清晰呈现出意义的相互关联，月份之间的递增也不能传达出意义的叠加关系。写到六月的时候，还出现了意义的"空档"："六月啊，我怀疑，六月不存在"。（《一年》）显然，诗人编织出来的语言秩序，既不能指向四序轮回的一年，那里有永恒的意义；也不能指向经济报表里的一年，那里有增长的意义。诗人向我们提供的，只是一种看似混乱的语言秩序，通向一种不知所终的意义之旅。这种语言秩序类似于数绵羊的失眠者的喃喃自语，自闭、混沌、零意义。对于外人而言，它只不过是一堆语言的废墟。但是对于失眠者来说，这种看似无意义的自语，正是为了抵抗那个有意义的世界，因而其意义又是自足存在的。对于林宗龙来说，这种语言同样具有一种自我启示的作用。它有效地指向了作者迷失在一个有意义的世界里的精神状态。"我离家许久，一月像鸟儿，二月像火车。/三月，我找不着北，在城市乱窜，/等邮差的消息，在酒吧，喝烈酒，跳艳舞。/四月，我迷失在字典里，/X 是希望，Y 是绝望，XY 组合一起就是时间。"（《一年》）

倘若诗人是一种"夜行动物"，那么只有在白昼，他才会陷入迷失状态。从诗人与世界的关系来理解这个问题，也就是在白昼世界开始苏醒的时候，在俗世逻辑开始运行的时候，诗人开始"找不着北"了。此时，诗人自我拯救的方式就是写诗，通过自己的语言秩序的启动，完成对那个有意义的世界的翻转，让自己回到一种虚拟的夜行状态。夜行者的语言是独醒式的，而非交流式的。它接近于梦游者的呓语，深入内心的质地，却拆除了理性的、策略性的语法结构，因而呈现出一种脱离俗世逻辑的语言地表。

理解林宗龙的语言风格，必须凝神聚焦在他对语言秩序的处理方式上。往简单里说，它是从一个句子到另一个句子的联结方法；往复杂里说，它是一种转义的策略，决定了诗人将以什么样的方式来完成从一种意义到另一种意义的转移。在林宗龙的写作中，世俗强加给词与物、词与词之间的固定意义已周转不灵，一年不再是四序轮回的永恒，也不再是日日更新的同比增长率，而只是一个由十二个数字构成的意义空壳。因为是一个空壳，诗人便可以在里面自由而任性地玩耍语言的游戏，而无须顾虑世俗意义上的游戏规则。来自外部的强加的意义消解了，诗人内心深处的原始感受力则开始膨胀，若暗香浮动，"像除草机将植物的气味，递到空气中"。于是，"我仿佛看到另一个自我"。（《浮动》）这种感受力的形而下部分是情绪。注意是情绪，而不是理性，也不是由理性生发出来的激情。在当代诗歌史上，情绪的合法性问题一度被上升到政治批判的层面，由此导致在政治抒情诗时代，理性和激情的辩证法统摄了一切。不过在林宗林这一代诗人身上，似乎已无此包袱，能否在诗歌中处理好情绪，更多是属于个人需要面对的诗歌动力学问题。

正是因为情绪成为诗人展开叙述的第一动力依据，我们可以说，林宗龙的语言秩序是非理性的，甚至是混乱的。它对词与物、词与词之间的连接，因为瞬间情绪的触动而生成，因而常常越出了固有的意义轨道。林宗龙写过一首《火车和船》，我们暂且撇开这首诗，假设这是一篇高考命题作文（不限题材，诗歌除外），那么我们需要启动脑中现有的一切话语资源，通过复杂的意义转换和升华，才能完成对这个题目的内涵的揭示。但在林宗龙笔下，奇迹出现了。"从遥远的地方，火车时不时/地驶过，像河面上/那艘运沙的船，人的痛苦/并没有淹没在马达不停转动/的轰响之中。"（《火车和船》）诗人因着痛苦的情绪和对声音的感受，瞬间完成了对火车与船这两种事物的叙述链接。这是诗人进入写作状态时才有的速度，不同于领导官员公开讲话的速度，也不同于大牌学者写作一篇论文的速度，当然也不同于我现在写这篇文章的速度。

诗人之所以具备了其他表达方式难以企及的言说速度，是因为诗人忽略了世俗世界里的语言秩序。在某种意义上，我们可以说，诗人就是这个现实世界的甩手掌柜，任你再意义宏大，他都不管不顾。但是随后麻烦就来了。越出了常规语言秩序的写作，注定了它在重返俗世时必然遭遇理解上的重重障碍。这便是今人读不懂一部分当代诗的原因之一。即便像我这样多年保持着诗歌阅读习惯的人，打开这本诗集，也会常常出现迷糊和走神的时刻。确切地说，我脑中现存的语言运行轨迹，与林宗龙在诗中展开的语言秩序，有时是无法呼应的。倘若能够一一呼应，我也有望成为一位优秀的诗人吧？但这是不可能的。我很清楚这个世界已成功地将我改造成一个丧失了诗性逻辑的人。维柯说，诗性逻辑是按照每件事物的自然本性来给事物命名的能力。一个缺乏诗性逻辑的人，已成概念、知识和文化的俘虏，他可以写好工作报告，写好学术论文，甚至可以写好一篇文学评论，却写不出一首好诗来。

诗歌与日常交流之间的断裂由此延伸开来，形成了当代文化图景中难以弥合的一道鸿沟。人们通过常规的思维训练，读懂了股市 K 线图、公司财务报表、政府工作报告、公众传媒报道、学院学术论文以及散发

诗探索 4　作品卷　2016 年　第 4 辑

着奶油香味的休闲小品文，唯独面对当代诗歌这种文本，变得不知所措。他们有理由相信，是这个时代的诗人出了问题，那些释放出烟幕弹般感人气息的诗歌语言，一定是对当代文明构成潜在威胁的恶之花。关于当代诗歌的反社会寓言，就是这么产生的。但是我们不该忘记，在当代中国，诗歌一度成为与主流话语无缝对接的写作样式。在1958年的新民歌运动中，读诗和写诗既是一种政治任务，也是一种全民性的生产指标。一直到1970年代后期，诗歌写作才逐渐从社会生产的整体性目标中分化出来。在林宗龙这一类诗人的作品中，我们可以看到这种分化的完成形式。它们依然存在于这个社会体系之中，却拥有了完全属于诗歌的自足的语言，以及与这种语言相适应的生产方式。

但诗并非仅到语言为止。在看似混乱的语言秩序的背后，实则存活着一批逃离现代文明铁幕的精神主体。当林宗龙将他的这本诗集命名为《夜行动物》，已向我们透露了一种与诗人相匹配的自我定位。"我早已和这个世界／格格不入。早已从镜子外的生活／分裂出自己。"（《所爱》）这首诗带有一点"元诗"的味道，从中可以读出林宗龙对诗歌这个"所爱"持有的态度，以及作为一个诗人的精神自觉。如果说"镜子外的生活"是一种光天化日的现实，那么从这个现实中分裂出来的我，则是生活在夜间的一种精神肖像。

生物学做出假设，夜行性动物出没于夜间，有几种可能成因：

对白昼的丛林法则的恐惧。

对光的敏感，因而具有特殊的感官功能。

回到诗歌，有关"夜行动物"的发生学解释同样可以做出如下假设：诗人是一种逃避现实同时又对现实超常敏感的精神个体。当然，在广义的诗人范畴里，这只是其中一种。还有一种既能写颂歌又能写战歌的诗人，自当别论。

诗人是当代社会的一类精神族群，却对现实法则患了过敏症。这是一种无法起身离去的矛盾，为了取得暂时的调和，诗人只能退到内心深处，手持语言之灯，与黑暗对话。这是在当代诗歌写作中早已有了先例的"黑夜的意识"，是翟永明，最早将它大声说了出来："某些偏执使我过分关注内心……黑夜的意识使我对自身、社会人类的各种经验剥离到一种纯粹认知的高度，并使我的意志和性格力量在种种对立冲突中发挥得更丰富成熟，同时勇敢地袒露它的真实"。（翟永明《黑夜的意识》）翟氏凭借着女性的直觉，打开了内心的幽微的暗光，因此她又骄傲地宣称，这是一种女性意识。我不止一次引述过这个宣言，却不是针对狭隘的女性意识来说的，而是指向当代人类经验中更广泛的被覆盖的黑暗部分。它是不可见的、非理性的、反逻辑的，却直指人心的原始质地。诗人是借语言之光抵达这片质地的探路人。是的，林宗龙就是这样的诗人。本质上，他的写作是一种具有女性气质的写作。如果这话听起来容易让人误解，不妨补充一句：黑夜的意识并不是女诗人的专利，它也可以是男诗人的。他们对黑夜质素的敏感，让他们共享了一种广义的"阴性写作"。

当黑暗之光降临之时，也正是诗人开启语言之光的时候。在《扫墓记》这首诗中，最精彩的部分莫过于结尾处，暗光投在父亲脸上带来的神秘启示："在他起身时，树影打在/他曾经年轻的脸上，/我仿佛看见一枚石头被丢了出去，/回落在一股原始的/温柔之中。"（《扫墓记》）在林宗龙的多数作品中，这种暗光总是不期而至，语言之灯被点亮，诗性之光照亮了另一个自我，"像高贵的爱"（《浮物》）。我们甚至可以大胆推测，林宗龙的每一次写作，都是在遇见暗光的一刹那开始启动的。但这个暗光绝非色彩学意义上的暗光，而是"发着灵性的光"（《我引领我》），照亮了"夜行动物"的精神存在。于是，那些被白昼遮蔽的事物，开始复活了："当你像我一样/被那些不可抗拒的/事物所驯化/我骄傲的蝙蝠们/正从林子的缝隙/俯瞰着那条/从你经验的生活/穿行而过的/像鱼一样的河流"。（《沉重之源》）

但我必须承认，我只是在极端的一面描述了"夜行动物"的存在，因而无法经受这样的刺心之问：难道诗人只生活在黑夜的意识里吗？难道他们不参与一般的社会性生产吗？是的，面对这个问题，我只能退一步回答：只有当诗人在写作的时候，他才是一个诗人；当他不再写作时，他首先是一个人。这正是"夜行动物"与夜行性动物的区别所在。夜行性动物面对的是一个二选一的自然世界，而"夜行动物"需要面对的，则是相互分裂又相互撕扯的二重性存在。一重是诗化的，它是一种阴性的存在；一重是反诗化的，它是一种阳性的存在。当诗人回到阳性的存在时，暗光开始褪去，曾经熠熠生辉的诗歌语言成为"在晨曦醒来时失去的一切"（《在晨曦醒来时失去的一切》）。此时，诗人必须恢复一种交流式的语言，语义清晰，用词规范，逻辑严密，就像一个训练有素的职员一样。没错，诗人的另一面，必须是一个被家庭、单位和社会重新定义和规范的职员，他借助白昼的理性之光，像正常人一样重新

诗探索 4　作品卷　2016 年　第 4 辑

打量着这个世界。

但他经常走神："暮色还没来临，我提前看见了暮光。"（《暮光》）

这无疑是一种危险，就像酒精之于司机，鸦片之于大清帝国的公务员。饶是如此，诗人就愈发感到虚无，对这个被规定好的常人世界产生神经质般的反应。"谁把我们关在黑匣子？"（《突然的问题》）诗人想象自己躺在沙发上，对"七年之痒"的家庭生活发出了突然之问，一副欠抽的样子。

他就这样肆虐着自己，直到暮色真正降临。"每到夜晚，街上的灯都会亮起来，/照着每一个安排好的事物。我是其中一个，/银盘子切好的苹果，以及冬天的某个深夜/你在玻璃杯里为我准备的牛奶。/我应该感到幸福，至少那个突然的问题/并没有让我立即沉重起来。"（《突然的问题》）只有在暗光的抚摸下，"夜行动物"陷入白昼的虚无之症才能得到了暂时的治愈："从葡萄架子倾泻下来的月光，/均匀地照着我，/我感到前所未有的自由，我和我的身体来到了自然的/最隐秘的深处"。（《引路》）

在另外一首题为《天色已晚》的作品中，暮光赋予了诗人重现事物的能力："你在南平的小镇。蜗居在某间小屋。/你的对面有条河，河水清澈。/我想给它取个好听的名字，你说就叫林宗龙。/好让每天清晨，你推开窗，/就能亲切地唤出。你的情人。还活在福清的某个地方。/他有个老土的名字：四周是连绵的山。"诗人从南平小镇的一条河，写到了福清老家的连绵的山，千山万水映照在凹陷的内心的柔波里，散发出爱的光辉。这样的风景，不会出现在我数年前曾经为之肝脑涂地的景区策划书里，也不会出现在一惊一乍的背包客的游记里。它需要一颗忘却计算的心，去重新唤醒曾经拥有过的世界。

在封面折页上，有一句简洁的话，概括了林宗龙这本诗集的核心价值："作品通过对自我的追问探知存在的意义，探寻某种哲学意味的对立。"套用网络上的流行语，我想我可以轻浮地说上一句：这句话差点把我吓哭了。在林宗龙现在这个年纪时，我也对写诗充满了无限热情，却从未有过"哲学意味"的抱负。在我的印象中，只有像于坚这样的修炼成精的少数诗人，能够用诗歌的语言穿透日常生活的存在之镜，抵达一种具有哲学意味的精神高度。不过，我终究不能因年龄的偏见而误判一个诗人的文本。年龄只是一个相对的尺度。总有一些人，年少入道，而更多的人则是糊涂一生，至死方休。细读林宗龙的诗，大抵上是言符其实的。他的始终如一的"阴性写作"，并非仅仅指向徒有其表的混乱的语言秩序，而且照亮了人类生存经验中被遮蔽的一面，以及它与另一面的对峙状态。就此而言，林宗龙的诗是充满了哲学意味的。

林宗龙在诗中描述过一头暮年的亚洲象，"在围观的/人群中间，暴露着隐私"，"把身体的/排泄物，一点点地像电影的特写/慢镜，排在一块裸露的空地上。"（《动物园的亚洲象》）这头亚洲象显然无视白昼的存在，在本质上是一只"夜行动物"。但对于那些仗着白昼之光获得窥视合法性的人来说，"夜晚来得比任何时刻都残忍"（《动物园的亚洲象》）。在林宗龙的文本面前，我就是那个有着窥视欲且害怕夜晚来临的游客，指指点点，恰是我的自以为是的妄论。就此而言，我和林宗龙的精神世界虽有交集，却无法重合。面对这个世界，我总是在狐疑不定和精确计算之间来回滑移。这就决定了我总有那么一点点私心需要隐藏，害怕被看见，也害怕被自己看见。如此一来，我的精神世界更加趋向于向白昼开放，而在夜间进入关闭模式。这种昼夜模式的切换，绝非道法自然（这个自然还存在吗？），而是生命个体为了更好地适应现代理性世界，刻意压制着非理性的那一部分精神世界的苏醒。这里面自然也包含着对潜伏在这个世界深处的伤害性因素的逃避。生物学假设，夜行性动物是出于一种自我保护的本能而形成昼伏夜出的习性，但常识也告诉我们，夜行动物一盏灯，正是最容易被伤害的物种。我老家的猎人，总是在夜间出动，等待夜行性动物的出现。犹记得一位猎人神采奕奕地向我讲述他捕获一只鼯鼠的情景：只见鼯鼠从遥远的夜幕中飞来，敏捷而准确地栖落在不远处的一棵大树的枝丫上；他朝着鼯鼠的方向打开了矿用照明灯，在强光的刺激下，鼯鼠一动不动，成为猎人的囊中之物。鼯鼠是典型的夜行性动物，它们凭借内心的一盏灯可在夜间辨物飞行。但在现代理性之光的威慑下，它们是如此不堪一击。鼯鼠只是鼯鼠。对于当代诗歌而言，它却是一种精神隐喻。当代诗人凭借内心的一盏灯，潜行夜里，却依然避免不了被伤害于白昼的理性之光。正是对这种光的伤害的逃避，我曾经有过的诗歌写作浅尝辄止，无法获得深入。但我知道，当代诗歌写作中最有价值的一部分探索，正是出自"夜行动物"的"阴性写作"。他们照亮了生活在白昼世界中的人们不曾看见也无法理解的精神地带。

因此，必须向林宗龙，还有与他具有同等精神觉悟的"夜行动物"致敬。他们将自己弄醒，深情地拥抱着黑暗中的事物，以及从事物中散发出来的一切诗意。"没有人注意到，生长在我周围的向日葵/没有人在意我持久的热爱/那些卑微的事物，在我绝望的抒情中/获得了新生。"（《所爱》）他们或许知道这种"持久的热爱"充满了危险，却无法抵挡暗光的巨大诱惑。或许他们是过度完美的维纳斯，正在等待着世界以残忍的方式卸下他们身上的一只手臂。

2016 年 4 月 6 日，福州

作品与诗话

诗十首

阿 斐

我在你身旁

那天也是这样
我半夜醒来
梦里有个人对我说着
我记得味道却不记得意思的话

那天也是这样开始
我一醒来就没再睡去
就像很多年后
我一睡去就没再醒来

那时我在你的梦里出现
你的脸上泛起光泽
我说着你知道味道却不知意思的话
你假装一直睡着就像假装我在你枕边

初秋夜有点凉

夜
秋天在鸣叫
我坐在阳台一个人

喝酒

我没有任何秘密
值得隐瞒
没有一丝心事
堵住胸口

如你所想
我也没有悲伤
这酒
也只是酒

杭州大雪

外面在下雪
女儿在做作业
妻子刚叠好衣服
我刚弹完一首
很久没唱的歌
好像过了很多年
终于有了这一天
吉他有点旧
衣柜有点乱
雪花比想象的大
妻子说
女儿作业有点潦草
我也不介意

我的狮子

因为无聊
我伸手

往自个儿里面掏
以为能掏出一头狮子
三十多年了
空荡荡的旷野
总该有一头
优雅漫步偶尔也孤独的
倔强的雄狮

我掏出了一堆骨头
又掏出了
一把生锈的匕首
我掏出了一团熄灭的火
它看上去
像一个烧焦的心脏
最后我掏出了一本书
里面一头狮子
像真的一样
月光寂静
旷野辽阔
在名叫耶稣的牧羊人手下
温驯地吃草

中秋月

我们面对面坐着
喝茶，切月饼
旁若无人
因为除了你我
世上本无人
你吃月饼的表情
像一幅画
我不能言传
用手指了指天上

诗探索 4　作品卷　2016 年　第 4 辑

你哦了一声
圆圆的嘴巴
高挂虚空之上
惊起沉默的幽灵
他们嘟哝的嗓音
像在集体叫喊
月亮，月亮

中 午

醒来
我已是中午
不再寻花和觅蝶
她们长久地
在我的石缝里午休
风光美妙
不必推开窗
就能看见
那巨大的外面
等死的人群
和等死的花草
可爱的脸
如同镜子里的我
神擦亮了我们的死与生
多么好
我的哺乳期已结束
与你们所想的恰恰相反
人到中年
最漂亮的一撇是
既能抵御少女的狂热
又能欣赏女人的矜持

小满将至

今夜
祖国变成蛙声
幸福变成真理
茶变成醇酒
我变成我
一切只因为
洗过澡的身体
干净
轻盈
圣灵的白鸽
从天上降临

中国庭院

青瓦，白墙，桃花一树
亲人们围坐一壶唐朝的新茶
谁刚弹完一曲新填的宋词
我看不见但听得见他们
一束杜鹃恰好挡住我的脸
人间的悲喜剧他们已不关心
柴米油盐不足为虑可有可无
有人论起松柏的长短
有人辨析樟树的年轮
时间的院落，天地重重叠叠
山雾浓密挡不住归家的人
轻佻的皇帝和受冤的书生
征战的壮士和暴毙的旅人
互相拥抱寒暄，彼此称兄道弟
幽静的庭院响彻无声的欢音

我知道这比乐音更接近天籁
我知道有一个音符注定为我预留
当我走下旁听席，走向青瓦白墙
日历的最后一页记下我最后的行程
我的眼睛将在此时永恒地张开
一群永恒的人将准时为我开门

乡村童话

待耕的田地长出黑白琴键
我们弹不出月光曲
光着脚驱赶误入人间的小狐狸
最小最美的姑娘是我们的观众

我们跑遍了田地的边缘
父母焦灼的呼喊让小家伙更兴奋
有人提议集体躲进树林
直到姑娘的哭声传入我们小小的心

我们放弃了报复父母的恶作剧
每个人都收获了一顿漂亮的板子
最美最小的那位观众
第二天脸肿得像李桂花的肥屁股

都去哪儿了那些顽皮的狗蛋们
那些清亮的月光和鬼魂般的狐狸
我只记得那位观众远走不知名的天边
死后化成一盒灰荣归故里

他们在走廊等我一起上战场

我站在长长的走廊里

我们站在长长的走廊里

我们排成一列一列

长长的队列站在长长的走廊里

我唐朝的先祖

你是哪一个列兵

我宋朝的先祖

请报出你的编号

我的曾祖，我的祖父

我看见你们了你们看见我了吗

我一出生就向你们打马前行

村里最高的山是我忠诚的坐骑

我的长矛你们已替我削好

我没有盾牌全身的骨头主动织成一面墙

我猎获了我的女人她紧抱我坐在我的后面

我要为你们生养一堆强悍的子孙

日上三竿时我已经扫除一大片咬合严密的荆棘林

日落之前我就会重建一个森林的王国

王国里的坟堆埋着所有的你们

我将在星月的光里加入走廊的队伍

很快我们就会见面

很快我们就会互相拥抱嘘寒问暖

我一生毫发无损

我一生都是一名斗不垮的好汉

像你们一般死了我也如活着一样

我与"80后"

阿 斐

引 言

忽然想把我亲历和知道的"80后"概念起源说出来。只是简单地毫不渲染地讲故事，不涉及文化的社会的学术式考究。那些艰难的工作，留待勤劳的学者去完成。如果他们愿意，我的这篇80后故事，可以作为参考一种。

一 1999年

1999年暑假的某一天，北京理工大学11号宿舍楼520房间，中午，我接到了一个电话，是《1998中国新诗年鉴》主编、诗人杨克打来的。我曾骑着自行车，跑到席殊书屋，买了一本新诗年鉴，而后给主编写了一封信（年鉴后面附有主编地址）。我为是否要在信后附注我的宿舍电话纠结了一番，最后决定附上，万一主编大人来电呢？

果然，如此。

这是我人生的一次重大转折。对于诗人杨克老师，我始终心怀感恩。每个人的人生都有各种转折，许多转折都是不经意的，我这个转得太明显了。而且，转过之后，至今我都认为转对了，因为从不曾为成为一个诗人后悔过。

来北京做访问学者的杨克老师，介绍我认识了沈浩波。

二 沈浩波

刚刚毕业就已经神通广大的浩波，带着我去赴各种北京的文人宴，写诗的阿坚，写小说的狗子，编《诗参考》的中岛，以及，当年的小姑娘春树。狗子拉着我赴他的啤酒局，有艾丹、张弛、石康等。

当然，还有《下半身》时代的几位亲戚们。

后来，1999年就过完了。

三　《诗参考》

中岛要编2000年的《诗参考》。那时，"70后"刚刚开始不久，还没有谁用过"80后"这个概念。

中岛就问我：阿斐，你是排在70后呢，还是80后。

我毫不犹豫：80后。

就这样，2000年的《诗参考》出版时，就有了"80年代出生诗人的诗"，我排在第一个。在我印象中，这是中国第一次使用"80后"这个概念。

可以这么说，"80后"是用来与"70后"相呼应而生的。

但是，后来的现象显示，"70后"存活期很短，"80后"的风头最终盖过了它。

四　韩寒

那时韩寒的《三重门》出来了。当年郁秀在先，韩寒在后，都是冠以"青春文学"的名头，没有使用"80后"。

"80后"概念首先被使用在诗歌领域应该是个事实。

我后来做记者时，学而优书店的女老板安排了一次对韩寒的采访。我有一点点不屑，因为我也很年轻，所以也很骄傲。我带着一位姓关的实习生去采访，是在宾馆房间内。我坐在床上发问，实习生在中间记录，韩寒在那边回答。一个有点年长的女人在他身边，可能是经纪人。

我一边问一边想：哼，这个小娃娃。

同龄人也相轻，呵呵。

五　诗江湖

胖子诗人南人，2000年初做了一个"诗江湖"论坛。网络论坛刚

诗探索4　作品卷　2016年　第4辑

刚兴起，大家都很亢奋，我也很亢奋。后来诗歌论坛越来越多——基本上都是在"乐趣园"注册的，但没有哪家的人气能超过诗江湖。所以，在诗江湖活跃的诗人，更容易受到所谓诗坛的关注。

我是在诗江湖上杀出来的第一个"80后"，加上还写出了一些大家认为还不错的作品，于是，我也比较受关注。

我记得诗江湖有网刊，网刊上对活跃的几个诗人有一两句说明书。我的说明书是这样的："阿斐，80后从这小子开始"。

在网络论坛上，比较明确使用"80后"这一概念的，应该在这里。

六 《下半身》

浩波以及一众亲戚们，做了一本轰炸机式的诗歌民刊，名叫《下半身》，2000年7月份。

《下半身》有我的诗。前言里面有这么一句话，"其中诗人阿斐生于1980，很年轻，在此向大家推荐"。

于是，一个出生于1980年的很年轻的诗人阿斐，随着《下半身》的传播也传播了出去。

七 《2000中国新诗年鉴》

据说，民间立场的诗人们在大连开会，商量《1999中国新诗年鉴》入选诗人时，考虑过选录我的诗，但因为我还是太年轻了，"再等等看"，于是，我入选了《2000中国新诗年鉴》首卷推荐诗人。

《中国新诗年鉴》是一本影响深远的诗歌选本，不赘述。

诗人伊沙为《2000中国新诗年鉴》写了一篇文章《2000年中国新诗关键词》，里面有"下半身"词条，提及阿斐时，加了一个括号，"'80后'的第一位诗人"。这篇文章据说是年鉴的前言，但后来并没有出现在前言位置。

八 第一个"80后"

我想了又想，为什么后来我被戴上了"80后诗歌第一人"的帽子？

可能是上面几处与我有关的内容聚合的产物。由于"80后"这一概念，首现于诗歌领域，所以，我可能是中国第一个戴上"80后"这一帽子的人，也就是第一个"80后"。

我读书时常拿第一。小学毕业全大队第一，中考全镇第一，高考全县第一。现在，这里加了一个第一，我没有什么不习惯。

后面一些80后诗人，以为是我自己给自己加冕，这实在有点冤枉。我还没那么大能量，能让自戴的帽子强迫诗歌圈和评论家们接受。

一些后来的80后概念之下的诗人们，写文章试图证明"80后诗歌第一人"的帽子是不科学的，我看见了，笑了。这些诗人，据我观察现在基本上不太写诗或关心诗歌，而我还在源源不断地、吭哧吭哧地写诗。

因为我是真的爱诗，他们也许爱的是诗，也许爱的不是诗。

九　阿斐

有人说，阿斐这个鸟人，什么第一不第一的，这能说明什么呢？能代表什么呢？有什么意义呢？又不是说你写的诗最好。

对的。这不能说明什么，不能代表什么，也没什么意义，我当然也不敢说自己写得最好——哪个傻×敢这么说？

我只是把我知道的实情，以一个基督徒的诚实说出来，而已。我很喜欢历史，我喜欢探究历史真相，如果真相没什么意思，那，历史也就没什么意思了。

十　80后们都还小

我戴着80后的帽子写诗时，80后们都还小，有的还在读小学、中学，有的也不过刚上大学不久。当时在诗歌圈，要找出几个同时期的80后，还挺难的。

后来80后们按批次长大了，闹得风风火火，而我都毕业了，以至于错过了连横合纵的时机。在80后诗人里，我相对比较独立乃至孤独，原因可能在此。

我1980年底出生，2001年大学毕业。一般写诗的80后，都比我晚"出道"。

有些80后诗人，常常罗列出一长串80后代表诗人名单，然后把某个诗人的名字放在我前面，好像比我"出道"还早，这应该都是营销策略。

十一　春树

我记得，我第一次吃麦当劳，是请春树。

认识浩波后，就认识了春树。1999 年下半年，我是个大学生，挺小的，春树没上学，比我更小。大学生带着小姑娘一起逛北京城。春树说：阿斐，请我吃麦当劳。我就请了。

以那时候开始，我跟着浩波在一家报纸实习。我的实习老师是李师江。我一个月竟然能拿不少工资，于是我比较有钱。

记得春树很隆重地说过一句话：阿斐，我们都会好起来的！

是的春姑娘，我始终相信你的这句话，从来没有怀疑过。虽然直到我有了信仰，才敢说自己"好了起来"。

你现在经常在国外飘啊飘，也不要忘记自己说过的这句话。

十二　离开北京

2001 年我毕业。

毕业前夕，我敲了一首诗《以垃圾的名义》，这首诗表达了我当时的情绪。

我决定离开北京。

离开北京有绝大部分原因是因为生存问题，小部分原因是，我不太喜欢在朋友的阴影下写作。"下半身"聚会时，大家都是认认真真地互相批评，彼此间的影响是必然的。我记得小尹（诗人、作家、导演尹丽川）问我为什么离开，我说过这两个原因。

我有点倔强，这倔强阻挡了我，也保存了我——这句话，懂的人懂一辈子，不懂的一辈子不懂。

《诗刊》这一年开办下半月刊，在比较重要的栏目发表了我几首诗。由此，80 后诗人也出现在《诗刊》上了。

十三　生存问题

离开北京后，我一直为解决生存问题而迷茫，许多 80 后诗人们开始在网上冒出来，我也没工夫去理会。我没有像前辈诗人那样，拉来一群诗人啸聚山林，因为我在忙着吃饱饭。

后来我进了《南方都市报》，生存问题才算解决了。招聘我的，是诗人陈朝华。

可惜，不久之后，我就生娃了。而此时，80后正逐渐演化成一个大概念，并慢慢出现了许多名人。80后诗人们虽然热闹，但小众的诗歌，在世俗场域怎么能抵挡住商业推手？

我不着急，也不在意，慢悠悠地过自己的小日子，"一个坐着八抬大轿的草民"（诗歌《众口铄金》）。

好在我写诗一直不断，否则我就废了。

十四　李傻傻

2002年，我的好友、诗人欧亚（在诗江湖论坛，我与欧亚、阿丝合称"诗江湖三少侠"）让到广州的李傻傻找我。我们见面时，我正在搬家，傻傻帮了一下忙。

我总是误以为李傻傻姓李，其实不是，他姓蒲。

后来，傻傻窝在房间里，写出了长篇《红X》，于是就火了。

李傻傻写的散文太漂亮了，我望尘莫及。他喜欢琢磨句子，而我喜欢琢磨意思。

十五　《时代》周刊

春树写出《北京娃娃》，上了《时代》周刊。

李傻傻晚一年也上了《时代》周刊。

两个先是写诗，后来写小说的朋友，轰动了诗歌圈以及文学圈。

80后诗人，越来越牛。

这是2004年开始的事。

十六　后来

我主要是补充80后早期的故事，我亲身经历的。后来的事情，基本上都在大家的视野范围内，因为 80 后已经成为一个时代化的符号。

很多人不知道 80 后究竟是怎么开始的，好像这是一个从天而降的概念，其实不是。

我说完了。

诗八首

周广学

让我从你们中间疾步走过

小小的，你们不要在这里闪烁
我所抵达的是明天的光芒

你们这些鳞片的喜悦
波浪的拥挤
止不住的言说
请等一等

——谢谢你们给我的温暖
可是我怀着一颗殷切的心
我的额头迎向远方
请让我从你们中间疾步走过

一生中的我与你，委曲深挚的"简"

我和你不会更多地相见
每次见面，不会有更多的时间
这是至高的灵，在一页白纸上
写着一首诗：做着隐忍的减法

段与段之间，划破巨大的空间
象形，指事，会意

诗探索4　作品卷　2016年　第4辑

乃至形声，假借，转注
一字字，不被诞生
只被埋没，或放逐

（让它们去流浪
去荒茫的山峦、沟壑
去无边无际的闪着波光的海上）

段落里的遇合
多么令人惊喜的偶然和必然
有限的交谈变得更加缓慢

我记住了你浓缩的微笑、潜行的话语
和刹那的惘然之后，一种更深的把握：
紧紧一抿的嘴角……

微小的星星，在夜空中分外耀眼
那是我们心碎的细节
衬托着人生与宇宙，空旷与浩瀚

我的诗歌里，常有的那种……

我的诗歌里，常有的那种缓慢的力量
是因为里面的泪水总是憋得很久

可是每次泪水都会
跌跌撞撞走出来
反复浸润，然后涉过
坑坑洼洼的词语
汩，汩，汩地
我熟悉它孤独的声音

如果很多年以后

——假使我已经变成泥土——
而它在我的诗歌里
变得流畅，或者竟至于欢畅
它叫作河流，成为蜿蜒的风景

如果你能看见它泛起的光
溅起的银珠
它不息地涌动的身影
和它的水波里映现的

我的每一个含露的早晨
每一个如丝绸一样颤动着
在上帝的手中徐徐抖开的夜晚
我的每一片草叶
每一株迎风摇曳的树苗
甚至每一朵带刺的玫瑰

你会知道：
我曾经多么热爱那一切
热爱欢悦和痛苦的生活

方 向

暗蓝的天穹
开满明亮的喇叭花
我独自走着
夜风拂动长发
虫儿的小曲起伏着大地
谁的梦境如诗如画

仿佛幼时的感觉
许多憧憬等待作答
而时光已老

我要把纯净的双眸摘下
我正在走向虚无
破碎的心
化作无数星星和泪花

幻 觉

内心的愤怒推着我
沿着桌子的边沿我站了起来
此刻我是黑色的

你那伸出的食指慢慢往回退缩
你那恐怖的眼神望着我
你那可耻的食指在慢慢退缩

一次又一次，我以黑色的名义
站了起来
我的眼神里射出一柄利剑
这是最亮的闪电
你内心的腌臜被照彻

这时候，你无以躲避
整个世界颠倒了过来

痛 苦

我死在了那些地方

本来，我不需要去海边，去山上
当我退回来，才知道
最美的生活仅仅是
一道寂静的小巷

可我已经不能够呼吸顺畅

曾经，在那些地方
我躲开人群，独对苍穹
纯洁的泪水哀而不怨
可是，我的绝望并不够
我的宽容也欠周详

他们还要让我蜷缩自己
让我从深处
翻出自己的百孔千疮
然后，对着镜子
把狗皮膏药贴在脸上

我死了
死在一个又一个
或远或近的
离开我自己的地方

如果你能以孩子的赤诚说出……

如果你能以孩子的赤诚说出真理
你的心中便已拥有全部：
小至一滴露珠
大至整个宇宙

因为你纯真而透彻
精细而博大
你比飞翔的蜻蜓更灵巧
你比落向山冈的天使
更神圣、更优雅

一颗童心穿越时空

微笑将苦难与艰险容纳——

忆洞头

夏日，置身于洞头村
就意味着被爱了
到处是绿色
又有滴翠的山环抱着
有蝉鸣弹奏着

到了傍晚，夕阳西坠之时
柔软的树丛和娇艳的花草轻轻摇曳
池中之水泛起一鳞一鳞的霞光
晚风送来了这个时节最珍贵的礼物

我们三三两两，踩着小路
转遍整个村子
然后就在我们下榻的那座楼
之楼顶平台上
升高了

我们围在一起
品茗，谈诗说文
自由的笑声连起星空和大地

方法根本上出自心灵

——诗歌创作札记

周广学

写诗，有没有方法？

如果要具体的，一二三四，肯定是没有，否则就人人都可成诗人了。但关于诗的技巧不断地有人谈及，比如，早些年老说的"通感""意象"，现在，人们又热衷于议论"变形""反抒情"，这些说法对求索路上的写诗者可能会有一些帮助。可是，若囿于这些零碎的技巧，反而难以长进。

如果跳出这一切，从一个更高的角度来俯视我们的诗歌创作，则欣悦之情油然而生。这时，又可以说，写诗是有方法的。方法，根本上出自心灵。

我在写诗时，每一首诗方法都不同，因为心中沉积的诗意不同，通过文字释放的途径也就不同。

比如最近写的一首《雪天》，由欣喜而至渴望，由渴望而至伤感，由伤感而至绝望，这样蜿蜒曲折的情绪变化仅用十行就完成了。段与段之间跳跃很大，"漏掉"了很多东西，这样写是因为思虑之迢迢，内心之纠结。第三段就只是一个单独的省略号，那是一个很深的压抑，以至于第四段该怎么进行才能将诗歌提起来，成为写作的一个难点。在这首诗中，还有一个句子，一反我们平日的表达习惯，就是第一段最后一句："比白，洁白"。这里省略了副词，省略了类似于"更"之类的词，而仅仅用了一个逗号，这样的表达与使用了副词的表达大为不同，其实这里省略的不仅仅是一个词，还有某种情绪的跃动；其真挚，其缓慢，诸位放在本诗的语境中读读便知。至于那些"漏掉"的东西，读者都是可感的。"可感"是一个边界。在边界之内，压抑越深，张力越大。

又比如我的组诗《在林间》，由七首有关联的诗构成，共一百三十五行。这样的架构在我的诗歌创作中迄今为止仅此一例。它是生活积累

诗探索 4　作品卷　2016 年　第 4 辑

到一定程度的产物。当我写作这组诗时，我的状态是"在林间"。这是对现实的一种超越，类似于古人的"隐居山林"。在这样的状态中观察环境、回望岁月、思索人生，就孕育了七个方面的内容，几乎就是我全方位的思想感情了。七首诗分别名为《绿》《橙》《青》《赤》《黄》《蓝》《紫》，这既是大自然的七种色彩，也是我的七种提炼，七种象征。就语言而言，则借鉴了散文诗，相对自由、流畅，比如："深绿的榆叶沙沙作响/淡绿的榆钱儿，闪着一串串阳光"、"我对骄狂的人群视而不见，关注这里那里的植物/紫薇，它们细碎的花瓣，摇动着一串串的小铃铛/雪松，在清晨和傍晚的绿塔里，点起一盏盏小灯笼"、"世俗否定我，你仍肯定我/一条艰险的路，我走过来了"，等等。我运用这些看似表层的语言，抵达了一条条缝隙、一个个角落；我觉得，唯有这样的语言，才能表达出我的笔往日所涉猎不到的东西。

再比如，《在画上遇见了灵魂》，为了传达对画上感觉到的灵魂那鲜明而强烈的印象，我不惜在第二段进行了语言冒险："或庄严，或雄武，或谦和，或卑琐/或贪婪，或狰狞，或仁慈，或稳健，或柔婉/或高迈，或残忍，或冷漠，或豁达，或纯正/或刚直不阿，或笑里藏刀/或……"这样的排列若用得不好，会陷于词语的泥沼之中，但我把它们有机地融合在了整首诗中，使人读后并无不适之感；相反，倒可能给诗歌增添了畅快淋漓的成分。而最后一个"或"字后面用了省略号，阅读时声音会戛然而止，造成了语言的变化，省略号又提醒读者一些东西还在暗暗地绵延。我之所以敢做这样的冒险，完全与心中捕捉到的诗意有关。再比如《孤独的小》中的第三段："幽暗使我静下心来/所有的忧伤怨恨/以及种种变形以及/——但你不知道我刚才被遮蔽在核心的快乐/——全都烟消云散"，第二个"以及"后面留了白，紧接着在一个破折号后进行了转折与跳跃："但你……"，然后，又在一个破折号后转了回来："全都……"这些方法的运用，是心情的复杂与跌宕造成的。

以上所举乃是我暂时想到的几个例子。我被一些老师和朋友认为是一个基本运用传统手法来进行创作的诗人，其实，我的诗中现代性的技巧也不少；我没有刻意去追求，只是按照心灵的指引写出词语和句子，甚至标点。

我想，"现代"是包含在"传统"之中的，因为在我的心目中，"起承转合"乃是一种规律。而诗歌的"起承转合"，正是基于对事物

作品与诗话／三 探索与发现

深刻认识之上的内在情绪的波澜起伏，是立体的思想、立体的情感、立体的表达三者的统一。一首诗，无论运用了什么手法，无论这些手法属于"传统"还是"现代"，它都应该是一个立体的建构；就连留白，也是立体的一部分，要"白"得让人可以意会。就是说，一首不够立体的诗是不完整的。

将"现代"纳入"传统"之中，只是我个人的一点想法，不知是否恰当。不过，这个属于诗歌研究的范畴，对于写作者来说，似乎也不必细究。忠实地听从内心的吩咐，才是当然之途。

恒河的灰烬

——驻校诗人研讨会上的发言

冯　娜

尊敬的各位师长、亲爱的朋友们：

早上好！感谢首都师范大学诗歌研究中心，让我有机会来到北京度过了一段难忘的驻校诗人生活；感谢诗歌，在这本应道别的时刻，让我们拥有这次美好的相聚。

在过去近一年驻校期间，由于个人原因，我过上了广州往返北京的"双城生活"，就像我在诗中所写的，"一个找不着北的人，要向一个只辨东西的城市问路"。在我看来，这一南一北的迁徙中，"如何找北"就是我写作的新起点和新坐标。

有一次，在来北京的飞机上，邻座的一位中年女士与我攀谈，她说她曾经从事旅游行业，天南地北到处跑；她一直没有小孩，最近几年虔心向佛。她也问我从事什么工作，我并没有告诉她我是一个诗人，因为我很怕她向我提问：诗人是一种什么样的职业，而诗歌又是什么？当然，作为一个诗人并不需要时常向别人解释和回答这些问题，但同时，我们又必须不断向自己如是提问。后来我想，如果要向这位陌生女士解释诗人从事什么样的工作，也许可以说，诗人要说出我和她那样短暂的相遇、我们那些无意识复制的日常生活、有意识的内心渴望，我与她都可能未曾觉察的人类共同的情感与命运……

身处这个社会交互性极强、传播媒介也异常发达的时代，人们迅速地创造也迅速地消费。我们不仅在自己的生活中辗转，还能不断体验到"别人的焦虑"和"别人的诗意"。现代科技和艺术不仅改造和规训着我们的生活，还让我们趋向人类内心世界和生命经验的幽暗深处。无论身处哪个时代，诗人都有必要保持警醒，审度和甄别时代的趣味，理解每个时代的真实和镜像。在人类历史进程的一贯性和自我纠正中，诗人理应作为预言者表达对世界的认知和洞察——我想，这是一个诗人毕生的工作。我们研习诗艺，磨砺思想，以各种方式的探索和实验接近智慧和真理，要以一个诗人的自我完成来镌刻"人类存在的实证"。

就每个人而言，最琐碎、最寻常的时刻也会有诗意的光临。诗歌在某种程度上是一种自我教育，它使人获得一种对事物的认知方式，能够拓展我们的感受力、理解力和知识。当我们越发深入体验生命中精妙的瞬间、对他人献出深沉体恤，也会越发感到自我的局限和匮乏。正如伊丽莎白·毕晓普所说，"生活和它的记忆相互妨碍"，为了消除各种各样的妨碍，诗歌促使我们不断更新自我的生命经验、纠正自我的偏差和盲从。就这个意义而言，诗歌不但使我们获得更多的生活体验和生命启迪，它更承载着人类与自身的愚昧、懦弱搏斗的使命。

中国新诗已走过百年，前辈们用他们的创造和思想丰富着汉语诗歌的理想和价值，也为我们提供了诸多有力的文本和经验。我将我个人过去一年的写作称之为"而立之年的写作"，视为一个诗人处于学徒期的实践。我经常坐在首师大十七栋楼里写作，窗前是陪伴过很多位驻校诗人的那棵高大的白杨树；我也经常坐在我在南方工作的图书馆里写作。我常常会问自己，究竟是什么将一个人带到这些地方？每一种际遇、每一个所到之处，对于诗人而言又有什么样的意义和暗示？我在首师大与这里的同学们交流的过程中，我仿佛知道了我为什么会来到这里。青年朋友们对诗歌的热忱、对青春的期盼、对知识的渴求和百年来的年轻人并无区别。一脉相承的事物让人类生生不息，而我们站在前人的肩膀上，也许会具备更多的可能和自觉。诗人穆旦曾写过，"恒河的水呵，接受着一点点灰烬"，如果每个诗人的写作都能为诗歌的恒河增添一点点灰烬，那么，恒河将会拥有更坚实、更壮阔的河床和流域。

正如我的新诗集的题名《无数灯火选中的夜》，不只是夜晚选择了灯火，更是无数灯火选中了一个黑夜。不单纯是诗人是挑选诗歌，更是诗歌在挑选一个诗人。在写作的道路上，我正在接受诗歌对我的检验与挑选。希望有朝一日，我写出的诗句能够像刚过世的法国诗人伊夫·博纳富瓦所写的一样，"通过寂静，战胜时间"。

谢谢！

2016 年 7 月

诗探索 4　作品卷　2016 年　第 4 辑

冯娜诗三十首

诗歌献给谁人

凌晨起身为路人扫去积雪的人
病榻前别过身去的母亲
登山者，在蝴蝶的振翅中获得非凡的智慧
倚靠着一棵栾树，流浪汉突然记起家乡的琴声
冬天伐木，需要另一人拉紧绳索
精妙绝伦的手艺
将一些树木制成船只，另一些要盛满饭食、井水、骨灰
多余的金币买通一个冷酷的杀手
他却突然有了恋爱般的迟疑……

一个读诗的人，误会着写作者的心意
他们在各自的黑暗中，摸索着世界的开关

猎　枪

我默记它的顺序：开膛、填进火药铁弹子、上膛
捂着左眼模仿真正的猎人怎样用一只眼瞄准
一只鸟掉下去，山林抖过之后跌进更深的寂静
铁质的冰冷，冒着生灵附体的腥气
成年后我常常会在人群中嗅到这种气味
我知道扣动扳机的时刻和走火的瞬间
我知道在一个不允许私人持枪的国度
太多人空着的胸膛

出生地

人们总向我提起我的出生地
一个高寒的、山茶花和松林一样多的藏区
它教给我的藏语，我已经忘记
它教给我的高音，至今我还没有唱出
那音色，像坚实的松果一直埋在某处
夏天有麂子
冬天有火塘
当地人狩猎、采蜜、种植耐寒的苦荞
火葬，是我最熟悉的丧礼
我们不过问死神家里的事
也不过问星子落进深坳的事

他们教会我一些技艺，
是为了让我终生不去使用它们
我离开他们
是为了不让他们先离开我
他们还说，人应像火焰一样去爱
是为了灰烬不必复燃

纪念我的伯伯和道清

小湾子山上的茶花啊，
请你原谅一个跛脚的人
他赶不上任何好时辰
他驮完了一生，才走到你的枝丫下面

盲　音

一
时间的桥再一次垮塌

诗探索4　作品卷　2016年　第4辑

我不确信是否渡过，以访客、以覆水、以你的衰老

每个不懂得悔忏的港口必定停满超载的船只
阳光曝晒，白色的礁石有如遗忘
被热带废弃的花朵尸骨未寒
少女也曾带来泉的消息
喝水的魂魄要怎样结束自己在火中的一生

二
带着比我更年轻的雨水，我见到了白象
它的温顺让我忘记我曾给刽子手写信
他捕杀过幼雉、星光、暗门中生锈的心……
我劝他回到象群中间，吃草、沐浴、像沙砾一样平静
在缓慢的丛林中，女人患上了和圣母一样的顽疾
她们生育、啼哭、把十字架取下来
又装回来

三
厨房里被说服的酒器，打碎在餐厅
人们继续在雨天钻木，写无人阅读的留言条
有时沉默，像说服更像是反抗
如果敲门声打断讣告中的饶恕
死亡的光彩就会削弱，揭下活生生的伤疤

四
他人赠予的赞美，至今还勒着脖子
海岸无数次清空一艘沉船的笛音
血液润滑了麻痹的齿轮
我收回一个人可能拥有的燃料
太迟了，
一头鲸的命里注定有成吨的冰山，融化着焰火

五

无论你在何处，体内的阴影猛烈过流淌的硫酸
人们在布满铁丝网的球场散步
几乎是欢乐的，那被黑夜包裹着的面孔
对陌生人偶然的温情
对爱的希求就像在为自己的余生开脱

六

我站在沙漠上，仍感到了漩涡中的盲音
那些没有及时更正的航线，将发育成风暴
它们惊恐万状一去无返
人们在祈祷中失去了信仰
没有任何教义可以挽救你全部的愿望
我降下一个凡人的旗帜，夜晚降下滔天巨浪

七

人们仍在建筑，在下落不明的城镇
码头仍在打捞，在匿名者的故乡
那无知者的迷途吞吐着昼夜
从不隐没也无新生
啊，千百年都是这样
作为一个诗人，我放弃了结局
作为一个女人，我理应悲伤

问 候
——听马思聪《思乡曲》

那不是谁的琴弓
是谁的手伸向未被制成琴身的树林
一条发着低烧的河流
始终在我身上慢慢拉

魔　术

喜欢的花，就摘下一朵
奇异的梦，就记在下一本书中
有一条橄榄色的河流，我只是听人说起
我亲近你离开你，遵循的不过是美的心意

故事已经足够
我不再打算学习那些从来没有学会过的技艺
唯有一种魔术我不能放弃：
在你理解女人的时候，我是一头母豹
在你困顿的旅途，我是迷人的蜃楼海市
当你被声音俘虏，我是广大的沉默
你是你的时候，我是我

恐　惧

把手放进袋子里，我的恐惧是毛茸茸的
把手放在冰水中，我的恐惧是鱼骨上的倒刺
把手放在夜里，我的恐惧就是整个黑夜
我摸不到的，我摸到而感觉不到的
我感觉到，而摸不到的

雪的意志

二十多年前，失足落崖被一棵树挡住
婴孩的脑壳，一颗容易磕碎的鸡蛋
被外婆搂在心口捂着
七年前，飞机猛烈下坠
还没有飞离家乡的黄昏，山巅清晰
机舱幽闭，孩子们痛哭失声

这一年，我将第一部诗集取名为《云上的夜晚》

五年前，被困在珠穆朗玛峰下行的山上
迷人的雪阵，单薄的经幡
我像一只正在褪毛的老虎，不断抖去积雪
风向不定 雪的意志更加坚定
一个抽烟的男人打不着火，他问我
你们藏人相信命吗？

我不是藏人，我是一个诗人
我和藏人一样在雪里打滚，在雪里找到上山的路
我相信的命运，经常与我擦肩而过
我不相信的事物从未紧紧拥抱过我

棉 花

被心爱的人亲吻一下
约等于睡在七十二支长绒棉被下的感觉
遥远的印度，纺织是一门密闭的魔法
纺锤砸中的人，注定会被唱进恒河的波涛

炎炎烈日的南疆 棉铃忍耐着
我想象过阿拉伯的飞毯
壁画中的驯鹿人，赤脚走在盐碱地
只为习得那抽丝剥茧的技艺
——遗忘种植的土地，如何理解作物的迁徙
身着皮袍的猎人，披星戴月
走向不属于自己的平原

豫北平原，被手指反复亲吻的清晨
一个来自中国南方海岸的女人
脱下雪纺衬衣和三十岁的想象力
触摸到了那带着颤声的棉花

陪母亲去故宫

在这里住过的人不一定去过边远的滇西小镇
住在那里的人接受从这里颁布的律令、课税、无常的喜怒
尽管门敞开着，钥匙在拧别处的锁孔
尽管珍宝摆在玻璃柜中，影子投射在人群触不到的位置
穿红戴绿的人走来走去，讲着全世界的方言
母亲问我，早上最先听见的鸟鸣是喜鹊还是乌鸦
我想了一会儿，又一会儿
不知这里的鸟是否飞出过紫禁城
不知鸟儿可会转述我们那儿的风声

弗拉明戈

我的步履疲惫——弗拉明戈
我的哀伤没有声音——弗拉明戈
用脚掌击打大地，是一个族裔正在校准自己的心跳
没有力量的美 以美的日常显现
弗拉明戈——
流淌着贫病、流亡的血和暴君偶然的温情
越过马背的音乐，赋予肉体熔岩般的秉性
流浪者在流浪中活着
死亡，在他们渴望安居时来临
谁跳起弗拉明戈
谁就拥有世上所有不祥的欢乐
谁往前一步，谁就在不朽的命运中隐去自己的名姓
弗拉明戈——我的爱憎不分古今
弗拉明戈——我的黑夜曾是谁的黎明

回　声

——致卡伦·布里克森

你到达的地方，东南方向
长眠着一位我喜欢的作家
我测算过那些经度和维度网罗的春天
她的灵魂干渴
却再也不需要更多的传记

在那里，你、我，和她一样
可以从任何自然的事物中获得完整的形体
一个傍晚，你要雕塑我的嘴唇
一座塔楼远离墓园
你让她从我喷泉般的语调中复活：
咖啡树林、受伤的狮子、三支来复枪……
文稿在烛火中燃尽
谁继承了这痛苦而热情的天赋
我又一次在空中目睹那动荡之地
一动不动的容颜

她走过漫长的峡谷，和你一样
肉体像日光一样工作
去辨识每一种香料根茎、花朵、树皮的差异
在这里，死亡满足了所有人的幻象
在这里，富有和贫穷是等值的
她在我头顶举起树荫
呵，我从来不曾相信墓志铭中的谎言
雨水却盛满中国南部的咸味

"不，不要再开口祈祷"
你说，美用不着石碑上冷冰冰的纪念
河水的反光，让我有片刻的晕眩

诗探索4　作品卷　2016年　第4辑

人们那些可怕的念头、过度的怯懦
摇晃着船只
我盯紧水中的光芒
我和她一样，并非是人类中最虔诚的信徒

在你离开的第十一个昼夜
我就发明了一个新的地理坐标：
她穿过市集、修道院、农场、穷人的窗台
在悬崖边上站了一会儿
扭头对我说出了那个词——

远　路

"从此地去往 S 城有多远？"
在时间的地图上丈量：
"快车大约两个半小时
慢车要四个小时
骑骡子的话，要一个礼拜
若是步行，得到春天"

中途会穿越落雪的平原、憔悴的马匹
要是有人请你喝酒
千万别从寺庙前经过
对了，风有时也会停下来数一数
一日之中吹过了多少里路

生　活

她在虚构一个实在的爱人·
戒指　鲜花　湿漉漉的亲吻
蜡烛底下的晚餐
他有影子　笑起来微微颤抖

还有鼾声　多情得让人在夜里醒着
她的梦突然发作
拨通一个电话　在让人信以为真的对白里
没有说话
只低低地哭

食客的信仰

在南方这么多年
我吃过河豚、蝎子、水蛇
也吃过橄榄、秋葵、柠檬叶
相克的汁液和微量的毒
让我的胃保持着杂食动物的警觉
我知道
我也能吃下音乐、情话、诗句
素食主义者的说教和信徒的布道

偶尔，有人从高寒之地送来雾凇
我的胃搭起巨大的河床
在南方这么多年
翻阅食谱如同温习经书
忽略味觉好似遗忘

能吃掉的才属于自己
能消化的才能被信仰

迷　宫

初冬的雪不像雪
我向你讲述的苦痛也不是苦痛
没有人祈祷　所有枝丫
都在错身的时分抬头——

诗探索 4　作品卷　2016 年　第 4 辑

离别是一件等待校音的乐器

漂浮，海面托举星群的眼睛
"动人的传说都是致命的"
你愿意停下来么？摸一摸
头顶的云霾，或者左边
它看见一座白色迷宫
——我像是找到了归宿

短　歌

候机大厅播放着一部电影，我记住了那双美丽的手
像我从前钢琴教师的，修长、冷漠、没有性别
依靠记忆和联想我度过了许多等待的时光
在晚点的航班信息不断滚动中
我确信自己获得了一种新的自由
可以再点一杯柠檬低醇酒
一个乘客饶有兴致在教自己的孩子背诵唐诗
喔，我们热爱现代人的生活，也尽量恪守古典的誓约
我住在东方一个雷雨交织的城市
相信离开我们的事物会化成萤火和星辰
却未在任何一次飞行中遇见它们

潮　骚

天擦黑的时候　我感到大海是一剂吗啡
疼痛的弓弦从浪花中扑出阵阵眩晕
我们都忘记了肉体受伤的经过
没有在波涛上衰老　生长就显得邈远卑微

深秋　海水秘密增加着剂量
过度的黑过度的取信

作为临时的灯塔 我被短暂地照亮
光的经验不可交换
指南针和痛感均失效
我在船只错身处成为昏沉的瘾君子

渔父 街市 鸟羽上镌刻的箴言
幻象一样闪现、安抚、退出
天幕和潮汐一齐落下
再也找不见人间流动的灯河
一个人的眼睛
怎么举起全部的大海 蔚蓝的罂粟

私人心愿

这也许并不漫长的一生 我不愿遇上战火
祖父辈那样 族谱在恶水穷山中散佚的充军
我愿有一个故乡
在遥远的漫游中有一双皮革柔软的鞋子
夜行的火车上 望见孔明灯飞过旷野
有时会有电话 忙音
明信片盖着古老地址的邮戳
中途的小站
还有急于下车探望母亲的人

愿所有雨水都下在光明的河流
一个女人用长笛上的音孔滤去阴霾
星群可以被重新命名
庙宇建在城市的中央
山风让逝去的亲人在背阴处重聚
分离了的爱人走过来
修好幼时无法按响的琴键……

最后的心愿 是你在某个夜里坐下来

听我说起一些未完成的心愿
请忆及我并不漫长的一生
让燃烧多年的火苗 渐次熄灭

疑　惑

所有许诺说要来看我的男人都半途而废
所有默默向别处迁徙的女人都不期而至
我动念弃绝你们的言辞相信你们的足履
迢迢星河一个人怀抱一个宇宙
装在瓶子里的水摇荡成一个又一个大海
在陆地上往来的人都告诉我，世界上所有水都相通

尖　叫

这个夏天，我又认识了一些植物
有些名字清凉胜雪
有些揉在手指上，血一样腥
需要费力砸开果壳的
其实心比我还软

植物在雨中也是安静的
我们，早已经失去了无言的自信
而这世上，几乎所有叶子都含着苦味
我又如何分辨哪一种更轻微

在路上，我又遇到了更多的植物
烈日下开花
这使我犹豫着
要不要替它们尖叫

橙 子

我舍不得切开你艳丽的心痛
粒粒都藏着向阳时零星的甜蜜
我提着刀来
自然是不再爱你了

矿场回来的人

他们眯着眼穿过松枝，走到我父亲的村子
他们佝偻着背用瓜瓢舀水喝
父亲给他们传烟，他们对着西边的太阳咳嗽
——在那里，有他们熟悉的黑暗要来

回旋曲

我们怎样和过去的人交谈？
又一个春天，鼠曲草发出嫩芽
它的花是一种接近睡眠的暖黄色
睡眠让人练习与记忆和解
抽出一朵花或一片花，在睡梦中并无太大区别
而描述是艰难的，尤其当人们意识到在海上漂流
为了返航，要克服巨浪导致的晕船

过去的人怎样和我们交谈？
重新开始的季节都要付出加倍的忍耐
蛇褪下皮肤，不干净的鳞片呵
也要尽力铺展

偶尔，我们会做一些平日里想不起的事
动身去一个陌生之地或学习一门冷僻的手艺

寄望我们的儿女成人不用模仿我们
即使我们知道希望渺茫：
如果人们还爱着过去，就永远学不会和它交谈

时间旅行者

一
时间在这颗星球的运算方式有许多种：
日程表、作物生长周期、金婚纪念日
十八个小时的航程，中途转机再花上几小时
睡不着的晚上数三千只羊
丧礼上站半个小时等同于一场遇见情敌的晚宴

人们在描述它的景观时饱尝忧虑
泥土中的黑暗、被隐藏的瞬间
比壮年更具生命力的想象
每一根枝条压低，都可以任人巡游半生

二
这么遥远的旅途，像旧世界的酒
世故、饱满；所有杂音都堕入安详
日复一日，我在创造中浪费着自己的天赋
夏天需要赤道
冰川需要一艘破冰的船推迟它的衰老

渐渐地，我也会爱上简朴的生活
不去记挂那些无辜的过往
黑暗中的心跳，也曾像火车钻过我的隧道
是的，我从前富有
拥有绵延的山脉和熔炼不尽的矿藏

当我甘心成为这星宿的废墟
每次我走进那狭窄的忠诚

冯娜诗三十首㈢ 驻校诗人冯娜专栏

呼吸着陨石的生气
我知道，那些奴役我们的事物还活着
我们像时间一样憔悴、忍耐
等不到彼此灭绝

三
我要和那些相信灵魂不灭的族类一起
敲着牛皮鼓，在破败的拱门外唱歌
太阳会染上桔梗花的颜色
孤僻的岛屿，将在波浪中涌向陆地
仰慕骑手的人，已校准弓箭
我爱着的目光，依旧默默无语
我们唱出永生的欢乐，沉睡的少女
招呼疲惫的旅人进来歇息
他的衰老坐在岩石上，看见
死神弯下了身躯

隔着时差的城市
——致我的父亲

抵达乌鲁木齐的第一夜 一个维吾尔族男人醉倒在地
他摔倒在我经过的街道 像一摊泣不成声的岁月
这样的时辰对于北方 已经算不上心酸
更算不上寂寞 在这与你有着两小时时差的土地
父亲，我是否应该将光阴对折
剪去那些属于南方的迷失
早些年，我差点跟随一个男人去往最冷的海域
而你并不知晓

乌鲁木齐是座建在你年轻面容之上的城市
那时你健硕 喜悦 千杯不醉
它有你虔诚中偶然的冷漠
那时我们互不相识 你在神前替我的前世祈告

诗探索 4　作品卷　2016 年　第 4 辑

我是一座与你隔着近三十年时差的荒城
我有你盛怒之下的灰烬
你何尝想过吧，成为一个女人的父亲是如此艰辛

在重返乌鲁木齐的路上 等吃手抓羊肉的空隙
一个中年男人与我说起他的悔恨
他目光呆滞 我默不作声
父亲，额尔齐斯河的水一直往下流
一个又一个迁徙者的命运
我和你一样，竟没有把多余的爱憎留在岸上

每一年我都离你更远
我已经可以用捕风者的记忆向你描述一座城市：
这个城市是酒醒后的男人
这个城市是已经孕育过的女人
它仿佛看透了你我身体里的时钟
为了让我更接近你的夏日时
在乌鲁木齐的每一夜 天都黑得很迟

迷 藏

在你家后花园中
我乐于辨识那些亚热带的花卉
生命已经浪费得够多
不怕再多加一两种无用的游戏

植物的哀愁并非凋零
孩子们的游戏并不为了找寻
好多时候，我只想在一个迷藏中坐下
花草深处、假山背后
不被找到的人是幸运的
我不会随便叫出一个人的名字
不会去惊动一只热闹的蝉

也不发明一种新的玩法
我关心的只是那些喊我名字的人何时疲惫
回到他们的躲藏之中

美丽的事

积雪不化的街口，焰火在身后绽开
一只蜂鸟忙于对春天授粉
葡萄被采摘、酝酿，有一杯漂洋过海
有几滴泼溅在胡桃木的吉他上
星辰与无数劳作者结伴
啊，不，赤道的国度并不急于歌颂太阳
年轻人只身穿越森林
雨水下在需要它的地方

一个口齿不清的孩子将小手伸向我——
有生之年，她一定不会再次认出我
但我曾是被她选中的人

短　歌

那时，我还怀有一个南方人的热忱
在北方公园里拍摄尚未熟透的山楂
树下偶尔能捡拾到两三个，放在手中
果实带给人安慰，让人忘记事实上这是另一种衰老
"尝一尝，是什么味道"
雨水、冷空气、穿过灰霾的阳光已使它们成为酒窖
或者一座正在腐朽的宫殿
向任何一个房间深处走去，都能触到褐色的核
那里有过的酸涩，我们也有
那里有过的甜蜜，我们也会有

诗探索 4　作品卷　2016 年　第 4 辑

作者简介

冯娜，1985 年生于云南，白族。毕业并任职于中山大学。中国作家协会会员，广东省文学院签约作家。著有《无数灯火选中的夜》《寻鹤》等诗文集多部。曾获华文青年诗人奖、奔腾诗人奖等多种奖项。曾参加第二十九届青春诗会。首都师范大学第十二届驻校诗人。

倾听与辨认

——冯娜诗集《无数灯火选中的夜》札记

江 离

对于这个时代来说，诗歌似乎是没落的并不那么可靠的行当，尽管它是世界上最古老的行当之一。娱乐的多样化、实用主义导致的生活的资讯化以及二十世纪八十年代诗歌狂欢过后不可避免地走向冷寂，而最重要的是科技沙文主义使诗歌的合法性不再不证自明。如果有人问你，北岛、舒婷之后当代诗歌带来了什么改变或者有什么影响，可能你从纯诗歌领域建立的"新诗在八十年代中后期保持迅速发展"的自信会冰消瓦解。但是另一方面，诗是维护人对世界微妙的感受力、想象力的重要方式，它可以平衡和抵消以简化为认识基础的奥卡姆剃刀带来的狭隘化，也就是说，生活世界比科学所提供的现实世界的边界更加辽远。并且，随着语言系统的更替，新诗尚处于童蒙阶段，这也意味着里面有很多机会。

因此，很高兴冯娜成为诗歌上的同路人，她是处于上升通道中的年轻的女诗人，我读她的诗集的时候，看到她在诗歌中多次重复她对自我诗人身份的确认。现在，绝大部分的诗人在对待自我诗人身份的时候是策略化的。在古典诗歌时代，看到诗人们在个人生活中以诗人身份出现较为常态，诗人间的拜会、雅集、酬唱应和和写作以及他们看待世界的视角可以说明这一点。而现在，诗人们更经常性地进行身份转换，在工作和交往中多数是隐匿自己的诗人身份的，这是在一个诗人被看成他者的社会中实施的一种自我保护，即使是在写作中，也很少表明这一身份意识。冯娜这种明确的指认是一种勇气，也可以成为一种坚定的信念，就像她在《雪的意志》中所写的：

我是一个诗人
……

诗探索 4 作品卷 2016 年 第 4 辑

> 我相信的命运，经常与我擦肩而过
> 我不相信的事物从未紧紧拥抱过我

"相信"意味着精心的准备和艰苦的工作，如果我们相信、精心准备了，也许，我们未必会得到想要的结果，这里也许可能是一种长久的考验，但如果我们不相信，那么意味着必然会失去这一机会。这也是一个帕斯卡尔式的打赌。相信这个而不相信那个，也是基于诗人需要具备的良好的人文素养。身份确认实际上是与自己签订了一份内在的契约，明确了这一身份所应有的责任和义务。

一　成为一个诗人

对于冯娜来说，诗人需要做的是什么呢？怎样才能成为一个诗人？我们可以把《劳作》这首诗看成她诗歌观念的一个具体呈现，在诗中她写道：

> 我并不比一只蜜蜂或一只蚂蚁更爱这个世界
> 我的劳作像一棵偏狭的桉树

蜜蜂和蚂蚁在通常的观念中代表着勤奋的种类，所以，勤奋的劳作可以看作对世界之爱的一种表现。一个诗人的勤奋劳作当然不仅仅是不停地写作，这样的效果也许只是闭门造车而已，在写作之前，他需要做的是调动一切直观的感受能力，听觉、视觉、嗅觉、味觉、触觉和直觉的能力。即使是这样，一个个体的活动仍然有限，就像被固定在一块土壤中的桉树，它的视野是偏狭的，而承认这种有限性是一个开始，是试图超越它的良好开始。在这首诗中冯娜继续写道：

> 我并不比一个农夫更适合做一个诗人
> 他赶马走过江边，抬头看云预感江水的体温

冯娜把比较的对象拓展到了农夫，在农夫与诗人之间有什么共同点呢？农夫拥有看云就知道江水水温的能力，正是常年辛勤的劳作使他拥有了这一经验。为了谷物的收成，农夫必须掌握季节气候的细微变化，

并且这是通过持久的训练可以得到的一种普遍经验。诗歌暗示诗人同样要对自身的领域具有非常熟稔的程度，不仅如此，还要对关注的事物熟知、有深入的了解。写作技艺的长久训练，掌握丰富的技巧，有助于举重若轻地处理不同的题材。而"看"和"听"，倾听与辨认，是洞悉事物奥秘的基础，这首诗继续写道：

> 如何辨认一只斑鸠躲在鸽群里呢
> 不看羽毛也不用听它的叫声
> 他说，我就是知道

显然，这比上面看云识天气更上了一层，因为以他的丰富经验已经到了无须再去听去看就能正确判断的地步。他能透过这些所见所闻，领会到表象之外的东西，庄子在《养生主》中写庖丁解牛时目无全牛，而以神遇；《列子·说符》中九方皋相马则见其所见，不见其所不见；视其所视，而遗其所不视。两者都探讨了形神关系，做出了超越于五官感受的正确的判断，尽管带着玄学的神秘性。最后一句也非常好，值得加以留意。按我的理解，这就是一种通过生活历练累积的原初经验，它比知识更加原初，指向不确切。海德格尔曾用人对斧头的运用做过具体解析，比较了知识与原初经验之间的区别，人在使用斧头的过程中体悟到的原初经验，不同于将斧头从生活世界里抽取单独研究形成的确定性知识，它更暧昧，却保持了个体与世界的联系以及它的整体性和丰富性。海德格尔的原初经验在一定程度上类似于直觉，当我们说"一叶知秋"，一片叶子落下来而突然间意识到整个秋天来了的感受同样是依赖于经验的累积。而诗歌无疑是所有文学艺术中最适合运用直觉的，冯娜在这首诗的结束部分暗示了诗不仅应当依赖于五官感受能力，并且也尽可能地通过经验来捕捉和提升直觉能力。

此外，她也提到了一些其他能力，比如想象力和激情。在另一首诗《来自非洲的明信片》中，她这样写道：

> 我们啊，终生被想象奴役的人
> 因一个地名而付出巨大热忱
> 因一群驼队的阴影而亮出歌声
> 会把遥远非洲的风视为亲信

诗探索 4 作品卷 2016 年 第 4 辑

想象力被认为是诗歌最重要的创造能力之一，对于诗人来说，它具有解放作用，可以打破现实的桎梏，使我们的视野到达更加遥远的地方，也使我们的表达更加自由。尽管这首诗只是针对一张明信片而写，但具有较大的象征性意义，除了想象力和激情，还涉及对不完美人世的歌唱，对自由元素的信任，以及对人的西西弗斯式的失败仍然保持着意义的寻求。

这样，我们就可以判断冯娜对自身成为一个诗人的要求：除了辛勤的劳作以具备良好的素养之外，在生活中加以历练，以培养各种感受能力和想象力，直到获得独特的个人经验和直觉，而最终的动力则是爱，对世界的爱，对不完美的人世的爱，从而使我们自身获得一种存在的意义。

二　纯正的抒情、节奏和语调

据我有限的了解，她是一个纯真但又心智成熟的女性，大学毕业后一直留在这个南方著名高校的图书馆工作，这种较为单纯的环境尽管某些时候会让人感到单调乏味，也可能提供了一种保护，以使她避免过度社会化，而能更好地保持诗人的激情，就像她的《杏树》所写："我的故人呐，请代我饮下多余的雨水吧/只要杏树还在风中发芽，我/一个被岁月恩宠的诗人　就不会放弃抒情"。作为一位女性，虽然在感受力的敏感性上更具一定优势，但与许多女性诗人相比，她并没有局限于个人情感的表达，努力地去超越"一棵桉树的偏狭"，她所面对与表达的更加开阔。就像上文已经提到的她对诗歌的一种要求，在这种要求中，并没有围绕女性意识展开，也没有给予女性意识以特殊的地位。这是一种很好的态度，诗就是诗，在跟同时代诗人保持联系和竞争时，没有必要去赢得刻意的关照。

冯娜的诗以抒情为主，事实上，当代诗一直在试图解决传统抒情诗流于高蹈、空洞，对现代性反应迟钝的弊病。自第三代诗人以来，面对这一问题，总体来讲有两种不同的方式，一是增加诗歌的日常性，一是增加诗歌个人化叙述的成分。这两者强调细节，以使抒情拥有更坚实的基础、更为可信的效果，也更能展现现代生活，增加对复杂性的接纳能力。但这种变革同样面临着自身的困境，我们可以看到随着日常化描写和个人化叙述的普遍化，经常会陷入无休止的对日常细节的烦琐叙述，从而迷失了自我。冯娜的诗不同于两者，始终保持着纯正的抒情气质，但她找到了自己的方法，她的诗始终展现了对感受力的信赖，诗中的意象非常具象、生动，并通过优雅的修辞技艺来表现它们，这些不同的意象彼此之间差异性较大，转切的节奏也较快，但有一种共同的力量，即富有音乐性的节奏、冲淡的语调、充沛而节制的情感力量在捏合、统摄着它们，使之成为一体。在《听人说起他的家乡》这首诗中她写道：

"一直在下雨
——我出生的城市
没有雨的时候依然在下雨"
他的亚麻色瞳孔是雨中的建筑
用以储藏一种我没有听过的乐音
山丘在下雨，船只也是
早晨去买面包的路面下雨
来到我跟前的旅途也是

在这节诗歌中，我们可以看到她良好的具象能力，在与萍水相逢的陌生人的交谈中，瞬间获得了一幅始终笼罩在雨中的略带忧伤的场景，雨中的山丘、船只、路面铺展开来，一直延展到我的这次旅途跟前，我跟相逢的旅人之间仿佛进行了一次置换。语言简洁质朴，而实际上是有着丰富、娴熟、精确的变形技巧，比如"没有雨的时候依然在下雨"、"他的亚麻色的瞳孔是雨中的建筑/用以储藏一种我没有听过的乐音"、"早晨去买面包的路面下雨/来到我跟前的旅途也是"，这些诗句，感受力、想象力都很丰富和饱满。同样值得注意的是，这首诗的节奏和语调，它是属于低音的，悠扬低回，有介于温暖与冷峻之间的冲淡，充沛的情感因克制而更具有张力。通过对"下雨"和"也是"这些词语的反复使用，使诗具有一种回旋往复的节奏感。在她的其他许多诗歌中，我们也看到了这种节奏和语调的使用，比如下面这首《刺猬》：

我想养一只刺猬
培栽玫瑰的惯性让我对芒刺充满信心

路过宠物店的时候我想养一只刺猬

在邻居家逗猫玩的时候我想养一只刺猬

摘掉菜园中饱满的豆荚我想养一只刺猬

我知道它有尖利的牙齿，能一口气吃掉许多虫子

偶尔也会吞食蜥蜴和田地里的作物

它像我内向的童年友人，有一双拘谨又敏捷的眼睛

吵架后，他用刻刀在我的桌面写字：

"你好，对不起"

它喜欢在枯枝里打盹

像朋友一样在多年后藏起了自己

我想养一只刺猬，它蜷缩在我的篱笆周围

它就这样，在我的想象中被饲养

我为它种上一排排芸豆和蔷薇

　　这首诗是迂回含蓄的，实际上真正的重心不是刺猬，而是那位童年友人，是对纯真友情的怀念，童年的友人有着刺猬的属性，喜欢隐藏起自己，最终失去了音讯，但在很多时候，仍让我想起他，并在自己的想象中饲养他。情感非常充沛但表达上却是节制的，通过对"一只刺猬""……的时候""像友人（朋友）"的不断重复，构造了一种悠扬明快的节奏，语调上冲淡而略带感伤。诗在表达想念的意图的时候，所有的诗句都通过具象来展开，但有一个明确的中心，这些都展现了很好的感受力和控制力。其他像《弗拉明戈》《短歌》这些诗，都能看到反复回旋的节奏、充沛的情感以及冲淡的语调之间形成的独特的风格。

三　诗意的空间、具象和延展

　　世间万物，千变万化，即使我们凝视一个事物，它也有无数个点，因此，诗人选取的意象和词语都经过了精细的斟酌衡量。在这种选择中，可以看到诗人受到传统的影响、本身的视野、素养和风格取向。白话诗刚提倡的时候，当时中西文化涵养极高的诗人却无法抛开古典意象的束缚，大都处在千百年传统的阴影中，也就无法接纳和展现现代生活。而我们的时代，变化之巨、更替之快，以几何级数增长，每天都有新的名词产生，每天被爆炸的信息淹没。语言一旦产生，就会迅速蒙

尘，进入长久的黑暗和被遗忘状态。诗人曾是语言的更新者，在当下，又如何像雨水一样，洗去枝叶上的尘埃而使它们重新拥有亮泽呢？他如何判别词语的方向而不被词语所迷失呢？怎样在加速度生活的惯性中刹车，让读者停留片刻若有所思呢？这里似乎有一个简化和繁衍的问题，我们只能在众多意象之中选取少数几个构成一首诗的关注点，但同时，又必须让这几个意象展现尽可能丰富的意蕴，同时又合乎一首诗整体性的要求。绝大部分的诗歌如果切断了意象世界与意义世界的联系，也就失去了自己的生命力。它考验我们言此及彼的能力，需要我们离开一一对应的关系，而挖掘出一对多的能力，不是迷失在意象的外在特征中，而是选取语言的枯枝，搭建它们，让它们像星辰一样围绕着星系旋转。

而在这些可能的写作中，冯娜的诗从直观上来说更依赖于感受力，意象丰富而多样，也就更需要抽象和理解的能力，以把握不同事物之间的联系，避免成为蜻蜓点水式的意象罗列，游走在事物的表面。我在她的诗集中也看到部分作品存在这样的疑问。让它们形成共同的向心力，打开词语自身的空间，这是一种挑战。

耳　鸣

春天的失眠，往我耳朵里搬进一座青山
鹿角树估算着一个暖和的日子
一些蓝色的不知名的花，围在它的根部
几只土拨鼠想刨开泥土中的白键
——上个冬天，谁在这里丢失了一把风琴
鸟儿飞过叶鞘，弹奏一遍
树蛙们跳过河去，弹奏一遍
冬眠的响尾蛇醒来，也拨动着"咿咿呀呀"
不完整的黑夜淌着滴滴答答的泉水
在最疲惫的凌晨
我翻身寻找乐谱，想把那曲子从头到尾拉上一回

这首诗里的意象众多，青山、鹿角树、蓝色的花、土拨鼠、风琴、鸟儿、叶鞘、树蛙、响尾蛇、泉水、乐谱，等等。但最核心的是"失眠"与"耳鸣"，所有的声音都是幻听，但是冯娜给予了它们一个充满画面感的场景，以鹿角树为中心的场景，各种动植物们的轮番表演。直

诗探索 4　作品卷　2016 年　第 4 辑

到最后收尾，才拉回到现实的场景中回应开头。因此，我们看到，这些非常可感的事物并不是无关的，而是很有序地展开的，它们共同形成了一种有趣生动的意指。

> 司机的口哨绕着村寨曲折往复
> 多少个下午，就像这样的阳光和陌生
> 要把所有熟知的事物一一经过
> 多少人，和我这样
> 短暂地寄放自己于与他人的相逢
> ——纵使我们牢牢捍卫着灌满风沙的口音
> 纵使我们预测了傍晚的天气
> （是的，那也不一定准确）
> 纵使，我们都感到自己是最后一个下车的人
>
> ——《乡村公路上》

而在这首诗的这一节中，冯娜也能把日常所见以至于人生的感怀用具体的事物联结起来，从最细微的事物中领会它们各自的意义，在看似偶然之中寻找到它们共同的，具有说服力的东西。对完全不相关的细微事物的洞察力才能造就这一点，这也是一个诗人能够见人之所未见最需要的。

我们已经试着从冯娜的诗中分析了她对诗人的定义、她的抒情诗的特征，事实上，这仅是个人所较为关注的点，在她的诗歌中还有更丰富的内容。作为一个尚且年轻的诗人，她的技艺已经磨砺得很成熟到位，因此她能驾轻就熟地展现自己通过诗人的眼睛所见到的："美丽的椰林和海岸线/筑巢的忙于建造，修复的忙于树立新的法则"。她描写的对象也很广泛，更重要的是越过了对自我的关注，而进入到世界深层次的那一部分，尝试着用语言去唤醒那沉默的部分，就像这些诗句中所写：

> 在你困顿的旅途，我是迷人的蜃楼海市
> 当你被声音俘虏，我是广大的沉默
>
> ——《魔术》

雨水、冷空气、穿过灰霾的阳光已使它们①成为酒窖

---

① 指山楂，笔者注

或者一座正在腐朽的宫殿

向任何一个房间深处走去，都能触到褐色的核

那里有过的酸涩，我们也有

那里有过的甜蜜，我们也会有

——《短歌》

我们，早已经失去了无言的自信

而这世上，几乎所有叶子都含着苦味

——《尖叫》

他们教会我一些技艺，

是为了让我终生不去使用它们

我离开他们

是为了不让他们先离开我

他们还说，人应像火焰一样去爱

是为了灰烬不必复燃

——《出生地》

这里不再对这些动人的诗一一展开，但它们展现了基于生活的领会和洞察能力，这才是一个诗人可以走多远最重要的，我想她有足够的潜力，去聆听诗最迷人的声音。尽管她在自己的诗中谦称："它教给我的高音，至今我还没有唱出/那音色，像坚实的松果一直埋在某处"（《出生地》），而当她说"岁月，何尝不是一种温存的允诺"，我想我也可以理解为：诗歌，何尝不是一种温存的允诺！

2016 年 7 月 2 日

《诗探索》编辑委员会在工作中始终坚持：

　　发现和推出诗歌写作和理论研究的新人。

　　培养创作和研究兼备的复合型诗歌人才。

　　坚持高品位和探索性。

　　不断扩展《诗探索》的有效读者群。

　　办好理论研究和创作研究的诗歌研讨会和有特色的诗歌奖项。

　　为中国新诗的发展做出贡献。

诗探索 ④

POETRY EXPLORATION

理论卷

主编 / 吴思敬

2016年 第4辑

作家出版社

学术主持机构

中国当代文学研究会

北京大学中国新诗研究院

首都师范大学中国诗歌研究中心

《诗探索》编辑委员会

主　任：谢　冕　杨匡汉　吴思敬

委　员：王光明　刘士杰　刘福春　吴思敬　张桃洲　苏历铭

　　　　　杨匡汉　陈旭光　邹　进　林　莽　谢　冕

《诗探索》出品机构：北京人天书店有限公司

社　长：邹　进

《诗探索·理论卷》主编：吴思敬

通信地址：北京市西三环北路 83 号首都师范大学

　　　　　　中国诗歌研究中心《诗探索·理论卷》编辑部

邮政编码：100089

电子信箱：poetry_cn@163.com

特约编辑：王士强

《诗探索·作品卷》主编：林　莽

通信地址：北京市朝阳区 100026 信箱 156 分箱

　　　　　　中国诗歌研究中心《诗探索·作品卷》编辑部

邮政编码：100026

电子信箱：stshygj@126.com

目　录

编者的话

首都师范大学第十二届驻校诗人冯娜，1985 年生于云南丽江，白族，毕业并任职于中山大学，是近年来在诗坛十分活跃的青年诗人。著有《云上的夜晚》《寻鹤》《一个季节的西藏》《无数灯火选中的夜》等诗文集多部。作为一位年轻的女性诗人，冯娜既保留了白族的民族传统，又对现代诗学文化抱有极大的热情。她像辛波丝卡一样，对世界既全力投入，又保持适当距离。因而她的诗有生活实感却不是生活的实录，在想象的时空中充溢着隽永的、氤氲的诗意。这是一位具备多种笔墨，可塑性很强的诗人。在冯娜即将结束在首都师范大学的驻校生活之际，首都师范大学中国诗歌研究中心举办了"首都师范大学驻校诗人冯娜诗歌创作研讨会"。本辑特选发卢桢、林馥娜、刘洁岷、陈培浩、景立鹏、蒋登科与战宇婷等人的论文六篇，以飨读者。

青年诗人武强华，出生在河西走廊祁连山下的一个小村庄，医学院毕业，但改了行，在工作之余，一直保留了对诗的钟爱，曾获 2016 年度华文青年诗歌奖。她自称："在偏远闭塞的青藏高原边缘地带生存与写作，我的想法是单纯的，正如童年时一个人去密林深处采蘑菇，寻寻觅觅，时而沉默，时而惊喜，在诗中我执守内心的这一份孤独和宁静。"正是这种独特的生活经历与甘于寂寞的创作心态，使她善于用浓重的笔触抒写内心的感悟，诗歌的境界显得旷达而大气。她的诗源自生命的疼痛，在孤独的体验与生活的煎熬中，展示了一种大悲悯的情怀。这是一位具有较大的可塑性和较为宽阔的发展空间的诗人。本辑特在"结识一位诗人"专栏中，发表贺嘉钰、周小琳、吴锦华对其诗作的评论，把她介绍给广大读者。

本刊自 2015 年第 2 辑起开设"八十年代大学生诗歌运动回顾"专栏，发表了沈奇《诗性生命历程的"初稿"与"原粹"——答二十世纪八十年代大学生诗歌运动访谈》、姜红伟的《二十世纪八十年代大学生诗坛档案》。2015 年第 3 辑、第 4 辑刊发了姜红伟对叶延滨、王自亮、宋琳、马莉的访谈。2016年第1辑至第4辑，又刊发了姜红伟对徐敬亚、程宝林、王玮、朱霄华、蒋登科、王强、徐江、王国钦的访谈。鉴于姜红伟编的《诗歌年代——二十世纪八十年代大学生诗歌运动访谈录》即将正式出版，本刊对姜红伟"八十年代大学生诗歌运动访谈录"的选发遂告结束。但"八十年代大学生诗歌运动回顾"这一专栏将长期保留，欢迎在那一特定年代成长起来的诗人及相关研究者继续赐稿。

本辑"诗学研究"栏目刊发了钟文的《海德格尔的诗歌观》，这是一篇对海德格尔诗学思想很有分量的研究论文。作者认为，在海德格尔整座哲学大厦中，诗歌是这个大厦的一根顶梁柱。人的存在、人的思、语言、诗歌，是海德格尔所思考的全部内容的四大主题。海德格尔与荷尔德林的关系，与其说是海德格尔发现了荷尔德林，不如说荷尔德林也表现了海德格尔。他们通过诗歌，在思的领域里建立起了相互关联的不可或缺的联系。作者对海德格尔引述的荷尔德林的诗句"作诗是最清白无邪的事业"、诗是"最危险的财富"做了解读。在此基础上，作者进一步从"一首诗歌就是创造""筹划者的道说就是诗""诗意的形象乃是一种别具一格的想象""作诗乃是人之栖居的基本能力""诗歌是生命的形而上学""诗歌的语言——前语言""诗人的尺度和诗的量度"等方面对海德格尔的诗歌观做了清晰的阐释。

诗学研究

八十年代大学生诗歌运动回顾

冯娜诗歌创作研讨会论文选辑

结识一位诗人

姿态与尺度

诗人访谈

新诗史料

外国诗论译丛

海德格尔的诗歌观

钟 文

诗探索4
理论卷 2016年 第4辑

诗是什么？答案可能是恒河之沙之数。数千年，古往今来多少思想家、哲学家在他们的著作中都提到诗歌，但那是一种什么提法？或者把诗歌称作一种文体，视作一种写作方式，由此认为是一种高级的写作方式。或者把诗歌称作抒情或者浪漫的文体，由此诗就成了浪漫或者抒情的代名词。有的人在谈到诗歌文体的时候，又总是集中于这种文体的分行和押韵等特征。分行、押韵似乎就是诗。这个世界上读诗的人很少，写诗的人大多窘迫，处在边缘状态。这一切仿佛都是诗造成的结果，诗真成了一个不祥之物。

有一个人，与以上这些人的看法迥异。他竟然认为诗歌不是一种文体，不是一般的文学生产。诗歌是人类语言的发源处，诗是一种高贵的生活方式。只有诗才能描写出人类理想的生活境界。由此，作诗之人必须是高贵的人、神圣的人。发这个高论的人就是海德格尔。

在海德格尔整座哲学大厦中，诗歌是这个大厦的一根顶梁柱。海德格尔所思考的全部内容包括四大主题：人的存在、人的思想、语言、诗歌。诗歌就是一个哲学主题，这种前所未有的理论绝对是人的思想的一大创造。这一创造可能会波及、延伸很多很多，但最有力的是对我们的诗歌研究有巨大的推动力。诗歌有幸了，诗人有幸了。

当我们沉浸在海德格尔对诗的这种美好的、崇高的描述之中的时候，再回过头去看，现实的场面是否还有如此这般的诗情诗意呢？连海德格尔都在哀伤："诗歌或者被当作玩物丧志的矫情和不着边际的空想而遭到否弃，被当作遁世的梦幻而遭到否定；或者人们就把诗当作文学的一部分。"① 但不用着急，一切伟大的思想家所创建的地平线都远在天际间，

---

① 海德格尔：《演讲与论文集》，孙周兴译，三联书店 2005 年版，第 196 页。凡本文所引同一书者，此后注释均只标书名和页码，其余出版信息从略。

要想真正地、全面地认识它们一定需要时间，甚至需要几代人的时间。下面我们就做这个充满欣喜，但也不要抱着满载而归的想法的眺望。

一、海德格尔认为诗是什么

海德格尔从二十世纪三十年代开始把荷尔德林视为他的哲学研究的中心人物。他称荷尔德林是"诗人之诗人"。他对荷尔德林感兴趣，不是因为荷尔德林在诗歌的活动中做了什么了不得的事，他认为荷尔德林的诗是对诗歌本质规定性的引证。荷尔德林的诗歌创作高度地表现了一个诗人的责任和使命。由此，他认定荷尔德林的诗歌是同时代其他诗人都无法比拟的。海德格尔当然也引用里尔克等诗人作为他的哲思的内容。他却从来没有引证、评价过席勒、歌德这样当时被充分肯定的大诗人。他只是对荷尔德林情有独钟，他把自己的研究和荷尔德林的诗歌比喻为一种"非此不可的关系"。当然，他更多的是把荷尔德林看作他思想的一个方向指引或者一个参照系统。海德格尔与荷尔德林的关系，与其说海德格尔发现了荷尔德林，不如说荷尔德林也表现了海德格尔。通过诗歌，他们在思的领域建立了互相关联的不可或缺的联系。

海德格尔在《荷尔德林和诗的本质》一文中，关于诗是什么，他用了荷尔德林的五句诗句来作为归纳：

1. 作诗是最清白无邪的事业。
2. 因此人被赋予语言，
   那最危险的财富……
   人借语言见证其本质……
3. 人已体验许多。
   自我们是一种对话，
   我们能彼此倾听，
   众多天神得以命名。
4. 但诗人，创建那持存的东西。
5. 充满劳绩，然后人诗意地
   栖居在这片大地上。①

---

① 海德格尔：《荷尔德林诗的阐释》，孙周兴译，商务印书馆 2000 年版，第 35 页。

以上这五点，是海德格尔思想中诗之本质的最概要、最基本的五点。我后面讲到海德格尔的诗歌观的时候肯定会联系到这几点。在开始之前，我想先分析最让人深思的两点，那就是"作诗是最清白无邪的事业""那最危险的财富"。这两句话显得突兀而矛盾。这两句话的含义是什么？

　　海德格尔说："'作诗是最清白无邪的事业'。何以'最清白无邪'？"海德格尔是这样解释的："作诗显现于游戏的朴素形态之中。作诗自由地创造它的形象世界，并且沉湎于想象领域。这种游戏因此逸离于决断的严肃性；而在任何时候，决断总是要犯这样或那样的过错。所以作诗是完全无害的。同时，作诗也是无作用的；因为它不过是一种道说或谈话而已。作诗压根儿不是那种径直参与现实并改变现实的活动。诗宛如一个梦，而不是任何现实，是一种语词游戏，而不是什么严肃行为。诗是无害的、无作用的。还有什么比单纯的语言更无危险呢？"①这段话是海德格尔对"作诗是最清白无邪的事业"的一个比较全面的解释。但是，海德格尔又在后面补充，自己的表述只是暗示，只是让这个暗示供人去探寻诗的本质。

　　海德格尔上述这段话要表达的意思无外乎如下几种：第一层意思，诗是一种创造，是用想象来进行的创造，它是一个梦，它所创造的是一个形象世界。这个梦与现实没有太多关联。第二层意思，诗歌逸离于决断的严肃性（这一点，海德格尔是把诗歌和哲学与社会科学的研究区分的重要一点）。第三层意思，诗歌是不会直接去参与改变现实的，所以它是无害的，甚至可以说是无作用的（当心，这个无作用是指社会行为方面的无作用）。所以，他又反过来说，诗歌是用语言来做一种"道说"，这是诗的最本质的社会意义。"道说"就是说一种"本质的语言""真理的语言"。这跟那种"对现实无作用"的说法表面上是一种背离，实际上是另一种契合。在行为上是无害的，在思想上却说出了真理的本质。第四层意思，海德格尔认为，诗歌是一种语言游戏，一种语词游戏。"游戏"这个词汇，我们要把它与海德格尔的另一种说法"作诗是一种筹划"联系起来，"游戏"与"筹划"在海德格尔的语言当中是相似的。所谓"筹划"是一种严肃的行为。

　　为什么说诗歌又是一种最危险的行为，或者说最危险的财富呢？海

---

① 《荷尔德林诗的阐释》，第 37 页。

诗探索 4　理论卷　2016 年　第 4 辑

德格尔认为"诗歌是最危险的行为"，其主要原因是诗歌和语言有关联。为什么这样讲？"因为语言首先创造了一种危险的可能性，危险乃是存在者对存在的威胁。而人唯凭借语言才根本上遭受到一个可敞开之物，它作为存在者驱迫或激励着在其此在中的人，作为非存在者迷惑着在其此在中的人，并使人感到失望。唯语言首先创造了存在之被威胁或存在之迷误的可敞开的处所，从而首先创造了存在之遗失的可能性，这就是——危险。"① 海德格尔这段话说得很晦涩，实际上他只是说出了一个事实，即语言可以让人的存在被敞开，但也有可能因为语言的运用不恰当，人的存在会被遗失。由此，语言是危险的。这是"诗歌是最危险的行为"的第一种原因。第二种原因，海德格尔又这样说："在语言中最纯洁的东西和最晦蔽的东西，与混乱不堪和粗俗平庸的东西同样的达乎词语。"② 海德格尔认为，语言因为是这种纯洁的东西和粗俗的东西的同时存在，它们一并在词语中表现出来，所以，这就是一种冒险的行为。海德格尔要求："语言必然不断进入一种为它自身所见证的假象中，从而危及它最本质的东西，即真正的道说。"③ 在这里面，海德格尔讲了诗作为最危险的语言的第三个原因。这个原因非常重要，因为诗的语言并非一般的言说，应该是道说，而道说又不是那么容易，这就会构成种种假象。第四个原因，他这样讲："词语一旦被道出，就脱离了忧心诗人的保护，所以，对于已经道出的关于被隐匿的发现物和有所隐匿的切近的知识，诗人不能轻松地独自牢牢地把握其真理性。因此，诗人要求助于他人，他人的追忆有助于对诗意词语的领悟，以便在这种领悟中每个人都按照对自己适应的方式实现返乡。"④ 诗人所写出的诗歌是需要求助于读者、他人来理解，要被他人所领悟，诗才能够实现道说的彰显。诗人说出的语言必须在被保护中才能够达到目的。海德格尔说："诗从来不是把语言当作是一种现成的材料来接受，相反，是诗本身才使语言成为可能。"⑤ 诗歌作为一种危险的东西那就是"诗歌语言和现成的语言是隔绝的"道理。如果做不到把诗的语言摈弃于人云亦云之中，诗就不能称为诗。海德格尔认为，今天的人们在说语言的时候有太多的那种"非本质的词语"，"悬空阔谈，人云亦云"，而这些东西和

① 《荷尔德林诗的阐释》，第39页。
② 《荷尔德林诗的阐释》，第40页。
③ 同上。
④ 《荷尔德林诗的阐释》，第33页。
⑤ 《荷尔德林诗的阐释》，第47页。

·诗学研究·

诗歌的道说相去太远，这一切的一切就必然使得诗的活动成为一种"危险的活动"。

海德格尔说"诗歌是最危险的行为"，是从两个层面来表达的。第一个层面，是纯粹语言表达上的问题，以上四个原因说的就是这个问题。第二个层面，他认为语言表达的困难和人的生命的升华是联系在一起的。诗歌面对人类深渊最大的恐惧也就是这点。因为语言是涉及人的存在生命的东西。人对语言的运用从表面上说就是可说和不可说、要说和怎么说的问题。诗歌所要达到的是"道说"，是一种"不可说"，但恰恰要进行"可说"的表达。诗的语言表达也就是"可说""不可说"，用"可说"说出"不可说"，让"不可说"成为"可说"。这种"可说"的"不可说"对于每个诗人来讲都是最大的考验。要让生活的本质和真理无蔽地敞开，而这种敞开是把那种不可说的东西，一种微妙的神秘的奥妙展现出来，所以必定要自行遮蔽，在遮蔽与彰显、显与隐的两层矛盾与运动中艺术地表现。这确乎是语言的考验，但更是生命的考验。这种"可说"又"不可说"的东西，实际上是一种生命体验。生命的体验，唯是在命运的撕裂、生命的升华中才会有的。所以，它不尽然是一种语言表达，它更是人的存在在隐蔽之处被诗意地发现，让说不可说的神秘深入到那种隐秘的大道之中，深入到那个遮蔽的中心去了，诗才成为诗。海德格尔说的危险之最危险就是这个。

二、海德格尔的诗歌观

1. "一首诗歌就是创造。"

海德格尔在他的著作中把存在之物归结为创造的东西并不多，艺术中的雕塑、绘画他认为是创造，但他强调创造最甚之物就是诗。当然，把诗歌说成是创造并不是海德格尔的发明，但是海德格尔在论述诗歌作为一个创造物的本质和特点的时候，表现出他独到的发现。

海德格尔如此阐述他的结论："一首诗歌就是创造。甚至看起来是在描述的地方，诗歌也在创造。诗人在创造之间构想某个可能的在场着的在场者。通过创造，诗歌便为我们表象活动想象出如此这般被构想出来的东西。在诗歌之说话中，诗意想象力道出自身。诗歌之所说是诗人从自身那里表说出来的东西。这一被表说通过表说其内容而说话。诗歌的语言是一种多样的表说。语言无可争辩地表明自己是表达。然而，这

诗探索 4　理论卷　2016 年　第 4 辑

个结论与'语言说话'这个命题相悖。后者假定，说话本质上并不是一种表达。"① 细细地读这段话，海德格尔认为诗歌是创造的原因有如下几个：第一，诗歌的说话不尽然是一般性的表达。第二，他认为诗意的说话是诗意的想象力来道出自身，注意是"道"出，即本质地说出。第三，他认为诗歌的语言是一种完全多样的表述。第四，他认为诗歌为人类创造了一种表象世界。这段话是从这四个意义上说出诗歌是一种创造。

海德格尔在另外的地方又这样认为，诗歌的创造是诗人"创建那持存的东西"。② 这个问题海德格尔进行过很多阐述。他反复引用荷尔德林的诗句："诗人创建一个持存者。"所谓的"持存"，就是对生活的此在表现出坚持，表现出生命的活力，持存的东西就是持存者。他认为，像生命与存在这种永恒的东西显自身为总是持留的东西，你能够把这种持留的东西表现为一种在场的状态，这就是一种持存的态度。而这种所谓持存的东西从规定上而言，它是进入到人的生活的本源之处去的。人作为一种存在者，他进入到一个本源之处去，那么，人才成为一个持存者。而诗人就是创建一个持存者，也就是进入到一个本源之尽处的一种状态。海德格尔说："本源只是如此这般地让自身显示出来，即：这种显示作为一种本源中起源的漫游之返回，参与到对本源的接近过程之中。由此，显示就在本源本身的坚固性中被确定下来。这也就是说：被创建出来。据此看来，创建乃是向本源接近的持存，它之所以持存，是因为作为通向源泉的胆怯行进只是难以离弃那切近之位置。这种作为显示着的持存的创建所创建的，乃是创建本身。"③ 海德格尔最后一句话很晦涩，"显示着的持存的创建所创建的，乃是创建本身"。也就是说，持存就是持存者。一旦一个诗人把生活本源的东西发现并坚持把它创造出来，他就是一个持存者。所以持存者的本身就是一种本源的东西，是一种诗人力待发现并创造出来的东西。海德格尔认为，所谓诗的创造实际上就是把诗人自身及生活连同整个世界一块儿去发现、创造。不尽然是用人的五官六觉去发现什么，而是把人自身的生命连同大地和世界一起去创造，这种创造才是真正的创造。这可能正是海德格尔说了这么多绕弯的词汇，他需要根本表达的东西。诗人说"创建那持存的东西"，

---

① 海德格尔：《在通向语言的途中》，孙周兴译，商务印书馆 2010 年版，第 10 页。
② 《荷尔德林诗的阐释》，第 35 页。
③ 《荷尔德林诗的阐释》，第 177 页。

持存就是创建者，创建者就是诗人所思的持存的东西。创造者只有和被创造者共同生活在一起，才能共同地被发现，共同性的被创造的含义就在里面。

海德格尔从年轻时代开始就经常用诗歌来表达他的思维。1947 年，海德格尔写了一首组诗《从诗的经验而来》。这首组诗里面有一首诗特别有意思：

运思之诗性依然蔽而不显。

运思之诗性彰显处
有如半诗歌之智性虚幻
久而久之矣。

而运思之诗
实乃在之地志学

在之地志学
比在的真实到场
公布者在之行止。①

海德格尔为了说明诗歌的本质，这首诗又发明了一个含义。他认为"运思之诗，实乃在之地志学"。什么是"在之地志学"？"地志学"这个词汇在海德格尔后期的文章里面几乎等同于以前的"存在学"。当然，如果说海德格尔前期的"存在学"重要的还是时间问题，那么，他后期用的"地志学"可能更多的是指空间问题。所谓"地志学"就是地方、位置、大地。诗歌的本质、创造的本质就在于记述描写，人的一切存在的位置和行踪，是从这些存在物的动态来传达人的本质的存在。海德格尔认为，诗歌就是这种具体的表达人与存在着的这个世界关联的东西，具体而言，也就是所谓天、地、神、人四种整体的空间。让这样一种宏大的空间力待彰明，并道出人与这个空间的关联，这当然是创造了。

---

① 海德格尔：《海德格尔选集》（下集），孙周兴选编，上海三联书店 1996 年版，第1162 页。

诗探索4 理论卷 2016 年 第 4 辑

在海德格尔的观点里面，他认为这个世界是显的，而大地是隐的。诗歌的存在就是要开启世界，让世界的存在达乎显。而诗歌又是作为一种创造，必须把这种显置回于隐的无限的可能性之中。这种隐与显的双重的转换，这就是艺术，尤其是诗歌作为特殊的创造物的艺术。这就如海德格尔在另外的地方说的："真理之本质即是原始争执，那个敞开的中心就是在这一原始争执中被争得的，而存在者站到这个敞开中心中去，或离开这个中心，把自身置回到自身中去。"①

海德格尔认为诗歌的这种创造性还表现在多个地方。海德格尔在多处表达：诗歌是一种"想象的梦"。海德格尔认为"诗歌就是一个奇迹和梦想"。他说："一边是奇迹和梦想，另一边是有所掌握的名称，两者融合在一体——于是产生了诗作。"② 在海德格尔看来，诗意的东西就是一种奇迹和梦想，是一种从自身而来，从现实而来，但通过诗的语言，表现为与现实和存在完全不一样的东西。所以，在另一处，他说得更妙："诗人似乎只需把使他迷惑的奇迹和令他陶醉的梦想带到语言之源泉旁，从而以不曾黯淡的信心从中汲取词语，吸取那些吻合于诗人想象出来的一切奇迹和梦想的词语。"③

有时海德格尔甚至会这样说："诗人的特性就是对现实熟视无睹。诗人的所作所为就是梦想而已，他们所做的就是耽于想象。仅由想象被制作出来。"④ 诗歌的创造是一种想象力的非现实的游戏。一个诗人越是需要诗意地表达生活，他就越是需要自由地、高度地想象。但是，海德格尔的思维马上又转了过来。他一边在说，诗是需要想象的，需要做梦，但一边又认为这一切的一切不能离开大地，实际上也就是不能离开人的存在，不能离开人的现实。他说："因为'诗意'如果被看作诗歌方面的东西，其实是属于幻想领域的。诗意的栖居幻想般的飞翔于现实上空。诗人特地说，诗意的栖居乃是栖居'在这片大地上'，以此来对付上面这种担忧。……作诗并不飞跃和超出大地，以便离弃大地、悬浮于大地之上。毋宁说，作诗首先把人带向大地，使人归属大地，从而使人进入栖居之所。"⑤ 请注意，海德格尔这番诗要想象，又要植根大地的说法，决非我们以前旧俗文艺观点的所谓文学要来自现实，又高于现

---

① 海德格尔：《林中路》，孙周兴译，上海译文出版社2004年版，第41页。
② 《在通向语言的途中》，第161页。
③ 《在通向语言的途中》，第160页。
④ 《演讲与论文集》，第197页。
⑤ 《演讲与论文集》，第201页。

实的陈见。海德格尔形容现实大多以"大地"之称喻之。诗歌的所谓创造就是一种想象力的梦，这个梦从大地而来，不离弃大地，不悬浮于大地之上，诗的这个梦根本上是要把人带向大地，归属于大地，这个归属是诗性地归属，非现实地归属。这就是本质所在。海德格尔的这种思想其核心是要求诗歌通过创造让人诗性地栖居于大地之上，诗性地栖居是人真理性的存在。这里所谓的大地就已不是简单的现实了。海德格尔所谓诗的梦与奇迹指的是一种理想生活，而现实与大地就是梦在大地上的实施。

海德格尔在论及荷尔德林诗歌的时候，他特别欣赏荷尔德林诗歌中的那种梦幻色彩。他认为："在诗的自由构成领域里，可能事物之变成实在（也即现实之物变成理想）显示出一个梦的本质特性。"① 海德格尔认为，诗的梦幻、诗的想象会把事物变成实在，实在的诗性表现就是理想。正因为诗歌有这样一个特点，海德格尔把诗歌的这种梦称为神性的梦。所以，这种梦在海德格尔其他的表述中又往往说成是一种"先行道说式的话语。当诗人们在他们的本质中存在时，他们是先知先觉的"。② 诗人是先知者，并非他可以未卜先知。乃是他在大地深处根植的体验，以及对理想生活急切的企盼。这两者的融通必定使他们先行性地栖居于大地之上，并先知先觉地告知人们，你们该怎么活着，怎么诗性地栖留。这就是诗人神性的梦，有关此，海德格尔特别强调："诗人所意求的，是在本质性的意愿中所意求的东西，也即命运中的适应的东西。这种东西之所以到来，并不是因为诗人意求这种东西，相反地，诗人必须在诗意创作之际愿望到来者，因为它是不可先行创作的诗歌，及神圣者之梦幻。诗必须以美好的言谈把大地献给到来者。"③ 诗一旦担负起这种神性的梦想、理想的梦想的职责，诗作为创造的含义就有了一种全新并且更为高级的诠释。

2. "筹划者的道说就是诗。"

海德格尔有一句很有名的论断，他认为"艺术的本质是诗"。为什么说"艺术的本质是诗"？海德格尔的理由是两点。第一点，"诗的本质是真理之创建"，因为诗是一种在大道指引之下的"道说"，诗是把生存的本质真理说出来的一种创建。由此，诗歌给艺术提供了一个基本

---

① 《荷尔德林诗的阐释》，第 135 页。
② 《荷尔德林诗的阐释》，第 136 页。
③ 《荷尔德林诗的阐释》，第 152 页。

标准。第二点，语言的来源本质上是原诗的，就是"语言本身就是根本意义上的诗"。"诗歌，即狭义上的诗，才是根本意义上最原始的诗。语言是诗，不是因为语言是原始诗歌；不如说诗歌在语言中发生，因为语言保存着诗的原始本质。"① 因为这两点原因，艺术本质上是诗，是诗为艺术做了这样两个规定性。

因此，在海德格尔的理论中，他是把诗歌作为艺术的最高境界，而建筑、雕塑、绘画、音乐只是具有诗的含意的时候才称得上是艺术的、高级的。

诗歌是一种道说，海德格尔用了这样四个排比来表述："筹划者的.道说就是诗：世界和大地的道说，世界和大地之争执的领地的道说，因而也是诸神的所有远远近近的场所的道说。诗乃是存在者之无蔽状态的道说。"② 海德格尔所谓的"筹划者的道说"，那就是一种真理在无蔽状态中把自身发展到存在者本身之中的一种策划、一种投射。诗歌就是这种无蔽状态把自身发射到存在之中去的一种运动。而且这种道说既是大地的，又是世界的，是大地和世界之间隐与显的无限的争执和争议中的一种发生和运动。它是最神圣者远远近近的各种表现。所以，也是一种存在者的无蔽状态当中的彰明。无疑，海德格尔把诗歌作为一种道说的描述发挥到了极致。

在海德格尔的理论当中，诗是一种道说，思也是一种道说。思实际上是真理的探索，再狭义一点说，就是哲学。海德格尔认为思与诗这两种东西处在近邻关系，有时候，又表达为亲缘关系，是"两根平行线"，是走向人的思想终点的两条不分离但又"交汇于无限"的平行线。③ 但是，海德格尔又认为思与诗虽然在灵魂中有一种神秘的亲缘关系，但他们的道说却绝不相同。他说："诗与思从它们的本质而来就由一种奥妙而清晰的差异保持着分离，各各保持在它们本己的暗冥之中。"④ 海德格尔曾经把"诗与思"比喻为"切近地栖居在遥遥相隔的两座山"上的东西。虽然"相望"，终究"相隔"，这又是一种怎样的区分呢？海德格尔在著作中对这个问题没有做过非常系统的论述，但是散见于各种各样的文章之中，我们不妨来找一找。

---

① 《林中路》，第62页。
② 《林中路》，第61页。
③ 《在通向语言的途中》，第188页。
④ 同上。

以下我专门罗列海德格尔对诗歌道说的特征描述，以此来与思的道说做一分界。

海德格尔说："一位诗人愈是诗意，他的道说便愈是自由，也即对于未被猜度的东西愈是开放、愈是有所期盼，他便愈纯粹地任其所说听凭于不断进取的倾听。"[①] 这句话就把"诗的道说"的两个特征说出来了，一个是自由，一个是开放。诗的道说是非常自由，也是非常开放的。

海德格尔说："作为神秘，词语始终是遥远的。作为被洞悉的神秘，遥远是切近的，此种切近是遥远的分解，乃是在词语之神秘的自身不拒绝。带这种神秘来自缺失的是词语，也就是那种能够把语言之本质带向语言的道说。诗人之疆域从未赢获的那个宝藏乃是表示语言是本质的词语。"[②] 诗歌的道说有一个特点，它即是遥远的又是切近的，即是过去的又是现在的。正因为这样，所以，它是神秘的。

海德格尔说："诗人所学会的弃绝并非对一种要求的绝对拒绝，而是把道说转化为对那种不可名状的道说的回响——一种几乎隐蔽的鸣响的、歌一般的回响。"[③] 关于"诗人的弃绝"，海德格尔明确地说"不是拒绝"，而是表示诗人如何来选择语言，如何用诗意的表达方法，来表现这种存在，他认为这种诗歌的道说，里面有一个特征，是一种不可名状的道说的鸣响，为什么不可名状？因为它在隐秘地鸣响着，歌一样的隐秘地鸣响着。这里，海德格尔讲了两个特征：诗的道说是不可名状的和隐秘的。

隐秘这个特征，海德格尔曾多处表达过。比如说他在论述荷尔德林的诗歌时曾经说："在切近其之本质中发生着一种隐而不显的隐匿。切近把近在咫尺的东西隐匿起来，这乃是那种临近极乐的切近之神秘。诗人知道，如果他把发现物称为隐匿起来的发现物，那他就说出了日常理智所反对的东西。说某种东西近在咫尺是由于它远不可及，这其实违背了常规思维的基本法则……诗人进入这种切近之中，是由于诗人道说那达乎临近之物的切近的神秘。诗人道说这种神秘，是由于诗人诗意的创作极乐。"[④] 在这里，海德格尔又道出了一个诗的道说的特征：神秘。

---

① 《演讲与论文集》，第 199 页。
② 《在通向语言的途中》，第 234 页。
③ 《在通向语言的途中》，第 228 页。
④ 《荷尔德林诗的阐释》，第 26～27 页。

他反复地强调诗的神秘和隐匿的特征。诗的意义永远是在彰明和隐匿的双重本质运动之中的一种显现。它既不是完全彰明的，也不是完全遮蔽的。而这种表现正是诗的根本之本质。如果没有这一点的话，诗就成了散文了。在评价荷尔德林的诗的时候，海德格尔又这样来说诗的道说，他说，在诗歌当中，"天空、大地、人、神。在这四种声音中，命运把整个无限的关系聚集起来。但是，四方中任何一方都不是片面地自为地持立和运行的。在这个意义上，没有任何一方是有限的。若没有其他的三方，任何一方都不存在。它们无限地保持，成为它们之所是，根据无限的关系而成为这个整体本身。"① 在这里，诗歌作为一种道说的特点，那就是它有着聚集天、地、人、神四重聚合的无限性特征。

海德格尔在诗歌的道说的问题上还认为，诗人写诗最主要是凭借回忆，有回忆有思念才有诗之想。他说："回忆在此乃是思想之聚集，这种思想聚集于那种由于始终要先于一切而获得思虑而先行已经被思想的东西。"② 写诗一定是一种回忆，它和思想不一样，思想是对于现在存在的东西的一种研究。但是，回忆乃是对于开端始源性的东西的一种思念和追想。因此，诗的本质就具有特别的思念性，"传说即道说告诉我们这一点。诗的道说乃是最古老的道说，不只是因为它更具有纪年它是最古老的，而是因为按其本质来看，它亘古以来始终是最值得思想的东西。"③ 所以，海德格尔最后得出一个结论："一切诗歌源出于思念之虔诚。"④ 在这里，诗的道说的又一个特征已经明确了，那就是诗的道说是最古老的道说。为什么？因为它是把始源状态的东西通过诗人的思念和回忆把它道说出来的。所以，它是最古老的。因为有这个特点，就本质而言，它是最值得思想的东西。

以上对诗与思所做的区别乃是从诗的道说的角度而做的区别，只是选了一个角度，所以，会有不十分全面的局限。

3. "诗意的形象乃是一种别具一格的想象，不是单纯的幻想和幻觉，而是构成形象。"

海德格尔在评价荷尔德林等德国诗人的诗歌的时候，时不时会讲到诗歌的形象。诗歌需要形象，这个命题并不稀奇，但海德格尔对于这个

---

① 《荷尔德林诗的阐释》，第210页。
② 《演讲与论文集》，第144页。
③ 同上。
④ 同上。

问题有很多妙见。

海德格尔在晚年 1960 年写过一篇《语言与家乡》的文章，文章曾这样说："诗并不在表述中言说。""诗并非在表明什么的意义上通过表述来言说。"① 请注意，他说的是"诗并非在表明什么意义上来言说"。首先海德格尔强调诗的语言，不是一般人们日常语言上的表述，而且特别强调诗反对表述。其次，他特别强调"并非在表明什么意义上"，诗歌在语言表达上不要用"意义"表达，也就是说，诗千万不要表述意义。这是什么意思？在这篇文章中，他这样解释："诗的言说已经摆脱了只是对既成物进行确定地表述的成规。诗性的言说被规定为一种预言，此一预言可在场物以及可在场物的统摄力显现给我们，向我们允诺，并允诺的护养在语言中。如此这般地允诺的言语有其造型的基本特征。"② 在这段话里，他把诗歌说成一种预言，而这种预言的表现是通过造型来达到的。诗歌的整个含义是一种预言，而这种预言的特征就是在造型。造型在这里面有多种说法，可以说成图像、途径，但是可以更广泛地把它说成就是形象。在这篇文章当中，他后来又说了一句："此一在诗性的说之所说中，没有有无意义上的内容，而是这种说之所说本身就是形象之生成。""诗是一种吐纳着言说的形象，此一形象在自身中自我显现。由此也可以说，为什么诗要在不尽的造型中言说。"③ 海德格尔在这篇文章中最有创见的说法是：诗歌的形象不必拘泥于理性所谓的意义的有无，而是诗歌有没有成就形象，成就着语言绽放的全新的诗的造型。理性中心主义者一直认为人的一切创造必须有意义所在，没有意义的东西就不是创造，甚至连语言都不是。海德格尔不这样看，他认为在诗歌创作中形象是第一位的、首要的，没有形象就没有一切。"形象不是要做阐释，而是要做揭示；不是要做得通俗，而是要做得别致；不是要近取诸譬，而是要遥遥相望。"④

他讲了诗歌形象的重要性，如果没有诗歌的形象，诗的表述就毫无意义。那么，诗歌的形象又有一些什么样的特征呢？海德格尔在评论荷尔德林诗歌的时候，做过这样的理论阐述："不过，诗人之为诗人，并不是要描写天空和大地的单纯显现。诗人在天空景象中召唤那个东西，

① 海德格尔：《思的经验》，陈春文译，人民出版社 2008 年版，第 143 页。
② 《思的经验》，第 143 页。
③ 《思的经验》，第 150～151 页。
④ 转引自君特·菲加尔：《海德格尔》，鲁路、洪佩郁译，中国人民大学出版社 2010 年版，第 169 页。

诗探索 4　理论卷　2016 年　第 4 辑

后者在自行揭露中恰恰让自行遮蔽着的显现出来，而且是让它作为自行遮蔽者的东西显现出来。在种种熟悉的现象中，诗人召唤那种疏异的东西——不可见者为了保持其不可知而归于这种疏异的东西。"① 在这里，海德格尔用了"疏异"这个词，"疏异"是指不可见者、不可见的东西。这段话，海德格尔要强调的无外乎两点：诗歌的形象必须是自然而然地展开，是一种承上启下在必然状态中的显现，从内心升发出来的一种显现，而不是外在的、强加的。这是一个很重要的意思。第二个意思，海德格尔在强调一个很有意思的东西：诗歌的形象是一种一般人难以识见的东西，诗歌是读诗人为了难以识见而故意要去就见的考验。这是海德格尔非常独特的表达。实际上这正是诗的一大特征。

在谈论荷尔德林的诗之后，关于诗歌形象的特征他又讲了一段话："我们所常见的表述某物之景象和外观的名称是形象。形象的本质乃是：让人看某物。相反，映象和模像依然是真正的形象的变种。真正的形象作为景象让人看不可见者，并因而使不可见者进入某种它所疏异的东西之中而构形，因为作诗成为那种神秘的尺度，也即以天空之面貌为尺度，所以便以'形象'说话。因此之故，诗意的形象乃是一种别具一格的想象，不是单纯的幻想和幻觉，而是构成形象，即在熟悉者的面孔中的疏异之物的可见内涵。形象的诗意道说，把天空现象的光辉和声响和疏异者的幽暗和沉默聚集在一本。"② 这段话讲得非常精彩，海德格尔把诗歌的形象和一般的艺术形象做了一个非常大的区分。这里无外乎说了四层意思。第一层意思，诗人应该让人在事物、景物的形象描写中见到陌生的东西。第二层意思，他仍然强调上面讲的那个意思：诗歌的形象的展开是自然的，是自行展开的，是一种自然的东西的展开。第三层意思，强调诗的可见又不可见特征。诗歌的形象是把世界的形象的不可见者表现出来，但是又是在不可表达意义的思想当中去构形，这种不可思想的构形，不可见的东西表现为一种自行遮蔽的东西，特点就是海德格尔说的一种"幽暗和沉默"。第四层意思，诗歌需要幻想的巨大助力，但其目的不是构成幻觉，而是构成形象。

有关诗的形象问题，海德格尔还有很多精彩观点，以下只列三点。

海德格尔认为，诗歌的语言需要达到一个标准："语言是在饱满感

① 《演讲与论文集》，第 210 页。
② 《演讲与论文集》，第 211 页。

性的深度与至为冷静的精神高度之间徘徊的之字路和独木桥。"① 海德格尔强调了一个饱满的感性深度，又强调了一种叫"冷静的精神高度"，他认为诗歌语言就是这种感性深度和冷静的精神高度的高度相交的一种危险平衡。危险平衡是哪方多了，哪方少了，都会翻船，要恰如其分地平衡。所以，他又这样来形容，他说："语言的如此鸣响，并在话语中轰鸣，语言的语词熠熠发光，并照亮于字形。语与字尽管是感性的东西，但却是那种每每能吐露和显现出一种意义的感性。作为可感的意义语词洞穿着天地交融之广阔。"② 在这段话里，海德格尔特别强调"感性"，感性是"可感的意义"（这样诠释"感性"很精彩）。上面说"冷静的精神高度"，这里联系为"可感的意义语词洞穿着天地交融之广阔"。这样，诗歌的形象特征简而言之就是"可感的意义"。

其次，海德格尔认为诗歌中的象征是一种有特殊意义的存在物，他说："作为语言的艺术造型，诗本身就是栖息在语言中的艺术造型的象征。"③ 明确地说，诗就是一种象征之所在。海德格尔在另一处又说："与诗的话语不同，思之说无象征。它看上去是有象征的地方，既不是一种诗的诗之为诗，也不是一种'感受'的直观显现，而只是冒险的、不成功的、毫无象征可言的直接停靠。"④ 海德格尔认为哲学、思是没有象征的。只有诗歌才有象征，诗的象征是形象的直观显现。而思如果用象征就是不成功的冒险。这是海德格尔第二个强调。

第三个强调是海德格尔对于艺术的表现，尤其是诗歌的表现必须是要有感性世界的显现，诗必须是一种感性领域的敞开。柏拉图把超感性领域称为真实世界，感性世界不是真实世界，只是虚假世界，尼采对柏拉图的这一论述做了彻底的倒转。尼采认为，只有感性世界才是第一位的真实世界。海德格尔对于尼采对柏拉图的倒转革命特别欣赏，他说："在倒转之后，感性领域即虚假世界就位居高位，而超感性领域即真实世界就位居低层。"⑤ 海德格尔认为尼采的功劳就是这种革命性的倒转，他强调感性对艺术的极端重要性，艺术唯感性才存在。海德格尔批评逻辑中心主义和理性中心主义的时候，特别强调在诗歌中比喻、比拟等修辞方法的重要性。他批评以前逻辑、理性至上，而对比拟、比喻的贬

① 《思的经验》，第126页。

② 同上。

③ 《思的经验》，第75页。

④ 《思的经验》，第27页。

⑤ 海德格尔：《尼采》（上卷），孙周兴译，商务印书馆2012年版，第237页。

诗探索4　理论卷　2016年　第4辑

低，"只要我们恰切地沉思此一思物之所蕴，我们就会注意到，就连比拟这个表象也过于草率，并且比喻的在场也晦暗不明。当然，所有这一切都有其久远的渊源和深层的背景史。从古而今，自从希腊的逻辑和语法横空出世以来，人们就把语言的言说囿于确定性的表述这一视域。照此逻辑和语法，一切在语言上超出逻辑函项的东西，都被视为空洞的演讲说，被视添枝加叶的篡改，是为转义（隐喻）。"① 在这里，海德格尔在批判这种逻辑中心主义和理性中心主义的时候，特别表述了比拟、比喻、隐喻修辞手法或者诗歌的表现手法对于诗歌的存在的重要性。

海德格尔对美曾经下过一个结论。美是什么？"美是作为无蔽的真理的一种现身方式。"② 这种美具体表现在诗歌里面又是一种怎么样的特征呢？海德格尔在评论诗歌的时候，他曾经用过这样的话："他们把大地的美聚集起来。在这里，美绝不是指各种各样的优美诱人和令人喜欢之物。大地的美丽乃是其美之状态中的大地。"③ 他认为诗人写美必须是把美的各种状态、变化、运动，尤其是无穷的动态表现出来。那才是美的。他在另一处评论："美乃是存有之在场状态。存有是存在者之真实……美是原始地起统一作用的整一。这个整一只有当它作为起统一作用的东西而被聚合为整一时才能显现出来。"他又说："诗人的天职就是让美的东西在美之筹划中显现出来。"④ 海德格尔的意见是：美必须是真实的，这是一个先决条件。其次，美能够被人欣赏，它一定是一种原始态的美聚集成整一状态后的表现，也就是说，用最集中的方法起一种美的聚焦表现。因此，他认为美的表现是一种艺术筹划。

尼采有一句名言："艺术比真理更有价值。"海德格尔这样评价尼采的这句名言："艺术比真实之物、比固定和比止息之物更接近于现实之物、生存者、'生命'。艺术大胆冒险：敢于赢获混沌、那隐蔽的、自我涌现着的、未被掌握的充盈生命。"⑤ 艺术有如此这般的混沌着的生命、原始的生命、充溢着活力的生命、未被理性掌握着的生命，天理都会认为，艺术比现实更高级，比真理更有价值。

4. "作诗乃是人之栖居的基本能力。"

"人要诗意地栖居在这片大地上"，海德格尔的这句话已经被人充

---

① 《思的经验》，第158页。
② 《林中路》，第43页。
③ 《荷尔德林诗的阐释》，第161页。
④ 《荷尔德林诗的阐释》，第162～163页。
⑤ 《尼采》（上卷），第593页。

诗学研究

分地引证，其至作为人的理想生活的标志和目标，被各种各样的人出于各种各样的目的被标榜化地引证。可惜，大多数的引证是不够准确的。

海德格尔这句话是引自荷尔德林一首后期的诗，叫《在可爱的蓝色中闪烁着……》：

> 充满劳绩，然而人诗意地
> 栖居在这片大地上。

海德格尔曾反反复复地引用这两句诗来说明人存在的困境与盼望。第一句"充满劳绩"，这是海德格尔对人的现在处境的一个感慨，就是人作为今天的人生活在这个世界上是充满了辛苦、劳绩和功绩的。这是第一层意思。但是，海德格尔认为人还应该有一种本有的生活状态、理想的生活状态，那就是：人应该诗意地栖居在这片大地上。两句诗一是说人的现状，一是说应该生活的状态，这是一种对比。我们怎样理解"诗意地"三个字？可能更多的人把它理解为浪漫的、舒意的，那就是诗意的含意。这个意思与海德格尔的"诗意地"三个字大相径庭。海德格尔认为，诗歌的一个根本特征就是诗意的道说。所谓道说，就是一种指向人的存在的大道，说出本质的、真理式的生活。真谛的话语，才叫道说。这个诗意实际上指的就是这种道说式的诗意，而不是指的是抒情、浪漫等意思。我们现在不少人理解的一个偏差就在这里。最后一句诗"栖居在这片大地上"，"栖居"这个词说的是什么呢？海德格尔在后面明确地说："栖居，即被带向和平，意味着：始终处于自由之中，这种自由把一切都保护在其本质之中。栖居的基本特征就是这样一种保护。"① 这句话的意思已经很明白了，所谓的栖居就是人的生活、身体和灵魂都生活在一种和平的、自由的状态当中。所谓栖居的生活就是把这种人的身体和灵魂的自由和和平，即人之为人的本质保护起来。为什么又加了"在这片大地上"而没有说"生活在天空中"？对于这个问题，海德格尔这样说："'在大地上'就意味着'在天空下'。两者一道意指'在神面前持留'，并且包含在一种'向人之并存的归属'。从一种原始的统一性而来，天、地、神、人'四方'归为一体。"② 海德格尔所谓的"大地""天空"和"神"（这个神不是宗教的神，而是非宗

---

① 《演讲与论文集》，第 156 页。
② 《演讲与论文集》，第 157 页。

诗探索 4　理论卷　2016 年　第 4 辑

教性的神，主要是讲人的将来的主宰、未知的主宰、理想的主宰。是一种人心目中向往的神性的神），把人的存在归到了这样一种天、地、神、人"四方"归为一体的存在当中，其所指就是有了理想，有了将来。

海德格尔言犹未尽，对这个"人诗意地栖居在这片大地上"又做了更深的阐述："总有一死者栖居着，因为他们拯救大地——'拯救'一词在此取莱辛还识得的那种古老意义。拯救不仅是使某物摆脱危险；拯救的真正意思是把某物释放到它本己的本质之中。"① 海德格尔认为他说的"栖居在这片大地上"并非仅指人有福气生活在这样一个环境里面，他认为要有一个拯救的意识。拯救的意识就是把生活中的某物释放到本己的本质当中去，包括你自己。他特别指出："对大地的拯救并不是要控制大地，也不是要征服大地——后者不过是无限期的掠夺的一个步骤而已。"② 这是一种声若洪钟的警告。今天的人类几乎每天都以拯救大地的名义来毁灭大地，最终又毁灭人类自己。海德格尔那么有远见，那么有责任地警告人类，真是先知般的智慧。可惜人类常常是置若罔闻的。

海德格尔对于这句"人诗意地栖居在这片大地上"做了这样一个总结："在拯救大地、接受天空、期待诸神和护送总有一死者的过程中，栖居发生为对四重整体的四重保护。保护意味着：守护四重整体的本质。得到守护的东西必定得到庇护。"③ 讲到这里，海德格尔已经把"人诗意地栖居在这片大地上"的多重意思说完了。人应该生活在应该有的理想的环境之中，但是人对此是要有责任的。人不尽然是抒意的生活或者享受，他还应该不断地付出劳动，更重要的是他还要保护这片大地。如果没有拯救这片大地，像神一样地保护这一空间，这种所谓的"栖居"也就是假的"栖居"。讲到这里，海德格尔又用了一个"筑居"的概念。讲了"栖居"与"筑居"的关系。海德格尔有一篇文章《筑·居·思》专门讲述此中道理。在这篇文章里面，他既讲到了什么叫栖居，人怎样栖居，什么是真正的栖居。但是他最后又讲了一个意思，他说："由于终有一死者爱护和保养着生长的物，并特别地建立着那些不生长的物。保养和建立就是狭义上的筑造。就栖居把四种整体保

---

① 《演讲与论文集》，第 158 页。
② 同上。
③ 《演讲与论文集》，第 159 页。

诗学研究

藏在物之中而言，栖居作为这种保藏乃是一种筑造。"① 筑造是什么意思？筑造就是人要把天、地、人、神四重整体保存在物当中，这种物就是应该用筑造去完成。狭义地说，一切的筑造物，尤其是房子，这就是筑造。人只有有了这些物质上的建筑物，这些房子，甚至桥梁，才能做到拯救大地、接受天空、期待诸神和护送终有一死者这样的目的。海德格尔在这点上，非常感慨地说，人类现在最大的困境就是一种无家可归状态，这种无家可归状态既是物质上的，也是精神上的。人的身体无家可归，人的灵魂也无家可归。身体没有地方安顿，灵魂也没有地方安顿。所以，他才非常强烈地说："这种无家可归状态乃是把终有一死者召唤入栖居之中的唯一呼声。"② "充满劳绩，然而人诗意地栖居在这片大地上"的全部意思大致如此。

讲完这个以后，我们是否要问一个问题，为什么诗歌使人可以诗意地栖居成为可能呢？为什么说作诗是人栖居的基本能力呢？海德格尔在这个问题上的回答是斩钉截铁的："看来必定是诗人才显示出诗意本身，并把它建立为栖居的基础。"③ 为什么说诗人能显示诗意本身？因为诗是一种道说的语言，它是把人的本质的状态、真理的状态建构呈现给人的，所以，诗才有这种可能建立为栖居的基础。海德格尔又强调："为这种建立之故，诗人本身必须先行诗意地栖居。"④ 也就是说，诗人要创作出使人诗意地栖居成为可能，必须自己先行栖居。写诗人不是一种"文学生产"，而是一种诗性的发现，是一种人的本有存在的发现。为什么诗人能够有这样一种发现呢？海德格尔这样解释："他们道说的是灵魂和生灵。灵魂乃是认识着的意志。"⑤ 他又说："思想的共同灵魂是诗意的创作者。如果说灵魂始终要成为这片大地上的某个人类的历史的'灵魂'，那么，灵魂的诗意地创作者的思想就必定自身聚集和完成于诗人心灵中，只有这个诗人在大地上但却越出大地显示出天空，并在这种显示中，首先让大地在其诗意的天穹中显现出来。""诗意创作的灵魂通过生灵建立在大地之子的诗意栖居。所以，灵魂本身必须首先在有所建基的基础中栖居。诗人的诗意栖居先行于人的诗意栖居。所以诗

---

① 《演讲与论文集》，第159页。
② 《演讲与论文集》，第170页。
③ 《荷尔德林诗的阐释》，第107页。
④ 同上。
⑤ 《荷尔德林诗的阐释》，第108页。

诗探索4　理论卷　2016年　第4辑

意创作的灵魂作为这样一个灵魂本来就在家里。"① 海德格尔讲的理由非常简单，但也非常有说服力。诗人之所以能够成为诗人，诗人在诗歌中能够尽情地道说，因为诗人必须要有一颗与人类相交、与历史相交的灵魂。有这样的灵魂，诗人才能越出大地，显示天空，有四重整体的视野与内蕴。这样灵魂的生命才能先行地栖居于大地，因为他的灵魂早已在家里了。只有有了这样一颗人类的历史的灵魂的诗人，写作才必定是人之栖居的基本能力。海德格尔用一种哲学的语言说："唯有为存在而敞开的人才让存在作为在场而到来。"② 诗人就是这样的为存在而敞开的人。海德格尔在1970年写了一篇文章《人的栖居》，这篇文章重提"人诗意地栖居在这块土地上"，但调子已经忧心忡忡了："诗人的这一话语很容易被幻化为空洞的妄论，诗自行被社会性地理解为文学生产。"③ 他认为诗人作为天穹之定规的受规者，写诗绝不是随意创作的生产，如果写诗成了图名谋利的工匠，人的存在在天地间的敞开就无法实现，那么"言说人诗性之栖居的话语不曾实现，至今乃不失为唯一伟大的幻影。"④ 这又是海德格尔的警钟！

5. 诗人必须是本真本己的人

海德格尔在《存在与时间》里面，从他存在观的角度认为，世界上有两种人，一种是常人，一种是本真本己的人。常人是一些什么样的人呢？海德格尔认为，常人就是"庸庸碌碌、平均状态、平整作用，都是常人的存在方式"。⑤ 常人就是一种不在存在状态中的人，或者说是在平均状态中，用被动的身份存在着的人。相对于世界上大量的常人，海德格尔提出还有一种人，那就是本真本己的人。他认为只有本真本己的人才与存在处于一种紧密的关联状态之中。本真本己的人是亲身存在着的，对将来有庇护使命的人。海德格尔说："因为处在丧失于常人之中，它就首先得找到自己，而要找到自己，它就在他可能的本真状态中'显示'给它自己。"⑥ 海德格尔认为，这种人的存在，"此在的日常自我解释所熟知的，它就被称为'良知的声音'。"⑦ 海德格尔认为，人只

·诗学研究·

---

① 《荷尔德林诗的阐释》，第 109 页。
② 海德格尔：《同一与差异》，孙周兴等译，商务印书馆 2011 年版，第 35 页。
③ 《思的经验》，第 190 页。
④ 《思的经验》，第 197 页。
⑤ 海德格尔：《存在与时间》，陈嘉映、王庆节译，三联书店 2010 年版，第 148 页。
⑥ 《存在与时间》，第 308 页。
⑦ 同上。

有在这种本真状态之中才会富有一种神性，才会有一种与自身亲身存在的关联，于是就会自身开放，勇往直前，向着人的存在的理想状态去发展。

只有本真的诗人才能先行栖居，才具备表现人类栖居可能的能力。海德格尔这样表达："作诗乃是人类栖居的基本能力。但人之能够作诗，始终能按照这样一个尺度，即，人的本质如何归本于那种本身喜好人，因而需要人之本质的东西。按照这种归本的尺度，作诗或是本真的或是非本真的。因此之故，本真的作诗也不是随时都能发生的。"① 本真的作诗何时发生？海德格尔引用了一句荷尔德林的诗："只要善良，这种纯真，尚与人心同在，/人就不无欣喜，/以神性来量度自己。"所谓本真的人，就是一种善良与纯真的人，一种以神性来度量自身的人。在这一点上，海德格尔强调了一个诗人作为诗人的最基本条件。

海德格尔认为，人的语言是一种对话，诗歌也是一种对话。一旦对话，"诸神便达乎词语，一个世界便显现出来"，所以，本真与否是装假不出来的。"本真的对话就存在于诸神之命名和世界之词语生成中。"②

那么，诗人如何能够成为一个本真的人？成为一个纯洁的或者独一无二的未来者？海德格尔特别强调自然和人的关系，海德格尔认为，在今天这个世界，自然已经被破坏了，而作为诗人的话，那就应该是拥抱这个自然，维护这个自然的先行者与坚持者。"唯这些诗人保持在预感中安宁的自然的应和关系中。基于这种应和，诗人之本质得到了重新的裁定。'诗人们'压根儿不是所有的诗人，也不是无规定的任意的什么诗人。'诗人们'乃是未来者，其本质要根据他们与'自然'之本质的相应来衡量。"③ 海德格尔特别强调这种人与自然的应和关系，只有与自然应和的人，诗人才能作为一种敞开者，可以进入到自然的敞开中，自然于是也就拥抱了诗人。自然是先行于一切现实事物，自然会超越诸神。所以，这种自然的神圣性的存在就会被发现在诗歌里面。海德格尔是这样说的："自然把一切现实事物嵌合到它们的本质形态中，由于'灵魂'在现实中显现而灵魂因素反照在灵魂因素中，所以，大全的基本形态展示开来。为此必须有不朽者和能死者的出现，两者以各自方式

---

① 《演讲与论文集》，第214页。
② 《荷尔德林诗的阐释》，第43页。
③ 《荷尔德林诗的阐释》，第64页。

诗探索4　理论卷　2016年　第4辑

与现实相关……敞开域促成一切现实事物之间的关联。一切现实事物仅仅起于这种中间促成，因而是被促成的东西。"① 因为诗人本身是处在敞开当中，所以，诗人的思考本质上是灵魂的思考。正像荷尔德林的诗句说的："诗人们也必定是世界的，/是灵魂的诗人。"因为你是灵魂的诗人，所以你的歌才有灵魂的飘扬。诗人与自然的应和关系实际上就是诗人的灵魂与天地诸神的应和。海德格尔在这里特别强调人拥抱自然，进入自然的敞开域，这样你的灵魂就达到了一个升华，你就被神圣者所拥抱。海德格尔用这样的语言表达："诸神必然成为诸神而人必然成为人，而同时又不可能孤立地存在，于是才有他们之间的爱情……诗人的本质并不在于对神的接受，而在于被神圣者所拥抱。"②

海德格尔特别强调当代技术发展为主的世界对于自然、大地的破坏，对此他忧心忡忡："未来的诗人们则被置入了最极端的危险中。现在，他们必须站在神圣者本身更有期备、更原初的开启自身的地方。"③ 他认为，这就是诗人的使命，有了这个使命，"我们的诗人——是那些独一无二的未来者。"④

在海德格尔的《哲学论稿》中，有一节专门论述将来的人，他认为有将来的人，"他们不包含任何公共性，但却以自己内在的美，把最后之神的先行闪现聚焦起来，并且又通过自身把它赠给少数者和稀罕者"。⑤ 他认为，能够冠冕将来者这样一个桂冠的人就是诗人荷尔德林。他说："荷尔德林乃是他们的远远而来、因而最具将来性的诗人。荷尔德林之所以是将来者之中最具将来性的，是因为他从最远处而来，而且，由此远程而来，荷尔德林穿越最伟大者，转换最伟大者。"⑥ 为什么说荷尔德林是从远处而来，那就是说他是从存在的本源而来，从这种本源而来，他才会发现生活的本质和生活的真理。就是这点，所以他是最伟大者。

6. 诗歌是生命的形而上学

"诗歌是生命的形而上学"是我从尼采的"艺术是生命的形而上学"借用而来。尼采在他去世的时候曾经感慨地说："他的时代尚未到

① 《荷尔德林诗的阐释》，第71页。
② 《荷尔德林诗的阐释》，第81页。
③ 《荷尔德林诗的阐释》，第84页。
④ 同上。
⑤ 海德格尔：《哲学论稿》，孙周兴译，商务印书馆2012年版，第427页。
⑥ 《哲学论稿》，第428页。

·诗学研究·

来，他的读者在未来。"同时，他又预言：到 1901 年，这种状态将告结束。海德格尔出生于 1889 年，海德格尔从一开始就对尼采的思想情有独钟。在二十世纪三十年代，他花了五年时间在大学课堂上讲尼采。在四十年代，他又花了更多的时间撰写了两卷本的巨著《尼采》。海德格尔对尼采的那种欣赏、敬仰，在这两卷本的《尼采》中显露无遗。他曾经表示，他的很多思想来自于尼采。谈及艺术理论这个问题，海德格尔表面上在阐述尼采的理论，实际上是在表达他自己的艺术理论。

艺术是什么？尼采的表述是："艺术比真理更神圣，更有价值。"尼采又说："生命是通过艺术而自救。"（尼采《悲剧的诞生》）海德格尔在论述尼采的关于艺术的五个命题的时候，他特别强调了"艺术家的存在乃是生命的一种方式"。他认为："必须从创造者和生产者出发、而不是从接受者出发来理解艺术。"① 海德格尔还引用尼采的话，"世界乃是一种自我升值的艺术作品。""艺术是生命的真正使命，艺术是生命的形而上学活动。""艺术是反对一切要否定生命的意志的唯一优越对抗力量。"② 这些观点实际上都是海德格尔从评价尼采的理论出发来阐述他的艺术理论。

海德格尔在论述艺术、诗歌作为一种生命的形而上学活动的时候，第一个强调的就是激情。他论述尼采对艺术家的创作要不要激情的问题，他这样说："艺术形态本身绝不是伟大的激情，但还是一种激情。这种激情由此就具有了一种向存在者整体的延展的恒定性，而且这种延伸本身还在本己的掌握中抓住自己、注视自己，并把自己驱逼入形态中。"③ 海德格尔认为艺术是一种创作，就必定是一种激情。激情作为一种无比的力量，它会把握创作者自己，而且使得自己整个向存在者的整体不断延伸的一种恒定。这一切的原因是因为"真正意义上的艺术乃是具有伟大风格的艺术，它意在把不断增长的生命本身带向强力。它不是要使生命本身停滞，而是要解放生命，使生命得以发挥出来，是要美化生命。"④

尼采对于艺术创作中的陶醉现象也特别重视，尼采把陶醉认作艺术创作的一个基本现实点，他认为这是一种生命的深渊的升起，一种生命

① 《尼采》（上卷），第 79 ~ 80 页。
② 《尼采》（上卷），第 81 页、82 页、84 页。
③ 《尼采》（上卷），第 120 页。
④ 《尼采》（上卷），第 256 页。

诗探索 4　理论卷　2016 年　第 4 辑

的自身冲突的升起。对于陶醉这个问题，尼采当时的说法曾受到了至多的压力和质疑。海德格尔对这个东西做了非常多的肯定。海德格尔在评论荷尔德林的诗《追忆》时说："陶醉状态乃是那种庄严的情调。""陶醉状态并不是心智混乱，倒是可以说，他首先带来的那种对高空之物的清醒状态，并且让人想念高空之物。"这种"简朴之物的清醒状态，不同于干枯而毫无生气的东西、颓败和空洞的东西随之出现的那种清醒状态。""陶醉由于这种清醒状态而拥有那种在至高者自高处逗留的冷静。陶醉状态上升到明亮的清晰性中，在这种清晰性中被遮蔽者的深度自行开启出来。黑暗作为清晰性的姐妹显现出来。"① 海德格尔把陶醉解释为诗歌创作的一种状态、一种动力。诗人只有在这种陶醉状态中，才能够保持一种居高临下的清醒与清晰，才能够达到一种物我两忘的状态。

陶醉行为必定是诗人在物我相契相融中生发出爱才会发生。所以，海德格尔要求诗人"去倾听/许多爱的日子/和发生的行为。""爱和行为是诗意的东西，对这种诗意的东西的倾听对诗人来说是美好的"，因倾听"诗人变得更有热情，也即更有诗意的创作性"。②

海德格尔在评论荷尔德林的诗《返乡》时做过一系列讲述，讲诗人在写诗过程中感情是如何表达又如何达到的过程表演。他说："喜悦乃是诗人的诗意创作物。"③ 为什么说是喜悦，他认为喜悦使诗人获得了欢乐。获得了欢乐，在看待整个世界万物的时候，诗人就会变成了一个明朗者。他这样总结："即喜悦就是明朗者。""喜悦在朗照着的明朗中有其本质。明朗者本身又在令人欢乐的东西中显示自身。由于朗照使万物澄明，明朗者就允诺给每一个事物以本质空间，使每一个事物按其本性归属于这个本质空间。"④ 因为诗人喜悦，所以就成为一个明朗者，因为成为一个明朗者，情与所描写的物达到了万般的融合，这样就使万物澄明了。因为你使得万物和人类的本性都完好地保存在明朗者的澄明之中，所以，在这个时候，"即首先为每一个'空间'和每一'时间''设置'敞开域的澄明者称为明朗者。它是三合一，既是明澈，又是高超，又是欢悦。"⑤ 因为诗人的创作在这样一种欢乐中去运作，对于万物的澄明的光照，就拥有了你所全部描写的一切。最后，海德格尔得出

① 《荷尔德林诗的阐释》，第 143 页。
② 《荷尔德林诗的阐释》，第 153 ~ 154 页。
③ 《荷尔德林诗的阐释》，第 13 页。
④ 《荷尔德林诗的阐释》，第 14 页。
⑤ 《荷尔德林诗的阐释》，第 17 页。

· 诗学研究 ·

一个结论，就是：明朗者就是神圣者。

神圣者这个词汇在海德格尔的文章中会经常见到，尤其是他在谈到诗人的时候，他经常会把最高级的诗人说成是神圣者。海德格尔的宗教思想是一个很复杂的问题。他早年是念神学的，后来改学哲学，所以他的哲学之思总有神学之维存在。他早年是信仰基督的，但后来随妻子从教派信仰改宗为个体信仰。中年开始，海德格尔自己明确说他有脱神的思想，但是他脱的是宗教的神，而不是理想的神、信仰的神。他感觉像尼采一样，上帝已经缺席，诸神已经逃遁。这个时候，他把他的一切理想物、信仰物都归置于神圣者。所谓神圣者，不是指神性之物，或者限于神性之物。他比一切的神性之物还更广。甚至可以这样说，海德格尔说的神圣者有点像盼望着的、想象中的，但至今还未出现的上帝。海德格尔讲到荷尔德林的神圣者是高于诸神和人类的，比时间还要老。所以，荷尔德林把神圣者称为一种法则，是至高者，是一种一切神性所表现的空间。海德格尔把诗人在创作中的这种喜悦的、明朗的、激情的状况最后归咎为神圣者。诗歌的创作就是这样一种因为情感真挚地投入与表现最终真正地道说出生活本质的特征。只有有了真挚情感的投入，才有诗歌道说的可能。

海德格尔曾引用德国诗人特拉克尔的诗："灵魂，大地上的异乡者。"① 以此来说明诗歌在生命表现上的特征。海德格尔认为，一个好的诗人常常是这种大地上的异乡者。所谓的异乡者是什么？海德格尔说："异乡人乃是孤寂者。"② 异乡人是孤寂的人，"孤寂包含着：更寂静的童年的早先，蓝色的夜，异乡人的夜间小路，灵魂在夜间的飞翔，甚至作为没落之门的朦胧。孤寂把所有这些共属一体的东西聚集起来，但此种聚集并不是事后追加的。"③ 孤寂、孤独、边缘常常是诗人的代名词。千古诗人皆苦寂，这倒不是诗人自己要远离市嚣喧哗，更多的是他们要与俗世保持距离，让他们的心灵能持一种特殊的态度去看待这世界、这人生。在海德格尔看来，诗人这种异乡人的孤寂反而能在情感上得到收获。他说："因为精神的本质在于燃烧，所以，精神开辟了道路，照亮了道路，并且上了路。作为火焰，精神乃是'涌向天空'并且'追溯上帝'的狂飙，精神驱赶灵魂上路，使灵魂先行漫游……精神是

① 《在通向语言的途中》，第32页。
② 《在通向语言的途中》，第46页。
③ 《在通向语言的途中》，第56页。

诗探索4 理论卷 2016年 第4辑

灵魂的馈赠者，精神是灵魂的赠予者。但反过来，灵魂也守护着精神，而且这种守护是根本性的，以至于要是没有灵魂的话，精神也许永远不可能称其为精神。灵魂养育精神。"① 诗人作为异乡人、孤寂者，他最后得到的却是他灵魂的燃烧、精神的火焰。灵魂和精神交结在一起，由此，你就得到了一个诗人的伟大的情感天地与力量。在这种精神的火焰灼灼闪光的时候，你又会得到一种一般人所没有的东西，那就是痛苦。"痛苦在'燃烧'之间不断撕开，痛苦的撕扯力量把漫游的灵魂标画入那个裂缝中，即涌向天空的狂飙和寻索上帝的追逐的裂缝中。"② 在这样的时候，诗人是怎么样的一种状态呢？海德格尔引用了特拉克尔的一句诗："活着是如此痛苦的善和正。"③ 这就是诗人作为诗人的代价、收获、义务和责任。燃烧引痛苦而来，痛苦的付出终究要和生命的闪光契合。"痛苦始终与蓝光之神圣性保持着纯粹的应和。因为通过退隐到他本己的深处，阳光照亮了灵魂的面容。神圣者称其本质。"④ 一个好的诗人通过他的真实的本真的感情流露，就能够成为一个神圣者。因为诗人在流泪、流血中痛苦的付出，所得到的就必定是生存本质的敞亮。在海德格尔的笔下，诗人常常就是这样一个非常特殊的角色，他们的感情的表达千差万别，有各种形式，或欢乐至激情，或孤寂至痛苦。但无论是欢乐、喜悦，还是悲痛、孤寂，只要是本真的本己的，只要是自然地流露，他一定能做出诗的道说，并且把道说者推向神圣者的境地。

7. 诗歌的语言——前语言

诗歌的语言是前语言的说法是我的发明。海德格尔把诗称为一种原语言，或者叫真语言。诗歌语言是一种始源状态的语言，所以，它是一种原语言，也有前语言的意思。如果再把诗歌的语言看作一个疏离于概念和理性之上的一种语言，是不是就可以把整个诗歌语言设定为是一种前语言？当然，对于这么一个重要的问题，是需要更多地更深入地加以探讨。

海德格尔一直关心语言，在1941年他还写过一首诗来形容语言，这首诗叫《语词》，"无，无处，从无，/在任何东西面前，/无论接续还是广延，语词脱颖于/让任何铺设的地基/都归于垮塌的深渊，/因为

---

① 《在通向语言的途中》，第59页。
② 《在通向语言的途中》，第60页。
③ 《在通向语言的途中》，第61页。
④ 《在通向语言的途中》，第64页。

只有予已说的/发生捆绑的联系/每一物才装备得更像物/被逮住的意义，迷乱的疯狂，才又去捕捉/一个新的意义/直到它无从悬挂/更多的添加。"① 这首诗是一首形容语言特征异常形象的诗。有的地方有点费解，但是，只要真正获得海德格尔语言观和诗歌观大致内容就能理解这首诗。我认为这首诗歌写得最妙的是前面的这五个字：无，无处，从无。如果要从海德格尔的著作来分析其中含义的话，大致的理解应该是："无"，就是语言是实有的，但从根本上来说是空的。从空中而来的有（从这点而言，与佛教语言观的假名说很相似）。"无处"，就是说语言无处不在，但又无处有，语言永远处在无处中。"从无"，是指从无而来，饱和到圆满，最终又虚无到无从而去。这五个字是精彩至极的对语言本质的形而上学思考。

海德格尔所谓的诗歌语言是什么？他没有正面，也没有多处去论述，只能从他文章的点滴里来分析总结。

第一点，诗歌语言是一种始源语言。也就是常常说的，它是一种原语言、真语言。评述荷尔德林的诗的时候，他说："诗从来不是把语言当成一种现成的材料来接受，相反，诗本身才使语言成为可能。诗乃是一个历史性民族的原语言。"② 这是他对于诗歌是原语言的一个解释出处。后来，他在多处都提到了诗歌语言的这一特点。有人常常把诗视作一种语言表达的文体，海德格尔对此断然否定，他说："诗乃是对存在的词语性的创建。"③ 因为这种创建，所以，诗歌所谈的自我才进入到敞开域中，而诗歌是先行于语言的。如果我们不从这样一个语言的本质上来看问题，我们也就没法研究诗歌。

第二点，海德格尔认为，诗歌语言是一种持存者的创造，所谓持存者的创造就是诗歌是通过对物的命名、保养、保护才取得了思维的开端，才创建了这一个世界。在这一点上，因为诗歌是用它的在场的语言把物保护了起来，所以"唯当诗意的词语以歌的音调发声，诗人的这种应和才能成功"。④ 这里面讲的诗人的这种应和就是指诗人用语词来命名物的这种应和。因为取得了这种应和，所以才能够进行诗意的表达。诗的语言是以诗意的语言来命名物的尺度、法则与规范的，所以才能说

① 《思的经验》，第 19 页。
② 《荷尔德林诗的阐释》，第 47 页。
③ 《荷尔德林诗的阐释》，第 45 页。
④ 《在通向语言的途中》，第 226 页。

诗歌是持存者的创造。

第三点，诗歌语言是一种创造语言，是一种奠基性的语言。这个问题在以上的文章中我已经论述过了。海德格尔在评论荷尔德林的诗的时候，就明确地说："诗是一种创建，这种创建通过词语并在词语中实现。"① "诗人的道说不仅是在自由捐赠意义上的创建，而且同时也是建基意义上的创建。"② 所以，诗实际上是一种词语性的存在创建。而这种创建在海德格尔看来是"诗人把诗人的天职经验为对作为存在之渊源的词语召集起来"。③ 并把这些东西保持在场，这就是诗人的最大特点。

第四点，诗歌语言一定是对概念、逻辑、理性的疏离、疏远甚至反叛。海德格尔在《存在与时间》中早就说："要把语法从逻辑中解放出来。"海德格尔对于当今生活世界中逻辑至上和理性至上的这种倾向表现出极大的反感，所以，他认为诗歌的语言是一种"隐藏在源泉深处的名称被看作某种沉睡的东西，只是为了描绘物而使用它时，才需要把它唤醒"。④ 在海德格尔的认识中，因为诗语言有这样的神圣的起源，所以，在把诗歌表达出来的时候，必须要从逻辑和理性中解放出来。只有有了这种解放，诗歌的语言才会有某种神性。诗歌的这种神性的发挥，才能够带来它的自然之光和内在之光。德国当代著名诗人保罗·策兰与海德格尔有神交般的关系，他们互相阅读对方的著作，尤其是保罗·策兰至死还在阅读海德格尔的著作。他有感于海德格尔对诗歌语言的论述，曾写下过这样的论述："诗歌：处于未成形状态的语言。也就是被解放的语言。"⑤

第五点，在海德格尔看来，诗歌语言是一种奇迹和梦想的神话般的语言，是表现着各种圣迹又需确切命名的语言。他在评价荷尔德林诗的时候，曾经用了这样一个比喻，他说："这些诗歌，一边是奇迹和梦想，另一边是有所掌握的名称，两者融合在一块儿——于是产生了诗作。"⑥ 诗歌语言是一种神话语言。

第六点，海德格尔认为诗歌语言在某种程度上是一种密码式的表

① 《荷尔德林诗的阐释》，第44页。
② 《荷尔德林诗的阐释》，第45页。
③ 《在通向语言的途中》，第158页。
④ 《在通向语言的途中》，第223页。
⑤ 转引自詹姆斯·K·林恩：《策兰与海德格尔》，李春译，北京大学出版社2010年版，第53页。
⑥ 《在通向语言的途中》，第161页。

现。他引用了哥特弗里德·伯恩的诗句："一个词语，一个句子——从密码中升起/熟悉的生命，突兀的意义，/太阳驻留，天体沉默/万物向着词语聚拢"。① 像哥特弗里德·伯恩的诗句一样，诗歌的语言就是一个密码，是"熟悉的生命"，又是"突兀的意义"。

第七点，海德格尔认为诗歌语言是一种多义的、歧义的语言，是一种任意性的语言。他在评论特拉克尔的诗歌的时候，他认为特拉克尔的诗歌里面对于颜色、疯狂和野兽，甚至对很多物、鸟、船等的描述常常是多义、歧义的。最后他得到结论："这一切总是道说着多重的东西。'绿'是腐化和繁盛，'白'是苍白和纯洁，'黑'是幽暗和阴暗的庇藏……这里所谓的多义性首先只是两义性。但这种两义性本身作为整体还只是事物的一个方面，另一方面则是由那首独一之诗的最内在关系所决定的。""这首诗从一种模糊的两义性而来说话的。不过，诗人诗意道说这样一种多义性并不可分解为确定的歧义性。"② 海德格尔认为这种不确定性的歧义性的表达正是诗歌无限的优越性。

第八点，海德格尔认为方言是诗歌语言特有的财富。他认为方言是一种渊源性的语言。一切纯正的诗，一切高贵的诗，最后都会渊源于它自身的这种能够通达万物的方言中去。海德格尔这样说："语言精神在自身中所蕴含的东西，是那种通达万物的高度，从中使万物如此这般的得其渊源，由此而生成着恰切和孕育着果实。此一高度与恰切在语言中生机勃发，但一旦语言缺少了方言这个源头活水的滋润，此一高度与恰切也随着语言一同枯死。"③

8. 诗人的尺度和诗的量度

海德格尔在 1946 年悼念里尔克去世二十年的时候做过一篇长篇的演讲《诗人何为》，这篇演讲，大标题叫作"在贫困时代里诗人何为"，这是荷尔德林的一句诗。海德格尔认为，今天这个时代已经是上帝离去、诸神远逝，人类进入到了一个半黑暗的时代。所以把今天的时代称作贫困的时代。海德格尔是从如下几个方面来说"贫困的时代"的：

第一，他认为在今天这个时代，过度技术化造成的对世界的破坏已经到了值得警惕的地步："当人把世界作为一个对象，用技术加以建设之际，人就把自己通向敞开着的本来已经封闭的道路，蓄意地而且完完

---

① 《在通向语言的途中》，第 167 页。
② 《在通向语言的途中》，第 74 页。
③ 《思的经验》，第 110～111 页。

全全地堵塞了。"①

第二，他认为，今天这个世界，给人有希望的神性在消失当中。"世界变得不美妙了。这样一来，不仅神圣者通向神性的踪迹仍遮蔽着，而且甚至连通向神圣者的踪迹，即美妙事物，也似乎灭绝了。"②

第三，他认为人类精神已处在一种极度的贫乏状态之中。他说："时代之所以贫困，乃是由于它缺乏痛苦、死亡和爱情之本质的无蔽。这种贫困本身之贫困是由于痛苦、死亡和爱情所共属的那个本质领域自行隐匿了。"③

生活在这样一个贫困的时代，一切的存在都在冒险。大家都是冒险者，但有一个比一切人的冒险更甚的冒险者，海德格尔认为这就是诗人。

他这样说："冒险更甚者是诗人，而诗人的歌唱把我们的无保护性转变入敞开者之中。因为他们颠倒了反敞开者的告别，并且把它的不妙东西汇入美妙整体之中。所以，他们在不妙中吟唱着美妙。回忆性的颠倒已经超过了反敞开者的告别。"④ 因此，海德格尔把像荷尔德林、里尔克这样的诗人称作人的先行者。他们是不可超越的、不可消失的先行者。虽然世界黑夜的命运被如此决定，但是，在像荷尔德林、里尔克的诗中始终会保持着永远的存在的命运性。

海德格尔命名诗人就是这个时代的冒险者。同时，他又把诗人命名为存在的地志学家。他说："运思之诗，是存在的地志学。"也就是说，诗歌是世界存在的一切运动的表现。诗人在他们的诗歌中正是表现这种世界存在运动的开端。海德格尔又特别把诗人说成一种本真本己的人，本真本己的人必定向神性开放，与存在关联。由此，海德格尔又特别说明诗人是一个"神圣的命名者"。他认为，只有诗人，"坚持去道说关于到达的词语，这乃是诗人命中注定的事情。""他们的步伐对着人类的深渊。"⑤ 诗人的歌唱实际上是一种神性促成的歌唱，神圣者对于大地之子来说已经失去了危险性。诗人可以这样说："神圣者到来，神圣者就是我的词语。""神圣者通过神和诗人所秉有的某种中介作用并且在歌唱中诞生，威胁着神圣者的本质而使之颠倒为它的反面。"所以，

---

① 《林中路》，第307页。
② 《林中路》，第309页。
③ 《林中路》，第288页。
④ 《林中路》，第333~334页。
⑤ 《荷尔德林诗的阐释》，第239页。

"神圣者在其本原中乃是牢不可破的法则"。① 这就是诗人的本质，诗人命名神圣者，他自己也就是神圣者。

海德格尔曾经引用荷尔德林的一句诗做过这样的问答："充满劳绩，然而人诗意地/栖居在这片大地上。我要说，/星光灿烂的夜子阴影/也难以与人的纯洁相匹敌/人是神性的形象。/大地上有没有尺度？/绝对没有"。他从这句话出发，问人有没有作为神性的尺度？海德格尔在后面的阐述中回答了这个问题，他说："人之为人，总是已经以某种天空之物来度量自身。""唯当人以此方式来测度他的栖居，他才能够按其本质而存在。"因为人是以天空来度量自己的，诗人又是先栖居于大地的。海德格尔又说："作诗乃是采取尺度——从这个词的严格意义上来加以理解：通过'采取尺度'，人才成为他的本质之幅度接受尺度。""但人之栖居是基于诗意。"所以，海德格尔就做了结论："此尺度乃是人加以量度自身的这种神性。""神恰恰是诗人的尺度。"② 神是诗人的尺度，诗人的写诗是以神性的标准为量度的。在海德格尔的文章里，诗人常常是这样一种半人半神的形象，此尺度之高前所未有。海德格尔设置了这个尺度，从根本上说不仅仅是为诗者与为诗的目的设立尺度，更是为了人的理想设立尺度。

在海德格尔的诗歌评论里面，他绝对不用美妙、深度、不可测量的思想等评语，他用得最多的是三个概念：历史性、时代性、世界性。

他是这样讲述历史性的："荷尔德林所创建的诗之本质具有最高程度上的历史性，因为他先行占有了一个历史性的时代。而作为历史性的本质，他是唯一本质性的本质。"③ 海德格尔把诗歌价值的历史性问题放到如此之高正说明海德格尔是一个思想家。他认为所谓的历史的东西是一种被天命所遣送的命运，其含义非常之广阔。他之所以把荷尔德林称作一个先行者，是因为他的诗歌里面充满了这样深广、久远的历史性。

关于时代性问题，海德格尔认为，诗人是创建那持存的东西，所以，"在严格意义上，荷尔德林的时代果然就是他的时代。但他的时代

① 《荷尔德林诗的阐释》，第85页、89页。
② 《演讲与论文集》，第203页、205页、206页。
③ 《荷尔德林诗的阐释》，第53页。

诗探索 4　理论卷　2016年　第4辑

恰恰不是那个同时代，即在这个时候仅仅同时和通常的同时代。"① 海德格尔讲荷尔德林的诗是因为表现在一种持存者的语言，表现出一种神圣者的语言，所以，他所谓的这个时代不仅仅是一种当时代，而是一种永远的时代，是一种有将来性的时代。这一点非常重要，海德格尔指的时代性是永远的时代性。

关于诗歌的世界性问题，海德格尔如此描述："诗人们也必然是世界的/是灵魂的诗人。""对这些诗人来说，世界的标志和行为进入一道光中：因为诗人们并不是无世界的。"② 在这里，海德格尔认为诗歌的意义因为灵魂的关系会关涉世界性。有的诗歌会有一种大的世界性的视野、胸襟和意义。有的诗歌因为诗人的经历和阅历，主要是灵魂的关系，他的世界性含义会小得多。在这一点上，我们可以举出无数的诗人的例子。世界性问题不仅是诗人的视野，更是诗人的灵魂遭遇。一个没有被命运挤压过的灵魂能唱出世界性的诗歌来吗？能成为世界性的诗人吗？

三、汉娜·阿伦特对诗歌的定义

汉娜·阿伦特是海德格尔的学生、情人，也是他终身的密友。她在美国和西方对传播海德格尔的思想起了很大的作用。汉娜·阿伦特在很多地方接受了海德格尔的思想。对于诗歌的地位、作用和特点，她有诸多的论述。在此，引述一段为大家做参考：

> 以语言为材料的诗也许是最人化和最少世界性的艺术，一种最终产品最接近于激发它的思想的艺术。诗的持存性来自于语言的锤炼，似乎语言以最密集、最精炼的方式说出来的东西，就是诗。在诗中，记忆，缪斯之母，直接转化成了回忆，而诗人赢得这种转化的手段就是节奏，通过节奏，诗就几乎自行固定在了回忆当中。正是这种同活生生的回忆联系，让诗歌得以在印刷和手写的书籍之外保持它的持存性，而且尽管"诗的品质"要取决于很多不同标准，但它的"可记忆性"不可避免地决定着它的持存性，决定着它有没有可能永远保留在人类的记忆当中。在所有的思想物中，诗最接

---

① 《荷尔德林诗的阐释》，第89页。
② 《荷尔德林诗的阐释》，第75页。

近于思想。一首诗比其他艺术品更不像一个物。不过最终还是被"造"出来的，也就是被写下来的，并转化为众多事物中的一个有形之物，不管它曾经如何长久作为活的口头语言，留在吟游诗人和听众的记忆中。①

[作者单位：法中文化交流中心]

---

① 汉娜·阿伦特：《人的境况》，王寅丽译，上海世纪出版集团 2013 年版，第 129 页。

诗学研究

八十年代大学生诗歌运动回顾

冯娜诗歌
创作研讨会
论文选辑

结识一位诗人

姿态与尺度

诗人访谈

新诗史料

外国诗论译丛

黄金的成色

——徐江访谈录

访 问 者：姜红伟

受 访 人：徐　江

访谈形式：电子邮件

访谈时间：2014 年 7 月 13 日

问：有人说"二十世纪八十年代是中国大学生诗歌的黄金时代"，您认同这个观点吗？

答：每一个时代，都会被它的年轻人视为某种文艺或文化的"黄金时代"。但这只是一种相对的说法，是相对于那个时代年轻人精神滋养的土壤而言，也是相对于上一个时代，乃至下一个时代年轻人精神激扬的土壤而言。

文学在二十世纪八十年代的大部分时间，扮演了都市以及广大城乡年轻人追求理想的重要载体。不仅仅是诗歌，也包括了小说等其他文学体裁。只不过投身诗歌写作的年轻作者数量更为巨大，尤其是高校从事写作的年轻人，大家才更愿意将那个年代视为"诗歌的黄金时代"。请注意，是"诗歌"而不仅仅是"大学生诗歌"的黄金时代。当然，这个"黄金时代"依然要打上引号，因为从历史的观点看，那个年代的"大学生诗歌"只留下了回忆和激情的文字余烬，尚没有留下足以传世百年的佳作。

问：请您简要介绍一下您投身二十世纪八十年代大学生诗歌运动的"革命生涯"。

答：我有幸在大学遇到了一帮诗人同学——他们的狂热把我从一个"唯长篇小说主义者"提升到了一个诗歌迷醉者。但我与我的诗人同窗们相向而行。他们关注朦胧诗、后朦胧诗以及同龄的大学生诗歌。我则通过朋友们走近业已功成名就的朦胧诗，初识方兴未艾的第三代诗歌，

诗探索 4　理论卷　2016 年　第 4 辑

又通过朦胧诗名家们的文字，去追溯他们的欧美精神谱系，从艾略特、聂鲁达、佩斯，到我自己私淑的帕斯捷尔纳克、曼杰利施塔姆、黑塞、奥哈拉……我的诗歌榜样谱系与当代先锋诗歌是并行的，却又合而不同。至于所谓的大学生诗人与大学生诗歌，虽然也算是身在其中，却又魂游其外，没有太强烈的情感。

有过一些报刊——比如《大学生诗报》和兰州《飞天》，在当时以推出大学生诗歌作者为己任。但我不是这些作者中的一员。我大学时的作品仅有三次重量级发表：1.《北京青年报》（作为首都高校诗歌大赛获奖作品刊登）；2.《西北军事文学》（在 1989 年他们选用了我的作品，寄来了采用通知，但后来因为当时的大形势，终于未能刊出）；3. 我当时的大学老师蓝棣之先生与陈敬容先生合编的《中外抒情名诗鉴赏辞典》里，分别收入了我的诗作和我解读其他诗人作品的评论文字。这三次机遇，在时间的长河里也许微不足道，但它们对一个青年作者的成长所起到的鼓励与助推作用，是非常巨大的。

问：投身二十世纪八十年代大学生诗歌运动，您是如何积极参加并狂热表现的？

答：我积极地逃课、疯狂地买书、老老实实地排话剧，同时在排练间歇读福克纳和托尔斯泰。

我是素来看不起那些神神道道的诗歌爱好者的，也瞧不起那些提了几本油印集子就各高校骗吃骗喝的文字无产者。我的几位同学对他们可能更具有同情心。在我的理想里，一个作家、诗人，是应该穿着干净的西装，坐在咖啡馆临街的窗边安静地写作的，如果喝不起海明威的杜松子酒，至少要喝一杯罗马尼亚电影《神秘的黄玫瑰》里的奇侠马尔杰拉图的茴香酒吧——虽然那个年代这种咖啡馆在中国内地极其少见，但我们至少从爱伦堡的《人·岁月·生活》和欧文·斯通的《梵高传》里读到了。我喜欢这样的生活。多年后在西安，我听到我的朋友秦巴子对我和伊沙说：我们是侨居在各自城市的中国诗人。这感觉对着呢。而回首大学时代，或许可以说，我是侨居在校园里的现代诗人，而不是"大学生诗人"。

问：当年，您创作的《当代人》《好妈妈，老妈妈》《换种说法》曾经很受读者喜欢，能否谈谈这些诗的创作、发表过程？

答："深受"谈不上。但至少得到了几位未来的著名诗人伊沙、侯马、桑克的认可。《当代人》有朦胧诗和德国表现主义的混合影响；

《好妈妈，老妈妈》是我靠近北欧风格的最早的代表作；《换种说法》有一点反诗歌和后现代意味。但我在美学上的胃口一贯好得惊人。除了这几首，我的《古歌》《下着雨》《雅克》《怀念帕尔梅》今天来读也还不坏。它们当时都没有发表的机会，但被我后来收在自费的诗集《哀歌》（与侯马的《金别针》合刊）里。

问：在大学期间，您参加或者创办过诗歌社团或文学社团吗？担任什么角色？参加或举办过哪些诗歌活动？

答：凡是跟文艺有关的活动都参加了吧。文学社、诗社、剧社、朗诵团……也去过外校的诗歌朗诵会。我记得在文学社时他们把我分到理论组去了。当时的社长是现在母校任教的李怡。我也不知道为什么把我分到理论那一块。也许是创作还不行吧。不过事隔多年以后，我得说李怡师兄当年还是有超能力的。毕竟我现在也算已经成长成了半个勃兰兑斯或别林斯基。和我同班的桑克也很有意思，他坚决认为我是圣伯夫那一类批评家。天知道他们怎么想的。

问：您参与创办过诗歌刊物吗？您参与创办过诗歌报纸吗？编印或出版过诗集吗？

答：诗歌刊物是毕业以后办的。而且打算以后也只办一种——《葵》！大学时油印过诗集，名字很美国和北欧——《28 首诗及序跋》。

问：当年各大高校经常举办诗歌朗诵会，给您留下最深印象的诗会是哪几次？

答：那时候这类朗诵会比较多。我可能还是参加得比较少。毕竟我对不成熟的当代作者的兴趣，要远远逊色于那些伟大的现代主义经典诗人们。如果非要挑一次印象深的，可能是我和伊沙在北外（还是北医）和食指以及圆明园诗社诗人同台那次吧。他们因为时间的关系，想压缩留给学生诗人的时间，我们俩硬是抢出了自己的朗诵时段。这好像也是我们日后的诗坛经历的一个预演。你所有的发言和发表机会，都是自己争取来的。没有什么来自时代的恩赐。我性格中的强硬与冠军气质就是这样造就的。

问：二十世纪八十年代大学生诗人们最热衷的一件事是诗歌大串联，您去过哪些高校？和哪些高校的大学生诗人来往比较密切最后成为好兄弟？

答：我那时几乎逛遍了北京市区所有重要的书店，还有附近的影院，却很少去别的校园。更谈不上诗歌走访。主要是我讨厌"文革"

和"红卫兵"遗留的那种生存方式，我对"串联"的诗人抱有灵魂方面的警惕。当然也有不少同届的诗人，后来成为多年的朋友，比如中岛、洪烛……

问：当年的大学生诗人们最喜欢书信往来，形成一种很深的"信关系"，您和哪些诗人书信比较频繁？在收到的读者来信中有情书吗？发生过浪漫的故事吗？

答：主要还是和老朋友们谈谈写作和生活吧，不过那也是毕业以后了。我的诗歌母题，跟时代、生活和文明有关，但这些一般不是女性读者感兴趣的，所以没什么故事。我很欣慰。

问：在您印象中，您认为当年影响比较大、成就比较突出的大学生诗人有哪些？哪些诗人的诗歌给您留下了比较深刻的印象？

答：那些上过大学的第三代诗人吧。不过我还是从先锋写作的角度欣赏的。他们都不错，都有一两首在当时让人读后惊喜的作品，但惊喜都没能持续到今天。这不能怪他们，因为谁都超越不了时代，中国当代社会的变化太剧烈，趣味和审美的动荡也大。大学时给我留下最深刻印象的诗人还是那些经典作家：艾略特、帕斯捷尔纳克、普雷维尔、聂鲁达、特拉克尔、里尔克、米沃什、金斯堡、波德莱尔、艾吕雅、爱伦·坡、拉格奎斯特、埃利蒂斯、塞弗里斯、雅姆、阿伦茨、茨维塔耶娃、阿赫玛托娃、哈代、索德格朗、奥哈拉、柯索、普拉斯、劳伦斯、戴默尔、默里克……这个名单我可以一直列下去。

问：当年，大学生诗人们喜欢交换各种学生诗歌刊物、诗歌报纸、油印诗集，对此，您还有印象吗？

答：有。我就通过莫名其妙的渠道和机缘，看到过《大学生诗报》和《非非》。当时有耳目一新的感觉。当然，肯定还有一点对言说内容方面的不满足。其实交换读物，对所有年代的青年而言都是通行的。而且我觉得站在今天，对当年的学生诗歌刊物的繁荣不要过于自负，毕竟在那样的年代，这些读物还是有数的，还有着这样、那样的限制与局限，它不像眼前这个数码时代，年轻人拥有的资源是无限的，今天的青年作者所遭遇的挑战，只是选择上的痛苦。而当年的年轻人，大家的痛苦是信息的闭塞和资源的匮乏。你不能站在一桌豪华的盛宴面前炫耀，说"你们知道野菜团子有十五种吃法吗"？

问：您如何看待二十世纪八十年代大学生诗歌运动的意义和价值？

答：它是"第一废墟年代"（现在是"第二废墟年代"）精神启蒙

的一个有效组成部分，是氛围和土壤的一部分，但不是果实。

中国人凡事喜欢总结"意义"。其实"意义"是最不可靠的事，它会随品评者的不同而发生位移，而真相将湮没在移动之中。经过一个时代，领受了它的雨露，同时没有辜负这些天赐的恩惠，用自己的努力，奉献出更完美的果实。这才是每个写作者应该做的。

问：回顾二十世纪八十年代大学生诗歌运动，您最大的收获是什么？最美好的回忆是什么？

答：最大的收获，是为日后的诗坛准备了新生力量，而且这批新生力量不同于以往，他们具有相对完善的文学史素养和在文学上进行自我教育与修复性学习的能力。当然，可能是之前几十年的中国内地文学荒芜已久的缘故吧，这一代诗歌作者，可能也是五四新文学以来，最具有文学野心和梦想的一代。与前面的几代作者不同，他们中的一些人早早树立了以语言创造作为终身职业、甚至是信仰的目标。可以说，自有中国现代文学以来，第一批职业选手、文本原教旨选手，横空出世了。当然，学生时最活跃的作者，不一定都能日后成为文本上最过硬的作者。这也是很正常的一件事。

从个人而言，当时的氛围构成了起点阶段的空气，但还谈不上收获。作为个体的作者，起步阶段有身边这类运动，你肯定会在写作热情和信息方面受惠。但作为年轻人，如果没有这类运动，你也会从别的地方受惠。其实就文学而论，集体的、运动时的氛围，未见得就比孤独对一个作者成长的帮助更大。但国人骨子里有"文革"基因，人们更愿意夸大氛围的力量，这恰恰也是中国人个体内心偏向于脆弱的表现。再好的成长氛围，人才的最终出现也还是要依托于天赋。命运只会光顾有准备的人。而我，属于生来就在精神上有所准备的人。说到最美好的回忆，前几天碰到当年的一位校园诗人，彼此还说起呢。有一回各高校的诗人来北京聚会，我因为回天津错过了。能躲开自己不喜欢的串联式聚会，真好。诗歌不是靠运动，是靠一页一页的作品。可惜中国的作者包括今天的许多研究者，许多时候不明白、也更不知道强调这一点。

国人对文学家成长的"三观"是不正的。这一点有我们各级文学教育不系统、不严谨的原因，也有着新文学自五四前后诞生以来急功近利，每每以口号逢迎时代、蛊惑人心，同时以无知的天真破坏了汉语文学几千年来"庄敬自强"神髓的内在背景。

问：目前，诗坛上有这样一种观点，认为二十世纪八十年代大学生

诗探索 4 理论卷 2016 年 第 4 辑

诗歌运动是继朦胧诗运动之后、第三代诗歌运动之前的一场重要的诗歌运动，您认为呢？

答：对于当代诗歌格局的演变，以及诗人内部的知识结构流变而言，可能有过作用。但朦胧诗、第三代两波诗歌运动的贡献是美学上的，大学生诗歌运动更多的则是知识储备，以及年轻人成长这些背景层面上的，不可同日而语。

问：投身二十世纪八十年代大学生诗歌运动，您的得失是什么？有什么感想吗？

答：我偶然降临到了一个对诗歌畸形亢奋的年代，这一早年的经历，使我在日后的岁月中，对任何文学上的运动都持以理性的审视，并充满了一种"走到最后者"的欣慰。

问：目前，二十世纪八十年代大学生诗歌运动这一现象已经引起研究者的高度关注，请问，您对今后大学生诗歌运动历史的研究有什么好的意见和建议吗？

答：可挖的金矿不多。干点儿别的可能更有时间上的"性价比"。

问：当年您拥有大量的诗歌读者，时隔多年后，大家都很关心您的近况，能否请您谈谈？

答：客观地讲，我今天拥有的读者，显然比做学生时更多。未来可能拥有的读者，也肯定比现在还多。所以就个人而言，我始终是一个进行时态，且面向将来的作者。虽然我的作品中，无处不充满对光阴和早年人生的回忆。回忆的唯一作用，是为了向前。当然，有些人是为了抚慰时间带来的创伤。但时间是中性的，和水一样，带不来创伤，能带来创伤的，其实还是受伤者自己的选择。这些选择，有些是因为性情，有些是因为理性。但归根到底都是选择者的宿命。

关于近况，今年可能要推出三种与诗歌有关的著述：《现代诗物语》《1991 年以来的中国诗歌》《论现代诗》。

[作者单位：姜红伟，黑龙江省大兴安岭地区呼中区委组织部；徐江，天津社会科学院出版社]

愿"羽帆"高高地飘扬在诗歌的天空

——王国钦访谈录

访 问 者：姜红伟
受 访 人：王国钦
访谈形式：电子邮件
访谈时间：2014 年 8 月 24 日

问：有人说"二十世纪八十年代是中国大学生诗歌的黄金时代"，您认同这个观点吗？

答：认同。当时，国家刚刚恢复高考，并且经过一场"实践是检验真理的唯一标准"的大讨论，全国人民的精神面貌真正是焕然一新。虽然一切都正处于百废待兴阶段，但中国确实迎来了又一个政治上的春天。所以，那个时候的大学生，每个人都对祖国的未来充满了信心，充满了期待，充满了激情，同时也都充满了一种历史担当的责任感。这在客观上，便使我国大学生的诗歌进入了一个非常难得的、值得怀念的"黄金时代"。当然，那个时代社会上诗歌的繁荣对于大学校园诗歌的发展，也产生了重要的促进和影响，比如艾青、公刘、臧克家、邵燕祥、流沙河、白桦、牛汉、曾卓、蔡其矫、辛笛、陈敬容，比如再后来的舒婷、北岛、顾城、梁小斌、杨炼、江河、昌耀、食指、芒克、多多等。

问：请您简要介绍一下您投身二十世纪八十年代大学生诗歌运动的"革命生涯"。

答：哈哈，"革命生涯"这个词用得有意思。我本人于 1979 年进入河南大学中文系读书，属于"新三届"（即 1977、1978、1979 三届）学生。当时，中文系学生最为关注的事情，主要是"看女排比赛"和"读诗、写诗"。

中国女排在 1981 年首获世界冠军之后，分别于 1982、1984、1985、

1986年连续五次获得世界大赛冠军，为当时的国家带来一种顽强拼搏、不屈不挠、积极向上的"女排精神"。每逢女排大赛，整个大学简直就变成了一个激情燃烧的校园，几乎所有的学生都在观看比赛。对于中文系的学生来说，读诗、写诗恰好是大家挥洒激情、展示才华的一种最佳形式。尤其是《诗刊》《星星》大量刊登大学生作品和此后甘肃《飞天》文学月刊开办"大学生诗苑"专栏以及《海韵》《青年诗坛》《绿风诗刊》《青年诗人》《诗神》《诗人》《当代诗歌》《诗林》《诗潮》《诗选刊》《诗歌报》《华夏诗报》《中外诗坛报》《黄河诗报》等一系列诗歌报刊的创办，不仅为这个时期的大学生诗歌运动起到了锦上添花、推波助澜的重要作用，而且为大学生诗歌运动的长期发展提供了很好的平台。

1982年暑假，我们1979级的部分同学，有幸参加了庆祝河南大学成立七十周年的中文系系史整理工作，并从中了解到：董作宾、范文澜、冯友兰、冯景兰、郭绍虞、姜亮夫、嵇文甫、任访秋等一大批文史学者、著名教授，都曾在河南大学当时的文史系任教；如罗章龙、尹达、邓拓、王国权等革命家都曾在河南大学求学；不少前辈校友如白寿彝、魏巍、姚雪垠、周而复、吴强、马可、周鸿俊、孙荪、屈春山、王怀让等，都在文史研究或文学创作方面取得了卓著成就。中文系（原文史系）曾有过这么多优秀的校友，我们后来者不能太逊色于他们吧？

带着这个问题，我与本年级的王吉波、刘庆喜、赵向毅、邓艾芬等喜欢诗歌创作的同学进行商议：我们是不是可以成立一个诗社？以追随前辈们的文学足迹——这个建议立即得到了他们的一致赞同。经过一段时间的筹备，在系总支书记苏文魁、团总支书记夏林、中文系周启祥教授、《开封日报》编辑李允久等人的大力支持下，我们的羽帆诗社在1983年3月10日晚上正式成立。

问：作为这个诗社的创始社长，请问为什么要给诗社取名"羽帆"？

答：我们五个发起人中，数我年龄最小。在我们年级，我是第一个在校报发表散文作品的学生，此后又不断发表各类作品，相对来说比较引人注目。同时，我也是成立诗社的倡议人，所以他们就要我做社长。

在当天晚上的诗社成立大会上，我曾经激情致辞："三月的春风，在我们祖国的大地上荡漾；四化的步伐，敲击着我们伟大的理想。一片雅洁的羽帆起飞了，她带着我们大学生的拳拳赤心；一片希望的风帆开航了，她向着太阳升起的东方。"——这是当时我们对于"羽帆"二字的理解。后来，中文系著名教授于安澜先生在为《羽帆》诗刊的题诗中写道："羽取凌霄汉，扬帆万里征。"——这是当时老师们对于"羽帆"二字的阐释。时至今日，我还经常自己闭上眼睛，幸福地想象着这样一幅景象：在无垠而蔚蓝的大海之上，有一只勇敢的小舟在破浪远航；在这只勇敢的小舟上，有一片鼓满东风的白帆在引领前行；在大海和白帆之上，还有一片片洁白的羽毛在飘摇、在飞翔……

问：听您讲述当年诗社的情景，这确实是一幅非常优美的、充满诗情画意的景象。那么，在羽帆诗社成立之际，您当时是一种什么样的心情？

答：我当然是非常激动的，所有参加诗社成立仪式的同学和老师也都非常激动。其实，我在诗社最初成立时的愿望比较简单。当时，我在成立大会上的致辞中只是充满向往地说："若干年之后，如果能够有一位、两位或者三位诗友从我们的羽帆诗社走出来，成为河南乃至全国的著名诗人，那就是我们最大的自豪。"其实，后来的结果已经远远地超出了我们的预期。

问：那么，后来的结果到底如何呢？

答：后来？那就不是两位、三位了。在当今中原诗坛上比较活跃的诗人，从我们羽帆诗社走出来的队伍超过了基本队伍的半壁江山。如张鲜明、李暄、杨吉哲、李霞、冯团彬、高金光、萍子、董林、吴元成、刘静沙、刘昌武、西屿、白战海、白书庄、心地荒凉等，其中有些人在全国诗坛上也是比较活跃的。2012年12月，为纪念羽帆诗社成立三十周年，在河南大学文学院的支持下，河南大学出版社出版了一套《羽帆诗选》。其中选录了历届数十位诗友的近千首诗歌作品，可谓煌煌大观了。

问：我们看到了由您参加主编的这套《羽帆诗选》，这与您当年倡议并创办羽帆诗社有着直接的关系。能介绍一下您个人在大学期间的诗歌创作、发表和获奖情况吗？

答：说来惭愧，本人的诗歌写得并不好，我至今都不过只是一个诗歌爱好者而已。当时的文学刊物，并不像后来那么多。加上自己还是有些"自知之明"的，并不经常向外面报刊投稿，正式发表或者获奖的作品并不多。所以，羽帆诗社有今天这样的发展规模，主要还是靠一届又一届羽帆诗友们的共同努力。如果从个人的角度说，自己觉得还算可以的在校作品，可能还是两首长诗《我是青年》和《丑小鸭的诉说》。这两首诗，因为我们年级普通话讲得最好的王笑波同学激情朗诵得好，所以取得了比较大的轰动效应。尤其是后一首作品，至今还被不少同学时时提起，这是我没有想到的。

问：能介绍一下您这两首诗的创作过程吗？

答：当时，"新三届"同学的年龄普遍比较大。也许因为我是本年级年龄相对比较小的学生，当时有一种非常强烈的"我已长大"的心态。而那个时候无比激励人心的"女排精神"，则是创作《我是青年》的一种直接动力。所以，这就有了后来获得河大七十周年校庆征文一等奖的《我是青年》。此前，作为大二年级的学兄，为迎接1981级新生，我专门创作了《丑小鸭的诉说》。这首诗的灵感来源于安徒生的童话《丑小鸭》。我是农民的儿子，对农民子弟在恶劣环境中拼搏、学习并最终考取大学的情况体会很深。在这首诗中，我通过一个"丑小鸭"变为"白天鹅"的故事，表现了农民子弟百折不挠、顽强拼搏的过程，所以引起了新生同学，尤其是从农村入学新生的强烈共鸣。后来，我还多次应邀在一些学校的同学们面前朗诵这首诗，每一次都能赢得真诚而热烈的掌声。

问：你们的羽帆诗社出版有刊物吗？你们诗社举办过哪些诗歌活动？

答：我们诗社创办有《羽帆》诗刊。在当时的条件下，内容是刻印的，刊物是油印的。在《羽帆》诗刊创办之前，我们还出版过两期《羽帆》墙报。后来，1981级的学弟又从羽帆诗社中独立成立了"铁塔文学社"，诗社的后来者又把诗刊《羽帆》更名为《黄河风》出版。诗社正式成立前后，我们组织过在黄河北岸的诗会、在洛阳牡丹节上的诗会、在嵩山少林寺的诗会，与本校艺术系的诗配画活动以及与本校外语系一个诗社的联合诗歌活动等，还曾邀请著名诗人牛汉、曾卓、蔡其矫等到校给诗友们做报告。我们年级从诗社成立到毕业只有四个月，所以如果要是能有更长的时间，肯定还会有更多的活动。

问：据我所知，羽帆诗社曾经出版过一本《大学生诗选》，能否为我们介绍一下这本诗集？

答：这本《大学生诗选》，由共青团河南大学委员会、河南大学中文系羽帆诗社联合编选，铅印三十二开本，一百八十一页，在我们离校后的1983年10月出版。编选委员会成员有：苏文魁、林庆兆、刘桂珍、夏林、杨篆红、杨吉喆、徐泽红、李霞、李暄；责任编辑李暄，是第二任羽帆诗社社长。该《诗选》共计收入河南大学学生从 1977 级以来历届爱好诗歌的广大同学所写的或在外界报刊上发表过的诗歌的一部分，大约一百二十余首。主要作者有：程光炜、王剑冰、刘根社、杨吉哲、王国钦、路春生、王宇秀、郭健民、杨莉藜、李云峰、赵孟良、姚建新、徐泽红、付瑞琦、郝银、李暄、王志俊、訾晓霞、吴立刚、张爱萍、易殿选、尚方、严冬梅、马福水、赵书信、孙金泉、龙翔、王吉波、田锐、冯凌松、刘庆熹、贾卫刚、朱彤辉、孙银正、刘涵华、高铁军、康洁、李志军、李乐平、冯团彬、吴昊、李迪、胡永亮、李顺翔、叶金、侯钧、邓艾芬、好雨、季明辉、焕杰、张黎峰、田良才、张金环、王文珂。在这些作者中，后来取得较大成就的诗人有王剑冰、易殿选、程光炜、杨吉哲、张爱萍、吴元成、李霞、高金光等。

问：您如何看待二十世纪八十年代大学生诗歌运动的意义和价值？

答："诗言志"，这是我国古代文论家对诗歌本质特征最早、最真、最本质的认识。其实，诗歌并不是诗人自己的事情，它具有陶冶性情、抒发理想、强化素质、唤醒社会的责任与职能。从这个意义上说，包括五四运动在内的中国教育历史，还没有任何一个时期能够与二十世纪八十年代自觉、广泛的大学生诗歌运动相媲美。

中国历来被称为一个诗的国度，其原因就是中国的文人、知识分子大多具有"腹有诗书气自华"的气质，大多具有通过诗歌创作进而影响社会的能力。如屈原、阮籍、李白、杜甫、高适、杜牧、龚自珍、毛泽东、鲁迅、艾青、臧克家等。而叶延滨、高伐林、徐敬亚、舒婷、王小妮、王家新、韩东、张德强等活跃在二十世纪八十年代的这些诗人，大部分都继承了中国知识分子针砭时弊、唤醒社会、影响时代的传统，有许多作品至今仍然脍炙人口。大家一定还记得徐敬亚撰写的那篇论文《崛起的诗群》，文章的开头是这样的："我郑重地请诗人和评论家们记住 1980 年（如同应该请社会学家记住 1979 年的思想解放运动一样）。这一年是我国新诗重要的探索期、艺术上的分化期。诗坛打破了建国以来单调平稳的一统局面，出现了多种风格、多种流派同时并存的趋势。在这一年，带着强烈的现代主义文学特色的新诗潮正式出现在中国诗坛，促进新诗在艺术上迈出了崛起性的一步，从而标志着我国诗歌全面生长的新开始。"所以，那个时期大学生诗歌运动的意义和价值，将会随着历史进程的发展而更加凸显。

问：目前，二十世纪八十年代大学生诗歌运动这一现象，已经引起研究者的高度关注。请问，您对今后大学生诗歌运动历史的研究有什么好的意见和建议吗？

答：第一，希望每个大学的校领导都能够充分认识到：大学生的诗歌创作并不仅仅是一种可有可无的兴趣，而是需要引导和支持的一种潜在的文学力量。第二，希望每一位写诗或者爱诗的大学生诗人，应该自觉地担当起自己作为一位诗人的社会责任，因为这并不仅仅是一种轻飘飘的"浪漫"。第三，希望每一个诗人、每一个诗社，都能够有意识地保留并珍藏自己的创作成就，不要让后来的研究者因为资料的缺乏而使他们的研究工作困难重重——仅供参考啊！

问：当年，您曾经拥有大量的读者。时隔多年后，能否谈谈您的近况？

答：我很怀恋当年写诗的大学生活。三十多年过去了，我从一个懵懂青涩的学生变成了一个满头白发的已过知天命之人。尽管我还偶尔写新诗，但主要精力还是从事诗词的创作。从 1987 年开始至今，我一直在坚持着由自己提出和实践的"度词""新词"创作。尽管，在当前这个社会，你爱诗、写诗本身就意味着耐得住寂寞、固守着贫穷，但我这种写作的习惯却从来没有中断过。2016 年 5 月 18 日，我与几位朋友一起，在郑州发起成立了"中华诗词创新研究会"，被称为"开启了中国数千年诗词创作体裁发展的新历程"。当然，新诗毕竟是随着时代进步、社会发展而诞生的白话诗体，我对其未来始终抱有充分的希望和信心。借此机会，我也衷心地祝福我们的"羽帆"能够永远高高地飘扬在诗歌的天空。

[作者单位：姜红伟，黑龙江省大兴安岭地区呼中区委组织部；王国钦，河南文艺出版社]

1980 年代的"诗托邦"

——《诗歌年代——二十世纪八十年代大学生诗歌运动访谈录（1977 级—1978 级）》序

朱子庆

历时数载，姜红伟一路追踪访谈，最终编就《诗歌年代——二十世纪八十年代大学生诗歌运动访谈录（1977 级—1978 级）》。如今既已敲定出版社，遂向我邀序，我想，大约由于我亦"诗人同学"，或可为那个已经逝去的"诗歌年代"见证"昨日的世界"吧。然而，断断续续十数日漫读下来，我欲乘风道去的却是：此书重新发现了中国的"八十年代"！它不仅仅是那个年代的诗歌，更是那个年代昙花一现的浪漫——"诗歌八〇人"！那时候中国大地上无数的高校诗社，无数的热血青年诗人，不，可以说整个欣欣向荣的社会家国，就是一块令人神往而圣洁的"诗托邦"——恕我冒昧，杜撰了这么一个诗意而古怪的词为它命名！

诗托邦，这是"后文革"年代（即"新时期"）诞下的宁馨儿。那里面的人的"存在"状态，或许才是彼一时代最堪追怀、艳美与回味的东西。

"宁馨儿"这个对标致孩子的赞词，已经淡出时代语境很久了。当我写出这个词，不知为何忽然想到一句名言："这孩子将来是要死的！"——鲁迅先生说过的话。这话大煞风景，照常理人们一般是不会说的。但似乎由于鲁迅说了，人们便深刻地记住了。事实上，"新时期"已经悄然终结，现在还有谁用这个词指称当下？这似乎可为先生训示之一证。

但我想说的不是这个，我现在最想说的是，鲁迅此言有着某种存在主义味道，它因煞风景（又作"杀风景"）而成就自为的"存在"，这才是我们这一代人记忆深刻的原因。人总是要死的，新生婴儿也不例外。这已经是一个既定常识。但为什么在鲁迅那个故事里，它却变成了"烛"与"针"？这是因为它被投入了"实践"，亦即"献身"于特定现实的某种"情境悖逆"中，而这样做是需要勇气的（我们还可以举出《皇帝的新衣》）。如果不是这样，如果它不曾鲜明地"献身"，"照亮"或"刺破"了那些"遮蔽"（喜庆的赞词），就不过是墙脚的一块灰溜溜的石头。现在我们满脑子堆着各种常识，然而，常识常有，那种生杀予夺的"情境悖逆"不常有；更进一步说，"情境悖逆"常有，而敢于掷出真理之石的，又有几人？

以上这些话，和红伟这部书又有什么关系呢？

我想指出的是，红伟此书正是一部献身于"情境悖逆"的书，一部十分及时的书，或将像一枚激射的石块洞穿某些"遮蔽"，而以其烛照现实不负历史使命。"经济中心"的转轴已不堪重负，"腾飞"的辉煌正暗淡下来，在疲惫的人们的"心目"中暗淡下来——年初以来，网上不是已在万众热传、接续这样两句诗吗："我有一壶酒，足以慰风尘。""心目"这个词堪作存在主义哲学的核心词。人的存在是心与目相互传导的结果。存在决定意识，然而心在看，"照亮"一切，即心即目，即目即心，人是用"心"照亮世界的生灵。如果说"合理"系中得心源，"存在"乃基于目下，那么"存在即合理，合理即存在"这主客两端，也只有在"心目"这里才能辩证统一起来。适逢这样一个意欲擦亮心灯的时刻，红伟此书招引我们围炉夜话：缘溪行，忘路之远近。忽逢桃花林……

这就说回了本书。我当年是广州中山大学中文系 1978 级学生，书中诗人马莉的有关文字，讲述了我们在二十世纪八十年代的"疯狂表现"。那完全是一个激情的年代，太阳每天都是新的。我们在阳光灿烂的康乐园里——这一点很重要，响应社会上风起云涌的"解冻"思潮，和各地百万大学生诗歌爱好者一样，在青年诗人北岛《今天》的引领下，兴致勃发，遥相呼应，不知疲倦地写诗、结社、演剧、朗诵，到处漫游，寻找同道，还谈了一场"轰轰烈烈的爱情"……作为一个八十年代的亲历者，我读红伟此书自然颇多印证和发现，最强烈的感受是一种"穿越"体验——眼前豁然复活了"昨日的世界"。"白头宫女在，闲坐说玄宗"，天宝盛世的确不是等闲人说得的。掩卷回神，却也越发感到：一切已折戟沉沙，恍若前朝，化作一帘幽梦。诗评家、"崛起派"猛将钟文"唱衰"时下诗坛，说"当代诗歌正在走向废墟"，我乍一听时不敢苟同，现在很理解了。

所谓"八十年代"，是我国结束"文革"动乱后，高层厉行拨乱反正，恢复高考，废止"斗纲"（即"以阶级斗争为纲"），重建生活的年代，那种情形，正像严冬浩劫过后的一片荒原上，春风春雨，万物复苏。坊间回顾八十年代的图书不少，盛称其为"诗歌黄金时代"的文章尤多，但殊少"手把红旗"的"弄潮儿"之手笔——我指的是民刊主编、社团首领以及旗手型诗人，他们是"诗潮""运动"的兴风作浪者，特定历史事件的幕后推手和动力源。而红伟此书别具只眼，属意和深挖的恰恰是当年担纲大学生诗社的"酋长"们和一地、一群校园"诗人同学"之精英，由此得以探赜索隐，为我们重构出了大泽龙蛇一处处的"诗托邦"——如果说二十世纪九十年代诗坛是山头林立的诗江湖，那么，八十年代大学生诗歌运动的一个特点，是高校里面大大小小的诗歌社团，它们不是扯旗称派的"山寨"和利益集团，而更像是充满幻想和浪漫追求的诗歌公社，我想，叫它"诗托邦"是颇为恰当的。盛世是要有许许多多的盛事堆塑的，像《今天》杂志引发的诗坛"裂变"，像十三家高校联合主办《这一代》的"流产"，像《诗刊》首届"青春诗会"在虎坊桥"集结"，以及诗评家徐敬亚《崛起的诗群》的来龙去脉，当然还有诗人韩东的西行入陕播火、传道……桩桩件件，都是注定要记入诗史的，是为不可再有的新诗黄金时代"背书"的大事、壮举。显然，当事人、幕后推手以及在场者们的言说，更趋历史真相、更近设计顶层，讲到细节处，有些篇什更使人身历其境，似有谋划者的咳嗽声从历史深处之墙壁里隐隐传来（如孙武军、徐敬业那两篇文章）……这为本书平添了不少可读性，使之具有毋庸置疑的（历）史、传（记）文献价值。

近年来的一个思想脉动，是人们开始深情追怀激情的"八十年代"，这自然也引起了一定的反弹。不久前文化评论家朱大可和诗人欧阳江河的对话，就被冠以《八十年代，诗歌在极度不正常的状态下被推到高处》之题传播网上。朱大可坦诚："我觉得从八十年代初期一直到中期的诗人，中国历史上可能是前无古人后无来者，所以现在大家都会缅怀那个时候。反正我个人是很缅怀的，因为我们确实是在那个时代成长起来的，包括了我们大量的青春记忆、我们的挫折、我们的欢乐，同时我们的信念、我们的理想都是在那个时代，诗歌在那个时代伴随着我们，所以它成了我们灵魂深处的一部分。"朱大可这份感言，可以代表我们这一代过来人的心声。他还描述了当年盛况一景："那个时候校园全民启动，一个诗人穿得破破烂烂，几个月不洗澡，就拿一本破诗集，

诗探索 4　理论卷　2016 年　第 4 辑

在校园里每个寝室门敲过去，就有人接待他，饭票一半都给他，睡一张铺，我们那个时候就是这样的；一个诗人可以混吃混喝，在全国畅行无阻。那个时候真的就是这种状态，在朗诵的时候，底下的女孩子跺着脚，涨红着脸，就跟看到港台和韩日歌星一模一样，我们的诗歌是在一种极度不正常的状态下被推到了这样一个高度，实际上是非常奇怪的状态。"这应该是我们1977、1978级学生已经毕业，朦胧诗在两派大论战中大获全胜，北岛、顾城们南巡川大，各高校大学生诗潮几近鼎沸的时候吧。徐敬亚推出的《现代诗群体大展》（1986）是"崛起派"完胜后，在诗坛燃放的一束耀眼、瑰丽的烟花，它带来了现代派诗歌的鼎沸和全面展开，动摇和改变了《诗刊》等主流诗刊掌控诗坛的大一统局面，同时也宣告了诗坛"群魔乱舞"的开始——堆凑的诗歌流派可以邀名，开启了后来一应不择手段的诗坛名利角逐。这似乎是不以人的意志为转移的，凡是人类行事，一旦形成规模、啸聚为"群体性事件"，最后必然以非理性"疯狂"而告结束，此所以新诗潮与"学运"一起，玉石俱焚于八十年代末的彻底"清场"。此后，空寂的诗坛，便一纸风行起了汪国真、席慕蓉的"热潮诗"。今年刚好是老徐"大展"推出三十周年，而红伟此书呈现的，主要是当代大学生诗潮的"早春气象"，彼此参读是很有意思的。

最后，我想谈谈我对1980诗歌年代的几点认识。

首先，为什么热在诗歌？第一，新中国成立以来普遍的主义信仰、革命激情和浪漫情怀——社会主义本质上是一种乌托邦主义，给整个社会播下了过量的诗性基因，而历次"运动"空前残酷的斗争，却连同人性一道将其镇制、封埋，此时终于火山喷发。第二，"文革"终结，浩劫后的世界形同废墟、"一无所有"，"我来到这个世界上，只带着纸、绳索和身影"（北岛），而传统积习和最能上手的低文化、低成本操作，便是写诗——散文和小说不属于广大学生、青年群众。第三，放逐者归来，"右派诗人"、"胡风分子"、下放干校的"臭老九"乃至修地球的插队知青，此时先后返城、归位、入校，犹如"天亮了，解放了"，"翻身的人们"能不歌唱？第四，"文革"地下诗歌特别是《今天》杂志浮出水面，广为流传，《将军，不能那样做》《小草在歌唱》，伤痕、反思、批判、叛逆的声音，不断突破禁区，启蒙思想，激励更多的年轻人特别是大学生诗人跟进挥笔。第五，社会进入了文化先行的历史"解冻期"（如恢复高考、恢复报刊和中外经典名著出版），虽然看上去是中国大地"春天来了"，但整个政治体制特别是经济体制（所有制形式）仍然铁板一块，结构"超稳定"，实践有"惯性"，一个"亿万群众"习惯于面朝"理想"（我忽然想到海子的"面朝大海"），"奋斗""运动""斗争"的封闭社会，一时间进入了"调整期"——"以阶级斗争为纲"虽已废止，"经济建设为中心"有待体制改革、政策跟进（所有制形式的突破），时代暂时找不着北，而兴致勃勃、精力过剩、激情过剩、体验过剩、求知欲过剩、发表欲（言说）过剩，加以时间过剩，显然也一时"自由"（如"西单民主墙"，如高校里结社成风）过剩的人们，根本无处宣泄和寄托因压抑而厚积的精神能量。有什么可干？还能干什么？后来崔健在摇滚中吼出的"我要给你我的追求，还有我的自由，可你却总是笑我一无所有"（《一无所有》），道出了那个时代的苦闷。一无所有而"追求"（即"理想"）过剩，这正宜于作诗，因为"诗言志"；那时哪里像现在，整个社会像个巨大的创造、致富、游戏与消费的迷宫，随处可以追求、可以寄托、可以沉迷乃至迷失自我。第六，诗人成了第一批"存在人"。在那个大陆还没有明星的年代（港台歌曲已到处流行），诗人成了"明星""文化英雄"，诗歌"在一种极度不正常的状态下被推到了这样一个高度"，这看起来畸形又很符合历史逻辑——在每一个畸形的时代后面，必有其畸形的文化生态。为什么那段历史选择了诗人？

除以上所述，此一时期最堪反思的，是人的存在状态。"文革"终结，"两个凡是"终结，"以阶级斗争为纲"终结，这一连串的历史性否决，在根本上是对一个时代、一个社会先定"本质"的终结。当历史翻过了年年运动月月斗、人人宝书天天读这一页，被改造和洗脑过后已成无主的生灵的人们（没有"自我"，甚至连本性也泯灭了，例如"性爱"），像肥沃的处女地渴望种子和春雨一样，期待、追寻着新的灵魂或曰本质的入驻——看看于坚的《四月之城》，最有名的是顾城这句："黑夜给了我黑色的眼睛，我却用它寻找光明。"（《一代人》）诗人是存在的发现者、见证人和守护神，不但敏于言，尤敢践于行，所以总会成为先行者而引领时代（许多党人革命家与之气质潜通，本质上也是诗人）。无忧无虑、意气风发又聚群而居的大学生诗人，自然最是得天独厚——更重要的一点是，1977、1978 级大学生群体结构独特，其主体或者大部分是经过"红卫兵运动""知识青年上山下乡运动"洗礼、历练的"同学"——生命年轻而非"少年"！是一班有过思想历练与实

诗探索 4　理论卷　2016 年　第 4 辑

践的"奋青"（不同于后来的"愤青"，是志在"发奋有为"的青年人）。说来可能很难理解，社会主义者和存在主义者本质上有着潜通的地方，这就是他们都是"自为的人"——"猪圈岂生千里马，花盆难养万年松"（"文革"期间流行诗句），表达的是人要成为更高尚的存在的内在要求，所以必须诉诸新的实践。所不同的是，前者追求共同本质，而后者追求各异的本质。

二十世纪八十年代大学生诗人写诗、结社、编印诗刊（特别是地下刊物）和串联游走，虽然远不像党人革命者搞"运动"那样旗帜鲜明、有组织、有纪律——像当年马克思说："现在是共产党人向全世界公开说明自己的观点、自己的目的、自己的意图的时候了……消灭私有制，全世界无产者联合起来！"（《共产党宣言》）但他们已然开始了自我价值的觉醒及其最初的"革命实践"活动，这是一个人由"自在的"被宰制的存在，向自我意志驱动的"自为的"存在的飞跃，这是真正意义上的一代"新人"的诞生。看似不是传统的典型意义上的"运动"，但是他们"在路上"！（这种介于自发与自觉之间的"实践"，与此前组织领导的和后来商业组织的行为是不一样的，后者已不构成"思想实践"。）所以，大学生诗歌运动有别于其他放逐者归来的言说方式，而"诗歌年代"尤以大学生诗歌运动最具代表性。这是别一意义上的"运动"——当我和诗人马莉躲在她的广东人民广播电台狭窄的宿舍里秘密装订地下诗集——马莉自编自印的诗集（还是单位小打字员偷偷帮忙打印的），感觉就像当年革命党人秘密印刷地下《挺进报》，这是当年校园内外多少诗歌志士的共同实践和体验——为什么会是"偷偷的"，有"秘密"之感？因为就像鲁迅文章里那个说出"真理"的人一样，我们同处于高压下的"情境悖逆"之中。当一切变得合法而没有撕裂、没有颠覆，简言之，没有"思想实践"，也就是"自为的人"软化为达利画中的一摊"软钟"，因为不再承担和实现本质而徒有其表了！与诗结伴走过八十年代的岁月，本质上恰是由于这样的实践和体验，使那个年代变得难忘，因为这是一个"上路"的过程、"本质"附体的过程，是一个自我获得实现的人真正成为人的过程。和今天这个迷失自我的、喧嚣的消费主义时代（"取舍已不再由本心而要由舆论来决定"——茨威格）相比，那个诗歌年代已成"昨日的世界"。

那真是一个诗托邦，那就是一个诗托邦！

在那个诗托邦的诗歌年代，"月亮的柔光，从恶狠狠死沉沉的云层中偶然闪现"！"曾经有过那样的时代，我们的民族幻想着有一种天真烂漫、纯洁本色的美。甚至 1914 年，都还洋溢着这种天真的信任。"（茨威格：《健忘的悲哀》）但是这一切都已随风而逝了！当我们不再年轻，当我们白发苍苍，我们一点也不后悔，只是含笑对我们的子孙们淡淡地说："我们也曾经有过如此的热血和激情啊。"

这就是我们的 1980 年代——我们这一代的诗托邦。

2016 年 4 月 11 日 于宋庄

[作者单位：广东省社会科学院哲学与宗教研究所]

安静也是一种修辞

——读冯娜的诗

卢 桢

诗如其人，此言用在冯娜身上最恰切不过。她喜好安静，企慕自然，以诗洗心，内质纯粹。藏区的童年记忆、云南的文化氛围与诗人的特殊经历血脉相通，滋养起她对文字的灵性理解，育成其创作的精神根脉，也在很大程度上影响了她日后的思维走向与情感质地。她笔下的云南氤氲着神秘的气息，诗化为作者精神企慕的对象，如《云南的声响》写道：

> 在云南 人人都会三种以上的语言
> 一种能将天上的云呼喊成你想要的模样
> 一种在迷路时引出松林中的菌子
> 一种能让大象停在芭蕉叶下 让它顺从于井水

语言的功能在于表意和交流，而居于云南的人们可以呼喊行云，召唤植物，驾驭动物，这种沟通力纵贯天地，横跨古今，因而为诗人钦羡。海德格尔说过，诗人是神圣的命名者，他需要具备一种与万物沟通的能力，通晓自然的语言，即使那些土语已经失传，但诗人依然有她执拗的坚守："金沙江/无人听懂 但沿途都有人尾随着它"，语词间透露出对故土文化的执着与痴迷。多彩的边地成为冯娜诗歌的精神原点，她的语词、意象、句子由此生发而出，并不断向云端生长，诗人也越来越多地站在行云之上，与其对话，省察万物。

踏足诗人的文本，植物、昆虫、雨水、山脉自由呈现，气象开阔，境界纵深，偶露风骨，却不尖锐，而以绵力缓缓施加情感。抒情者与所咏之物位格一致，甚至经常化入彼此，于万物间发现自我。《洱海》中的抒情主人公"我"时而倾心化身为洱海，以"众多的雨水和河流来补给/来丰腴我深邃的内心"，时而"不愿是缠绵涌动的海"，而与"鸥

诗探索 4 理论卷 2016年 第4辑

·58·

鸟""下关的大风""上关的十里香花"一道"填平人间孤寂的沟壑"。抒情主体与万物融为一体，身份可以随意置换，我们读到这样的诗句，能够强烈地感到穿行在字里行间的自由气息。那是超越俗常经验之上的，飞翔在天空与云中的灵秀之气，每一个字与词的移动，都是诗人畅快的呼吸。这些语句，也让人联想起冯娜曾经耽读的辛波丝卡。这位波兰女诗人曾在《一见钟情》中写下如此诗句："这样的笃定是美丽的，但变幻无常更为美丽。"如辛波丝卡一般，冯娜相信事物的意义并非恒定不变的，意义的可能性如同边地的天气一般，难以预言却变化多端。

不轻下判断，语词平缓，让意义充分飞翔，这使得冯娜的文本彰显出鲜明的创造性与内在精神性，诗句的意义也如云彩般悬浮在天空之上，指向各种可能。《澜沧江》《金沙江》《洱海》等文本都采取了对话式结构，文本的意义沿着抒情者与自然江海之间的主客问答升腾而出：

> 你从哪里来　巴颜喀拉是否已被群鹰之王盘踞
> 一千年前你怎么流经坚硬刺骨的冬天
> 你带走了远房的婆姨　近处的娃娃鱼
> 更远处　村庄和地名一样密集
> 我还是硬不下心肠
> 把所有失散的女人都当成崖岸的礁石

这是《澜沧江》中的句子，诗人不断唤醒着精神原乡及其隐含的丰富而神秘的文化信息，再如"我要如何带回你　鸭蛋绿的故乡/黑色的礁石　我静静没入水中殉情的女人"（《金沙江》）。诗人对自然保持了积极的探问姿态，然而却未能得到任何富有精神信息的回应，无论是江水还是村庄，文本中的万物总是遥远、寂静的。与现实时间相比，江水、村庄的时空稳定性极强，千年、万年，源头抑或下游，都化为亘古不变又难以言表的文化痛感。痛感的内容被江水磨平，其形式却遁入一代代人的心灵，形成他们的文化记忆，这种记忆静默地隐藏在写作者的内心一隅，如"内心的深河"（《冬日在拉市海》）一般，自然漫游在诗人的身体里，随时等候她的召唤。

有的时候，意义本身的重量也会形成某种负担，对精神主体施加压力，如《祖国》一诗中，面对宏大的"祖国"意象，诗人言道："我怀疑　我的孱弱的身躯/如何承载一场庞大的抒情。"在艾青、舒婷等前行代诗人笔下，个体可以倾注其全部感情向祖国这位"母亲"敞开心扉，抒情者与母性国家意象之间并未出现话语失衡。而在冯娜笔下，"祖国"一词过于庞大，意义也实在沉重，以微弱的个体姿态向她去表白言说，实在难以形成有效的对话，恐怕也很难得到某些具体的回应。既然对话难以为继，倒不如像诗人选择的"那我就安静坐下来陪你/什么也不说。""安静"的意义在冯娜的精神世界中得到无限增殖的机会，特别是对于诗人而言，对事物的沉默不语、安静注视本身，也是一种交流的方式，是诗人为自己选定的特殊语言。如同身处众声喧哗的世界，无论如何呼喊，自己的声音都极容易被世界的话语吞噬，倒不如缄默不言，坚守自我的审美自治，让精神的繁多信息在沉默中交织、碰撞、组合，蓄势待发。于是读者可以发现，和部分乐于用语句阐明文学观的诗人不同，冯娜鲜有此类文字。人与诗的相遇或许是偶然的邂逅，或许是前世轮回至今的机缘，但诗人并不比文字更高，对于诗歌的本相，我们并没有足够的能力去参透他们，因而无法将世界的秘密全然展示给读者，诗人和读者唯有保持静默，各自守护诗歌的秘密。翻开《诗歌献给谁人》的末节，诗人写道："一个读诗的人，误会着写作者的心意/他们在各自的黑暗中，摸索着世界的开关。"尴尬的"误会"意味着写作者与读者之间难以达成纯粹无间的交流，也难以透过诗歌的中介走入彼此的内心。从正向的角度言说，"误会"的存在也说明每一个语词之于精神主体的意义都是非凡而独一无二的。由此，它演绎为褒义的词汇，正是得缘于一个又一个的"误会"，才能结出滋味不同的诗意果实，向世界彰显人类精神世界的深邃与丰富。

冯娜对自然的神性抒写，对边陲经验的吟咏回望，很容易使人以"地域性"为其赋格。当我们去评论一位生长在"边陲"的诗人时，往往会先入为主地为她贴上"民族性"抑或"边地美学"等标签，进而以此在的文化中心美学去衡量她，比较她的文本，进而得出其创作特性在于对民族性的坚守和对边陲事物的关注。实际上，我们所认为的"边陲经验"和"民族美学"在冯娜那里恰恰是她所居住的中心，是她所拥有并能够真实看到、感受到的全部经验。她诗中的龙山、凉水河、金沙江、高原腹地源发自真实的物象空间，你能读出的神秘、陌生，反而是居住在那里的人们司空见惯之平常风物。借助对自然之神秘性的本真呈现，诗人实现了灵魂与自然在"泛神"意义维度上的对话，诗歌也氤氲出温润清新的素朴之气。

在诸多八〇后诗人那里，从"地理"到"心理"的流徙经历已趋常态。由云南抵达岭南，进而入京驻校，频繁穿梭于南北中国，文化迁徙为冯娜提供了丰富而独有的经验元素，也使其写作的方向意识日趋明朗。她虔心为凡俗的细小、静谧之物做经验提纯，凭借对生活的洞察力和下意识的直感神助，以圆熟出色的语感穿梭在具体可感的场景中，见端知末般揭示常人习焉不察的细节，进而抽丝剥茧似的发现经验的多层次存在，诸如北方的大雾、天坛古老的树根、潭柘寺的晚钟都成为她"及物"言说的对象。作为"一个从高山辨认平原的人"，诗人感觉"大雾就是全部的北方"，清晨出门的抒情者首先与雾霾遭遇，虽然它遮蔽了一切，但诗人"还是看见了北方的心痛/被铁轨攥紧松开松开攥紧/大雾弥漫/每一块好肉都钻心刺骨/过路的人是我/——说谎的人是我"。（《雾中的北方》）"过路者"与"说谎者"这两个形象需要我们着力解读，前者标明诗人与时代主流语境（由雾霾所统摄的城市人文）的距离感，她无意去缩短这种距离，也无力将存留在人心中的那隐秘的痛苦全然揭示，因此陷入"说谎者"的尴尬处境，她比常人看到的感知到的更多，却无法让芸芸众生知晓自我的处境。也许诗人唯一能够做的，便是在雾霾之中尽力不迷失自我，至少使自己能够看到身体与心灵的轮廓，澄明自我的精神存在感。

新世纪诗歌一个主要的精神向度，便是抒情者有意识地与时代主流语境保持足够的距离，而他们的痛切感也由此而生：面对"物质感"对思想的侵袭，他无计可施乃至无路可逃，难以真正地返回自我，这也是一种悖论式的人生体验。还有一些诗人拥有丰富而强大的内心世界，能够以若即若离的姿态滑动在时代的边缘，既非全然投入其中，也非彻底游离其外，而于其间寻觅精神的灵动气息，冯娜或许就是这类出入自由的诗人。她有一首诗名为《速朽时代》，可谓参透了时代的本质，诗人写到搭乘飞机的经历，现代交通工具在改变人类时空体验、为其提供便利的同时，也使人无法像传统经验视野那样对自然风物进行观察与捕捉，正所谓"降落时下雨 返程时晴好/……/日头还来不及落下 你的爱就越来越短"。诗人并没有直接表达对技术文明的否定，而是含蓄而隐晦地以"我还用干支纪日"表达出自己的立场。只有慢下来，才会有遭遇"惊奇"的可能，而"速荣随之速朽"的时代症候，或许只会加剧我们精神的衰老。为此，冯娜的一系列诗歌都渗透出一种相对于时代的"游离"意识，她力求在众声喧哗的时代元素之外，寻找专属自身的、能够有效标明主体存在的言说方式。即使身处被各种"中心"赋格的北京，她也尽力觅得自己的"声音"，这些声音寄寓在她诗句里的钟声、鸟鸣、流水的撞击、脚步的摩擦声里，它们集体对应着城市里的人声、车声与噪音。这些声音游离于俗常经验之外，充当起写作者内心空间和时间的象征对应物，既"有入世的婉转，也有出世的悠长"。①而这些声音的精神原点，恐怕依然来自诗人的原乡，来自那些居于云中的村落，那一个个村落稳定、宁静、安于习俗，从而与诗人的此在状态形成鲜明的悖论。可见，诗人在都市中复活自然，或许还是为了脱离坚硬的话语中心，梳理或重建内心的经验逻辑。

　　较之她早期的作品，冯娜的一系列近作对世界的观照面更为开阔，既仰望着天空，也俯瞰着大地上的人文物象。相对于视野的拓展，诗人的修辞则更注意敛聚之力，甚至某些诗句做出修辞的"减法"，语句更加明朗、简洁、通透，给人感觉写作者低于词语的位格。她不是词语的创造者和命名者，而只负责排列词语，安排它们出场的顺序，让词语之间碰撞、扭结，进而创造出新的词语和意境，一系列"短歌"作品正充分贯穿了这种意识。冯娜的诗歌远离了技术化写作抑或观念化抒情（事实上，她的文本始终也非为刻意传达某种观念而充当载体），同时，诗人的情绪更为平静，密集的情感信息几乎无迹，有时竟能超越她所观照的物象，力图在客观的角度让事物自身说话，自我呈现，而诗人则虔诚追随自然气息的灵性涌动，力求以轻盈敲击沉重，在虚构的世界中构筑秩序。《溺水》一诗是这类文本的典型，也是我认为冯娜写得非常成功的作品。有时一首好诗能让人记住一个象征便已足够，例如她把"身体垂直在水中、张着嘴上下浮动"的溺水者写成"像在爬一具隐形的梯子"，让人惊叹其想象力的同时，也哲理化地凝聚出她对死亡的理解。溺水者的死亡如此平静，如现实中还存活着的庸众一般，"垂直站着但已经死去/他们自己也不曾察觉"。既有参透生死的达观，也隐含着对城市人木然心态的精神批判与思想超越，轻逸传神的语言，将读者引渡至哲学的境界。而在《刺猬》一诗中，意境围绕"我想养一只刺猬"徐徐展开：

　　　　我想养一只刺猬，它蜷缩在我的篱笆周围

----

① 第二届奔腾诗人奖给冯娜诗歌的授奖词。

诗探索4　理论卷　2016年　第4辑

它就这样，在我的想象中被饲养

　　我为它种上一排排芸豆和蔷薇

　　恐怕读到最后，我们才能参悟作者的意图，她无心在现实中真的去养育刺猬，而是在自己虚构的王国里玩得风生水起。借助那只梦境中或者说"脑补"出来的可爱生灵，诗句启示我们：在秩序尚未清晰定型的时代，人类需要重视"虚构"的能量，说不定它才是我们赖以生存的秩序。当然，虚构的意义仅存于精神美学和伦理价值上，它无法改变我们一丝一毫的生活现状，甚至比一根稻草的重量还要轻，但正是虚构的存在，使我们可以在他人的普遍性中建构起丰富的主体特殊性，让自己的精神世界可以抵御外在信息的撞击，于安静中听到自我的呼吸和心跳。遗憾的是，大多数人对此依然懵懂不知。

　　意象的弹性、文思的舒展、语言的灵动，举重若轻间渗透出冯娜的文字内功。无论是在诗歌圈里圈外，她给人的印象也如文字一般，优雅而真诚。她穿着喜素，但注重搭配，崇尚换位思考，不把己思强加于人，善于倾听他者之声，给人感觉很容易相处。2015 年广州一晤，便深有感触。她为筵席点下鱼唇、烧鹅与青菜，告之当地人餐桌尤少不了飞禽河鲜，嘱顾我等多食，由此可观她的热情与周到，以及对细节之完美的重视。为人为学中，她都秉持完美主义的法则，不易受外力所左右。面对缤纷喧嚣的诗歌现场，冯娜有意与这份"热闹"保持足够的距离，同时对那些冠之其身的"地域性""八〇后""女性主义"等概念，也葆有独我的审慎态度。于她而言，"地域"乃是发乎自然的抒情资源，而非刻意为之的身份标签。不忘初心，尽量远离尘扰，向旷远、澄明之境掘进，将诗歌视为一份被记错生日的礼物，或许就是她的写作旨归。其文心正如她的《杏树》一诗所言："只要杏树还在风中发芽，我/一个被岁月恩宠的诗人就不会放弃抒情。"

[作者单位：南开大学文学院]

·冯娜诗歌创作研讨会论文选辑·

这眼中火苗的来路

林馥娜

诗探索 4 理论卷 2016 年 第 4 辑

冯娜生长于高原，对于大自然的广袤和岑寂有着深切的体会与浸淫，这使她的写作带着大自然的神秘气息与她所熟知的植物枯荣所赋予的命运感。许多写作者都有自知或不自知的精神源头，这种源头既有来自出生地的烙印，也有来自直接或间接的心灵感悟所契合的密码。也许冯娜是自知的，她的精神密码是古希腊著名的抒情女诗人萨福，萨福一生写过不少情诗、婚歌、颂神诗、铭辞等。综观冯娜的诗集《无数灯火选中的夜》，无论其题材如何变换，始终贯穿其间的是其抒情的本质。她执着于自白、抒情，既有歌的放情之言，也有记事的行进之履，风格颇似古时的歌行体。在这一点上她与萨福是相通的。

自我体验的抒写与女性直觉的运用是冯娜的强项。乡情、亲情、友情、悯情，回望式的情感追溯占了她诗歌的大量篇幅。孜孜追忆昔日的生存图景和过往存在的一切，使她在贴近原始脉搏中获得一种近乎大地之情的古老灵性。灵性是一种天生的禀赋，自知而执着于此，便是一种知天命的顺势而为。

从《看不见的吹奏者》便可见其内涵的大地之情的深广。诗中看不见的吹奏者既是具象的天地万物，也是时间、修辞、菩萨、信仰等抽象的元素的集成。她在万物中寻找生命的律动，寻找"已经不住在这里"的心灵谜底。

> 我要找的 已经不住在这里
> 风吹着我心里的菩萨也吹着我心里的水法
> 纵使秋光明媚 我还是感到了它幽邃的拒绝
> 它的排斥也是古老的，人群置若罔闻
> 它的信仰是尘埃的，风水降低了它的难度
> 菩萨在我感到迷惘时伸出千手

我知道，我也可以随波逐流

一个看不见的吹奏者，会让我忘却烦忧：

有时在天上，被叫作蓝

有时在这园子里，被叫作遗迹

有时是明月残照是波光潋滟

是告别是修辞是没有答案的谜面

有时被叫作时间

有时是萨福……

——《看不见的吹奏者》

　　诗人以延续原始智慧的方式，在自然场景与抒情的交汇、冥想与自白的合流中完成诗意的流淌。"养鹤人只需一种寻找的方法：/在巴音布鲁克/被他抚摸过的鹤　都必将在夜里归巢"（《寻鹤》）。像养鹤人一样在天地间放牧诗心的冯娜，诗意也在她的放与收中集结而来——"一个口齿不清的孩子将小手伸向我——/有生之年，她一定不会再次认出我/但我曾是被她选中的人"（《美丽的事》）——即使是偶尔途经的事物，也在她的心湖中留下美丽的倩影。这种情怀，近似于母性的温存。

　　冯娜关于爱的短诗，写得特别出色，比如《口音》《橙子》《异地生活》。

"你说话的时候没有口音

不像南方人"

我口里说着，心里想着另一些事

——叶子长在北方，秋风怎样变凉

如果我睡在夜里

感到一个人和他的梦同时造访

我的哽咽，一定带着云南口音

——《口音》

　　这首诗由一个交谈中的场景切入，由人定神离的"走神"而想到了不在此处的"他"。诗中的"他"指向不明，可以是指父亲，也可能是指恋人，但"我的哽咽，一定带着云南口音"是确定的。这位让诗人在梦里梦到的——希望梦到的——他，必是能让诗人敞开心扉的人。只有在亲爱的人面前，哽咽才那么原汁原味，才那么痛快淋漓。在短短的篇幅之间，空间的交错与信息量却达到了远大于其间而满溢出来的效果。

> 我舍不得切开你艳丽的心痛
> 粒粒都藏着向阳时零星的甜蜜
> 我提着刀来
> 自然是不再爱你了
>
> ——《橙子》

斩断情丝往往是"抽刀断水水更流"，对一段"藏着向阳时零星的甜蜜"的爱进行切割的同时，不舍的心痛与挥刀的决心形成了一股撕扯的张力。借橙说情、由物及意是一个巧妙的角度，而她在这首诗文本处理上的干脆利落与简洁尤为难得。

> 一个找不着北的人，要向一个只辨东西的城市问路
> 一段秋分来临的路上，槐子在明亮的地方垂挂
> 我用在一堆衣物中找一颗暗扣的耐心
> 体验着背光的一面
> 有时锁不上门
> 有时找不到适用的药片
> 有时，我需要一把钝刀重新清理枝丫
>
> 这些怎么会成为难题
> 在一个永远人声嘈嘈的尘世
> 只是，大多数时候
> 为了离一些人近一点儿，再近一点儿
> 我决定还是让他们为我操点心
>
> ——《异地生活》

此诗上半阕罗列了一些生活中的小麻烦，让人产生一种生活的混乱

感，貌似主人翁是一个生活能力较差的人，但下半阕话锋一转，"这些怎会成为难题……/为了离一些人近一点儿，再近一点儿/我决定还是让他们为我操点心"。就像一个调皮的孩子，为了得到更多的爱而故意哭闹，读之让人莞尔。这样的抒写同时也是"对于包括'爱我的人'在内的'生活'的感恩。"[1]

> 餐厅挂着一幅年轻画家的画
> 阴天，我仍在人群中阅读——
> 我猜他也一样
> 每天，我们都在研磨摊开的时间：
> 用南瓜汤、丙烯、熟人、一门他国的语言……
> 窗外花树抖动，它的灵魂匆忙
> 却必然会在春天回访我们
> 只有在这偶然的奇迹中
> 我感到我的幸福 和他的一样
>
> ——《宫粉紫荆》

诗人敏锐的直觉使她具有与事物相通的感知，从餐厅的一幅画中感知画家的气息；从窗内的宫粉紫荆到窗外花树的联动，这种通灵的感觉让刹那间的他者（包括人与物）与自我的相通构成一种"幸福"的心灵奇迹。

从一些理论观念出发，我们会讨论一个诗写者提供了什么样的时代经验或代际经验的贡献。诚然，对于写作是否具有创新意识，是否介入时代做出相应的审美表达，既有个人精神意识成长的阶段性局限，也有各人主观选择的结果。冯娜的笔下几乎不涉及时事介入与文本形式开掘，是有意的规避，以抒情抵抗现代生活的快速喧嚣与对心灵的消磨，还是择强项而为之？无论何种动因，甘之则无不可。而过于倚重抒情则会在思想沉淀与审美意识上止步不前，使作品轻灵有余而厚重感与深刻性不够。可喜的是，冯娜并没有因为内里的抒情本质而忘却叙述的节制，情之动人，在于隐忍。她在节制的抒情之中所融入的具体事物和场景，则使本来容易轻飘失重的抒情稳稳地驻扎于大地上，避免了神一样

---

① 洪子诚：《阅读经验》，（台北）人间出版社 2015 年版，第 90 页。

的"全知"视角抒写的虚妄。

大千世界，万家灯火，一切都不可避免地汩汩流逝，能留存下来的有几何？而事物往往因为记忆而有了意义，因为冯娜"记得"这些物、事、人，于是这一切有了存续，她用诗赋予自己所看重所深爱的事物以人文价值与意义，因而这种爱也成就了博爱的情怀。比如《乡村公路上》的深情回眸：

> 路途的交汇，让我成为他们中的任何一个：
> 提着一盆猪笼草的男孩
> 背着满筐山梨的老倌
> 奶孩子的妇人，孩子手上的银锁
> 和，上面刻写的字——
> "长命""富贵"
> 仿佛我命长如路旁的河水
> 沐浴野花也冲刷马粪
> 来这贫苦人间，看一看富贵如何夹岸施洗
>
> ——《乡村公路上》

而对于来自心底的这些深情律动，朴实的抒发应是最为合适的。电影《寂静人生》①的表现手法与节奏，就类似于这种朴实的慢板。影片主人翁约翰从事着为独居的亡者寻找亲人的工作，他孜孜不倦地为亡者寻找可能出席葬礼的亲朋，就算无人出席，他也以庄重的仪式为无亲（或有亲而不愿出席）的亡者举行葬礼，就像对待自己的亲人。而这种认真负责的态度却因为增加了办事成本和效率低慢而导致了他最后被改雇。影片以反复记录约翰一丝不苟的工作与生活轨迹铺垫出一个有良知的灵魂守护者形象。而当单身的约翰准备走向拥有女友（他在寻亲过程中相识的亡者之女儿）的新生活时，却突然在车祸中身亡而成为新的无主亡者，巨大的痛惜与虚无感深深地笼罩着影片内外的空间。此时，一个个约翰此前关爱过的亡灵前赴后继地赶赴他的坟前，站立为他的亲人。电影这样的结尾相似于诗歌写作中的宕开一笔，为由巨大的虚无感笼罩着的剧情，做了非逻辑性的"跳转"，而这一跳转无疑具有人文关

---

① 意大利导演乌贝托·帕索里尼编剧并导演的英语影片《寂静人生》（又名《无人出席的告别式》）。2013 年 9 月于威尼斯电影节上映。

诗探索 4 理论卷 2016 年 第 4 辑

怀的价值。

其实，葬礼的追悼就是让逝者在亲朋中再活一遍，让记忆梳理出活着的人借以反刍的情感寄托与灵魂慰藉（包括逝者的安魂），这也是生命以记忆的方式活在世上的一部分。这是活着的尊严也是死亡的尊严，他们是一个个独特的个体，而不是草草被集中填埋于地下，就像从没来过这个世界一样荒谬与虚无。

无论何种艺术形式，终极本质不外乎追寻心灵的安妥，即使在不同的时代，这一点是守恒的。而诗人在诗中对过去进行追认，把消失了的用诗复活；及时对心灵的触动进行定格，为爱延续记忆，也是一种对心灵家园（灵魂）的守护。在某种意义上，冯娜这种关乎自我与由自我宕开的大爱之诗写，也可以视为对人生的一种跳转式补笔。而这种广博的爱，正是我们心中燃起、眼中跳动之火苗的来路与依持。

[作者单位：《诗·译》编辑部]

"那音色，像坚实的松果
一直埋在某处……"

——简论冯娜诗歌的空间意识

刘洁岷

毋庸讳言，对于诗歌文本言说之初总归是有些踌躇的：在此刻阅读者面临着敞向诗的动态形式和幽微的未知。我想原因是一眼看透的诗歌、便于归类的诗歌不会被好奇心驱使，一般也就不会有评价的愿望，但在"类外"的诗歌本来就是不能以现存的话语言说的。诗歌是诗人用词语编织的事物，成品的成色各有千秋，对于有吸引力的词语图景，作为特殊的阅读者也就有解读或"解码"的冲动，而这正是评论者的乐趣，同时也是职责之所在。

如果表象地看待作为诗人的身份描述，我们可以找到这样一些关于冯娜及其诗歌的词语（元素）：女性、边陲之地、少数民族、繁华都市。浏览了她的整本诗集，确实得出了与上述词语相关的重重印记，因为一个诗人的成长与经历自然会影响到其观察事物的角度与体验生活的方式。而落实到具体文本，在其词语的呼吸——那种温度、气息和湿度中，我们才能够探察到关乎作者情感与心理的复杂而陌生的诗歌意义构成。

冯娜诗歌给予笔者最鲜明的印象在于其空间感，她很擅于通过"并置式植入"为主的空间转换机制来推动她的诗歌延展。比如，在《雪的意志》《棉花》《陪母亲去故宫》等篇什中就有出色的表现。

> 二十多年前，失足落崖被一棵树挡住
> 一个婴孩的脑壳，一颗容易磕碎的鸡蛋
> 被外婆搂在心口捂着
> 七年前，飞机猛烈下坠
> 还没有飞离家乡的黄昏，山巅清晰
> 机舱幽闭，孩子们痛哭失声

诗探索 4　理论卷　2016 年　第 4 辑

……

　　五年前，被困在珠穆朗玛峰下行的山上

　　迷人的雪阵，单薄的经幡

　　我像一只正在褪毛的老虎，不断抖去积雪

　　……

　　我相信的命运，经常与我擦肩而过

　　我不相信的事物从未紧紧拥抱过我

——《雪的意志》

　　上述那些并置的事物穿越时空，但不是呆板地罗列在一起，而是有一种词语内部的肌理"生长"为一体。以"失足落崖""猛烈下坠"甚至"珠穆朗玛峰下行"为我们勾勒出了一条"命运"若隐若现地激荡生死的刹那图像。"我相信的命运，经常与我擦肩而过/我不相信的事物从未紧紧拥抱过我"是两句悖谬的语言，就在"我"几乎被"命运"击中倒下的一瞬脱离了命运的强力掌控而膺服了诗的"意志"。

　　《陪母亲去故宫》更是意向直指"滇西小镇"："不知这里的鸟是否飞出过紫禁城/不知鸟儿可会转述我们那儿的风声"。使得遥远的边地小镇与故宫"禁"地具有了一种有着反讽意味的张力。"被心爱的人亲吻一下/约等于睡在七十二支长绒棉被下的感觉……/脱下雪纺衬衣和三十岁的想象力/第一次，触摸到了那带着颤声的棉花"（《棉花》），从一个譬喻开始，穿行了几乎整个世界的世世代代，最后才找到那噬心的触觉。

　　我们面临的生活经验是错综复杂的，而且无序，诗歌需要以词语建造一个生活的幻象。这种幻象按"现代性"的要求，它不能是被抽象或简化的，否则会有幼稚（童话）或矫情之感，如一些风花雪月的文字。也就是要求与我们的生命与社会有着有机的联系，能够同构或穿透我们的现实之核。在有限的文字里——有如画家利用有限的颜料和画框理出尺寸——将林林总总的全部事物纳入到眼前，迫使诗人无法照搬生活的无穷碎片，也不是简单的凌空蹈虚，而是要以生命的内在体验来营造，来编织、呈现一种"生活"，这样就形成了既非主观也非客观，既不是写实也不算空想的模型与图景。以上对诗歌生产要旨稍加勾勒，再反观冯娜的诗歌，我们可以发现冯娜是那种明了了诗歌就是对现实生活经验加以个性化转化的写诗者，这也是她的许多诗也都能够写得灵动而不滞重的重要原因。

　　比如，她的《出生地》："……它教给我的藏语，我已经忘记/它教给我的高音，至今我还没有唱出/那音色，像坚实的松果一直埋在某处/……火葬，是我最熟悉的丧礼/我们不过问死神家里的事/也不过问星子落进深坳的事//他们教会我一些技艺，/是为了让我终生不去使用它们/我离开他们/是为了不让他们先离开我/他们还说，人应像火焰一样去爱/是为了灰烬不必复燃"。这是写她故土的诗篇，涉及的当然是从前的一些事物。诗人虽然提到了如"高寒""山茶花""藏语""麂子""火塘""狩猎""采蜜""耐寒的苦荞""火葬"这些反映她故乡的特产、特质、习俗等词语，但她深知她未能如一本地方志甚至导游手册那样能够给予读者对所涉及的事物加以更细致的讲述，所以只是提及，而且是一旦提及就同时将其否定式地"消除"掉："藏语"已经"忘记"、"高音"没有"唱出"、"技艺"是为了"不去使用"，这有如自然的景色那样流转，出现又消失，也像一双巧手描绘沙画，一旦呈现瞬间又被抹去。这种物象反复出现又消失的叠加，凸显出诗人内心的深切怀念与同步的丧失之痛！我们细究一下，还可以看到那些被"并置"与铺陈的句群间有意味的语言"褶皱"，即一个总的语言走向中在局部不断出现反向的张力："……它教给我的高音，至今我还没有唱出/那音色，像坚实的松果一直埋在某处"。"没有唱出"不是真的没有，而是"埋在某处"，那就是说变换了时空后还有可能生发"有"的契机。"……我们不过问死神家里的事/也不过问星子落进深坳的事"，是用否定句不经意地诠释了彼"火葬"非此"火葬"，有"死神"的死，是发生在有"星子"落进"深坳"的世界里的。至此，现实的经验退后，诗歌的面罩拉开了。诗歌也是这样一种"手艺"，也许是"终生不去使用"或无用，但又可能大于"有用"，带来了深刻的生命的领悟：领悟"离开"的决绝，以及不必死灰复燃的"火焰"。我们知道，大多数"出生地"与故乡在地理上是大体重合的，而"故乡"是个有点太文学化的词，冯娜选用"出生地"做诗名起到了"松懈"阅读习惯与抑制抒情热度的作用。至此，我们对于诗歌对事物的编织方式看得更加清楚：未必是事实也不是对历史的还原，而是依从于对心灵感知的呈现。这种呈现还呼应了某种情绪性的微妙变化，包括对词语生理性的节奏和对笔者所称的不同句群形成的"语晕"弥合的感性直觉。实际上，诗句行进到"葬礼""离开""火焰"时，这首诗的"抒情"性对于有现代诗阅读

诗探索 4　理论卷　2016 年　第 4 辑

经验的读者来说已经昭然若揭了，而且越来越强烈。一首诗的结尾处，"火焰"熄灭，读者内心的诗情却已燃起。

冯娜的《出生地》貌似在客观地陈述，那种将陈述出来——抹去，也可以称之为为使得该诗能够成立的一个语言技巧——只不过这种技巧是一次性的，与公共性可以反复使用的诗歌技巧不同，它灌注的也是"一次性"的灵感。《云南的声响》中对语言与自然的神奇呼应（早已超越了方言本身的功能）、《采菌时节》那种采摘生活的陌生化描述都显示出诗人对记忆与经验的统摄与转化之功，还有前述提到的《雪的意志》《棉花》《陪母亲去故宫》也是如此。扩展或压缩记忆与经验既是作者的诗性自觉所致，也是为了达到诗歌的目的：将情感、意义的空间变构，在新的语言形式中进入"诗意的现实"。

诗歌的成立首先是要诗写者通过练习找到对诗歌形式的掌握，与此同时要树立起诗人的"主体性"，这两者融合、完善需要具备非常多的因素或元素的契合，但冯娜的一些成功之作显示出她已能够有效、比较丰富地调动和处理她的经验和阅历来进入她的文本。这样，她与同龄甚至大她许多的女诗人相比，其诗具有比较宽广的词语统摄力，主题也较为广泛（主题的广泛性将给未来的诗写带来新的契机和新的可能性），尤其值得赞许的是，她的作品表明她渐渐已具备了良好的诗歌空间意识——化用维特根斯坦的话来说，这空间意识既是词语的也是世界的——这种空间意识有效地开拓了她的诗歌领地，让我们得以领略到当代诗歌中属于她独有的风貌。

[作者单位：《江汉学术》编辑部]

·冯娜诗歌创作研讨会论文选辑·

雨水中的隐忍与静默

——冯娜诗歌简论

蒋登科　战宇婷

在有些浮躁的诗歌界，冯娜的名字并不是很响亮。她是一个安静而执着的写作者，已经出版诗集《云上的夜晚》（2009）、《寻鹤》（2013）、《无数灯火选中的夜》（2016）等，2013 年参加第二十九届青春诗会。冯娜参加的那一届青春诗会只有十五人，组织者首次尝试为每位入选诗人出版个人诗集，应当是以作品质量作为首选标准的。其后，她又入选首都师范大学中国诗歌研究中心的驻校诗人，在一批知名诗人、评论家的指导、交流中研习诗歌艺术。对于一位年轻的诗人，这些都是令人羡慕的"光环"。

"云南""白族""八○后""女诗人"，这些都是附着于冯娜其人其诗上的标签，但越是深入阅读冯娜的诗歌，越是感觉这些标签只是冯娜广阔诗歌天空之上点染的星宿，如果仅仅凝视这些标签，会忽略冯娜诗歌的丰富蕴藏。民族性、青春体验、地域特色无声无息融合进诗人细腻的体验中，而非生硬地附着。她可以打开事物表象探寻深意，进而层层深入，对感觉和感情有十分精准的把握和表达。正如于坚所说，诗人不但要有体验混沌的能力，更要有把握混沌的能力。冯娜做到了，她的诗并非靠晦涩意象去锤炼精致，而是在简淡而浑然一体的语气中把哲思与体验晕染在诗中，去打开一个个诗歌的异质空间。面对欲望的纷扰，面对事物的相对性和短暂，冯娜以诗歌为"修道院"，拒绝了纷扰与热闹的邀请。

一、语言褶子：悖论、反讽、隐喻

冯娜的诗句简淡而不直露，雕琢晦涩不是她追求的风格。她善于将对事物的感性体验融合在语调的铺陈中，并在不动声色的转折中，以精准的隐喻和悖论在一两句话中点亮整首诗，细细品味，充满哲理与智慧。

　　与其说语言的悖论性是冯娜的特色，毋宁说是她对世界的一种认识方式。她在《出生地》中写道："他们教会我一些技艺／是为了让我终生不去使用它们／我离开他们／是为了不让他们先离开我／他们还说，人应像火焰一样去爱／是为了灰烬不必复燃。"这些语句看起来互相矛盾，事物都处于错位状态，却道出了诗人体悟到的荒诞事实。《出生地》这首诗的前半部分，诗人以抒情语调写出故乡人熟悉的技艺，展现对故乡的深厚情感，然后，她话锋一转，说学习技艺是为了不再使用。上百年世代传承的生存智慧在如今工业文明高度发达的时代已变得无用，这种对故乡的深情回溯与现实的错愕感以悖论的形式表现出来，矛盾的情感异常触目而真实，记忆中不胜欢喜，却在现实中渐行渐远。她在《陪母亲去故宫》中写道："尽管门敞开着，钥匙在拧别处的锁孔／尽管珍宝摆在玻璃柜中。"故宫作为古迹被游览的热闹，与历史剥落后无人理解与安放的愕然，在诗人悖论的语句中呈现出来。诗中的悖论是诗人的内心情结，现实有结，等待诗歌把它展开，现实以波德莱尔般的震惊触发诗人思考，这种展现同时就是去蔽的过程。

　　在《情书》中，冯娜写道："唐果曾与我说，把情书写给特定的某个人就太沉重了／是啊，红色花真好／仰头看见树梢的鸟雀真好／明月真好，一个短促的笑真好／可是，所有轻盈加起来都比不上一封情书的好——如果，可以不写给某一个人。"这首《情书》以整体反讽的形式于轻描淡写中道出冯娜的爱情哲理。一封情书是一份沉甸甸的感情，然而美好的爱情总被比喻成花朵、飞鸟、明月这些轻盈却善变的意象。沉甸甸与轻盈，看似矛盾却蕴含着事物的必然发展趋势，因其短暂所以轻盈美好。人们正是在这轻盈如情书般的事物上寄托自己最沉甸甸的感情，短暂的美好过后，沉甸甸也往往会变成沉重。所以，诗人在结尾写道："所有轻盈加起来都比不上一封情书的好——如果，可以不写给某一个人。"如此轻盈的事物比不上感情的浓烈，然而，这种种美好如果寄托在一个人身上，却成为生命不可承受之重，其轻盈和美好也会随时间流逝慢慢失去。

　　好的诗歌写不可写之事物。在悖论的技法中，我们感受到的是冯娜看待世界的方式与生存经验的沉淀，她精准地展现了情感的复杂与真实。透过隐喻与反讽，冯娜把握到了混沌而不可写的感觉经验。在《夜访太平洋》中，她写道："礁石也在翻滚／前半夜，潮汐在地球的另一面/它也许拥有一个男人沉默的喉结/但黑色的大海压倒了我的想象。"
这片水域如静止的喉结，沉默，无声，然而随时倾覆，如一个人的喜怒
无常。如果喉结是一个人发声的器官，潮汐则是大海怒吼的声音。潮汐
是自然意象，喉结是人的器官，两个不同场域的意象叠加碰撞，充满张
力。这片水域的静止暗示着那片水域的潮汐，喉结如潮汐，而大海并不
是男人，如此沉默的海，无法预测的欲望，压倒了"我"的想象。在
《溺水》这首诗中，诗人对溺水者的生动描写读起来让人不寒而栗。如
果死亡是有声的，它就潜藏在溺水者无声的摆动中。她写道："据说真
正的溺水者是无法大声呼救的/他们的身体会垂直在水中/张着嘴/上下
浮动/没有挣扎的迹象/像在爬一具隐形的梯子/大多数死亡都是这样/触
礁，是一片平静而非风暴/据说很多人都是这样/垂直站着/但已经死去/
他们自己也不曾察觉。"作者描写了溺水者死时的情状，垂直在水中上
下浮动的情景就像爬一具隐形的梯子，让人触目惊心。无生命的人在水
中浮动，以动衬出死的寂静。经历过死亡体验的人才会了解，"死亡"
二字本身相对于生命如风暴般触目，然而死亡的一瞬却平静得可怕。在
诗歌结尾，溺水者的死亡被隐喻成站着生存却精神死亡的人们，他们爬
隐形的梯子，随着世俗的水无生命地摆动，仿佛已经死去的溺水者，如
此生存状态比溺水更加充满死寂。这是敏感的诗人在麻木生活中感到的
震惊，与溺水者的比对，精准道出人生存状态的普遍事实。

　　冯娜的诗歌中还有很多类似的隐喻技法，比如她写道："被亲爱的
人亲吻一下，约等于睡在七十二支长绒棉被下的感觉。"她以女性独有
的敏感，调动所有感官体验，以精准的笔法展现难以言说的感觉与感
情，展现潜伏于平淡表象下的生活哲理。这种敏锐是一种天性，更是不
可多得的天赋，诗人精准把握世界、事物运转的感性法则与要害，并以
语言精准击中，意味无穷。

二、典型意象：水与植物

　　面对声色犬马的世界，有人如动物般冲进丛林，企图掌控与驾驭，
有人则以不回应和隐忍站成一棵树的姿态。冯娜无疑是后者。对于过于
黑白分明的标签和定义，她总是以个人体验去怀疑去剥落，打开事物真
相，带领我们进入静默而澄明的世界。这种体会真理与去蔽的前提，是
放低姿态，以齐物视角平视这个世界，一株植物，一个卑微的人，都在

冯娜笔下生发出静默的美好。

冯娜诗中的意象很多，但我们经常看到的是两类（个）意象，一类是植物，一类是水。这两类意象一静一动，在含义上是一种参照。在冯娜的诗中，水常常是敌意的，植物往往承载着积极和平静的心理。这里无疑有一种荣格所说的原型意象在里面，在荣格的神话原型批评中，海这个原始意象常代表着神秘、危险、欲望、变动，树木则代表着生长和重生，是积极之力。在《夜访太平洋》中，冯娜写到海的循环往复与变幻莫测，海被永恒搅拌，这海是欲望也是死亡，欲望不息，死亡不止。随后，她写道："我突然想平淡地生活着/回到平原、盆地、几棵树中间/我怜惜海水被永恒搅拌。"树木，平原，几棵树与永不止息的海水形成对照，一个险恶、变动、神秘，一个静静生长，充满生机，饱含积极。这符合冯娜对海水和植物等意象的含义设定。植物是无法发出声响的，它们安于自身生长，不过度索取，也不吞没什么。像一株植物一样生存，意味着隐忍、消化，将消极转化为积极。冯娜在《尖叫》中写道："植物在雨中也是安静的/我们，早已经失去了无言的自信/而这世上，几乎所有叶子都含着苦味/我又如何分辨哪一种更轻微。"雨是一种苦境，植物却在雨中生长，每一个叶片都含有苦味，那是不是隐忍的踪迹？人又如何能抵御痛苦，转化，沉默隐忍，长成一株静默美好的植物呢？在痛苦面前，我们早已失去沉默的能力，此时言语也没有了意义和重量。

树在冯娜的诗歌里被赋予了神秘甚至神圣的气息，比如在《杏树》中，"我跟随杏树，学习扦插的技艺/慢慢在胸腔里点火"，此中"杏树"联系上下文似可象征诗歌技艺的生长。比如在《纪念我的伯伯和道清》这首诗中，"山茶花"象征着安宁和轻盈。冯娜似乎在植物上投射自己，如植物般静静生长，悲喜都是淡淡的。树木的出现，经常与"寄身"这个词联系在一起，比如在《乡村公路》中，"我忙于确认一个又一个风尘仆仆的村庄/哪一棵柿子树，可供寄身"。在树木旁"寄身"一般是为了躲雨和短暂休息，是一个流浪、赶路人的行为，"寄身"象征躲避生命中的阴暗和阴霾，而雨水恰恰又会滋养树木生长。所以冯娜说："多少人，和我这样/短暂地寄放自己于与他人的相逢。"海水、雨水本身象征着变动、欲望的起伏、颠沛流离，甚至神秘的死亡，树木则扎根土地静默不语，是一种隐忍的力量，似乎也昭示着冯娜与这个世界的相处方式，平等、安静、齐物，不俯视，亦不仰视。

三、无名者群像与视觉性书写

冯娜看待这个世界的眼光如孩童般充满感情又略带疏离，她会对着一株植物抒情，亦会在平凡的无名者身上看到隐忍之美，她的齐物视角是贯穿始终的。在冯娜的诗中，除却对爱情、少数民族记忆、植物的书写外，对无名者的刻画也是重要一维，这种刻画常常以充满画面感的短诗形式出现。

在《矿场回来的人》这首短诗中，冯娜写道："他们眯着眼穿过松枝，走到我父亲的村子/他们佝偻着背用瓜瓢舀水喝/父亲给他们传烟，他们对着西边的太阳咳嗽/——在那里，有他们熟悉的黑暗要来。"眯着眼，佝偻着背，对着太阳咳嗽，那是长期的恶劣环境在矿场工人身上打下的印记，他们熟悉了黑暗，地下的污浊使他们对着新鲜的空气咳嗽，对着人们习以为常的阳光眯着眼，那是因为他们要不断迎接熟悉的黑暗。咳嗽，眯着眼，是夹在黑暗与阳光之间的两个动词，正如矿工，是夹在地上与地下的人群，他们熟悉黑暗是为了阳光下的平凡生活，然而在黑暗与阳光之间，他们艰难流动。诗人把矿工夹缝中的艰难生存以精炼的动作表现出来，如莱辛所分析的拉奥孔雕塑，雕塑把拉奥孔悲天悯地的痛苦哀号浓缩进叹息的姿态中。冯娜对底层人绘画般的刻画，有一种把艰辛人生凝缩在一幅画面的能力，看似简洁平淡实则有力；看似轻描淡写，却在精准的描写与动作间道尽底层人们生活的苦涩与艰辛。

在《纪念我的伯伯和道清》中，冯娜写道："小湾子山上的茶花啊，/请你原谅一个跛脚的人/他赶不上任何好时辰/他驮完了一生，才走到你的枝丫下面。"诗中没有多余的描写和抒情，一个卑微者的一生被浓缩在一幅跛脚走向山茶花树的画面中。在这首诗中，作者用了一个巧妙的动词：驮。"驮"字常常用来形容动物负重的情景，而在"驮"的状态下，他一定是缓慢地行走，与伯伯的跛脚相符。这样的行走虽缓慢但认真笃定，每一步都紧贴大地与日常，此时的"驮"，精准表现了伯伯一生的艰辛。然而，这样的"驮"却使人生有了重量，最后在沉重中超脱出一缕轻盈，那是湾子上的山茶花，是伯伯的如释重负。在这白描似的动作描写里，艰辛渗出了画面，这艰辛的沉实中有一种底层人直面苦难的美。诗人对"驮"完一生的伯伯的描写，就像梵高画笔下的那双农鞋，沾满泥土，那泥土是他劳作与人生的艰辛，劳作的每一步

诗探索 4　理论卷　2016 年　第 4 辑

都是与大地深沉的对话。冯娜的诗中有一种沉重的真实，它贯穿于轻盈的语气中。她体恤卑微者的艰辛，看到他们生存的真实，冷眼观看世间百态，捅破那层虚假的窗户纸，她有看透表象背后真实的能力。

在冯娜《无数灯火选中的夜》这本诗集中，长诗与短诗夹杂在一起。短诗与长诗的一个明显不同在于，短诗中冯娜常常将自身抽离，以画面感强烈的语言、更为客观的语调来书写，有些贴近于王国维的无我之境。大部分长诗，都有"我"字出现，诗人的声音更为鲜明。画面感强的短诗更具穿透力，常常采用描写手法。主观性强的诗歌则常以叙述语气，有些诗抒情有余而哲理不足，有过于直露之嫌，反而没有短诗的劲道和韵味。在我们看来，冯娜的短诗写作更具韵味，简淡而有余韵。

诗歌需要激情，但更需要激情之后的沉静。尤其是在浮躁的社会文化语境中，沉静的书写可以带给诗歌以深度和温度。冯娜是一个融合着沉静与沉思品格的诗人，她的语调是简淡的，然而在简淡的语气下包藏着她对事物悖论性的认识。无论是爱情主题，还是故乡记忆，总是夹杂在时间与空间的相对性视角中。对清澈感情的渴望与情爱的变动，人与人短暂的关系和自然的永恒沉默，世界的极速变化与传统的故乡，事物标签的相对和短暂，使她的诗歌摇摆在两极化的悖论中，并淬炼出她独有的智慧。这样的书写是与诗人的生命体验相连的，在隐忍与静默中，诗人站成了雨中一株坚韧的植物。

[作者单位：蒋登科，西南大学中国新诗研究所；战宇婷，白城师范学院中文系]

机械复制时代的灵晕诗人

——从本雅明和辛波丝卡出发读冯娜

陈培浩

诗探索 4

理论卷 2016 年 第 4 辑

冯娜是近年来备受瞩目的青年诗人。她的写作虽非众体皆备，但也有多种尝试。虽然更多涉及对一个诗性异域的书写，但她偶尔也会有现实焦虑的发作，写下《中国寓言》（再一次听到他的消息/因贩毒在另一个省份被执行死刑/家人领回他的骨灰盒，却在车站被人偷走/——像一个诡异的寓言，它困扰着我）和《苔藓》（需要依托梦来完成的生活，覆着一层薄冰/人们相互教导嚌声的技艺）等感时忧世的句子；虽然她并非典型的女性主义写作者，作品甚少涉及"女性主义"诗歌所常见的性别场景和内在深渊，但她偶尔也会写下这样的性别宣言——"唯有一种魔术我不能放弃：/在你理解女人的时候，我是一头母豹/在你困顿的旅途，我是迷人的蜃楼海市/当你被声音俘虏，我是广大的沉默/你是你的时候，我是我"。（《魔术》）在克服了青春写作某种不节制抒情之后，在《无数灯火选中的夜》这部诗集中冯娜找到了一种节制、柔韧的话语方式。我们会被"在云南，人人都会三种以上的语言/一种能将天上的云呼喊成你想要的模样/一种在迷路时引出松林中的菌子/一种能让大象停在芭蕉叶下 让它顺从于井水"（《云南的声响》）这样横空出世的语言和想象力所感染，也会被"那不是谁的琴弓/是谁的手伸向未被制成琴身的树林/一条发着低烧的河流/始终在我身上慢慢拉"（《问候——听马思聪《思乡曲》》）这种精巧的套层比喻所打动。

然而，冯娜诗歌最突出的个人特征或许体现于那些感知着植物、群山的呼吸，跟万物倾心交谈，以返源和寻根进行现代省思的诗篇中。这些诗歌具有柔韧的语言质地、丰沛的想象能量和将触目可感的意象体系跟深邃省思的精神图景结合起来的追求。从某种意义上说，机械复制的现代是一个万物被砍断了精神根系并因此失去灵晕（aura）的社会。就此而言，冯娜的写作则是在对现代风物的诗性勘探中为现代复魅。本文将主要以她最新诗集《无数灯火选中的夜》为对象进行论述。

一

在复制技术极为有限的传统社会，世界存在于自身稳固的底座中，仿佛一座巍峨的巨山，人类不可能搬动这座山，只能夜以继日如细小的蚂蚁穿行于群山的小径中。那个时候，一个诗人在山中邂逅一片惊人美景，并没有什么技术手段帮助他与远方的朋友共享。文字的复制是人类社会的一大跃进，可是文字复制依然不能搬动传统社会的巨山。而在视听复制和移动互联网的时代，世界从此成了一张张高分辨率的照片和触手可及的短视频，以瞬间传递的速度在南北半球传递。值得一问的是，扁平化的视听复制传递中，世界丢失了什么？远方的朋友收到了在深山中旅行朋友即时发来的山中风景，他们看到的是同一片风景吗？视听复制时代的黄山旅人和一百年前的山行者，他们看到的是同一片云海吗？如果不是，世界在轻便的可复制性中发生了什么扭转？是否一个传统的世界之魂正在镜头的惊吓下转身而去？

这并非一个新鲜的提问。几十年前，本雅明就已经将"复制"视为传统与现代社会的深刻分野，并且对复制艺术品丢失的部分做出了命名——灵晕（aura）。原作的即时即地性构成了它的原真性（Echtheir），"在机械复制时代凋萎的东西正是艺术作品的灵晕"。①

在说到历史对象时提出的灵晕概念，不妨由自然对象的灵晕加以有益的说明。我们把后者的灵晕定义为一种距离的独特现象，不管这距离是多么近。如果在一个夏日的午后，你歇息时眺望地平线上的山脉或注视那在你身上投下阴影的树枝，你便能体会到那山脉或树枝的灵晕。这个意象让人能够很容易地理解灵晕在当前衰败的社会根基。这建立在两种情形之中，它们都与当代生活中日益增长的大众影响有关。这种影响指的是，当代大众有一种欲望，想使事物在空间上和人情味儿上同自己更"近"；这种欲望简直就和那种用接受复制品来克服任何真实的独一无二性的欲望一样强烈。这种通过持有它的逼肖物、它的复制品而得以在极为贴近的范围里占有对象的渴望正在与日俱增。无疑，由画报和新闻短片提供的复制品与未加武装的眼睛看到的形象是不同的。后者与独一无二性和永恒性紧密相连，而前者则与暂时性和可复制性密切相关，

---

① 本雅明：《机械复制时代的艺术作品》，见汉娜·阿伦特编《启迪》，张旭东译，三联书店 2008 年版，第 236 页。

把一样物体从它的外壳中剥离出来。毁灭掉它的灵晕是这样一种知觉的标记，它的"事情的普遍平等感"增强到如此地步，以致它甚至通过复制来从一个独一无二的对象中榨取这种感觉。①

在本雅明看来，艺术作品灵晕之衰既在于复制技术，也源于"可复制性"背后那种将一切视为等质的社会观念。对于艺术品而言，复制摹本摧毁了原作的即时即地性和光晕；而对于社会产品而言，机械标准化生产同样摧毁着它们的灵晕。现代社会商品集散地从传统社会的集市变为超市，超市的真正实质是商品时空性的废止。换言之，在传统社会中你只有在潮汕才能吃到的牛肉丸，在标准化生产时代理论上可以在任何超市买到。因此，"特产"正在失去它的传统含义。特产不再是只有在某地才可以获得的产品；甚至"特产"也不再鲜明地表征了某地不可替代的独特性。所以，我们在超市中看到的各地特产变得越来越相似。它们的即时即地性和内在差异性丧失了。机械复制化也成为现代城市乃至于现代人的共同趋向。如今，即使很多区域刻意保留他们的文化特征，这些城市的主流生活方式也变得越来越相似。你很难想象云南丽江的生活方式跟四川成都有本质的差异，它们都深深地镶嵌于现代消费体系中。某一刻人们都在酒吧中喝着标准化的洋酒，百无聊赖地用苹果手机上网；又或者在某个杯酒广场狂欢着看世界杯。文化特质或区域差异正在当代社会中变成一种"表演经济"。一群现代人因为深陷于现代之中而产生了对传统的意淫冲动。因此，丽江人扮演丽江特色并成为一种产业，这不是真的回到传统，厌倦机械标准化本身正是机械时代的重要特征。正如鲍德里亚所说："现代性似乎同时设置了一种线性时间和一种循环时间，前者即技术进步、生产和历史的时间，后者即时尚的时间。这是表面矛盾，因为事实上现代性从来都不是彻底决裂。同样，传统也不是旧对新的优势：传统既不认识前者也不认识后者——二者都是现代性同时杜撰的，所以现代性永远都既是新生的，也是追溯的，既是现代的，又是过时的。"② "新"和"旧"是现代同时发明的对象，现代所陈列的"传统"，很多时候依然是现代的另一副面孔。可是，现代所生产的"传统"事实上并不能恢复传统的灵晕。

---

① 本雅明：《机械复制时代的艺术作品》，见汉娜·阿伦特编《启迪》，张旭东译，三联书店 2008 年版，第 237~238 页。

② 鲍德里亚：《时尚的"结构"》，《象征交换与死亡》，车槿山译，译林出版社 2012 年版，第 119 页。

诗探索 4　理论卷　2016 年　第 4 辑

换言之，现代是一个持续祛魅的社会，魅的丧失给现代的自然诗歌或现代诗中的自然带来了巨大的挑战。中国新诗产生之初就一直是某种文化方案的目的或工具，这导致了中国新诗的鄙薄"自然"。加之诗人们面对的正是这样一个祛魅的失去象征的世界，中国新诗与政治革命、意识流动、格律声韵、人道主义、身体欲望和底层正义纠缠许久，但很少有中国诗人书写了"自然"。这个"自然"不是一般化的山水风光，而是一种对花木草本、山川日月丧失灵晕命运的洞察和招魂。因此，这里的"自然"不能通过"反映论"来实现；它召唤一种新的象征和抒情来将灵晕纳入文本的"肉身"。

我在这个意义上阅读冯娜的诗歌。

二

不妨从此诗集之名——"无数灯火选中的夜"谈起（我知道这个题名是冯娜反复斟酌、几番更改的结果）。重要的不是这个名字的"诗意"，而是这种"诗意"背后的思维方式。这种在诗集中一再重现的思维事实上折射了一种值得讨论的现代性反思意识。题名中，灯火和夜处于一种动词性关系中，它区别于日常性思维中的"万家灯火"的静态场景。静态描述隐含着这样一种思维：它倾向于将夜、灯火同质化并视为无差别皆备于我的"物"。这是一种典型的现代性主/客思维，世界是等待被描述的物总体，世界是等待主体"我"征服的对象。或许，主客两分的思维方式正好为现代的物化/异化提供了知识平台。相反，在"无数灯火选中的夜"中，"灯火"和"夜"被恢复了主体性和感受能力，它们之间获得了动词性的判断和行动能力；此外，灯火从总体性中分离出来而成了无数不同的个体。它们虽然共同选择了"夜"，但谁能说作为"这一个"的灯在自己跟夜的关联中释放的不是仅仅属己的灵魂之火呢？

辛波丝卡的经典名作《在一颗小星星底下》常引发人们这样的疑问：常规表达中的"在一片星空底下"，为什么在辛波丝卡这里成了"在一颗小星星底下"呢？不管有意或无意（冯娜表示过对辛波丝卡的喜爱），辛波丝卡的小星星/星空在她这里转变成了灯火/夜，不难发现这里的个体/总体关系是同构的：它们将个体从捆绑的总体性中释放出来的思维是相同的。进入二十世纪以后，将个人尊严从历史决定论和总体性中解放出来，成了现代性反思的重要内容。我们在此意义上理解辛波丝卡所谓的"我为自己分分秒秒疏漏万物向时间致歉"。辛波丝卡又说"远方的战争啊,原谅我带花回家"。远方的战争,战争中的生命受难和心灵受苦固然令人揪心,但是因为这样"总体性"的价值就要取消"我带花回家"吗?辛波丝卡只能说"我……致歉"了。她不是站在完全个人立场取消对公共价值、总体价值的关怀,但也反对站在总体立场上取消个体的独立性。这是辛波丝卡的启示,这种启示融合进了冯娜的诗中。

不过"无数灯火选中的夜"之特别不仅在于灯火/夜这组关系,还在于对物主体性的赋予。激活物世界丰盈的感性能力,这是对主/客二分现代性思维的反思。这种思维同样可以在辛波丝卡的《用一粒沙观看》《跟石头交谈》等作品中找到共振。"我们叫它一粒沙。/但它不叫自己粒或沙""它不需要我们的顾盼,我们的碰触。/它不感到自己被看见和碰触。/它掉落在窗沿这一事实/只是我们的经验,而非它的。"辛波丝卡质疑了以人定物的主体视角,她从物的立场上嘲讽了人类思维的霸道和对"侵物"的自然化。很难想象喜爱辛波丝卡的冯娜没有读过这些名作。那么或许可以这样说,"无数灯火选中的夜"将辛波丝卡两种最独特的反思现代性思维镶嵌于一体,并使其更具诗歌修辞上的质感。不过,辛波丝卡之于冯娜的影响是思维方式上的,如果从诗歌语言质地来说,她们的表达是截然不同的。辛波丝卡倾向于感性和智性的交融,叙述与戏谑的交织;而冯娜诗歌则有经过象征处理过的意象、意境,感性抒情虽然相当节制,但始终走在思想表达前面。因此,辛波丝卡的诗更具智趣,冯娜的诗则更具感性的抒发力。

我不敢说冯娜是拥有最丰富植物学知识的诗人,但她一定是最热爱植物的诗人之一。对于一个诗人而言,在植物学意义上熟悉和热爱植物是远远不够的,虽然也是必不可少的。冯娜长期在报纸上开设一个关于植物的专栏,也是诗人朋友间辨认稀奇植物花卉的达人,植物学知识自然不容小觑。可是诗人更应该在自己和植物之间发现一个诗性领地,这是将观察世界的立场、生命志趣、精神偏好投射于植物秉性而形成的视域,本质上它属灵而非属物。冯娜显然建立了这样的精神性植物视域:她之亲近植物,绝不是点缀风雅的消遣或文化姿态的展示,而是跟她整个生命态度连在一起。换言之,亲近植物在她乃是亲近万物。她透过植物而赋予物以主体性,使植物内里勃发着"灯火选中夜"的感性能量。百合、香椿、芍药、夜蒿树……几乎没有任何植物在她笔下是"类"而

诗探索 4 理论卷 2016 年 第 4 辑

不是"个"。她不是像众多外行的植物爱好者仅仅总体性地爱着作为绿的植物，植物在她诗中既释放了各自的差异性又有了独特的精神禀赋。

短歌

怎样得到一株黑色的百合？
种下白百合的种子，培土、浇灌、等待
当它结出种子，选取颜色最深的一粒
来年种下，培土、浇灌、等待
如此反复，花瓣的颜色会逐年加深
如同我手上的皱纹
花开是在明亮的早晨
我摘下它，为了祝福你

从白百合到黑百合，这里提供了一种诗性的培育方式，所以说它不是植物学而是诗的。因为这种方式恢复了生命应有的慢，并应和了皱纹的年轮和衰老的节奏。从白到黑的渐变中，将生命融进一株"百合"的转性中，这里有仅属于花痴的想象力。在《一颗完整的心》中，她想象了一个自我的分身——"她蒙着脸 长得像我许多年后的模样/我猜想中的 拥有低头亲吻花朵和墓碑的力量"，这是诗人的自我期许，如何在风沙弥漫、粗粝酷烈的俗世中保留"一颗完整的心"，她用于定义"完整"的两个标准是"对美的敏感、情不自禁"和对"死亡的平视与坦然"。这里，花朵成了美的具体喻体，花朵既是冯娜的审美对象，也成了其生命审美的标尺。当然，冯娜的植物情结并不僵硬。在《香椿树》中，她写到对香椿嫩叶的情感，只是这种情感并不导致她将其从现实性使用中剥离出来并顶礼膜拜。不，她带着平常心靠近香椿树，并写出一种难得的幽默感。

香椿树

我也想像香椿树，信仰一门叫作春天的宗教
也想像它一样，不仅用着火的嫩叶
也用让人又爱又恨的气息

　　　　　　转动一个季节的经筒

　　　　有时我从山上下来
　　　　等待采折的香椿仿佛早早获悉它的命运
　　　　只长出手掌一样的芽苞
　　　　食草动物都够不着的高枝
　　　　香椿点起烛火一样的经幡

　　　　有人问路，问我借打火机
　　　　他准备顺便上树，摘一袋香椿
　　　　凉拌是否需要热水焯锅？
　　　　我差点说出还是炒鸡蛋好吃
　　　　我预感到我的虔诚有限
　　　　尽管我刚从庙里出来，尽管我所求不多

　　诗人虽然自嘲"虔诚有限"，但她显然既拒绝将物"物化"，也反对将物"圣化"。换言之，她仅仅将香椿树作为香椿树，把香椿叶作为香椿叶。在她的视界中，香椿具有自在的感受性："等待采折的香椿仿佛早早获悉它的命运"；然而，她并未因此矫情地匍匐为不食香椿主义者。这首诗所显示出来的主—客体关系很值得玩味，幽默既来自于自嘲（一种自我限制），也来自于对物世界恰到好处的释放。

　　你会发现冯娜经常将叙述切换为一种物视角的观物立场，她以为"一张桌子记得它所有的客人"（《猫头鹰咖啡——致李婧》）。一个自觉的写作者，"物视角"并非一种简单的修辞，而是跟她认识世界的方式密切相关。她在《高原来信》中写道："寄来的枸杞已收到/采摘时土壤的腥气也是/信笺上的姓氏已默念/高海拔的山岚也是"。在这里，友人的"枸杞"挣脱了作为"礼物"的认知锁链而活过来，从包装袋里重新长回枝头，跟生于斯长于斯的土地重新血肉相连。在本雅明看来，传统世界中当我们眺望远山之时，那股山气青岚若隐若现，而现代都市丧失了这样的山岚。作为一种隐喻，这种山岚的丧失同样发生于艺术作品中，本雅明把它称为"灵晕"。而冯娜却是能够在现代社会中恢复存在光晕的诗人，其中秘密，也许确实可以在"无数灯火选中的夜"的诗性思维中找到答案。

三

对于现代性有很多不同的理解角度，鲍曼独特之处在于将其视为一种时间意识："当时间和空间从生活实践中分离出来，当它们彼此分离，并且易于从理论上来解释为个别的、相互独立的行为类型和策略类型时，现代性就出现了……在现代性中，时间具有历史，这是因为它的时间承载能力在永恒扩张——即空间（空间是时间单位允许经过、穿过、覆盖或者占领的东西）上的延伸，一旦穿过空间的运动速度（它不像明显的不容变更的空间，既不能延长，也不能缩短）成了人类智慧、想象力和应变能力的体现，时间就获得了历史。"① 在一个超稳定的传统社会中，时间是循环往复的，因此"旧"比"新"更有价值，一切时间不过是对某个过往的重现，此时的时间是没有历史的。但在现代性的时间中，它变成了一道永恒向前的直线，此时"新"比"旧"更有价值。因此，现代性的时间是一种没有眷恋、永不回头的时间。人们看到一件东西，不再在乎它的来路和根源；也甚少在乎它跟何种东西紧密相连；不关心它内在的完整性存在。资本家的眼光关注的不是一个完整的人，而是被他所雇用的一双双功能性存在的手。人类在现代分工体系和高科技存在中，看起来占有世界的方式更多更便捷了，但主体事实上更加单向度了。人被物化，物被属性化。在此背景下，很多现代诗人努力重构一种"返源"意识——返源就是在认识论上恢复物的来路和联系。此在被作为一种历史性和关联性的存在。不难发现冯娜诗歌正有着非常强烈的返源意识，不妨用以下一诗阐释之：

诗歌献给谁人

凌晨起身为路人扫去积雪的人
病榻前别过身去的母亲
登山者，在蝴蝶的振翅中获得非凡的智慧
倚靠着一棵栾树，流浪汉突然记起家乡的琴声
冬天伐木，需要另一人拉紧绳索

---

① 齐格蒙特·鲍曼：《流动的现代性》，欧阳景根译，上海三联书店 2002 年版，第 13 页。

精妙绝伦的手艺

将一些树木制成船只，另一些要盛满饭食、井水、骨灰

多余的金币买通一个冷酷的杀手

他却突然有了恋爱般的迟疑……

一个读诗的人，误会着写作者的心意

他们在各自的黑暗中，摸索着世界的开关

　　这首诗被冯娜置于诗集《无数灯火选中的夜》的第一首，无疑包含着诗人的特殊感情。这首诗通过对不同人生的错综并置建构了万物相互呼应的命运共同体，既出乎其外如在星空航拍诸多细小者的命运，而又入乎其内从每个个体角度去感受，诗人悲悯于"他们在各自的黑暗中，摸索着世界的开关"。此诗对世界的黑暗和盲目有着悠悠的洞察，却依然执着于在诗歌中歌唱——惦念着诗歌献给谁人，这是我特别看重的诗人的心智能力。

　　此诗第一节以树的生命史为核心，将不同的细小命运以幽微曲折的方式组织起来，其丰富博大虽然尚不能比拟卞之琳《距离的组织》，但也相当令人佩服：流浪汉倚靠栾树而想起家乡的琴声，琴身木料必然来自于某棵树。如此，远离家乡的流浪汉之悲叹不正是木琴远离出身的树木所发出的琴音哀鸣吗？这是一种生命的流浪。"冬天伐木，需要另一人拉紧绳索"，我们不难想象这样的场景：一面是电锯轰鸣在切断树木跟土地根系的关联，一面则必须有一根绳索牵扯着被砍伐的树身，以免树在某个瞬间的轰然断裂倾倒造成的伤害。这固然是伐木之现实，但这个场景却又内置了一种强烈的生命拉扯和精神紧张感。树临近了它的别离时刻，电锯如加速度的时间在不留情地动作，绳索表征了某种竭尽全力的挽留和徐徐放下的必然。砍下的树木，如必然踏上流浪之途的现代人，等待着种种社会程序如"精妙绝伦的手艺"施加的雕刻。被砍下的树木将拥有不同的命运，一些被制成船只，它们将在河流上渡人并目睹众生携带着不同命运来去匆匆；另一些树木则只能归属于某种狭隘逼仄的生命道路，它们将成为盛饭的碗、打水的桶和接待亡灵灰烬的盒子。这是诗人由一棵树所想象出来的命运之纷纷歧路。

　　你或许还有疑惑，诗前三行跟这种树的生命史又有何关联呢？我是

诗探索 4　理论卷　2016 年　第 4 辑

这样看的：凌晨的扫雪者，目睹她的生命故事的或许正是一把木制的扫把；而拥纳着病中母亲的或许是一架木质床榻。木帚、木床和下面的木琴、木船、木碗、木桶、木盒一样是流浪的"异乡木"，陷落于自身的命运并见证着复杂的人生。这些生命故事都由一棵树引申出来，它们如"蝴蝶效应"般紧密相连组成命运的共同体。我猜想这是第三行诗采用蝴蝶意象的缘由。登山者，或许正是第四行的流浪汉。流浪汉和异乡人是他永恒的命运，他既在攀登中感受着乡愁，又在蝴蝶振翅中获得生命的启示。

这首诗非常巧妙地将不同命运组织起来，形成了对生命流浪、凋零、伤逝的集体性观照，可是这并不是诗的谜底。虽然对生命做了一番总体性的感慨，可是它的底牌依然是基于个体立场的挣扎和眷恋：为什么冷酷的杀手突然有了恋爱的迟疑？这无法在现实逻辑中获得解释。能解释的只是诗人对纷纷、错综、迷乱、黑暗的命运依然保有爱意和眷恋。在诗人看来，一首诗不是为了在读者处获得理解而产生，"误会"是一种常态，可是我们依然永然地在各自的黑暗中，摸索着世界的开关。重要的正是黑暗中怀有的摸索开关的期盼，这事实上已不仅仅是诗的语言和技艺，而是诗的启蒙和拯救了。

这首诗代表了冯娜诗歌非常重要的思维特点——万物都回到它的根部。现代社会正是一个去根性的社会。根性便是不可置换的时空性，是即时即地的在地性。可是现代机械标准化的社会，一切都被进行了统一的时尚编码。人们很少考虑超市里商品的来历，即使是水果、海鲜来到超市中也已经奄奄一息，更不用说统一包装的食品、玩具。人们对于有灵的事物尚且失去考究来历的耐心，更不用说对机械复制流水线下来的人造商品。

以人为本位对物性的冷漠，这个问题辛波丝卡持续追问过。我以为冯娜诗歌最动人的地方正在于——她始终将万物置于其生命轨迹之中，顺着她的诗，万物都可以回到根部。所以，她虽然书写了某种现代的流浪，但她的诗歌世界中，大地拥有了自我敞开的持续闪耀。

冯娜诗歌时刻眷恋着"出生地"，也感念"一面之缘"背后的天意冥冥。她看见一种白色花朵，感念着"摘花人是我/那种花的人，想必今生和我仅此一面"（《一面之缘》），仅此一面也罢，匆匆世界谁习惯慢下来摘花并关怀一下种花人呢？她总是把事物放在一个关联性的网络中想象其历史。作为驻校诗人住在首师大为驻校诗人们提供的房子，她也会自觉地进入了这个空间的历史性中。

在这个房间
——记首都师范大学 17 楼 1 号 514 房

在这个房间，住过至少十位诗人
我坐在桌前，还能感到他们在这里抽烟、发烧、养绿萝
有人遗留了信笺，有人落下了病历卡
有的人和我一样，喜欢在冰箱上贴些小昆虫
他们当中的大多数都喜欢窗外的白杨
最喜欢它落叶，和对楼的人一样喜欢黄金的音噪

我没有见过他们当中的大多数
他们也一样
有时候，我感到他们熟悉的凝视
北风吹醒的早晨，某处会有一个致命的形象
我错过的花期，有人沉醉
我去过的山麓，他们还穿越了谷底
他们写下的诗篇，有些将会不朽
大多数将和这一首一样，成为谎言

我上面说过冯娜并非女性主义者，女性主义者对房间的空间想象往往是排他性、自我性的，而冯娜对于房间的空间想象却是涵纳性、关联性的。她"感到他们熟悉的凝视"，她倾向于不仅发现当下的当下性，而是发掘当下的过去性，并置身于传统的序列之中。这种艾略特式的智慧，同样成为她重要的诗歌思维。

四

海德格尔在《诗·语·思》中通过对梵高《农夫》的分析提出了"有用性"和"稳靠性"的概念："器具的器具本质的确在其有用性中。但这有用性本身又根植于器具本质存在的充实圆满。我们称器具本质存

在的充实圆满为稳靠性。正是这稳靠性，使农夫得以参与大地沉默的呼唤；凭这稳靠性，农妇才确信她的世界。"① 这里的论述，跟他另一段论述可以对照看："制造用具，比如造斧头，用的是石头，而且把石头用罄了。石头消失在斧的有用性中。质料愈好，愈适用，就愈是消失到器具的器具性存在中。相反，作为作品存在的神殿，它建立了一个世界，却并不导致质料的消失，恰恰是神殿首次使建造神殿的质料涌现出来并进入作品世界的敞开之境。有了神殿，有了神殿世界的敞开，岩石才开始负载，停息并第一次真正成为岩石之所是。"②

有用性/稳靠性和器具性/敞开之境构成了某种同构关系。机械复制的现代社会存在着一种强大的引力使万物对象化为器具性存在，而诗人的天职则在于通过去蔽而使大地重新涌现。可是海德格尔未必懂得现代诗歌如何去蔽的内在奥秘，正如本雅明也未必知道机械复制时代的艺术作品如何重获灵晕。我以为，冯娜诗歌最令人印象深刻之处在于，她以旺盛的语言才华和艰苦的诗路跋涉，将一种永恒歌唱的抒情姿态和反思现代性的思维融合起来。她破除主/客对立，赋予物以内在主体性的思维，她将物置于历史性、关联性的网络中进行返源考察，使书写释放出丰盈的诗意。不妨以她这首《寻鹤》作结，"寻鹤"在她是一种隐喻。养鹤者不仅是牧人，他和鹤相互内化。在某种意义上，养鹤者是典型的反现代的诗人。他拒绝将养鹤作为一种经济行为，最后他钻进了鹤身体中羽化登仙。在现代，寻鹤也许便是寻诗。

寻鹤

牛羊藏在草原的阴影中
巴音布鲁克　我遇见一个养鹤的人
他有长喙一般的脖颈
断翅一般的腔调
鹤群掏空落在水面的九个太阳
他让我觉得草原应该另有模样

---

① 海德格尔：《人，诗意地安居》，郜元宝译，张汝伦校，上海远东出版社 2004 年版，第 98 页。

② 海德格尔：《人，诗意地安居》，郜元宝译，张汝伦校，上海远东出版社 2004 年版，第 102 页。

黄昏轻易纵容了辽阔

我等待着鹤群从他的袍袖中飞起

我祈愿天空落下另一个我

她有狭窄的脸庞　瘦细的脚踝

与养鹤人相爱　厌弃　痴缠

四野茫茫　她有一百零八种躲藏的途径

养鹤人只需一种寻找的方法：

在巴音布鲁克

被他抚摸过的鹤　都必将在夜里归巢

[作者单位：韩山师范学院文学院]

作为失败者的写作

——冯娜诗歌写作的精神姿态

景立鹏

近年来，汉语新诗的写作无论从创作量上，还是活跃度上都相当值得关注，尤其是八〇后、九〇后等一代诗人的快速成长。但是这种表面的繁荣背后往往难免泥沙俱下，造成"乱花渐欲迷人眼"的尴尬。不过，话说回来，只要是扎实的作品依然不会被埋没。冯娜的创作逐渐引起关注即说明了这一点。冯娜的诗歌创作吸引我的除了题材内容的丰富性、风格特征的独特性和形式技巧的探索性之外，给我印象最深的是其在进行这些探索时所坚持的精神姿态和艺术立场。独立的精神姿态和立场是保证诗歌形式、内容、风格等美学特征有效性和个人性的重要前提。或者说，单纯的主题内容、风格特征等并不是诗歌的本质特征，而是其面对的对象与问题。单纯地处理乡愁、爱情并不能确立一个诗人的价值，怎样处理，以什么姿态来处理，才是诗人和诗歌所要回答的根本问题。而这一点也是冯娜确立其创作个性的前提。在冯娜的作品中，云南经验、乡愁亲情、自然风物和城市生活都是其处理的内容，这些题材在当下众多诗人笔下都被反复书写，作为失败者的写作的精神姿态保证了冯娜的创作个性和独特价值。所谓"作为失败者的写作"，就是写作者能够由于对自我和语言局限性的自觉而保持对世界黑暗部分的敬畏与探索。他不是站在一个阐释者、胜利者、把握者的立场发言，而是作为一个发现者、探索者、对话者敞开自我与世界的可能性关系。在这种谦卑、理性的精神立场上，诗人对乡愁、现实和世界的认识被放在了一个更为宽阔、客观的思维视野内，敞开了主客体之间的关系，擦亮了诗人内心和世界之间的彼此烛照，从而最终获得语言与认识上的双重胜利。

一、故乡的发现与发明

1. 乡愁意识的嬗变

乡愁，作为中国文学的重要母题之一，在古典诗词和现当代文学中被反复书写。但是其形成背景和表现形态却因时而不同。古典乡愁更多侧重的是一种地理学意义上的乡愁。无论是应征入伍，还是参加科举，或者外出做官，由于交通的落后，文人墨客与故乡之间的关系受到极大的时空限制，所以才会有"独在异乡为异客，每逢佳节倍思亲"（王维《九月九日忆山东兄弟》）的惆怅，"此夜曲中闻折柳，何人不起故园情"（李白《春夜洛城闻笛》）的悲愁和"望阙云遮眼，思乡雨滴心"（白居易《阴雨》）的孤独。另一方面，这种浓重的乡愁还与中国以宗族血缘关系为社会基本组织形式和以自然小农经济为物质前提的安土重迁的传统观念密切相关。可以说，经济结构、社会形态、政治变迁以及在此基础上形成的文化演变使得古典乡愁成为文人艺术、情感体验中的重要部分。这种乡愁意识反映在古典诗词中，甚至产生了各种独立的创作题材类型，甚至在边塞诗（如岑参《碛中作》："走马西来欲到天，辞家见月两回圆"）、爱情诗（如晏殊《蝶恋花·槛菊愁烟兰泣露》："明月不谙离恨苦，斜光到晓穿朱户"）、游记诗（如崔颢《登黄鹤楼》："日暮乡关何处是，烟波江上使人愁"）中都往往笼罩着乡愁的情感氛围。

而现代乡愁更侧重一种文化乡愁。具体而言就是，现代科技、社会的飞速发展使得我们的时空观念发生质的变化，生活的高度同质化、整体性得到加强，曾经的故乡和现代都市生活越来越趋同。在这样的条件下，个人的情感来源和皈依都成为一个问题。此时的乡愁逐渐被建构成一种情感与文化的象征物，承载着生存与精神的双重理想。可以说，从古典乡愁到现代乡愁，经历了一个从"离乡之愁"到"无乡之愁"的范式转变。当然，并不是说在现代的生存条件下，那种古典式的乡愁就完全消失了，不同的地区、不同的生活经历中同样存在古典式的乡愁。但是这并不妨碍由于资本的流动、人口的迁移造成的某种程度上对于家庭、故乡的情感与文化认同的弱化。外出求学、工作等虽然使人们更容易往返于故乡（这里的故乡显然不单单是地理空间的故乡，还包括家庭、文化和情感的始源性）与他乡之间，但是这种天然的时空与情感距离仍然面临着新的统一性、同质化的时空观念的挑战，而这一点在冯娜的诗歌写作中都有所表现。一方面，她从小生活在云南一个社会、文化相对稳定的空间中，这一点构成其精神、文化、性格、情感的底色；另一方面，她长大成人后又是一个走进现代都市的异乡者。这双重际遇的转换使得诗人对乡愁的处理也发生了微妙的变化。

2. 流浪者的还乡记

诗人的天职就是还乡，还乡使故土成为亲近本源之处。①

——海德格尔

所谓"还乡"，不仅指地理空间意义上的还乡，甚至在现代语境下主要不是这种空间意义上的还乡，而是对精神原乡的回归。冯娜的诗歌创作中始终蕴含着一种或隐或显的"还乡"母题，而且她对"乡愁"的书写是独特而清新的。这一点也是由她作为失败者的精神姿态和写作立场决定的。

首先，冯娜把故乡经验当作云南这片神秘土地的馈赠。唯其当成一种馈赠，诗人才会以一种虔诚的感恩、敬慕之心对待故乡的一草一木、一山一水、一人一事，自然地理的灵性、诗意和神巫特征才能被真切地发掘出来，成为一种艺术的想象力和神授的神秘主义的结合体。而这构成了冯娜成为一个诗人的精神源泉。对此，她曾引用苏联作家帕乌斯托夫斯基在其名作《金蔷薇》中的话："对生活，对我们周围一切诗意的理解，是童年时代给我们的最伟大的馈赠。如果一个人在悠长而严肃的岁月中，没有失去这个馈赠，那他就是诗人或者作家。"②在《云上的夜晚》中，对于故乡自然风物的随意点染，妙笔成诗，或是与自然对话，或是化身花木山石的独语，都流露出诗人的深情、感激与怜悯。例如诗集开篇之作《杜鹃》一诗：

> 我不爱说话 尤其是花开的时候
> 就像繁花有时突然把春天打扮得寂静
>
> 粉红是左心房 乳白是右心室

---

① 海德格尔：《人，诗意地安居：海德格尔语要》，郜元宝译，张汝伦校，广西师范大学出版社2000年版，第69页。

② 见冯娜、王威廉：《诗歌与生命的"驭风术"——冯娜访谈》，载《山花》2014年第18期。

鹍鸟一扑打
我的肺要吐出与这清浅 不相称的馥郁

啼血的事 自然不该在春天提起
我不爱说话
尤其是能穿上素净的袍子
不必戴着帽冠 做一朵花的时候

    一开始，诗人化身杜鹃花并点明了自己"不爱说话"的态度，并进一步强调"尤其是花开的时候"。对于一种花而言，"开花"无疑是其最辉煌、最热闹的一种生命力的表达，而诗人作为杜鹃花何以此时偏偏"不爱说话"呢？二者之间的矛盾关系接着通过一个类比被进一步强化，同时也得到说明。繁花的开放固然热闹，但恰恰是这种表面上浓妆艳抹、花团锦簇的热闹衬托某些花的宁静、素雅。繁花的热闹是由不同姿态、不同风韵的花构成的，而杜鹃花即是构成这种热闹场面中的寂静的部分。可以说，"繁花"与"寂静"这一张力性结构构成了杜鹃花"不爱说话"的个性的基本背景。在这种听觉与视觉的交感对冲中，杜鹃花的个性卓然独立。诗人由于对杜鹃花特征的真切体悟，一开始用简单几句话即可直接抓住其特征。

    在第二节中，通过对杜鹃花特征的身体性修辞和"杜鹃啼血"这一典故的化用，花与人的形神在此发生了分离。馥郁的香味与清浅的形态构成又一重张力，从而使得杜鹃花从"寂静"内化到"清浅"，由性格深化到精神个性。而到了最后一节，这种分离又回归统一："啼血的事 自然不该在春天提起"，并且在一种环形结构的简单语调中，诗人又把杜鹃花的精神特征凝聚在"我不爱说话"这一具体、直接的宣吁性表达上，更为直接地强调自己作为一朵"能穿上素净的袍子/不必戴着帽冠"的花的身份立场。此时，杜鹃花的立场更加鲜明、直接，在一种螺旋上升的结构中完成自己的精神确证。通读整首诗可以发现突出的两点：其一，"我"这一抒情姿态的选择使得诗人与杜鹃花之间获得了一种表达和精神特征上的异质同构性；其二，诗的情绪、意脉、节奏是在"繁花—寂静""清浅—馥郁""素袍—帽冠"这一对对张力结构和螺旋上升的逻辑表达结构中徐徐展开的。这种精神与形式的高度统一与凝练，正是依赖于诗人对意象本身的深切认知与把握，可以说，意象的形式结构与诗人的精神结构之间达到了一种神启式的互文性。这一点尤为难得。

其次，她对自然风物的书写不是占有性的、支配性的，而是发现性的、对话性的，这一点又体现了她作为失败者的谦卑与平等姿态。例如《云南的声响》一诗：

> 在云南 人人都会三种以上的语言
> 一种能将天上的云呼喊成你想要的模样
> 一种在迷路时引出松林中的菌子
> 一种能让大象停在芭蕉叶下 让它顺从于井水
> 井水有孔雀绿的脸
> 早先在某个土司家放出另一种声音
> 背对着星宿打跳 赤着脚
> 那些云杉木 龙胆草越走越远
> 冰川被它们的七嘴八舌惊醒
> 淌下失传的土话——金沙江
> 无人听懂 但沿途都有人尾随着它

所谓"云南的声响"，即是云南人与自然沟通的种种方式，种种独特的语言。人们用自己的想象力和天上的云交流，迷路时用特殊的自然特征辨认方向，甚至可以和大象进行友好的沟通，云杉木、龙胆草、冰川、金沙江等等都和云南人有一种独特的沟通、理解与认知方式。他们之间可以通过一种类似神巫的方式和谐相处。即便由于语言众多，甚至存在"失传的土话"，人与自然和万物之间依然保有一种天然的、神秘的默契，虽然"无人听懂 但沿途都有人尾随着它"。正因为有这种共通的、多样的语言方式，诗人才与故乡、自然建立了这种发现性和对话性关系，这种乡愁也才更加真切动人。而就诗歌写作而言，这种立场有时能够大大拓展诗歌想象的可能性，《十面埋伏》即颇有代表性：

> 下雨了 埋伏在早春二月的杀机
> 我不能在风里走得太久
> 花有可能是卧底的妖娆女人
> 燕群可能是路探 戴着黑毡帽
> 雨水敲打我的门 弹的是琵琶

埋伏十面

一群人过去 擎着白旗

一群人过去 握的是雄黄与杨柳

我无处可逃 像大多数可能被发现的叛徒一样

遁入雨水 落地委尘

在传统的文学作品中，早春是生机勃勃的："春雨贵如油""草长莺飞二月天，拂堤杨柳醉春烟""乱花渐欲迷人眼，浅草才能没马蹄""竹外桃花三两枝，春江水暖鸭先知"。而在冯娜笔下，早春变得危机四伏，充满了戏剧性的紧张感：春雨成了埋伏的杀机，花儿可能是卧底的妖娆女人，燕群可能是路探。在这种紧张的气氛中，诗人也因为无处可逃被裹挟进这个季节的阴谋中，成为可能被发现的叛徒。埋伏、卧底、路探、叛徒，这些词从表面看是一种陌生化的修辞策略，但是它们恰恰发掘出了早春那种生命力在积蓄了整个冬天后那跃跃欲试、喷薄而出的劲道与冲劲。一切生命都背叛了时间，准备在新的季节里施展自己的"阴谋"。而在绵绵浩渺的春雨中，诗人真切感受到了自然生命力的无所不在，因此发现自己在自然生命的面前微不足道，无处可逃，只能"遁入雨水 落地委尘"，臣服于这自然的伟力。在这背后隐含的还是诗人对自然的敬畏与发现的热情。有了这份敬畏与发现，也才能真正触及词与物之间的极限冲击。所以，乡愁的书写不能仅仅从一种主题学角度来思考，它同样涉及诗歌写作本身的问题：对于乡愁的个人性挖掘可以开掘诗歌写作新的可能性，对于诗歌写作的深切认识反过来又会促进诗人更好地深入故乡经验，这二者在诗人作为失败者的精神姿态中获得了某种程度的统一。

二、与现实握手言和

从某种意义上讲，一个诗人要想真正达到一定的诗歌境界，也许不仅在于其文本的技巧、风格、理想所能达到的程度，更有赖于他面对现实经验的个人发声方式。在我看来，后者甚至构成一个诗人能否真正走向成熟的基础。诗人冯娜也许在总体性的诗歌经营中还有待进步，但是她的诗歌理想与对现实经验的认知之间的平衡与自觉，却是八〇后诗人中难得的，正如 2014 年华文青年诗人奖在其颁奖词中所说，"诗人冯娜将现代诗歌意识与现实生活经验、想象的时空、梦幻的语境、巧妙的神

诗探索 4 理论卷 2016 年 第 4 辑

思相结合，展现了诗歌隽永、丰富的独特魅力。"① 这种结合的过程即是诗人与现实握手言和的过程，但是握手言和不是妥协、简单认同，而是平等、谦卑、真诚地接纳、打开与对话，用一种失败者的态度深入现实经验，从而实现诗歌理想的具体化和对现实经验的艺术发明。

1. 故乡的再发明

如果说，云南作为诗人的出生、成长之地，奠定了诗人精神、个性、气质的基本底色，是其精神原乡的话，那么，随着诗人远离家乡走向西藏、新疆、江南等全国各地，她似乎逐渐变成了一个异乡的流浪者。但事实上，从冯娜对其他地域自然文化的书写可以看出，她不但没有离开真正的精神原乡，而且在他乡重新发明了自己的故乡。不管是在《梅里雪山》聆听神谕，还是在《秦淮河》的画舫上吹风；不管是在克孜尔千佛洞前赏柳，还是在《甲午仲秋访光孝寺》，都可以强烈地感觉到诗人是如何用一颗来自精神原乡的虔诚、宁静、悲悯之心抚摸这新的故乡的。比如《草原》一诗：

再热烈一些 这耀眼起来的云天
这打马不动的肥美草甸
我大老远的把脚印踩湿
这磕绊 这周旋 这深陷
全因这水里密不透风的树影和爱怜

再安静一些 我的秘密的询问
一匹白色的马甩着响尾
我要的蓝天是枣红色的驹子

再沉默一些
我是茫茫四野 唯一不说话的牛羊

单纯从诗歌创作技巧层面来看，这首诗也许并无多少过人之处，但是它就是动人。第一节，虽然诗人不远千里，大老远的来到大草原，充满了坎坷与辛苦，但是这恰恰证明了草原之丰美以及对客人的爱怜。诗

① http://blog.sina.com.cn/s/blog_ 49e9fe0e0102vaqa.html

冯娜诗歌创作研讨会论文选辑

人用一种近乎嗔怪的语调表达了这种幸福的辛劳，所以诗人说"再热烈一些"。而这种语调恰恰是在亲人之间才能如此随意，此时，诗人并不是以一个游客的身份来表达，而是以一个家里人的身份在耍一种小女孩的小性子、小淘气。同样，第二节依然是以"再"字来引领对草原之静的倾心。"秘密"与"响尾"、"蓝天"与"驹子"之间构成的强烈对比效果使得草原的宁静得到了最有力的强化。而当这种安静达到极致的时候，也许"我的秘密的询问"都是多余的，因为"再沉默一些/我是茫茫四野 唯一不说话的牛羊"，此时的我已经成为这安静的一部分，这草原的一部分。由"热烈—安静—沉默"所构成的情绪的递进，既是由强到弱的气氛的变化，更是由外到内、由浅到深，诗人对草原之精神真谛的领悟过程。"不说话"更能表达诗人的探求、追问与思索，正所谓"此处无声胜有声"。这种敬畏与发现使得诗人在草原上发明了自己的新的故乡，并且深深地融入了她的怀抱、她的无言。正因这种对故乡的领悟使得她笔下的"他乡"与"故乡"来自同一种内心世界的声音，对此诗人曾有过明确的表达："我对云南、西藏、新疆等遥远的边地有一种天然的亲近，血脉中相通，这不需要有意识地强调；这些地域的风无声无息但一直吹拂和贯穿在我的写作当中，它将成为一种内心世界的风声，而不是单纯的地理概念。"①

　　另一方面，冯娜对故乡的再发明还表现在诗人从一个异乡者的身份重新看待自己离开的那个故乡。在这种距离性的观照中，故乡不再是一种生命的存在，而是一种精神理想，一种存在于美好记忆与个人精神气质中的骨血。这一点鲜明地体现在她对亲人的书写上。亲人是乡愁的更集中的表达。也许只有在远离父母之后，一个人才能更加深刻地认识亲人，认识自我与亲人、故乡的关系及其内在的变化。比如《与父亲掰手腕》：

　　　　我从未赢过他
　　　　我使出婴孩和一个少女的全部力气

　　　　我从未想赢他
　　　　当他还能将一个游戏视为游戏

---

　　① 冯娜、王威廉：《诗歌与生命的"驭风术"——冯娜访谈》，载《山花》2014年第18期。

诗探索4　理论卷　2016年　第4辑

当他还能将一个游戏重新想起

我不能察觉他在老去
我不能总让他赢
我必须伺机 在他突然的疏忽中
扳回一局

　　从"从未赢过他"到"从未想赢他",再到"扳回一局",反映的既是父亲日渐苍老的过程,也是我逐渐长大的过程。在这一过程中,掰手腕构成这种亲情的基本纽带,小的时候是父女之间的游戏,长大后是父女对往事的回味,而当父亲一天天老去的时候,这种游戏变成了父女与时间之间的角力。父亲赢得的也许是游戏,而当女儿在父亲老去时希望扳回的却是父亲的青春。这首诗最动人之处也许就在于第三节的反语表达。诗人说"不能觉察他在老去",恰恰是因为觉察到父亲的老去,诗人伺机扳回一局,恰恰表明的不仅是父亲在游戏面前的失败,更是在时间面前的失败。看似整齐、渐进的表达层次,其实暗潮汹涌,诗人从一个小小的游戏入手,整体性地把握住自己与父亲之间关系的转变,而这种观照的获得也许只有在离开父母、思念父母的视野中才能有更刻骨的体会。乡愁有时也许是一种缥缈的情绪,故乡有时也混沌难辨,但是唯有具体、真切的亲情才能让流浪者清晰地触摸到故乡的脉搏。

　　2. 大隐隐于市,闭门即深山
　　城市是一个几百万人一起孤独地生活的地方。

——梭罗

　　梭罗对于孤独有一种独到的领悟,而中国自古就有"大隐隐于市"的传统。他们所强调的都是孤独的内在性,即人不管在乡野还是闹市所保有的那份自我精神的自觉性与反思性。但是这种"隐于市"的心境并不是割裂自我与现实的关系,而是超越自我与现实的关系,进而获得一种精神上的自由。诚然,外部世界与精神世界存在种种矛盾冲突,这一点在现代社会表现得尤为突出,但是并不能因此贬低现代世俗生活的价值。如果古典式的"大隐"更侧重自我内在世界对外部世界的超越,那么在当代语境下,对现实建立在理解前提下的接受与超越则显得更加重要。因为现代世俗生活是我们必然的生存境遇,"现代都市让我们更加迫切地进入生活又更加躁动地跃出水面，这是这个时代沟壑式的风景"。① 作为一个有责任感、有能力和成熟的诗人，他必须"近距离地，甚至赤身肉搏似的观察这些风景，冷静地审视它们也寄望向更深远的时空理解和记录他们"。② 诗人冯娜正是在这一点上体现出难得的眼光与胸怀。她不轻易批判、否认现代都市生活，而是积极地接受它、发现它、走进它，用一种理解与同情的心态超越它，这种谦卑的写作者姿态能够让她获得更多也更为独特的精神风景。以《速朽时代》为例：

> 你出发去机场
> 天亮在没有地平线的城市
> 鸟鸣也迟　公园的花落也迟
> 不分时令的我　在梦里老去一百年
>
> 起飞了　五岳三山穿影而过
> 从前的人怎么做的　那些山中才一日　地上已千年的梦
>
> 降落时下雨　返程时晴好
> 我还用干支纪年
> 这本无区别的天宇
> 一日千里　浩浩汤汤
> 日头还来不及落下　你的爱就越来越远

在当下被科技理性充分武装的现代社会，时空观念被重新整合，压缩在一个日益扁平的结构中。速度与空间、自然时令与现代交通使得人与自然的关系渐渐疏远，被工具符号重新编码、整合。结果造成传统诗意与想象被大大消解，人们来不及注意鸟鸣花落，来不及流连五岳三山，来不及编织爱情与梦想。一切都被时间加速催老，成为过眼云烟。在整首诗中始终贯穿着快与慢、自然与人工、时间与空间的两种伦理之间的冲突，但是诗人只是在呈现、记录，在一种焦虑与同情中坦陈生存内部的扭结之痛。简单的伦理道德上的臧否和情感上的隔靴搔痒无济于事，只有直面这种切实的经验及其错动带来的阵痛，诗人才能真正深入当代内部。

---

① 冯娜、王威廉：《诗歌与生命的"驭风术"——冯娜访谈》，载《山花》2014 年第 18 期。
② 冯娜、王威廉：《诗歌与生命的"驭风术"——冯娜访谈》，载《山花》2014 年第 18 期。

如果说现代都市生活的典型精神症候就是一种普遍的孤独症，那么，冯娜在对现代生活进行一种孤独性的认知与开掘的同时，还在实践着一种审美性的、自足性的孤独，即"闭门即深山"式的孤独。例如，《蝴蝶》一诗即可看作诗人的某种精神写照：

> 午后的房间，一只白色的茧
> 睡眠深处还听得见他在敲敲打打
> 那声音，像在牵引一根绕远了的丝
> 我不呼吸，仿佛他就是空气
> 我忘记了一个梦，仿佛他就是梦
> 我醒时，他在白昼
> 我不振翅，仿佛他就是蝴蝶。

如果说《速朽时代》通过对现实的有效切入来表现诗人与现实对话的精神姿态，那么这首《蝴蝶》则是从一种形而上的"物我"关系来实现对诗人与现实境遇关系的哲学表达。本诗反向化用"庄周梦蝶"的哲学典故，不管这一典故在哲学层面有着怎样众多的争论，但是在诗人这里，"我"与"蝴蝶"或者说"茧"是一种"欲分还离"的关系。"我"在梦中能够感知"茧"的存在，被其牵引，但是从主观上又是抗拒这种被束缚的关系。主人公的存在与梦想都想摆脱这种束缚，但事实上，这种极力的摆脱恰恰又证明了二者关系的密不可分。诗人从一个很小的意象、格局中来思考个人与生存之间的张力关系，可以说取得了以小见大、举重若轻的艺术效果，含蓄隽永而又境界幽深。而这主要还是在于诗人那种充满平静、宽容、敬慕、悲悯的诗心。

三、无言处，最心安：作为失败者的写作

诗歌不能使任何事情发生……①

——奥登

一个诗人创作的精神姿态往往是由他的诗学观决定的。对于诗歌的

① 诗人奥登在《诗悼叶芝》一诗中有过这样的诗句："……诗歌不能使任何事情发生……"见《奥登诗选：1927—1947》，马鸣谦、蔡海燕译，上海译文出版社 2014 年版，第 395 页。

态度，冯娜曾有过这样的表达："诗歌就是我与这个世界的亲近与隔膜。我用语言诉说他们，也许我始终无法进入他们的心脏，哪怕融入他们的心脏，可能又会觉得无言处才最心安。"① 由此看出，她对诗歌的态度始终带有一种"失败者"的谦卑与清醒，她深知诗歌能带给她的对于世界的亲近方式与程度，和至今她通过诗歌所不能抵达的幽暗部分；她不夸大诗歌的意义，同样，也不低估诗歌对于她的意义。这种颇有道家风范的诗学观，使她在通过诗歌与世界对话时能够获得更大的弹性。对于心智情感能够抵达之处，她能在一草一木、一山一石、一人一景中，表达其或凌厉，或轻盈，或冥思，或忧郁的情怀；对于力不可逮之处，她又能通过一种敬慕与理解表达对世界黑暗部分的沉默性观照。这种沉默与谦卑恰恰暗示了诗歌面对世界与经验的破碎、残损、幽暗状态的某种限度。而从另一个角度来讲，这又证明了诗歌的某种隐喻性特征，我们通过诗歌想象与语言的碎片依然可以感受到来自宇宙深处的历史折光。如果对于无限的宇宙而言，诗歌只是一种"无意义的胡话"② 的话，那么正如德勒兹那段精妙的表达所言，"表面的胡话就像是各种纯粹的事件（各种不会停止发生或消退的实体）的'闪耀'。纯粹的事件在各种混合的身体和它们纠缠不清的行动和激情之上闪耀。纯粹的事件并非实体性地上升到表面上，就像大地上的雾气，或者一种纯粹的从深度中压榨出来的东西：不是剑，而是剑的闪光，进而，没有剑的剑光就像没有猫的猫的微笑。"③ 这段话也许更准确地表达了诗歌的有限与存在的无限之间的关系，因为"无意义的胡话拥有的多样性足以记录整个宇宙及其恐怖与光荣：深度，表面，卷轴或者卷起的表面"。④ 所以，面对沉默世界的无言并不代表诗人或者诗歌的无能，它恰恰说明了诗歌的更广阔的可能性。在诗歌的范围之外，每个诗人也许都要承认失败的宿命，但是这恰恰是通过沉默达到的对于黑暗之存在的另一种成全。冯

---

① 冯娜、王威廉：《诗歌与生命的"驭风术"——冯娜访谈》，载《山花》2014 年第18 期。

② 吉尔·德勒兹在《刘易斯·卡罗尔》一文中指出，"在刘易斯·卡罗尔的作品里，一切始于一场可怕的战斗，一场深度之战……事物与词语向四面八方分裂，或者相反，它们被焊接到一起，形成一块块不可分解的东西。一切有深度的东西都是可怕的，一切都是无意义的胡话。"参见哈罗德·布鲁姆等《读诗的艺术》，王敖译，南京大学出版社 2010 年版，第149 页。

③ 吉尔·德勒兹：《刘易斯·卡罗尔》，参见哈罗德·布鲁姆等《读诗的艺术》，王敖译，南京大学出版社 2010 年版，第150 页。

④ 吉尔·德勒兹：《刘易斯·卡罗尔》，参见哈罗德·布鲁姆等《读诗的艺术》，王敖译，南京大学出版社 2010 年版，第151 页。

娜的写作正是因为有着一种对于诗歌形而上的敬畏与自觉,才表现出一种失败者的谦卑与真诚,她没有用诗歌追求真理的雄心,而只是在自我的生命体验与对诗歌的有限度的驾驭中观照自然的"乡愁"、现实的悲喜和对时间与未来的想象。这也许并不必然使得一个诗人成为一个伟大诗人,但是它是一个诗人走向成熟的前提。

如果说以上所说的"作为失败者的写作"的精神姿态触及了某种诗歌写作伦理,那么这一精神立场还包括现实伦理的维度。既然一个诗人对于世界的晦暗部分要保持足够的敬畏与精神掘进,那么另一方面,他必须对个体诗人及其诗歌范围内的光明与黑暗进行有效的揭示,成为一个真正意义上的"当代人"。① 在阿甘本看来,真正的当代的人是不合时宜的人,是凝视世界的晦暗部分的人,是对自身存在的世界保持距离性观照的人。这样的人身上有一种独特的当代性,"它既依附于时代,同时又与时代保持距离。更确切地说,它是一种通过分离和时代错误来依附于时代的关系。那些与时代太过于一致的人,那些在每一个方面都完美地附着于时代的人,不是当代的人;这恰恰是因为他们无法目睹时代;他们无法坚守自身对时代的凝视。"② 而且,阿甘本意义上的当代人的"凝视""不是为了察觉时代的光明,而是为了察觉时代的黑暗。对于那些经历当代性的人而言,所有的时代都是晦暗的。当代的人就是一个知道如何目睹这种晦暗(obscurity),并能够把笔端放在现时的晦暗中进行书写的人"。③ 冯娜近几年的诗歌中也出现了这种转向,开始反思诗人如何在世界和他人的命运中发声。当现代化的当代社会问题重重时,一个诗人总是沉浸在个人经验的小情感、小世界中是不合时宜甚至不道德的。对于诗歌的伦理担当,冯娜有着越来越明显的自觉,例如"以为自己清醒的人 大叫:当心/猛地惊醒 身边站满更多捂着嘴窃笑的面具/哪一个平安的十二月/会没有欺世盗名的人"(《太平的面具地下》)"终于袒露了 翅翼扇动过的口信/活着就是一场昏昧的午睡/醒来也未封缄//要以什么样的凝视/钉住心腹间的落款/这场飞行/再也无法误投别处"(《蝴蝶标本》)等诗句,都表现了这种转向。但是,不同于阿甘本的是,冯娜并没有因为黑暗而遮蔽了朝向光明的目光。站在光明

① 参见阿甘本:《什么是当代人》,lightwhite 译,见 http://www.douban.com/note/153131392
② 同上。
③ 同上。

与黑暗的平衡木上，她能够更加坦然地面对现实生活，“现实生活可能会加重负担，但是它可能从另外一个角度去拓展你。与此同时，对于有些人而言写作拯救了他的世俗生活”。[①] 而这种对残缺世界的赞美依然是通过对自然、亲情、远方的精微、敏感的观察与体味实现的，例如《晚安》《隔着时差的城市》《深夜读史》《滇西公路边卖甘蔗的人》等。这些都是诗人作为一个失败者在“尝试赞美这残缺的世界”。[②] 对于现实世界之晦暗之处的沉默和对于诗歌所及的光明与黑暗的开掘与书写是一个问题的两面。还是那句话，真诚地面对世界、诗歌与自我的可能性，坚守作为“失败者”的写作伦理，诗歌也许才能在不断的前行中获得胜利。

四、余论：寻找新的可能

诗歌，是一项永远在路上的事业。它一方面要求诗人不断地重新认识语言，另一方面在此基础上创造某种类似外语的语言。重新认识语言，在于它是生存的基本载体和场域，个人的历史、经验、想象都只有在语言中才能变得“澄明”；创造新的语言，在于语言本身的繁殖即是生命的繁殖、现实的深化与拓展。现代汉语在百年的积淀中构成诗人当下的基本处境，寻找新的可能是每个诗人义不容辞的责任与宿命。

总体来讲，冯娜的诗歌写作在风格和诗歌意识上形成了较为稳定的成色，敏锐独特的想象力和准确的语言控制力使得她的诗作清新而灵动。但是，有时问题又往往出现在这里。由于经验、阅历的相对匮乏和诗歌训练的单一性，造成风格、技法的重复性。从《云上的夜晚》《寻鹤》《树在什么时候需要眼睛》这几部诗集来看，题材、风格上的重复性、单一性还是比较明显的，虽然里面也有不同风格的作品出现。从这些诗集的某些作品中的确可以看出，冯娜对现实生活与个人际遇之间的

---

① 熊忭：《青年诗人冯娜：现实与理想的握手言和》，见 http：//news. nandu. com/html/201411/24/1040871. html

② 波兰诗人亚当·扎加耶夫斯基（Adam Zagajewski）有一首名诗《尝试赞美这残缺的世界》（黄灿然译）：“想想六月漫长的白天/还有野草莓、一滴滴红葡萄酒/有条理地爬满流亡者/废弃的家园的荨麻/你必须赞美这残缺的世界/你眺望时髦的游艇和轮船/其中一艘前面有漫长的旅程/别的则有带盐味的遗忘等着它们/你见过难民走投无路/你听过刽子手快乐地歌唱/你应当赞美这残缺的世界/想想我们相聚的时光/在一个白房间里，窗帘飘动/回忆那场音乐会，音乐闪烁/你在秋天的公园里拾橡果/树叶在大地的伤口上旋转/赞美这残缺的世界/和一只画眉掉下的灰色羽毛/和那游离、消失又重返的/柔光。”

紧张关系的思考与挖掘逐渐凸显，但是在处理问题的广度和复杂性上似乎还有更大的空间。当然，作为一个年轻的诗人，这种早期创作某种程度的类型化、单一化也许是难以避免的，它恰恰反映出语言内部和诗人经验内部需要激活的惰性成分。此时，诗歌写作的语言自觉和诗学观念就显得尤为重要。冯娜诗歌写作中成熟的诗歌意识和敏感的诗思必然为她对语言的进一步体认和诗歌写作的深入奠定良好的基础。失败者的写作姿态昭示的不是对语言与现实的无能为力，而是对语言与诗歌本身更深刻的信赖与理解。相信这种作为失败者的精神姿态会为冯娜日后的创作走向成熟、厚重提供有效保障，这应该也是诗人自己所期待的。

[作者单位：首都师范大学中国诗歌研究中心]

"指向天空的辽阔"

——对武强华诗歌的几点思考

贺嘉钰

诗，是我到达她的唯一方式，除此之外，我对武强华一无所知。但这也许恰恰成全了对一个诗人完整的想象的可能，毕竟，诗才是诗人最妥帖的注释。

读武强华的诗，会有此起彼伏的被收纳、被击中的快慰。她的诗带有某种天然的辽阔。不动声色的对抗情绪与不妥协的性格底色使叙述在静缓的节奏中始终埋伏着一种速度，读罢常有一股锋利捻进温静的冰凉感。这种带着速度与自然之心的抒情方式，又长于轻盈地建筑起"剧场"般的诗境。在有限的阅读经验中，我对武强华诗的体会被直觉地引向数个跨度颇大的诗歌场域，从某种程度上说，这也体现着她与自我的关系呈现为这几个向度上的生长，即与山川天地对视，同俗世日常和解，以及从故往幻境打捞。她对原始风景的想象与表现，还原了"动"与"静"的法则；对花草树木的耐心与同情，凝结了"物"与"我"的体谅；对日常琐碎的关照与体贴，映射出"轻"与"重"的关系；对意念中大漠的西域的描画，则延展出"此"对"彼"的同情。

一、原始风景中的"动静法则"

武强华是一个向自然发问并听从回答的诗人，她的情绪即便为人所共有，质问的方式也已然摆脱了附着于日常生活经验层面的琐碎，而体现为一种"指向天空的辽阔"。

她与山林天然亲近。诗人将山林构建为几乎温柔如母体、如故乡的所在。在植物、山川所构筑的情绪场域里，大自然成为心灵最妥帖的处所，几首与"山"相关的诗足见她的偏爱。她在《山林》中这样写道，"静极了。身体里那么多的鸟叫/停下来。虚空/像另一个人的手臂/突然抱紧了我"，只有巨大的安全感才能召唤身体内部的"静"。《山间集》

诗探索 4 理论卷 2016 年 第 4 辑

是一组在形与意的层面都颇为精致的组诗，山的意志不为诗人所赋予，而是被她所深谙，武强华笔下的每一座山，都是具有形象、举止甚至灵魂的存在。她只是试图进入"山"的情绪："——我打开自己的速度太慢，但神/宽恕了我"。"假如没有回头路，这一次/我们就真的可以到达世界的尽头了"，诗人通过进入山的内部，将自我意志揉进山体，山与人之间构成了相互体谅的对话关系。《山色尽》则是以一双山神的眼睛目睹、注视原始山色，这原始山色中收纳着欲望、敬畏与某种心照不宣的默契，这默契为诗人与山神共享。不同于一个稳固凝滞的形象，武强华笔下的"山"具有某种可感的质地，带有体感的修辞几乎赋予了沉默的山呼吸的起伏，"山上的雪水，白天汇合成刀子/在夜晚切开山体"（《黑河大峡谷》）。

毫无疑问，武强华对"山"有一种特别的迷恋，以至于她与自我的对峙或者和解，常常置换为与自然的关系，心绪的波动与自然的静默于冥冥中构成了默契的对话方式。

二、花草树木体内的"灵性生长"

山之外，她还在意水，还钟情植物，于植物体内窥见生长的秘密并与自我的灵思相遇。

《红柳林中》有这样的表述："暮年的胡须缠绕着，/似乎隐忍比挣扎更适合生存本身，/而非冲撞，非离弃，非理想主义。"这种体现在植物身上的顽固地与身体内部作对的偏执，又何尝不是诗人对自我的挣扎呢！"荆棘夹杂，一不小心刺就会发出声音，/挽留住我们身体里的慢。"从一棵植物身上窥见永恒的秘密，是自然对诗人智慧的亲吻。在她的植物情歌里，《梨花白》颇为精致，你似乎很难讲清植物与诗人所赋予它们的情绪的必然关系，但这些巧妙的安置却拥有顺理成章的流畅。"杏，花已落，只代表未来可能莽撞的一点酸；/苹果无意于区别，像一个陌生人/在人群中力不从心的亲切；/而蕨类植物过于矮小，来不及表达思想……"果子、植物与情绪在这里精致对位。"想做两棵植物/一棵大，一棵小/一棵看着另一棵慢慢地长大/慢慢地老，也不觉得疲惫"，"——上帝的内心/也是一株简单的植物"。阅读《植物》这首短笺一样的小诗则会带给读者安全感，这源自诗人对这个世界巨大的善意。

尽管对诗的诸种解读常常显得徒劳，但心有戚戚焉的灵光相交，也许就是一首诗对于个体的意义所在。有时，诗的精妙就在于诗人替你把握了你想把握却握不住的，想道破却说不出的瞬间。那些精微的心灵的颤动，像一个个秘密不忍告人却又期待被分享。她在《百年枣园》里问，"一百年前的那些孩子都躲到哪儿去了"？柔和又缜密的目光掠过的地方，就会浮出惊艳的心事："枣园里，隐形的光柱后面/悄悄奔跑的喘息还没有停下来/看到树枝上飞舞的蝴蝶，闭上眼睛/她听到身体里那些小小的核/发出童年的尖叫/此时，她无法抑制自己还原成一棵树/也无法抑制身体里那些陈年的蜜/轻微颤动，溢出芳香"。

三、俗世日常中的"轻重关系"

诗人曾说，"这些年，当我书写世间万物，书写生活的时候，我发现我的文字始终也绕不过这些源自生命的疼痛"。如果说这些疼痛的经验是私人的，经由诗歌转译的情绪却拥有为人所同情、所共享的质地。她在《替一个陌生女人表达歉意》中说道，"得不到的东西，继续/爱它美好的部分"，对于无法涂掉的悲伤底色，诗人总是有办法缓和，甚至和解，这种平和的、宁静的目光带有某种神性的旷达，如《尕海》中牧人对姑娘的思念，"幼兽的鼻息打在青草上/躺下，他将自己隐入暮色/梦见金色的湖水上走来相思的姑娘/瞬间的美/一直被他爱着"。

《解剖学》，或可看作诗人的精神图谱，那是一曲无法不合唱的青春悲歌。在对往事的追忆中，不可名状而又无法抑制的哀愁渗透在经历的碎屑里，让人同时渴望沉迷和摆脱。她好像一直是生活正轨里的局外人，而她又恰恰耽于这样的"外在"，似乎以此才能够获得被自我接纳的理由。

诗里有一段对骨头的精致刻画，天马行空的想象力着实惊艳，"二百零六块。它们懂得彼此之间适度的间隙/有时他们之间的距离大过空阔的广场，一辆马车跑过去/马蹄嗒嗒的声响像一个孤单的孩子，嗅不到受伤的气息"，"有时，一块骨头因空虚也会感到拥挤/它就会替我们的中枢带来天堂的消息/如果需要表达，颈椎也是一个完整的句子/动词摩擦，在一片斧凿之声中思考才具有意义"。对于敏感而善感的人，诗意几乎是无处不在的。在医学院由于对"身体"具有陌生化的打量途径，幽暗、冰凉以及带有某种魅惑味道的青春岁月，似乎就成为武强华

诗探索 4　理论卷　2016 年　第 4 辑

诗意得以停靠的最初港口。同时，看似静缓的生活河流之下，暗涌着让人措手不及的迷惘、敌意甚至惊惧。也许正是医学院那些年对被陌生化、客观化，以及剥离了情感层面的"身体"的体认，才使诗人获得了"观看"生命的多种角度，又因为无法安身于这样的环境与群体，对生命的认知才会因距离而更显通透，甚至伴随着恐怖的肃穆。"如果，来得及/在老去之前/我要为这渐渐腐朽的身体/提前默哀/并表示崇高的敬意"。

四、边地幻境中的"彼此同情"与诗歌剧场的建筑

俗世日常之外，武强华写出了一系列洒脱而鬼魅的"边塞幻想诗"，是难得的惊艳。以《山丹军马场》为代表，《在大佛寺看罗汉》《黑水国遗址》《平山湖大峡谷》《魏晋墓室及画像砖》《大马营的秋天》《西夏国寺》《焉支山下》《沙棘》等等，那种西部的、充满古意的、苍凉而荒芜的生机，充分显示了她创作上的才华与胆量。

对于现代生活的呈现，武强华擅长白描式的场景与情节布置，寥寥数笔便建筑一座诗歌的小剧场，对生活的陌生化与提纯，于有限的时空场域展演生活的丰富、复杂、荒谬与悖论，如《鱼》，如《倾诉者》，如《窗口》。

《窗口》这首诗尤为别致，它将时间酝酿成一股均匀的气息，平坦地吹过一个家庭最为日常的一天，凭借着一扇"窗口"，一家几代人，遥远的时间与空间被编织进了一个梦似的结构。由一本书领入，在"潮湿和夜色，散发着酒精和绝望的河流"的美国南部，"我"是一个"头发和鼻子都沉浸在香气里"，听着"——炉子里木柴噼啪"，看着"铁锅里翻滚着米粥"的"真实的妇人"；丈夫被赋予了雷蒙德·卡佛一般"一个人夜晚开车去河边，整夜不归"的平静的诗意；"女儿正在使劲踩踏缝纫机/她以为自己是战士，咔嗒声像冲锋枪一样/扫射着春日慵懒的阳光/'长大以后你会是个优秀的裁缝'/他父亲的话伤害了她。她显然不喜欢这种职业"，女儿这个年纪特有的敏感又执拗的天真一览无余。甚至，看见离去多年的曾祖父，"眼前的世界/看起来只是真实生活的小部分/走到窗口，我又看见/死去多年的曾祖父重新加入了我们的生活"。整首诗氤氲着一种最为日常但极为动人的生活气息，那种最基础的爱就是平淡生活的处方。"我站在窗口久久未动/我知道他还会回来，

走进厨房/给炉子添一点柴火，温一壶酒/然后坐下来翻我的书/开始他的另一种生活/他精通二进制、治病的偏方、宅子的风水/以及河西宝卷，还会吟诗/他也许很快就会和雷蒙德·卡佛成为朋友/并一醉方休/酒酣之际/他们一抬眼，就能透过窗口/望见我们一百年以后的生活"。整首诗平整的节奏和韵律，显示了诗人内在的稳定和宁静。

从某种程度而言，武强华经由诗歌完成了对自我的开拔与超越，即便已得到诗坛的观照与认可①，她对自我依然保持不满与期待。在《写不好就不写了》中，那股对写作的执迷透出的毫无遮拦的倔强证明着——写作之于她是一种发自生命的真诚需要。如果说她的内心存在一个"远方"，诗就是完成从"这里"到"那里"秘密抵达的通道。创作是诗人心灵的独自漫游甚或冒险，是她生活的一个出口，让庸碌的日常磨砺出一种细微与精致成为可能，并以此甩落俗世生活的下沉与相似。如果被类似于"梦"的"无助""无望""冰凉"所偷袭在所难免，一个女人深爱的秘密借由一场梦得以复活未尝不是一种幸运。"但天亮时，我已筋疲力尽/人和马都饿了，到处都找不到吃的/我坐在山坡上，哭/直到醒来，都仍想抓住/那些深爱却已经消失的东西"。也许诗，正是一场梦呢。她的诗透出的是会思考的灵性，那种小巧和精妙，如同智慧得到了吻。

如果说，对自我情绪的沉溺与抒怀尽管不可指摘，但往往摆脱不了一种"小意""小资"的情调。武强华的诗，则区别于此。她善于以生活中的"小意"存在，去影射、去辨认一些哲学上的终极问题，而对于"我"的可见总是比较克制的，这让她的整体创作也因此拥有了"指向天空的辽阔"的可能。

[作者单位：北京师范大学国际写作中心]

---

① 2014 年 4 月，武强华获《人民文学》全国青年作家年度表现奖；2014 年 5 月，武强华获《诗刊》年度"发现"新锐奖。

诗探索4 理论卷 2016年 第4辑

对女性：以我的悲悯与真实

——读武强华《乳晕》

周小琳

  一个女人如何看待乳晕？这个问题让我沉思。当我读到这首诗歌之初，本只想将其简单地视为对一则新闻事件的述评，只是其郁婉收敛的语言风格让我觉得它别样地掷地有声，不同凡响；尤其当读到诗歌中不愿将此新闻告诉母亲的语气之决绝与兀然，总让我觉得与这首诗还有些"隔"，一种伤痛气息不知为何总是萦绕不散。但当我发现作者是位女诗人时，这"隔"便渐渐转为诗中内在所发出的另一种言语了——就如诗人在后来的创作侧记中提到的那样："如果只关乎美那是浅薄的，这关乎生命。"我想，以"女性意识与生命"的阅读，或许是开启这首诗歌更好的方式。

  事实上，一位女性诗人对"乳腺癌"的书写，本身便拥有丰富的意味。乳腺癌作为一种现代社会的疾病，除其高频的发病曝光外，更因其对乳房进行的"审判"而格外受到女性的惮惧——必须切除乳房，才能治愈。这种"审判"对于女性的意义是不言而喻的：既意味着身体的畸形，又因乳房其作为性征的特殊意义，双重质疑着女性在生命中作为母亲与女人的两大身份，并牵制其哺乳和恋爱的权利。这使女性必须承受来自自我精神和来自现代社会的双重争议和挣扎。因此，乳腺癌与其说是一种癌症，不如说是一场残酷堪比宫刑的性别阉割。在这场阉割中，女性的品质与复杂性及其与现代社会的矛盾被推上了风口浪尖，并以一种委婉、特殊却常见的方式充分暴露出来，使诗歌的内容既具备深入的生命体验，又具备特有的现代性视角。选择驾驭如此难度的题材，已从一个侧面要求了诗人体察和书写的能力，而武强华以一位女性诗人的切身与敏感，对这些复杂和矛盾的体现无疑并没有失败。同时，正如诗中所言，诗人的母亲也曾因此病而切除了左半边乳房，武强华恳切直言创作时是极端悲恸的，"感觉自己很残忍"。作为女儿，与母亲这么多年的"淡漠"日夜相对，诗中真实动人的生命体验是别的诗作难以取代的。诗人看到这一新闻后一直在想"应该写点什么"，正是她触碰到了被这一艺术新闻事件所掩盖的乳腺癌患者的生活现实。

为了书写这一复杂与矛盾，诗人巧妙地选择了"乳晕"作为观察和表达的切入点，这为本诗带来了许多亮点。首先，"乳晕"一词本身便是凝结女性体征色彩的中心点，是女性第二性征的标识和代表。在乳腺癌的背景下，立体乳房的缺失和平面乳晕的再描绘，在视觉上便构成了一种有趣的冲突，使本诗富有艺术的美感；同时，这一真实—艺术（虚假），恰恰也是乳腺癌患者生活中一直以来所面对的难以调和的矛盾，与本诗的内容有所呼应。这时，女性对"描绘乳晕"的追求，也就凝结了女性失去乳房的痛感和尝试解开这一对无解的矛盾的努力，令人心酸。诗人将这些矛盾冲突以乳晕为联结点，由此生发出了一个包含艺术与生活、痛苦和冷漠等多重内容的诗意空间，不可不谓之得当巧妙。

在这一诗意空间中，作者最先关注的便是对艺术与生活之间关系的探寻。诗歌的第一句便写道："在美国，艺术正在设法弥补生活的缺陷"。这里，诗人显然将"艺术"放置在了一个与"生活"相对的位置，并赋予其超越的哲学层面的含义：它是作为人类文明结晶的一种代表而来的。有趣的是，在诗歌中，"艺术"两次分别以"弥补生活"和"期待乳房为艺术献身"两种截然不同的姿态出现。这一主客地位的鲜明对调，通过"文身师"这一艺术的忠诚执行者得以完成。作者对这一观察的提出是意味深长的：我们常自以为利用了艺术，但往往也反被艺术所利用。生活与艺术，究竟谁是主体，这是一个难以回答的问题。当艺术忠诚的执行者使凌驾于生活之上的艺术变得充满刀剑的锋利性与血腥气，诗中这一"反噬乳房"的行为，或许也隐喻着诗人对当下某些现象的警觉。此外，在诗中，艺术对"乳腺癌"这一生活现实的贡献，止步于其描绘功能和掩饰功能，这显然是流于表面的。造成这一结果的原因，是艺术的无力，还是生活的沉重？或许，女性所承担的沉重的生活现实一直不能够被艺术这样轻率地一掩而过。

艺术与生活的这一对矛盾折射在具体的形象上，则体现为文身师与乳腺癌患者这一对有着微妙关系的角色。

文身师在诗中的形象是充满争议的。他们狂热于艺术，却又缺乏人情的温度。我们很难说诗人在诗中是否对他表达了讽刺或批判，显然我们也没有理由以至上的道德感来否定文身师的这一价值追求。但相较对

诗探索 4　理论卷　2016 年　第 4 辑

文身师进行是与非的辩驳，更值得关注的是由这一角色所暗含的对女性群体最大意义上的冷漠。试想：即便直面女性的伤疤，直面受伤的女性，即便文身师的工作是以"为女性服务"的目的而诞生，又即便他们正做着这样的工作——没有人可以比文身师距离女性的身体和理想更近——他们也毫不怜惜女性血肉的牺牲。换句话说，他们从未站在女性的立场上，也从未对女性怀有同情或怜悯。文身师的貌合神离，最大限度地意味着乳腺癌患者生活现实中的孤立无援。这是多么痛心与残酷的发现！那么其他人呢？答案是显而易见的。社会对乳腺癌患者本质上的忽视和冷漠是这首诗歌的巨大背景；这一行为冠冕地登报，又为女性的悲哀色彩更添一笔。我们不难想象他人对一位失去乳房的女性/母亲的排挤、嫌恶，也不难想象社会对这一新闻事件的评头论足，对尝试去画乳晕的女人的玩味目光。这将是女性在创伤之后所继续面临的伤害。但诗人将其余通通隐去了。这一披露一隐去，是那么地尖锐疼痛，又是那么地于心不忍。

那么诗人又是如何书写乳腺癌患者的呢？在《诗刊》为武强华颁发 2014 年"发现"新锐奖时，其授奖词中有这么一句话："她有意地向深处挖掘人性的复杂性和光辉处"，这或许可以总结武强华所体现的女性形象。我惊讶地发现，即使面对如此沉重的伤痛，诗中未曾着一笔描绘一个女人歇斯底里的痛哭流涕和绝望呐喊。诗中对女性的两处描绘，一处充满"相信"乳房再生了的天真、单纯，另一处充满反复询问这一文身之意义的怯懦，同样是对"完整"的极度渴望和对艺术文身的质疑，诗人为她们维持了女性的优雅，舍去了那些疯狂。在这一份优雅背后，我恻隐于女人对巨大哀痛的勉力隐忍——一个女人自古以来最为优秀的品质之一。我想，这些是诗人在表达女性时所致力保留的光辉。

在这光辉之外，我们不得不思考的是诗歌整体所展现的女性描绘乳晕这一独特的行为。女人怎么会不明白乳晕文身在生理层面上的无意义呢？而维持这种荒谬"自欺"的原因，与其说是对乳房的强烈渴望，不如说是对乳晕及其所代表的女性第二性征深入骨髓的执着。"也许男人们很难明白乳房对一个女人极其重大的意义"，① 当你没有乳房，你还是一个女人吗？这是一个难题。她们无法忍受的，是对无法证明自己

---

① 摘自作者关于本首诗歌的创作侧记。

女性身份的深深恐惧和焦虑。因此，女人只好通过乳晕文身，抒发和缓解自己对阉割的不安和绝望，去文乳晕是她们所能捉住的最后一根救命稻草。她们是如此脆弱和卑微。这种通过自欺来进行自我慰藉的行为，是女性其复杂性的一个侧面。

但问题是：这一文身究竟具有多少意义呢？诗人的态度是质疑的。当女性开始询问，这一艺术与生活、真实与虚幻、希望与绝望的矛盾，终于在诗歌第三节予以了交汇和猛烈的碰撞。诗歌以文身师之口道出了这样解决与协调的方法："你要感到完整。"这句话一度让我心碎。"感到"一词，本身便道破了艺术的失败。它暗示了绝望最终必然到来。失去现实作用的乳晕文身，只是代表第二性征的一个视觉符号。而当女性开始执着于文身，便永远地陷入了这一符号的困顿之中而难以自拔：她们必须不停地以"想象"维持这一虚幻世界，否则她们又得重新面对"失去乳房"这一不愿接受的现实——而这一僵持的后果，最终将使女人一生都沦为符号的奴隶。乳晕文身的那些个圈，就仿佛一个无尽的漩涡，一旦陷入便不得脱离，但"失去"的现实是不由意识和幻想而改变的。当符号失去现实意义，女人那一丝努力争取的积极意味也将被消耗殆尽，只剩虚弱、悲哀、可笑与可怜。

对符号的病态执着，也不可不视之为诗人对这个世界的某种隐喻。在路也诗歌《蓝色电话机》中，女人便是沉醉于以电话机为爱情的符号，最终导致了与这个世界的割裂和其精神的分裂。生活中，女人对爱情信物的过分迷恋所导致的自我陶醉的怪圈和伤人伤己的偏激也屡见不鲜。因此，与其说诗人意识到"失去乳房"这一事实的不可逆转而对这类执着表示抗拒，不如说诗人试图为她们抵挡一种悲哀与病态的世界。我一直动容于作者在最后一节中所使用的"伤口"一词。这是身体上的伤口，更是女人内心与生命上的伤口。但是，仅此而已，它同样痛，却痛得直接，痛得单纯。在此刻，艺术文身回归到术后伤口，失去乳房所带来的后果筛掉了他人的议论和冷漠，回归到女人内在生命本身所体会到的痛楚，众说纷纭的可怕"乳腺癌"回归到病理学上的意义。诗人更愿意的是，回到"乡下"那个与"美国"相对立的世界，"种地，除草，洗衣做饭"，为自己的生命劳作，纯粹地生活。此时，来自一个女人的哀鸣和悲泣才真正显现。"伤口"一词，正是诗人努力要为女性所做出的辩驳和拨正。

那么，究竟是什么导致了这样的"伤口"呢？不容忽略的是诗人

诗探索 4　理论卷　2016 年　第 4 辑

反复提到的"蒙哥马利腺"这么一个名词。"我是医学院毕业的，但我似乎从来不知道这种腺体……原来那些小点散发着迷人的香气，正是它让一个女人有了特殊的香气和母亲的味道。"① 它的艰涩拗口，仿佛也意味着它的渺小和莫测。端详诗中强调的"据说"和"已经失去，却从未了解"，一边让人感叹人体腺体和器官的精细奇妙，一边又让人茫然于它的陌生和突然降临：一个女人或许会被这么一个未知的小腺体毁掉一生的幸福和生命。承受此难的女人没有罪过，却必须接受如此飘忽而不由自己掌控的人生。历史上女人的脆弱和生命的飘忽，或许也是这个拗口腺体所具有的一些隐喻。

这一切，或许可以解释诗人最后为何如此决绝地连续使用两个"不会"来拒绝这一艺术新闻消息的传达。拒绝冷漠，拒绝自欺，拒绝"蒙哥马利腺"所带来的人生飘忽的哀伤。这是诗人的悲悯与真实。我喜欢武强华所书写的女性，脱下猎奇的外壳和风声，抵达本心的深处。我喜欢武强华的诗句，哀而不伤，自有肌理。就像武强华曾说过的那样："诗人需要一个异己者，以另一只手，另一双眼睛，另一颗悲悯的心，以无形之力游走在现实与思想之间，更真实，更自由，更大胆地接近事实的本质和真相。"

[作者单位：首都师范大学文学院]

【附诗】

乳　晕
武强华

> 在美国，艺术正在设法弥补生活的缺陷
> 文身师正在给乳腺癌康复者画上乳晕
> 疤痕被掩饰起来。"看起来就像是真的"
> 她们自己，也相信了
> 被割去的乳房又重新长出了嫩芽

---

① 摘自作者关于本首诗歌的创作侧记。

·119·

据说问题的关键是"蒙哥马利腺"
乳晕上那些被忽略的小点被清晰地描绘出来
文身师在疤痕的乳房上得意地炫耀自己的手艺
他们期待着，更多的乳房
为艺术献身

那些被修饰的腺体
能不能发出迷人的香气
把孩子呼唤到母亲的身边
能不能给平坦的胸膛重新塑造一座山峰
把男人的手掌吸引过去
文身师告诉她们"你要感到完整"
言下之意是
你只要想象，而不要去抚摸

我不会把这个消息告诉我的母亲
也不会在任何一个乳腺癌患者跟前提起
她们已经失去，却从未了解的"蒙哥马利腺"
香气消失了，但那里藏着一个伤口
我的母亲
在乡下种地，除草，洗衣做饭
她不可能坐上飞机到美国去为自己画上乳晕

时间·时代·时光

——读武强华的长诗《本命年》

吴锦华

武强华的长诗《本命年》是独具匠心之作，八个片段有机结合，相得益彰。该诗讲述"我"和算命先生、"我"和未能出生的孩子、"我"和父母、"我"和女儿、"我"和我自己的故事，看似平淡，却别有洞天。虽表面看来是个人的光阴故事，实则融入了对时代时事的切身感悟和对时间的思考。

诗的第一片段，诗中的"我"碰到了碎碎念的瘸腿算命先生："命犯太岁"的恫吓式开场白，收到三十元后话锋一转变为奉劝式苦口婆心，"谦厚待人，必有贵人相助"，最后是讨喜般祝福，"运气好的话，命犯桃花"。在有钱能使鬼推磨的时代，在财运和桃花运成为卖点的时代，"我"不算命。

诗的第二片段往后，诗人开始回应算命先生的本命年之预言，自言没有财运和桃花运的顾虑。然而，在推崇独生子女政策的时代，"我"的身心因多次堕胎而留下伤痕。"今年，我为最小的一个写过一首诗/那是在麻醉之后。有那么几分钟/被掏空。我对这个世界撕心裂肺的过程/心知肚明/却又假装不知"。寥寥数语，分行停顿，足够多的信息量，冲击读者的心房，震颤。此时，没有别的体裁能够比简练的诗歌更能表达这欲说还休的情感。

诗人在第三片段细数害怕失去父母的顾虑："梦见一颗大牙掉了/是用手硬抠下来的，带着血丝/解梦者说：乃骨肉分离之兆//我不信，一颗牙齿掉了/会比从阴道里长出牙齿/更加诡异"。"阴道里长出牙齿"在拉丁语里有同样的表达 vagina dentata，通常用来表达女性对男性的防御。回应上一片段，这里意指竖起障碍，阻止胎儿的出生。"我"年长的父亲胃疼，母亲乳房疼。胃病和乳腺疾病似乎可以看成富含隐喻意义，前者寓意中国人在饥荒和饕餮间游走而给胃部带来的重担，后者则是中国女性疏于关注自身身体的隐喻。面对时间的流逝，她无能为力。

对话时间，"我"略带一点撒娇和任性："但那些天，我每天都去看父母/像个看守，盯着他们/我相信，这样他们就不敢老得太快"。

诗人把第四片段留给同是本命年的女儿。女儿如镜，如时光穿梭机，带"我"回想自己年轻时的外在模样：像大人那样买唇彩和新裙子，还爱偷穿高跟鞋。女儿提醒自己曾经拥有的内心的自在——"她不写诗/也还没有学会掩饰自己的感情/想哭就哭，想笑就笑"。然而，女儿所处的时代和"我"的时代已然不同——女儿的时代可以展露小蛮腰，可以欣赏台湾民谣《捉泥鳅》和希腊音乐家雅尼的作品《夜莺》，可以学习钢琴和葫芦丝的演奏。

从诗的第五片段开始，诗人更多地讲述自身的故事。诗人选了三组词，大段留白，书写语言的隐秘，让读者去解读。第一组和第二组词"开始是冰凉而无情的/后来，渐渐成了滚烫的"。在我的解读里，第二组词"芦苇荡，变形的汽车，生锈的铁石"，可以指代战争时代、现代化时代和后现代化时代，时代对个人的影响是缓慢且需时间体察的。第一组词"沙尘、豹子、鬼魅、黑洞、刀尖"，在放大的联想中隐隐约约能感到一种触碰粗糙物或尖物的疼痛。若将"刀尖"一词提前至"鬼魅"前也许更易理解，因为前三者有形而后两者无形。这些词搭建了一方空间，那里有风暴、眩晕、痛感、分裂。第三组词"诗、酒、男人、想念、撕裂、单相思、绝望、all day and all night"，属于年轻人的词语，充满荷尔蒙的味道："它们滚烫、灼热/但仍然是无情的"。回忆时光带有其温度，然而时间仍是无情。

诗人将第六片段留给自身独处的时刻。诗人自创"裸瑜伽"一词，意思接近新派的哈他瑜伽（hatha yoga）——练习如何控制身体和呼吸，使身体各机能有序运转，从而使心灵获得宁静，变得祥和。裸瑜伽不像行动瑜伽（karma yoga）那样在积极入世的系列行动中达到功德圆满，不像咒语瑜伽（mantra yoga）那样借唱诵而修炼，不像旧派的哈他瑜伽那样挑战各种身体的极限。练裸瑜伽的"我"，在黑暗中静坐、呼吸、冥想，想象自己潜入深海，用丹田运气，像用手术刀解剖自己一样，像庖丁解牛那样熟悉自己的身体。此处与前文的母亲疏于关心自己的身体一处形成对比。虽写的是个人的时光，却仍体现着诗人对时代和时间的思考。

诗的第七片段，诗人似乎对前片段的叙述做了一个调整和平衡，如灵魂，如精气神，如内心黑洞等虚幻无形的事物，并未盖棺定论，人生路还长。

回顾整首长诗，诗人的书写节制且字斟句酌，让人感受生活的真实

诗探索 4　理论卷　2016 年　第 4 辑

和疼痛感的同时潜藏了难得的幽默与轻松。这是一首关于时间的诗，从本命年的时间点切入，看轮回，看过去与未来。这是一首七〇后诗人记录时代的诗，记录疾病的隐喻和身体的伤痕，记录日常生活的改变。这也是一首"光阴的故事"，书写了一位叫武强华的女诗人在时间和时代中穿行的时光。

[作者单位：荷兰莱顿大学区域研究所]

【附诗】

本命年
武强华

1

路过广场
给坐在地上的瘸腿算命先生十块钱

他说：命犯太岁
火旺之年，乃是旺极而转弱之象
财运不佳，亦有劳碌奔波之苦
我说我不算命
再给你二十
去对面面馆吃一碗面吧，加肉的

"小人的闲言碎语，不要放在心上"
一个瘸腿的人
已经从宿命论里获得了午饭
但他还要
试图去拯救一个不信命的人
"谦厚待人，必有贵人相助"

走出很远，我还听见他说
"运气好的话，命犯桃花"

2

一个普通女人
不会有血泪史
她是守法公民
只爱一个男人
只生一个孩子
其他的五个，这些年
都被政策杀死在子宫里

今年，我为最小的一个写过一首诗
那是在麻醉之后。有那么几分钟
被掏空。我对这个世界撕心裂肺的过程
心知肚明
却又假装不知

3

梦见一颗大牙掉了
是用手硬抠下来的，带着血丝
解梦者说：乃骨肉分离之兆

我不信，一颗牙齿掉了
会比从阴道里长出牙齿
更加诡异

但那些天，我每天都去看父母
像个看守，盯着他们
我相信，这样他们就不敢老得太快

4

父亲依然贪吃，像个饕餮者
经常吃坏胃
母亲塌陷半边的胸膛，看起来
衣服总是滑稽地扭向一边

有时胃疼
有时乳房疼
母亲的老寒腿犯了之后
我的腿脚也有点疼了

其实什么也承担不了
切过胃的父亲和切了乳房的母亲
仍在一天天老去。我也只是
以相同的方式，陪着他们
慢慢变老而已

5

都说她像我
我属马，她也属马
我有一头长发
她也一头长发
我买唇彩和新裙子，她也要买
还经常偷偷穿我的高跟鞋
但她又一点都不像我
她有双眼皮和小蛮腰。她的手指
能在琴键上捕捉泥鳅和夜莺
不想说话的夜晚，她会吹月光下的凤尾竹
她不写诗
也还没有学会掩饰自己的感情
想哭就哭，想笑就笑

十二年，仿佛就是一个轮回
看着另一个我
她活得比我更像我自己
我就又幸福又嫉妒

6

有一些词
开始是冰凉而无情的

后来，渐渐成了滚烫的
比如——
沙尘、豹子、鬼魅、黑洞、刀尖
芦苇荡、变形的汽车、生锈的铁石
还有——
诗、酒、男人、想念、撕裂、单相思、绝望
和童话故事里的开场白
"all day and all night"

它们滚烫、灼热
但仍然是无情的

7

不开灯
有黑暗就够了
不放音乐
有呼吸就够了
裸瑜伽
有一块六毫米厚
湖水般幽蓝的垫子也就够了

呼吸是唯一的手指
它抚摸鼻腔、气管、肺、腹部
和温热的丹田
并打开骨骼和肌肉之间的空隙

此时下蛊，或使用巫术
我都会束手就擒

8

现在
还不能说灵魂的事儿
虚幻的东西，在死去之前
都是不可靠的

诗探索 4　理论卷　2016 年　第 4 辑

在诗歌的高原翱翔

——读陈人杰诗歌《西藏书》

胡 弦

我曾经说过，陈人杰像个两栖人，因为他过去一边做金融，一边默默写诗。那时候的陈人杰，让我想到美国诗人斯蒂文斯。斯蒂文斯精通法律，长期在商务圈任职，做着一个地下写作者，且终生不与文学圈来往。陈人杰的写作也曾长期处于隐匿状态，自足地成长、成熟。两者的区别是，斯翁特别重视虚构，陈人杰却特别重视写实，虽然在发现和想象上，两者都是共同的。陈人杰的诗作，更接近海德格尔所说的"去蔽"艺术。对生活的苦难感进行现实主义的抒写，是中国诗歌最厚重的因子之一。他写的都是平常所见的人和事，但在神思上，却能够随时起飞，以取得俯视的角度并有所发现。去蔽，正是发现，在这一点上，陈人杰总能使笔下人事既在现实中，又出于现实之外，呈现出陌生的一面，成为浸透了思想的事物。其脉络，又直追中国古代诗歌中的现实主义先贤。像他写故乡的诗，写母亲、姐姐、村庄，写得苦涩、深情而宁静，有苦艾般的清凉。对底层人物生活的描述，则在痛切、讽喻中浸透悲悯情怀。对于生活的体察，陈人杰是异常敏锐的，表现手法又不乏现代性，那些诗，体现了他为时代、底层画像的写实能力和普世情怀。

陈人杰的诗集《回家》曾在新浪网连载并引起轰动。一晃多年，他成了一个援藏干部，并且在工作之余，致力于藏地诗篇的创作。这次的创作，极有可能成为他诗写生涯一个新的里程碑。因为他的这些诗篇，无论题材还是创作气象，都发生了巨大变化。从低海拔来到高海拔，从江南腹地来到了世界屋脊，从海水的近邻来到了雪域雄鹰的故乡。环境的变化赋予了他诗篇完全不同的风貌。除了写诗，他还写了大量歌词，他的十六首援藏组歌《极地放歌中国梦》成为西藏历史上第一部史诗性组歌，并先后在《人民日报》、中央电视台等媒体隆重推出，着实引起了不小反响，足见其艺术价值、精神价值和史料价值。从这些歌词来看，他变成了一个浪漫主义色彩浓厚的抒情诗人，找到了自己飞翔的诗心和感恩的仁心。诗人收获多多，成就多多。

每个写作者都是心灵的承载者，陈人杰除了走遍西藏的名山大川，他更深入牧区的生活，沐浴他们浩荡的阳光、大风、骏马、放歌、哭泣和欢笑，他就像西藏的一个喉管，藏衷肠于血脉，藏热血于生命，用渺小的身体投注苍穹，用不再红润的唇和不再年轻的脉搏吹送着一曲曲高原鹰笛。纪伯伦说，"唇齿赋予声音飞翔的翅膀，而声音却无法携唇齿同行，它只能独自翱翔天际"，他就像雁鸟必须离开窝巢，才能独自飞向太阳，而高原则成了他施展的舞台。从题目看，《西藏书》非常丰富。首先它像个地理志，《青藏高原》《珠穆朗玛》《南迦巴瓦》《可可西里》《羊卓雍错》等，名山大川尽收；它又像藏地风物、风俗的展示，如《玛尼堆》《牦牛》《磕长头》《骷髅墙》《藏戏》等；此外，诗人独特的历史感及其自身经历、经验，如《古格王朝》《缺氧》《去看一只小羊》《赴申扎路上》《进藏》《调研》等，使得整个创作既平面又立体。下面是他《喜马拉雅山脉》一诗的片段：

> 我又回到了我的群山/回到我的石头、矿藏，我的骨骼：喜马拉雅/回到我的头颅：珠穆朗玛/我的血液：雅鲁藏布/它们有着怎样的生死、秘密和忧伤/我又回到我的肌肤，这荒凉而稀疏的草叶/怎样燃烧牛羊的一生/这粗糙而笨拙的脚步/怎样在遥远的马蹄声下失踪/这混浊而忧伤的眼睛/怎样闪烁远方的露珠和逝去的灯火……

从这里，陈人杰的情怀可见一斑。西藏不是他的一件外衣，而是骨肉，是血液里的吟唱。如同召唤万物的大海在召唤着我们的生命一样，群山作为曾经的海，它也一样在召唤着远古的心灵，只是一次次地"看山是山"罢了。那怎么"看山不是山"，并再一次回到"看山是山"呢？陈人杰以万物为一，以原初的神性的眼光，让所有的草石流溢着生命的光华，以心灵为树，采摘累累的果实与大地分享，用自己的一呼一吸穿越万物和长躯，最后让爱脉脉地流淌成为信仰的甘泉。试想，当所有的事物都充满灵性的时候，我们还会不改变自己的认知以及在宇宙间的傲慢的姿势吗？他的《捡石头》其实在捡一个人的心境、感恩和宗教：

> 每块卵石都是后果，都有/沉默的前因，和自己的开口方式/云

烟送走流泉/哈达接引雪山/波浪汹涌的拉萨河边,它们/是水的使者、故去时光的佐证//每块卵石都需要想象对接,同时现世打磨/温润机理,荡漾着乌黑闪亮的水纹/像是在捡自己的一颗心,以及/一颗心捧出的人生,我捡起的是辽远的西藏/我捡起的是沉甸甸的祖国/我怕错过每一块有福的石头/但作为幸福的种子,它们太重了/我无法将它们带走,即使我也愿在这里落地生根/我也只能捡一条河的馈赠/捡它浪涛拍打的光阴,捡它黄昏的遐想/捡它在石头里沉默的奔涌,像需要被记住的浪漫青春//在这样的河边,欢笑和啜泣总是太轻/往生和来世总是太具体/一条长河,我在触摸它水纹锁住的/远古和天空,以及/一位善良的神,留给有缘人的一段眼神

爱的认知,触摸它才知道其深沉。"伟大的爱,是一种可以触摸的命运"(《雅鲁藏布》)。陈人杰从来不歇斯底里、居高临下,他爱一个地方就深深扎根、默默耕耘,从来不秀一下就离开。对西藏,除了激荡于灵魂的美景之外,他知道另一面是生存的艰苦和生命的危在旦夕之间。他生活的高原海拔四千八百米,一年四季,长期缺氧导致的心肺肿大,时常的感冒咳嗽也导致了他对生活有一种冰被融化以后的开悟,在《缺氧》里他写道:

> 头晕、刺痛、口吐白沫/仿佛绝望的哀乐让人沉溺其中/我知道此时最需要什么/风却像要把一个人吹成它的轻烟/氧气稀薄,而稀薄无法探究/如同虚构的生活插入另一个世界/那些我爱过的女人、多氧的街道/多么遥远,多么幸福/在虚无的空间,说什么都是骗人的鬼话/现在,我使用我的幻体/另外的海拔里才有真身

这种感同身受,用生命来续写诗歌,本身就是诗歌写作的正道。但在西藏,不是你想体验就能体验的,因为他要克服种种人类的极限,那可是一条命啊,这就弥足珍贵了。他不断地走在路上,走向雪山深处那牧民的家,来完成作为援藏干部基本的一颗初心。在路上,他又作为一个诗人表达了对自然、对牧民、对另一个生命命运的关切,例如他在《调研》里写道:

> 大风吹灭高原/太阳烈烈似火/我要去调查天空灼伤的痕迹/研

诗探索 4　理论卷　2016 年　第 4 辑

究天空蓝得发慌的原因//眩晕，旋转着巨大的脑壳/身体缥缈，血滴滴欲尽/我要去查看信仰的高度，以及/塔尔马村为何把雪山交出//草越来越低/牛羊藏匿不为人知的命运/我正去研究另一个人生/研究牧民的泪花和千古的光阴

　　把如此现实、世俗甚至有点泛滥恶搞的"政治"题材写得如此生动、富于诗意，我们没有理由不坚信陈人杰原来有一颗动人大爱的心。高原给了他营养，他不停地攀至高处，抚慰着在阳光下颤动着最柔软温顺的绵羊，但他又潜至高原的低处，用触须撬动紧紧依附着牛羊成长的贫瘠荒寒大地的根部。他的《去看一只小羊》："我看见的辽阔没有边际/天地纯朴尽存心中/一粒雪花的幸福/正是一场大雪的伤悲/生命微小又无边绚烂/北风巨石皆可入药"。一句"北风巨石皆可入药"，仿佛所有苦难都被捆束成爱的星座，照耀着虽苦犹甜的人间。

　　至此可以看见，陈人杰尽管作为异乡人客居高原，但早已反客为主，把高原融为自己的故乡。这种情感，类似回乡，是一种精神皈依。其中，含着诗人思想和情感之变的轨迹。他是从一个籍贯意义的故乡来到了一个内化为心灵的故乡，语调从清凉感伤变得激越热切，从小声说话痛切低语变成了大声歌唱。梦想的质地则从苦味和安慰并存的还乡梦变成了充满浪漫色彩的西藏梦、中国梦。从关注底层，审视其微型的苦难的民胞物与（民为同胞，物为同类）的浑浊沉痛变得辽阔而纯净，在现实主义写作中加入了更多的浪漫色彩。在这里，诗人的身体发肤，皆与高原风物对应、合一，西藏的山川河流，都已成为诗人的情感器官。而诗人自身那有限的身体，在与大世界的融合中消失，却又得到了全新的呈现。接下来诗人又说："裸呈的岩石如神秘的人质/啊，大海从没有真的离去/呼唤从没有断绝/我知道山海之恋、苍鹰的心/只有远古的苍穹不改的蓝，那高的/就是低的/永恒的渴望像复活的歌声/在地面上滑行的鹰的投影像远行的水手用船桨在划开深渊"。这样，世界屋脊和辽阔大海在诗中交会。海，是高原的前身，而诗人来自海滨，海也是诗人原来的情感载体。在这样的回溯中，诗人融化自己，使之似滔滔巨浪，奔流于山和大海之间、心和灵之间，不再受到羁缚，使历史空间和个人精神空间交会，谱出了一曲近切又深远的高原恋歌，找到了一个心灵的故乡、一个理想国。

　　无论中国还是外国，几千年了，诗人一直都在寻找心灵的归宿、心

灵的故乡。无论在哲学还是美学上，都有其更宽广的内涵。从具体出发，却携带着抽象的寄寓；从现实起步，却到达遥远的理想国。唐代大诗人李白曾说："夫天地者，万物之逆旅也"，人生天地间，忽如远行客，但通过这些诗篇，能看到陈人杰不是过客，他在西藏寻找到了一个精神的家园。如他的《玛尼堆》：

> 石头无数沉默无数/心愿对应着细沙的道路/世事难平，块垒无寄/在人间，风的言辞不断幻化/经幡如灵魂在吟诵/绕着它再走上三圈吧/我把一颗心也放在这里了/让它和石头在一起/和十方旅客六字真言在一起/唵嘛呢叭咪吽/佛啊，你有无数抖落的羽毛/我有满怀忧伤的大雪

这样的诗，是对高原生活的深度切入和在其中长久的滞留。我想他是通过这些诗，触摸西藏的梦想，同时也是在寻找自身，甚至找到了自己血液的声音，这种声音可谓震撼人心。再如《我只愿做拉萨河底的一粒沙子》：

> 我只愿做拉萨河底的/一粒沙子/这几乎是我在高原上最小的眷恋//如同虚无的尘埃/如同卑微事物剩下的骨头/啊，我也曾做过西藏的骨头//消逝的水声中漂着大地的脸庞/光阴啊/天空翱翔着青春的回响//彼岸心，流水心/赤子之心只有一个祖国/神秘的涟漪如同拉萨河佩戴的银饰

就像种子在他身体里存活，蓓蕾在他心中绽放，这拉萨河底的沙已成为他复活的金子，这是何等深沉的爱。但即便如此，即使他无数次地认为找到了心灵的故乡，我们还是不能忽略了他作为江南人的身份，他也思念他的故土、他的家、妻子和儿女，这是普通的儿女情怀，有了这些思念才完整，西藏书才有饱满的汁液。他的《今夜》至今让我难眠，它就像爱的果实被采摘了去酿酒，越久的分离使陈酿的酒愈显清冽芬芳：

> 今夜，不要让热血缠绕痛苦/今夜是一个人租住的小屋/今夜是一个人分泌的芬芳/今夜是孤独的简单和简单的幸福/连台灯都充满

了甜蜜的味道//今夜，不要让热血缠绕痛苦//今夜，在天涯，在一团陌生的黑漆里/月亮离开了冰冻的高原/灵魂要先于眼睛找到光/思念要先于老蜘蛛织网/心脏要接通婺江绵长的脉动/血液如火，星颗追随/在我前面的山路上行走的/不是风，是母亲一阵一阵的牵挂

又如他的《独酌》："大酒酌红了高原/惊雷过后，一朵彩云/输给了红唇/和天空争夺/剩下来的醉意/酒精携带着突如其来的冰雹/与酣畅的大雨。"这样癫狂热切的生命状态，给了诗歌和高原另一种温度，写出了一个新的高原人的挚爱、落寞以及那令我们既熟悉又陌生的形象和情感。

布达拉宫是西藏的标志性建筑，也是西藏政教合一的神圣的殿堂。从人开始到宗教结束，这是一个人生经历了坎坷、磨难、劫难之后必然的归宿，但宗教又必然是如此的世俗功利，在肃穆、庄严的外衣下又裹挟着多少人间的温情和爱的心跳：

> 从五世达赖、七世、九世、十三世/历史如铜铸，秤砣下，黄金、玛瑙、珊瑚、天珠、都曾用来称取时间的重量/当它们出现在塑像上，人到佛只有一步之遥/经声是源泉，又像秘密背叛之光/六世，仓央嘉措/慈祥的笑遮掩眼泪的遗产/黄金的袈裟修补伤口/传奇如雪，石头里，复活的酒肆带着裙裾/和爱情的纯度/脚印在尘世了无痕迹

诗人一如雕刻家，试图在黄金、玛瑙的雕刻里发现自己的灵魂和真理，他想追赶彩虹，修补伤口，但"云一样的信客，体内藏着一场大雪/在石阶上下沉的春天接通了/燃烧的火和空虚的星座……苦难雄踞高原/云朵轻描淡写了幸福/王权、宗教皆属于人间/滚滚红尘是神的块垒/雪铸造梵音钟鼓/找对了的词就是信仰/迷乱的眼叫众生/石阶在缺氧里变轻/殿堂在失血后更白"。他将理性熔炼于自己的吟诵里，将千年的跌宕起伏化为时代的惊叹，将字斟句酌嵌入人性的歌声，将体验写得如此真实质朴，让人体会到高原特殊环境对外来者的威胁，对作者的折磨，而作者的情感正是从这样的感觉中诞生，因为特殊的感受都是加倍珍贵的。当诗人的身体感到不适，在诗中的展现是物理的人仿佛在后退，灵魂却在向前。诗句，变成了诗人纯粹的灵魂的声音。这正如作者所言：

"让一再嘶吼的嗓子哑去时/便听见了经幡的飞扬声/和雪域万古的寂静"。从这些诗歌中，能看到陈人杰已经拥有完全不同的精神状态和生命醒悟，这得益于西藏得天独厚资源的滋养，得益于诗歌精神对人的精神的格式化。

在中国，西藏也许最接近处女地，西藏的自然在陈人杰眼中，是最能跟得上大地的步伐、领会大地精神的地方，也是最能激发他原初想象和故乡灵感的地方，在《西藏的雪》里，他写道：

> 在西藏，/在一朵雪花的光里/星星曾有过片刻依靠//在西藏，在一个女孩的笑容里/鸟儿曾有过最优美的飞翔//那是在广阔的天空下/爱情明亮，人类奔放/幸福拍动纯洁的金色翅膀/而诗歌，不过是一条闪耀细致光泽的锁链//许多年后，我从自己的手掌里/饮下往事清澈的水滴

这纯情，只有西藏才能配得上。在西藏，他就是爱的一部分，就是实现了大地最悠远牧歌的一部分，他不停地将风沙雨雪、牛羊马驴的呢喃泻在心上，化作音符，他唤起了理解世界的一种新的方式、新的隐喻，借由西藏，他懂得了生命最深的奥秘。譬如《牦牛》：

> 西风把故乡再一次吹进雪域/吹进草的温床，雪花的温床/远去的是童年的泪水、鞭子、口哨/在高原，你再次意识到命运在呼吸/大地困住的山脊/像一群经历太多的男人/沉默的力量，缩小为骑手远去的背景//你这孤独之王，号角之王/嚼着草根，有时抬头望着远方/时间构成的躯体像一种纯粹的意志/拒绝了轻率和想象

牦牛是西藏常见的牲畜。这里的关键词是命运，由此生发的意象是大地困住的山脊，像一群经历太多的男人，这个奇崛的意象充满了对生命意志的敬畏，带着沉默的力量，将个人意志和西藏的意志合二为一，群山、牦牛，都是时间和力量的化身，它们就是时间，就是高原那亘古不变的本质。西藏，也许没有更多的文明负荷，但在精神上，它更原始，更符合我们心理轨迹的嬗变，带着越过我们每个人具体人生的记忆，能够拒绝一切轻率的想象。

鹰是西藏另一种常见的猛禽。我们看看陈人杰笔下的鹰：

它看上去一副老相，但非老态龙钟/从尖利的喙子、红色眼圈/可以看见天空暗藏的死结/……/一生，生于羽毛，困于翅膀/它已使尽了所有的力气/仍不能变成一道光向太阳奔去/如苦胆高悬，衰老的荣耀带着年轻的梦幻

这里写的同样是命运和意志，一只衰老的鹰，仍有年轻的梦幻，但命运是生于羽毛困于翅膀，现实是残酷的，空中暗藏的是鹰用一生的飞翔也无法解开的死结，所以，即便是飞翔中的鹰，也像一只高悬的苦胆。这种苦，却已是一种升华后的苦，是凝结着英雄气概的苦。这首诗回答的，正是作者对英雄观的理解。无法抗拒和无法征服的，都会产生美，而对梦幻的执着永不屈服，就是超越的方式。

当西藏召唤他时，他追随，虽然这道路充满着艰难险阻甚至生命的危险；当诗歌召唤他时，他一如既往，虽然诗歌未必会一次次地将皇冠加冕于他。但一如托尔斯泰所言的，诗歌就是面向上帝的对话，而正是他在孤独甚或封闭的写作中，在看似被诗坛"遗弃"的写作中，他一次次地被诗神眷顾，放弃浮华，被诗歌筛选，摆脱庸俗，让自己的诗歌经受了岁月和高地的吹打，遥遥地屹立成了另一座纯净巍峨的雪山。这个在藏地行走的诗人，已经找到了在语言中重新起飞的方式。他像一只雪域雄鹰，带着自己的翅膀、目光、雄心和梦想，在诗歌的高原翱翔。

· 姿态与尺度 ·

[作者单位：扬子江诗刊社]

疏离时尚的本体性建构

——评潘红莉的诗

罗振亚　白晨阳

从诗歌"旁落"的二十世纪九十年代，到热闹喧嚣的新世纪，诗人的"速荣"与"速朽"在诗坛轮番上演，更有许多曾经的鸣唱者主动放弃诗歌，或下海经商，或痴迷于仕途。在这种大浪淘沙似的语境更迭与转换中，一位偏居东北一隅的女诗人，始终能够不为外界的诗歌生态所干扰，不温不火、不急不躁地守望于缪斯的精神家园之中，她就是潘红莉，一位真正的诗人。熟识潘红莉的人，都不约而同地感觉到她为人的低调、谦逊，经常是言语不多，和诗歌圈喧嚣热闹的总体氛围相比，她似乎更乐于独处和沉思。然而，真正优秀的诗歌是长着翅膀的，它们会在不经意间飞入读者的视野和心灵。经过三十多年的历练和沉淀，如今潘红莉诗歌的羽翼越发丰满，从语言的打磨到话语策略的选择，从智性思辨到性别身份的超越，都自觉警惕、疏离着时尚的诱惑，呈现出一种从容自然的成熟姿态。在《潘虹莉诗歌集》与《瓦洛利亚的车站》等诗集的位移中，潘虹莉完成了自己诗歌本体可能性的寻找与建构。

一、可能性探寻：口语写作和现象还原的双重疏离

二十一世纪以来的诗歌创作，出现了两个显黯的倾向：一是在话语方式上向口语靠拢，二是在题材选择上对日常现象的青睐。许多诗人以对日常生活细节的"仿真性"摹写为目标，一定程度上使诗歌在遭受晦涩难懂的诟病之后，重新获具了明白、清朗、朴素的诗歌美学。然而，过度钟情于日常经验的"现象还原"以及口语化书写，也势必会导致诗意空间的窄化、诗歌意蕴的清浅与世俗化。而潘红莉的诗歌写作却很少受这种潮流裹挟，其诗意不是一下子即可轻易领悟到的。

应该说，口语化诗歌中的语汇组接，在结构上多是线性的逻辑递进，诗人"说出"，意义便到来。潘红莉组接诗歌语言的方式，却仿佛

更多倚赖于想象力的自由扩张和语言因子的适度跳接。如"好的时间还会来吗/远处的胃销蚀过粮食/也暗藏过决绝的波浪/博尔赫斯的《虚构集》/花园就此在春天的空气中凋敝/我说我飞起来过吗/我在紫苜蓿上寻找过苹果/迷惑的甚至金色的果实/我从没怀疑过这世界上还有树木//河水呢 忧伤被结构代替/手中的河水正不息地流过"（《我在紫苜蓿上寻找过苹果》）。这首短诗只有三节，句式节奏虽较为平缓，但语象却众多而密集，意趣指向并不十分清晰：从"春天"到"砂粒"和"荒冢"，再到"植物""胃"和"粮食"，越过"博尔赫斯的《虚构集》"，到"花园"中的"紫苜蓿"上寻找"苹果"，落笔处又是不息的"河水"，意义跳脱又留有大量空白，仿佛词语在想象力的流动中无序生成，一如意识流似的不可捉摸。诗人好像是在随着灵感漫步，不以对已有经验的再现为目标，场景的铺陈和叙事性因子在其中也难寻踪迹，意义抵达何处令人很难在瞬间捕捉到。但如果我们不去对每一个语象的实指内涵过分凿实，而是将诸多语象作为一个整体自由连缀起来，就能发现诗人想象力背后组构成的个人化隐喻空间。"春天""花园""粮食""金色的果实"充满生命感和希望，然而却与"荒冢""决绝的波浪"、无情的"凋敝"扯不断干系，"孤独"与"迷惑"自然无可避免。诗中的核心语象是"苹果"，"寻找苹果"即象征着对理想和美好事物的追求，在"紫苜蓿"上的寻找，则暗示出结果的事与愿违，凸显着抒情主体的失落与无力感。因而，语象在点状的散落中悄然生成了一个"轻叹生命不能自已"的象征和隐喻空间。最后一节诗人收束想象力，将一种智性感悟灌注其中，即便曾经追寻不得，即便希望曾被稀释，但"不息"的河水真实存在，"忧伤"也会被带走化为虚妄，生命向前，意义也许终会在远处到来。评论家陈超先生说过："不能为口语转述的语言，才是个人信息意义上的'精确的语言'，它远离平淡无奇的公共交流话语，说出了个人灵魂的独特体验。"① 这首诗从丰沛想象力中流淌而出的诗意和诗性语言，显然已经超越了习见的"口语诗"或"叙事性"写作的思维和艺术层次，彰显着诗人诗歌观念的一种本体自觉。

潘红莉诗歌的想象力和话语策略，也影响了她诗歌整体的表意效果，使她的文本常常充满"水般的气质"，"有一种非状物性的'流水意象'，易变的、流畅的、缺乏根据的、时疫般感染又退去的当代是如

· 姿态与尺度 ·

---

① 陈超：《中国先锋诗歌论》，人民文学出版社2007年版，第218页。

此轻盈又如此沉重，令人无所适从"，① 流水不腐，同时也会弥漫出氤氲的雾气。她诗中的语言和结构几乎不可用文本之外的任何话语来转述，因而其中的意义常常是可以感受、回味的，但却很难完全穷尽。正如苏珊·朗格所区分的，"'艺术中使用的符号'是一种包含公开的或隐藏的具体意义的形象。而艺术符号却是一种'终极意象'——一种非理性的和不可用言语表达的意象，一种诉诸直接的知觉的意象，一种充满了情感、生命和富有个性的意象，一种诉诸感觉的活的东西。"② 她所指的"终极意象"不是某一具体的事物，而是以诗语的方式整体呈现于文本之中，它诉诸感觉、不可名状，却能够触及读者灵魂的褶皱与边缘之处。潘红莉诗歌迥异于那种追求日常生活还原的"现象学"路数，它更倾向于"终极意象"和摆脱泥实艺术状态的表意方式的寻找，以获得一种间接、飘忽的意境营造，拓展更为开阔的诗意空间。

潘红莉的诗歌在表情达意上很少黏滞于实事，具象呈现和写实是她极力避免的，因而很少实有的日常细节入诗，她经常虚化处理生活中的具体形态，自觉寻求诗歌意蕴的非理性和不确定感。她诗歌的一个基本事实是，主观性的、"富有个性"的意象和具象充斥诗篇，如天空在"一片叶子中悬挂"、夹竹桃开出"蒙昧的火"并"在虚幻之中来过"、"依米花呼唤过清晨"、鱼在"散落的夜"中"驾驭温度"、"午后的深情落满无姓氏的时间"……古典式的写意、现代式的通感、后现代式的变形，切断意义的直接准确传达，极尽向虚转化之能事。即便是以具体生活事件为触发点的作品，也都会刻意绕开"本事"的情节和线索，让语言和想象力做主人，通过"终极意象"的创造去传达独特的经验。虽然其表述间接而内敛，但实际上其中仍注入了诗人鲜活的个体生命感受，其情感脉搏的跳动仍可把捉。如《6月7日午后乘坐高铁》题目有明显的"本事性"，而在文本展开中，却使"本事"仅仅成为一种背景性的存在。她将"乘坐高铁"这一事件可能的真实性进展做了淡化处理，而让主观感觉迅速出击，抢占言说的主动权，作为乘坐主体的人，则隐藏在了语言之后，人物面目模糊、"姓氏隐秘"，甚至残缺涣散，"散落在车窗外"，诗人直接抵达的是高速度导致的时间的扭曲变形和人的置身事外与不自知。如此一来，诗行呈现的不是干瘪的事态，"人群""车厢""车窗""光束""风景"等等都已经不是以原有的固定语

---

① 韩子勇：《雪与火的印象》，载《文艺评论》1995 年第 6 期。
② 苏珊·朗格：《艺术问题》，滕守尧译，南京出版社 2006 年版，第 134 页。

义而存在，似乎具有了新的、独立的生命，酝酿着一种未曾被发现、被命名的，幽微难言但却更能击中人心的生存经验。

可以说，潘红莉在"非诗"因子大量入诗的潮流中，没有流连捷径顺势而行，而是主动亲近被口语挤压的语言的丰厚度，以及被日常平面化叙事所磨损的诗意空间，在自己信奉的诗歌路向上进行写作可能性的探求。语言和想象力的边界在何处，也许永远无解，但是潘红莉却以自己的方式做出了独特的解答。

二、面向"思"的经验诗学

由于性别身份和心理结构的作用，女性诗人在处理现实经验时，常常会重感觉，长于形象感知，感受力细腻敏感，情绪化倾向明显。女性这种特点使之与诗歌之间具有一种天生的亲近感，但短板也随之而来，较之男性诗歌，抽象思维和思辨性贫弱，知性因子和知识性缺乏。潘红莉的诗歌在审美感受上有一种"水"状的流动性和"雾"般的迷蒙感，并且语气平和，声部低调，没有扑面而来的深刻，似乎又一次验证了上述对女性诗歌的认知。读她的诗，也确实常被其低缓抒情的调子所吸引。譬如《再见，夏天》："木槿花南下的时候就送别了夏天/木槿花没有南下的时候也送别了你/江边的树影斑驳繁花还在/越过江面的太阳岛/红色的屋顶在绿树中泛着光鲜/那里距离我的视线有多远……"木槿花送别夏天，这明显是一种"主情"的表达方式，借花、景物对"别离"主题做抒情化的处理，诗人语调平缓，存有疑惑，"夏天究竟谁是罪人""麦子真的若无其事吗"，却没有咄咄逼人的质问，而是更接近低回的轻诉。"夏天"意象在诗中虚实结合，是季节也可能是某一段生命历程，诗人对它的离开有伤感有怀疑，却不诉诸激烈的冲突和强行的介入，甚至在最后言明，"即便哀伤"也是"深情款款"，即便"夏天"离去，"光芒"还在。诗人似乎是在以女性的柔婉进行情绪咀嚼，悲喜、别离甚至生死都不和盘托出，而是在减弱之后呈现出来，达到一种哀而不伤的诗美效果，有明显的女性抒情风格。诗人"不为告诉，不为表白，只是自言自语，是与自己灵魂的对话"，① 是一种"接近弱质诗美的呈现"。但如果我们就此判定，潘红莉走的仅仅是女性气质鲜明的

① 邢海珍：《独步灵魂的自语》，载《黑龙江社会科学》1998 年第 3 期。

"感性化路线"，则是失之草率的。当我们一首首读下去，会惊喜地发现，诗人作品中女性气质在场的同时，也兼具了"思"的品质，哲理、禅意、迷思的因子随处可寻。

女性普遍的细腻和情感捕捉的敏锐，使她们更关注也更善于进入与情感有关的主题，亲情、友情、爱情的感怀慨叹常见诸女诗人的笔下。潘红莉亦是如此，她格外珍惜与友人、女儿、家人的感情，常常为情所动。尤其是哥哥和母亲的相继离世，带给她无限深切的悲恸，久久不能割舍和释怀，为此写下了《清明辞》《清明词——悼念哥哥》《被放弃的旧时光》《为母亲的挽歌》《醒着的教堂和睡着的母亲》等诗表达追思。即便是在这些有足够理由尽情抒泻情感的作品中，也能明显感觉到诗人在努力克制纯粹的心理感受，对情绪所进行的理性过滤和沉淀，用静默的思来冷却内心世界翻滚的岩浆。"现在天空有云却蓝得那么空/天堂的窗子打开时/就会雨纷纷/我不会用肝肠寸断等你喊我的名字/不会用叹息等待你喊我回家/神性的词行走着/我们都会看到和听到永恒/尽管也许会来自另外一个世界的 寂静。"（《清明词——悼哥哥》），诗人在清明的"雨纷纷"里沉思死亡对人类的意义，它意味着"空"和"终结"，但被死亡"加冕"之物也因之获得一种"永恒"和"寂静"，反而可以使"事物清晰"。诗人也决定不再"肝肠寸断"和"叹息"，而是任由"死亡"这一"神性的词行走着"，静默等待它的终将来临。在两年后写就的另一首《清明辞》中，诗人再度如是写道："母亲和哥的路是一个方向或者不是/他们之间的默许被熄灭的蜡烛/和这个世间已不匹配 拥挤的人群/制定着距离……在清明 黄色的菊花放在很凉的地方/这些年眼泪好像也多余了/偶数奇数的罗列 在这以外的天梦山/多么安静 安静的就像世界的初始"。"生"带来希望，也带来"制定"的"距离"和规则，带来"拥挤"和"泥泞"，而"死亡"也许是"自由"和"安静"，眼泪在这时就更显"多余"了，因生与死就像是"偶数奇数般地罗列"无限轮回。两首"悼亡诗"都在缅怀之中渗入了辩证的思维，引出了一种独特的生命观，表情达意的同时印下"思"的痕迹。

以上诗作中哲思的获得，或许还带有女性处理情感题材时的天然优势，而在潘虹莉更多的诗里，思辨与理性认知更是一种自觉的抵达，已经完全去除了作者的性别色彩。譬如只有一节的短诗《终将怀念的》："现在人们和我都终将感谢语言的存在/风吹过天空的云隐在更远的云后/远处孤单的树永远在远处/朦胧恍惚它的模样就是心中的事物"。语

诗探索 4 理论卷 2016 年 第 4 辑

言的存在使我们对事物的怀念成为可能，然而正如缥缈的风和远处的树，逝去的事物终究会面目不清、朦胧恍惚，诗中透出洞穿万物的虚无感。该诗更考验诗人经验提纯和精确萃取意义的能力，诗人来不及也刻意不想进行任何的情绪铺陈，而是直接呈现思维的瞬间展开，进入到思与悟之中去揭示存在的真相。对"时间"这一概念的关注和诠释也是潘红莉所热衷的，在上文曾提到的《6月7日午后乘坐高铁》中，诗人要揭示的即是时间与空间的含混和相对性，"午后的时间越来越短离既定的目标/越来越短 短的轮廓清晰"。在高铁急速的运行中，时间的流动与空间的挪移已经变得不再那么界限分明，那么"简单""准确"，而是展现出功能性的相似，原本静止的、"拒不改变"的窗外风景，随空间的转换而运动，同时也是被仿佛加快了的时间所裹挟而改变了原来的形状，从而昭示了一种全新的感悟：恒久的界限分明更多的是表象，绝对性并不存在。在诸多诗篇中，诗人就是这样用理性、知识、抽象等澄明诗意，有意无意中模糊甚至取消了女性性别的标签，以"沉思者"的视角观照诗歌，于情绪和感觉中凝聚成经验的结晶，努力做到"让洞穿就位"，从而使诗成为真正主客契合的情思哲学。

潘红莉的诗歌魅力不仅在于"思"的就位，更在于她的"思"具有很强的包容性和含纳力，可以在多种题材中自由出入。有对久远光阴的追溯，如《南浔古镇的光阴》《窑湾辞》《塘河庙会》；对文化遗存的找寻，如《玛尼石堆》《状元文化的昭醒与意义》；有对家乡风物的体察，如《星期六的中央大街》《有雪的故乡》《西大直街》；对抽象命题的思辨，如《界面》《发现》《有限的永远》，等等。"思"与各种或虚或实的事物相互融入、相互打开，诗行中弥散着沉思的调子，并逐步累积和沉淀成潘红莉诗歌的整体气质，取代性别色彩，与诗人形象融为一体。更为重要的是，持续的静默深思提高了个人化书写的承载力，生命体验由感官抵达心灵，指向存在的迷思和普适性的深度意义，从而建构出个人的心灵和精神空间。统观潘红丽的诗歌，可以不费力气地提炼出一批高频出现的意象和语汇：秋天、消逝、远方、遗失、死亡、时光、孤独、怀疑，弥漫出源于内在经验的、深致真切又平静淡然的忧伤。"想象了那么多年远方的我今生都不能到达的那棵树/我不知道名字的神秘的树 孤独的树/它储藏着我今生的遗憾和未知……那棵树 我不奢侈地渴望回复音讯/当我终究成为大地上尘埃 远方还在"（《远方》），诗人渴望"远方"，将其视作心灵的归属地，但又茫然未知无法抵达，不得不承认"远方"只能成为今生的遗憾。"不尽的落幕不可胜数 暗叹的雪被遮蔽/凉和黑通力合作 存在的缺乏"(《夜》),"当我的目光移开水水的光年/你倏然的消逝 像时光的停止/像史前的苍白 那只鸟从来没有飞起过"(《界面》),存在的不稳定性、命运的不可知,折射出诗人心灵深处的迷惑和隐忧。潘红莉还尤其好使用"秋天"这一意象,"秋天的术语冷漠/所要表达的都被/每一片飞落的叶子带走"(《那在远处的就是曾经的火焰》);"万物开始动摇时 选择就病了/万物推崇哀悼 是因为无计可施/这个世界的变迁统治/带来时机也带来叹息"(《晚秋的病容》)。万物萧索的秋,本就是带有冷态的、寂静肃杀的气氛,它不停敲击着诗人敏细的神经,提醒自己生命与秋天的同质性——虚无易逝,时机与叹息共在。这些精审的诗思彼此映照和叠加,织就了诗人的精神内里,为诗歌注入了真实立体又不可取代的"个人主体性"。

海德格尔说过:"唱与思是诗之邻枝,它们源于存在而抵达真理",[1] 同为女诗人的郑敏也信奉"诗与哲学是近邻",可见诗歌要有具体可感的生命体验,也需同时具备理性的观照。并且,在当下普遍"拒绝深思"的文化语境中,对主观感受的超拔淬炼本就是一种自觉的承担、一种可贵的诗歌品质。潘红莉面向"思"的经验诗学,规避了女性在理性层面的不足,让她在轻柔和幽微的诗境之外,包容进真切的痛感和具有普适性的深度意义,为诗歌增加了厚度和重量。

三、"美是平和安然":寻求"对话"的诗学

沉思和内省使潘红莉具备了内向型诗人的特质,如此看来,她的诗歌似乎更易采用女性诗歌惯见的自白话语,诉诸倾诉和独白来剖露和呈现自己的经验世界。然而"自白体"以叙述者"我"为绝对的中心,浓厚的主观色彩导致情绪过于激烈,从语气到整体诗风往往是紧张尖锐的。这背离了潘红莉一向追求的诗歌美学——"美就是平和安然无法说清的浑然一体"(《坎布拉》),因而在面对如何处理自我与世界的关系这一技术性问题时,她没有幽闭自我而是表现出向外打开的自觉和愿望,呈现在文本中就是对"对话性"的寻求。

她的很多作品中都设置了一望便知的"对话"关系,譬如《与柠

---

① 海德格尔:《诗·语言·思》,彭富春译,文化艺术出版社1991年版,第20页。

诗探索4 理论卷 2016年 第4辑

檬桉树语》《亲爱的安莉亚》《亲爱的你》《和女儿书》《亲爱的石头》《状元文化》等。在这些诗中，说话人"我"有一个明显的观察对象，它们不是作为"我"抒发情感经验和意志的工具而存在，而是与"我"保持距离，使"我"可以获得一个冷静观照的视点，"这种对话和交流文体很多时候有两种视点，一是情绪、体验、事物的直接体现，一是对前一部分情绪、体验、事物的观察、分析和评论"。[①] 在《亲爱的石头》中，诗人写与"石头"曾多次照面，但都像众人一般忽略地走过，"轻易地让你在我心中流失"，并用习以为常的"冷和硬""没有温度""漠视生命"来定义它。但当诗人突破习见与"石头"平等"对话"时，却有了新的领悟："它们高傲地在那里等待我/用蓝色清澈的水打开湖面/白色的开得灿烂的荷花和我对话/这个世界的奇妙和无与伦比的美/被你掠夺得所剩无几"。石头的"生命之光"在"我"面前打开，"我"看到了坚守的意志和执着等待的"深情"。更值得注意的是，诗人凝神观察的不仅仅有"石头"，还有"我与石头"的对话互动，"我"与"石头"不是中心与对象的关系，而是互为主客。"我"在此种关系中体会到时间与生命的鲜润、恒久，"冰川和海洋可以向后退变化着维度/只有你亲爱的石头可以和世纪抗衡/有谁会常新永远光滑润泽/有谁会永远不会消逝 永远/只有你亲爱的石头/重获纯净和坚定的内心"。而坚硬与柔美、短暂和永恒的辩证关系，也在客观的体察中被命名和彰显。在类似的题材中，诗人都是将"我"的经验与的"它"的经验分离开来，设置两个观察的角度，使诗歌得以在自我的独白中逾越出来。同时，诗人除与外界事物对话之外，也有自我观察的诉求，所以在一些诗歌中，诗人将一部分的自我对象化处理，设置相对隐形的对话结构，从而实现与自我的沟通和交流。"我看见了天空中的秋天系着半个我/那年的苹果红了在没有风的秋天摆动/它之借助了我的思想隐喻的内心/我真的不怕天暗下来就失去整个秋天"（《天空中的秋天》）。新的"我"被分裂出来供原来的"我"观看，并被具象化为"苹果"的意象，这样一来对自我的剖析有了双倍的距离，诗人由此看到了以前被遮蔽的自我认知，即摆脱沉重、告别秋天的勇气和渴望。

另一个层面的对话性则体现在文本之间的对话和互动。潘红莉的诗歌多为短诗，以三节最为常见，有的少至一节，诗歌的意义空间和精神

姿态与尺度

---

① 罗振亚：《1990 年代新潮诗研究》，河北大学出版社 2014 年版，第 208~209 页。

容量显然不由篇幅长短决定，但不写长诗似乎也表明了诗人心境的安然平和。她不急于单次的言说、抒情，而是将表达的冲动和力度分解到了不同的文本里，它们之间彼此关联、相互照亮，形成潘红莉诗歌作品间的"文本间性"。譬如上文曾提到，"秋天"是她诗作中最高频出现的词汇，但"秋天"的意义指向在她的诗歌园地中是含混的、驳杂的，甚至有时是对立、互否的。有时"悠远"，"给江水增添着事物"，有时是"干净的孤独"试探着灵魂，或者是修饰着桂花树的"悲凉"，但会是一种"甜蜜的汁液"，是"沉重"是"孤独"，也是"轻盈"是"热爱"。诗人对这个意象反复敲击，有情绪的流淌，也有冷静的思辨，它们交织成一张网，渐次上升为内涵独立丰富的精神空间。可以肯定的是，诗人对"秋"的情感寄寓，本身就是这样充满张力和怀疑的矛盾性的存在，但当其被逐份分配后，单篇中的紧张感也随之被稀释了。"远方""雪""春天""时间"等词语的频现，其解构性功能同样如此。这种文本之间的密集互文，实现了诗人真实、复杂生命体验的存留，也保证了诗人所追求的静美诗风的实现。

二十世纪八十年代对"自白"式语体的采纳，助推了中国女性诗歌的顺利出场、女性意识的宣扬以及女性"自我"的确认，但在此后也暴露出诸多弊端，阻碍了女性诗歌向纵深处掘进。很多女诗人在意识到"自白"式语体的缺陷之后，进行了自觉的规避和修补，并完成了女性诗歌话语的转型。但直至今天很多男性诗人提及女性诗歌时，仍难摆脱成见，认为女性诗歌是激愤、尖锐、幽闭而片面的；所以，女诗人在话语方式的开掘上依旧任重道远。在这方面，潘红莉的"对话诗学"追求不失为一种对抗"自白"式语体的有效努力。她用对话压缩主体声音，削弱主观性抒情，改变单一视角，让叙述和思考冷静克制，使语调平和意境安然。女诗人也在更丰富的视点中，强化了诗歌对现实的含纳力和命名力。潘红莉诗中的自我世界是幽微而不促狭、复杂而不自恋的，它在摆脱性别意识拘囿的同时，并未减损性别和女性诗歌的魅力。

潘红莉在一篇文章中，曾表露出对诗歌中女权色彩、女性主义的疑惑，"我担心一个诗人过分沉迷于'斗争'可能削弱她对诗性的敏锐和自我修炼的程度"，[①] 但是她诗歌的努力方向却又是十分明晰的，提出

---

① 潘红莉：《不经意中的感悟——谈谈我对女性诗歌的认识》，载《文艺评论》2002年第4期。

诗探索 4　理论卷　2016 年　第 4 辑

女性诗歌"必须以提升女性写作的质量为标准和目的"。① 总之，她对诗歌艺术的认知是审慎精准的，因为任何一种性别身份和性别体验，都不能自动带来艺术上的自足，男女诗人的立身之本必须是超性别的文本本身。潘红莉在诗歌本体层面的自觉，在当下女诗人中居于前列，并且能够将其不着痕迹地落实在具体的写作实践中。她打磨诗艺，独抒性灵，又包含对生存的体谅，对现实的惦念，一面持守着女性的性别身份，一面又用诗性的方式，承担着传达心灵与世界的庄严使命。

[作者单位：南开大学文学院]

·姿态与尺度·

---

① 潘红莉：《不经意中的感悟——谈谈我对女性诗歌的认识》，载《文艺评论》2002 年第 4 期。

旷野上的寻找

——解读唐祈诗碟《失落的笛音》

王 芳

为了纪念"九叶"诗人唐祈（1920—1990）诞辰九十五周年，逝世二十五周年，《诗探索》（理论卷）2015年第4辑刊登了"唐祈研究"专栏。随后2016年1月，宁夏黄河电子音像出版社推出了由王圣思老师策划，继"九叶诗韵"《再见，蓝马店》（王辛笛诗歌朗诵）之后的第二张诗碟——唐祈诗歌配乐朗诵《失落的笛音》。辛笛先生曾称唐祈先生为"玉门关外的一支羌笛"，[①] 朗诵家哈若蕙老师就此为诗碟取名为"失落的笛音"，意在说明唐祈诗歌多年来没有引起特别的关注而被读者们失落了，她试图在诗朗诵的声音世界重新唤回读者们对唐祈诗歌的记忆。我有幸承担了这张诗碟的诗选工作，在细读唐祈诗歌的基础上，根据其创作的四个阶段，分别选取了"早年西北牧歌"（1937—1946）七首，"严肃的时辰"（1946—1948）四首，"北大荒短笛"（1958—1960）五首以及"归来者的歌"（1980—1985）十二首，共计二十八首诗，以期呈现唐祈诗歌创作概貌及特色。本文试以诗碟中诗歌为线索，从"旷野"这一意象的象征内涵出发，来解读唐祈诗歌并探讨唐祈作为知识分子诗人一生的精神追求。

唐祈，是"九叶"诗人中独具特色的一位诗人。他自述一生"行走在诗的旷野上"，[②] 不停地探索，把写诗当成人生的归宿。他热爱草原，人生经历中有三个阶段和诗歌创作的三个时期都与草原有关。但"草原"对于诗人唐祈来说，绝非只因热爱而成为其诗歌主要抒写的内容这么简单，而是具有"心灵旷野"的象征内涵。"心灵旷野"意味着自由空间里自由的灵魂，而生命得以在此自由自在地呈现和生长。同时"心灵旷野"又因其空旷必然带给人心灵上的孤独寂寞感，但也因此产生

[①] 辛笛：《独语和旁白——哭唐祈》，《手掌集》，浙江文艺出版社1996年版，第146页。

[②] 唐祈：《唐祈诗选·后记》，《唐祈诗选》，人民文学出版社1990年版，第173页。

诗探索4 理论卷 2016年 第4辑

了沉思和智慧的力量，支持着困境中的生命前行。行走在旷野上的诗人唐祈，正是终其一生运用诗的艺术去追寻"生命和心灵的自由状态"。

像古希腊伟大诗人荷马、哲学家柏拉图和中国诸子百家时期孔子、老子等哲人以及释迦牟尼等僧人一样，他们为了寻找信仰的真理，为了伸张社会正义或者传播社会理想而漫游天下。青年时代的唐祈也认为他信仰的自由在远方。为了寻找一块真正自由的精神领地，他选择漫游西北草原，他要去"旷野一般自由"① 的空间，寻找自由的灵魂和体验自由的生命状态。如果生命是一段旅程，那么《旅行》预言了这趟旅程的神圣和意义。我们惊异于唐祈对于生命过早的清醒认识："沉思里，我观看/星宿；生命在巴比伦天空，/突然显得短促。"由此他向我们揭示了这场生命之旅的紧迫性和使命感："我要去航行阿拉伯"。他意识到这将是一场孤独之旅："你，沙漠中的/圣者，……分给我孤独的片刻。"也必定是一场寂寞和艰辛之旅："远方的风会不会停歇，/沙砾死亡一般静默。"当然这注定还是一场别离之旅，"你抛弃了家人、房屋……/一步步远了啊：记忆里故乡的南疆"。② 但对于唐祈来说，这更是一场探索和沉思之旅。他为僧人"拉伯底""空洞的死亡"惋惜，尽管他"从风雪的天山走到戈壁的夏日"，但是他最终追寻到的是"宗克巴神的咒语"，如果神的信仰不过是思想和精神上又一种形式的禁锢和禁忌，那么这样的"神祈膜拜"毫无意义。他在僧人"仓央嘉措"身上找到灵魂上的共鸣，称他为"流浪草原的灵魂"，③ 视他为追求"自由灵魂"的象征。他赞美他为了逃离宫中不自由的生活，即使渴死在残暴的旷野上也不放弃追求自由爱情和自由生命的勇敢精神。而他也仿佛在"古代蒲昌海边的羌女"和"游牧人"那里找到了理想的生命状态。在充满"阳光"和"水"的辽阔"草原"上，充满热情的"羌女"有着丰满的生命和云彩一样清净的灵魂，她们向往牝羊一样温柔和自由的睡；草原帐幕里的"游牧人"拥有真诚纯朴的性格、粗犷的生命力和"先知一样遨游的智慧"。④ 但同时他也看到了草原生活的真实面影：

---

① 唐祈：《仓央嘉措的死亡（十四）》，《唐祈诗选》，人民文学出版社1990年版，第9页。

② 唐祈：《拉伯底》，《唐祈诗选》，人民文学出版社1990年版，第7页。

③ 唐祈：《仓央嘉措的死亡（十四）》，《唐祈诗选》，人民文学出版社1990年版，第9页。

④ 唐祈：《游牧人》，《唐祈诗选》，人民文学出版社1990年版，第3页。

"官府的命令留下羊，驱逐人走"，"哪儿是游牧人安身的地方？"① 正如"旷野一般自由"和旷野的残暴是一对孪生兄弟，生命对自由的向往和生命的不自由状态也是永远并存的现实矛盾。唐祈早年生命中的这段旅程，留下了他遇见"自由生命"时的激动和兴奋，留下了他对"自由灵魂"的迷惘和思考，但这段旅程更为重要的意义在于：草原上单纯柔美的生命以及草原人的粗犷力量和勇敢精神赋予了唐祈青春的力量，以及后来人生历程中继续追寻自己理想永不退却的坚定信念。

沙漠旷野行旅中的孤独和寂寞，曾经让诗人请求先行的"圣者，请停留一下"。② 而在1946年到1948年间，唐祈先后在重庆和上海两座城市教书和写作，漂泊和困顿不安的生活境遇正像在草原上流浪时的处境一样，让他身在大都市，心却仿佛是行走在"都市旷野"上。其时他渴望着"信成一串祝福的歌声"，渴望"握住"黑暗中的一双手和"将要揭起的黎明"，③ 这正说明当时诗人心灵的孤独和对未来渺茫希望的渴望。然而，作为一位有着社会良知和责任感的诗人知识分子，对个体生存状态的不自由感受很快转化为对战后中国社会面临的严酷现实的思考。《严肃的时辰》中描述"许多男人，/深夜里低声哭泣"。是什么摧毁了一个具有生命力的男人的意志？而"许多温驯的，/女人，突然/变成疯狂"，又是什么让女人的精神为"疯狂"所剥夺？但更加残酷的是"垃圾堆旁/我将饿狗赶开，/拾起新生的婴孩"，新生生命的自由也被剥夺的现实。诗人说，"沉思里，他们向我走来"。由此我们看到失去生存自由、灵魂自由和生命自由的其实不只是一个"我"，也是"他们"，诗人就此把个体生命的不自由状态上升为一个整体，后来他给这个整体取名为"人民"。不仅如此，当诗人深刻地意识到眼前生命自由被剥夺的现实更有其历史根源的时候，他为我们写下了著名的长诗《时间与旗》。从中我们更加清晰地看到，被剥夺了精神自由和生命自由的已不再是一个"男人"、一个"女人"和一个"婴孩"，而是"人们"，是半殖民地半封建社会百年统治下的"人民"的整体。伴随着诗人急促且愤激有力的诗句，我们仿佛已经感受到"人们""无穷的忍耐是火焰"，那是为了生命自由燃烧的火焰，是为了自由反抗的力量，而唐祈赋予了这力量以希望，他愿意把这面希望的"旗"交给人民，他也相

---

① 唐祈：《游牧人》，《唐祈诗选》，人民文学出版社1990年版，第3～4页。
② 唐祈：《旅行》，《唐祈诗选》，人民文学出版社1990年版，第10页。
③ 唐祈：《夜歌》，《唐祈诗选》，人民文学出版社1990年版，第17页。

信"取火的人"能把"人民"从日食的黑暗中拯救出来,带向黎明自由的彼岸。

然而生命的现实让"灵魂和生命走向自由"的美好愿望再一次失落了。你见过旷野上黎明前"飘落"的"黑色的雪花"吗?你见过"绿色的监狱"吗?这是唐祈先生1958年到1960年间,流放"北大荒旷野"时悄悄写下的。当人身的自由被剥夺,思想的自由被禁锢,甚至生命也几乎要在旷野上被掩埋的时候,很多人沉默不语了,放下了写诗的笔。很多人做出了违心的忏悔,甚至写出了违心的话。但是唐祈先生没有,我们感喟唐祈的真诚,郑敏先生说"真正的诗人总是把自己的心裸露给历史的风暴",① 唐祈就是这样一位"真正的诗人"。他用诗歌为我们记录下那段印有一代知识分子心灵上"刀刻的伤痕"的生命经历,听一听吧:"黑色的政治风暴对准我/致命的诬陷和打击,/它想让我的鼻孔虽然在呼吸,/心却要躺在坟墓里"。② 他不讳言"斧锯将锯断生命的年轮/……/犁头会碾碎发亮的青春"。③ 他不讳言"太阳的金色光焰中,/会留下阴影,虽然它正走向光明"。④ 他用诗歌告诉我们在那段痛苦的经历中对自由的渴望:"我的眼光投向/地平线,向你凝望——/像囚犯那样,/像草原上的病羊凝神默想,/吐出我的渴望……你的胸脯上那么多水鸟飞翔"。⑤ 尽管我们可以说唐祈"心中永不消逝的歌"是一段生命的悲歌,但是在唐祈的诗里有痛苦,却没有悲观和绝望。因此,我们更要感佩唐祈先生对历史的宽容胸怀和对未来坚定的信念。他说,"无数颗心/纵然构成一座座冤狱/痛苦很深、很深呵/却没有叹息、呻吟";⑥ 他说,"即使流放在祖国的土地上/我也愿以无罪的血滴/化成你春天溶溶的浆液";⑦ 他说,"但我相信:/未来的结论,/我和同伴们白雪上的脚印,/每个时辰都在证明,/这一群荒原上无罪的人"。⑧ 这坚定的信念源于唐祈对祖国、对人民深深的爱。北大荒的"土地"就是象征。"呵,土地,你是母亲/你宽阔的胸怀总给人以希望、慰藉/给人

· 姿态与尺度 ·

---

① 郑敏:《唐祈诗选·序》,《唐祈诗选》,人民文学出版社1990年版,第1页。
② 唐祈:《永不消逝的歌》,《唐祈诗选》,人民文学出版社1990年版,第75页。
③ 唐祈:《黎明》,《唐祈诗选》,人民文学出版社1990年版,第66页。
④ 唐祈:《永不消逝的歌》,《唐祈诗选》,人民文学出版社1990年版,第78页。
⑤ 唐祈:《永不消逝的歌》,《唐祈诗选》,人民文学出版社1990年版,第75页。
⑥ 唐祈:《黎明》,《唐祈诗选》,人民文学出版社1990年版,第66页。
⑦ 唐祈:《土地》,《唐祈诗选》,人民文学出版社1990年版,第69页。
⑧ 唐祈:《永不消逝的歌》,《唐祈诗选》,人民文学出版社1990年版,第75页。

类捧出粮食、浆果、金黄的麦粒……"① 这坚定的信念更让唐祈为自己的灵魂找到了归属，"作为一个正直的知识分子，我懂得人民是文艺的母亲……不论何时何地，我都要亲近他们，把自己的心和声音交给他们"。②

对于一生都在以诗的艺术"寻找自己的灵魂"，追求"生命自由状态"的唐祈来说，他注定不会只做一个"草原"的过客，而终将视其为生命的归宿。因此二十世纪八十年代，和众多诗人一起归来重新拿起诗笔的唐祈，做出回到西北高原任教的选择就不会让我们感到意外。经历了年轻时"草原"上的流浪，"都市旷野"上的漂泊生活，以及"北大荒"荒原上的流放，重获自由归来的诗人唐祈对于"生命自由状态"的期许正如《伊犁秋色》中所描述："田野的金黄倾诉自己的成熟/阳光照着它柔软丰满的肌肤/麦垛垂下头站在那里默想生命/仿佛疲惫却又惊喜的产妇/微笑地望着秋天的伊犁河谷"。是生命经历自然孕育到达成熟和丰满的状态，是生命拥有独立思考的权利，是生命能微笑地舒展在天地之间。而经历了重重磨难归来的唐祈对生命如何获得自由又有了更深刻的定义，正如一颗"石榴"。③ 他必须拥有坚定的意志和沉思的智慧："高傲的头颅/智慧的额角像石头般坚固"，"沉思在灼人的炎暑中，/像个智者一样成熟。"他应该持有青春的热情和诚实的胸怀："花朵曾似烈火盛开/寻求的却是诚实的胸怀"。他应该懂得付出："孕育无数颗珍珠宝石"，"为秋天储满纯净的汁浆"。虽然对于他自己来说，已经习惯"封闭着晶莹的内心的世界"，"在绿荫里隐藏"，"只爱守护着静静的月光"。但是"当暴风雨来临"，他又会以"尖硬的枝叶挥舞起臂膀"，"向一切围攻者勇猛抵抗"，生命的经历已经成就了他为自由挑战的勇气和力量。面对历史，诗人"路过阳关"时又仿佛"听见了历史无声的波涛"，而"月亮的幽光，像大钟敲响"④ 还会带给诗人往日梦魇般的提醒。但是诗人更愿意"唤起自己的生命"，"在新鲜的空气中"，"舒畅地呼吸"。⑤ 他是这样写的，更是这样做的，从 1979 年直到生命的最后时刻，唐祈先后在甘肃师范大学和西北民族学院教授现代文学和新诗，他以自己生命的辛勤付出，给草原上兄弟民族的青年诗作者

① 唐祈：《土地》，《唐祈诗选》，人民文学出版社 1990 年版，第 69 页。
② 唐祈：《唐祈诗选·后记》，《唐祈诗选》，人民文学出版社 1990 年版，第 178 页。
③ 唐祈：《石榴》，《唐祈诗选》，人民文学出版社 1990 年版，第 140 页。
④ 唐祈：《路过阳关》，《唐祈诗选》，人民文学出版社 1990 年版，第 102~103 页。
⑤ 唐祈：《珍珠》，《唐祈诗选》，人民文学出版社 1990 年版，第 103 页。

诗探索4　理论卷　2016 年　第 4 辑

们以青春的力量，鼓舞着他们一道向诗歌的旷野行进。而唐祈也以这样的方式为自己的"生命和灵魂"寻找到归宿，赋予了"生命和灵魂自由"以新的内涵。

当我们阅读时，唐祈的诗歌文字呈现为一个独语和旁白的世界，我们仿佛是在一曲曲无声的音乐中感受着诗意的流淌。诗碟《失落的笛音》把唐祈诗歌变成了一个有声的诗歌世界，在这里，朗诵者幻化为唐祈诗歌里的两位抒情角色，哈若蕙老师以她柔美清丽的声音为我们诠释着生命中蕴含的美好和深情，凤箫老师则以他沉稳有力的声音向我们展示了生命的力量和沉思的力度。两位老师还为诗碟每一首诗精心选配了一曲曲背景音乐，与唐祈诗歌氛围相得益彰，让听者在聆听过程中，脑海里时时泛起由诗句引起的联想，可以更加真切和形象地去感悟唐祈的诗歌境界。在一首《触摸美丽》的舒缓乐曲声中，唐祈的诗歌世界就如同一幅画卷徐徐地展开。而最后，诗碟以著名的《时间与旗》结尾，背景音乐《等待啊，追寻》的激越节奏配合着诗意的厚重再度唤起我们对这首诗的思想深度、感性的丰富以及情绪激荡的记忆，同时又带给我们希望的力量和对未来坚定的信心，为整张诗碟的收结画上圆满的句号。

我在想，当我们仰望星空，跟随马头琴的乐音，用心去聆听这些被我们失落的诗句，"为什么时间，这茫茫的/海水，不在眼前的都流得渐渐遗忘，/直流到再相见的眼泪里……"① "精神世界最深的沉思像只哀愁的手"，② "生命原是一场意志的搏斗"，③ "我请戈壁接受我的敬意/把亿万年的生命化成了溶液/像血管隐藏在贫瘠的大地/然后像个巫师紧闭住呼吸"，④ 你会不会去寻找那颗"生命在巴比伦天空，/突然显得短促"的"星宿"？⑤ 唐祈先生说："心的记忆啊，它永不会消逝。"⑥ 我相信诗人唐祈一生在旷野上的寻找留给我们的"心的记忆"，将会留在我们的记忆里，永不消逝……

[作者单位：浙江工商大学国际教育学院]

① 唐祈：《十四行诗给沙合》，《唐祈诗选》，人民文学出版社 1990 年版，第 12 页。
② 唐祈：《时间与旗》，《唐祈诗选》，人民文学出版社 1990 年版，第 38 页。
③ 唐祈：《猎手》，《唐祈诗选》，人民文学出版社 1990 年版，第 141 页。
④ 唐祈：《戈壁》，《唐祈诗选》，人民文学出版社 1990 年版，第 163 页。
⑤ 唐祈：《旅行》，《唐祈诗选》，人民文学出版社 1990 年版，第 10 页。
⑥ 唐祈：《在诗探索的道路上——寄给 H. S. 诗简之一》，载《诗探索》1982 年第 3 期。

姿态与尺度

大河的奔流

——2016：洛夫先生访谈录

洛　夫　庄晓明

庄晓明：近代以来的湖南，人杰地灵，才俊辈出，并终于在二十世纪下半叶，为中国诗歌史贡献出了您与昌耀两位堪称丰碑式的大诗人。如何看待湖南这一地域对您的性格及诗歌创作成就的影响？

洛　夫：地域环境对诗的创作自有其潜移默化的影响，但不是绝对。长沙岳麓书院大门口有一副炫目的对联："唯楚有才，于斯为盛"，看似湖南人的自我膨胀，但证诸历史却也近乎事实。从屈原到欧阳询，从怀素到王船山、魏源、曾国藩、左宗棠，再从谭嗣同到王闿运、齐白石、黄兴、蔡锷等，无不是由湖湘文化锻炼出来的人才精英。但就诗艺上的成就而言，除屈原之外，再也找不出像李白、杜甫、王维、李商隐等这样光耀万代的大诗人。所以湖南的地气并非孕育诗人的最佳元素。湖南人的性格最具特色，倔强、刚烈、直率、热情似火、爱恨分明，这种性格适于当英雄霸主，却不宜于做大诗人。

湖湘文化精神的特点是刚毅、务实和敢为人先。我虽从小就浸润在湖湘文化之中，但湖南人的特性并没有全部反映在我的诗中。我早期的抒情风格是温柔敦厚，例如《烟之外》《众荷喧哗》《因为风的缘故》等，中期回眸传统，追求古雅崇高和形而上的禅意，例如《金龙禅寺》《与李贺共饮》《井边物语》等，无不是游走于含蓄、蕴藉、意在言外的诗性意境中，这与湖南人的性格大不相同。不过细究起来，这湖南人的特性倒有一点影响了我一生中诗歌品质与风格的变化，这点就是"敢为天下先"。其实这也是一种"创造力"的表现，创作中我务求诗形式的创新和语言的实验，前者如《长恨歌》《隐题诗》《漂木》等，后者有《石室之死亡》《西贡诗抄》等，所以我的诗风既有湘人个性强韧、积极、血性的一面，也有传统文化中刚柔并济、虚实互补的另一面。

作为一个有创意的诗人，要敢想，我甚至自诩是一个抱着梦幻飞行的宇宙游客。美国苹果电脑创办人乔布斯特别标榜"think different"

诗探索 4　理论卷　2016 年　第　辑

（想他人之不敢想），这不但要有智慧，还要有勇气。我曾说，"每首诗都是一次新的出发"，"要不断放弃，不断占领"。诗人向明在一篇文章中说："洛夫敢于突破诗材、诗体、诗语的限制，达到了'随心所欲不逾矩'的艺术境界。他已由诗的'魔界'，进入般若智慧的禅境，这是洛夫一生为诗奋斗所获致的最高成就。"这当然是溢美之词，但这种溢美既非湖湘文化的陶冶，也不是海岛文化的培育，而是源于我本人一种特殊的基因，以及数十年沧桑岁月所累积的经验，当然对生命的深沉感悟也很重要。

庄晓明：1949 年 7 月，您去台湾的行囊中，最重要的携带就是冯至、艾青诗集各一册，这是否意味着您当时已确立了做一个诗人的信念？在您一生的创作中，还有哪些诗人给了您重要的影响？

洛　夫：出道之初，我曾一度对艾青和冯至相当仰慕，抗战时期，艾青红火得不得了，那时报纸由报童沿街叫卖，据说上海街头常有报童叫喊："今晚有艾青的诗啊！"在湖南时我很少接触到冯至的诗。有一点我必须声明：1949 年我单骑走天涯，独自跑去台湾。离家的当天，只是在极其仓促的情况下顺手从书架上取走了他们两位的诗集。当时压根儿没有想到今后要干什么，在那兵荒马乱的年代，更没有想做一个诗人。一直到多年后我出任《创世纪》诗刊总编之时，我才认真地把诗歌这一行视为一项可以寄托终生的事业，倾心相待，无怨无悔。

一位年轻诗人受到前辈的影响这是很自然的事。早年我全心投入西方现代主义的学习时，对里尔克、瓦雷里、马拉美、T. S. 艾略特等都感兴趣；中年后我转过身来回眸传统，对李白、杜甫、王维、李商隐等极为景仰，揣摩他们的意境，学习他们炼字锻句的诀窍，以及经营意象的技巧。我追摹师傅把握一个"化"字，得其神而去其形，《金龙禅寺》这首诗有点王维的味道，却又找不到他的身影。

庄晓明：您与痖弦、张默的相遇，以及《创世纪》的创刊，如今已成了一个诗歌传奇。在您现在这个年龄，再谈一谈当初的情景，或许别有一番意趣。如果没有二十世纪五十年代您与痖弦先生、张默先生的相会，可能就没有了对中国现代诗的发展产生重大影响的《创世纪》。但另一方面，能否说，没有《创世纪》，您的诗歌创作便不会取得今天这般巨大的成就？

洛　夫：《创世纪》诗刊确是一个奇迹，人称九命猫。无钱无势，甚至缺乏现代企业的管理，凭一股冲劲硬撑了六十余年，"坚持"就是

《创世纪》存在的唯一信念。"历史是一种回应与挑战，也是一种坚毅的持续"，《创世纪》尤其如此。一甲子的沧桑岁月，如以中国现代诗史而言，这是一段探索、实验、追求、冲击，由青涩转趋成熟的过程。《创世纪》不但参与并见证了现代诗史的发展，同时也成为二十世纪七八十年代台湾诗坛波澜壮阔、大领风骚的主流。

草创期间，《创世纪》诗人群大多是来自大陆投身军旅的青年诗人，人称"草莽派"，实为"民间派"，主张民族风格，大力倡导所谓"新民族诗型"，其实也就是中国古典诗与五四时期新诗的一脉相承，只是在形式与语言上有所修正。当时台湾诗坛在西方现代主义影响之下，诗观与诗风发生了大大的改变。《创世纪》于 1959 年第 11 期的扩版号之后，恍如遭到一阵狂风吹袭，猛然一个急转弯，另辟蹊径。记得我在一篇文章中说过："及到今天，《创世纪》在数十年的发展中有一个难以索解的问题，一直困惑着文学史家，这就是为什么一个倡导中国风、东方味的'新民族诗型'的诗刊，竟突然转变为倾销西洋诗论诗作的大本营？对此我和张默、痖弦都有一个共同的看法：我们尽管从西洋现代诗摄取了多方面的滋养，可我们的思想、情感、语言还都是中国的，我们放弃了早期那种偏狭的本土主义，实因我们对中国诗的现代化抱有更大的理想。我们特别强调诗的独创性、纯粹性、超现实性和世界性，这几项成了日后《创世纪》发展的主要方向。"

"《创世纪》对中国现代诗的发展产生过重大影响"，这话我承认，至于"能否说，没有《创世纪》，您的诗歌创作便不会取得今天这般巨大的成就"，则有待商榷。是否取得了"巨大的成就"，尚有待时间的验证，只是我认为，一个诗人的创作动力主要在于他个人内在的能量。我曾长期担任《创世纪》的总编辑，《创世纪》的开拓与发展自然会影响我的开拓与发展，但是我可以毫无愧色地说，我确是这个诗刊长期在观念和风格上的重要领航者之一。不过一个诗人的光环首先还是从自己的头顶上发出，试问中外历代那么多大诗人，有几位是因主编诗刊而造就他的历史地位的？

庄晓明：《窗下》作为您最早的诗歌之一，如今已成为禅诗的名篇，能否说这种禅机一开始就在您的诗中存在着，只是后来才得到了充分的发展？

洛　夫：《窗下》应是我早期较为满意的作品之一。有人认为我的处女集《灵河》中某些抒情诗幼稚、不成熟，但后来两岸的诗选集都选了《窗下》《石榴树》《暮色》这些诗。1988年我初履中国大陆时，遇见许多诗人都说喜爱这些小诗，尤其是《窗下》，只是当时尚未被诗评家归类为禅诗。早年我并无意特别经营禅诗，不过我已开始读庄子，后来发现庄禅自有相通之处。其实我写《窗下》《金龙禅寺》《昙花》等诗时，只是当作抒情诗来处理，其中无意间却涵蕴有庄禅的意趣。所以我后期的诸多现代禅诗都介于禅与抒情之间，譬如《月落无声》，有人认为是抒情诗，有人则说是禅诗，二者难以分辨，王维的诗就是这样。

庄晓明：《石室之死亡》《漂木》这样伟大的诗章，显示了您天才的诗歌创造力，但从《灵河》集中您的最早的一些诗歌来看，似乎都预见不到您那火山爆发式的天才，是否是某种机缘，使诗歌与您的生命发生了巨大的共振？

洛　夫：提及《石室之死亡》与《漂木》，你说："是否是某种机缘，使诗歌与您的生命发生了巨大的共振？"你这个总结性的归纳，说得真好。初期的《灵河》诗集，我期望不高，不是不好，而只是抒个人小我之情而已。主编《创世纪》，进入现代诗的创作之后，我才开始从内心深处发掘"真我"，最原始的生命，同时也不断反刍生命成长时期累积的战乱中各种苦难的负面经验。一遇适当时机，这些经验便化为缤纷的意象，喷薄而出，这就是《石室之死亡》的创作心路历程。《漂木》则有所不同，《漂木》可说是我的人生经历、美学概念、形而上思维、宗教情怀等一次总结性的展示，也是诗歌艺术与哲理、感性与知性的一次大融会。我个人对这两部长诗的评价有两点可以提出，一是一种大时代精神的投射，一是一种对大苦难、大悲悯、二十世纪以来人类文明大崩溃的哀悼、文化日趋衰败的挽歌。所以，我曾把《漂木》的内涵浓缩为两句话："生命的无常，宿命的无奈。"

庄晓明：对于金门炮火中诞生的《石室之死亡》，冯亦同先生曾这样诗意地论道："于双方而言，金门炮战的最大战果，就是炸出了一位大诗人。"多年后的今天，您是否还能感到当初的悸动？

洛　夫：痖弦曾戏言："越战结束后什么也没有留下，只留下一部洛夫的《西贡诗抄》。"这跟冯亦同先生的话"亦同"一样，太过奖，太溢美了。1959年的金厦炮战已成历史残灰，时间已抚平了炮火制造的疮疤，四十年后（2003）我再度回到金门时，历史已换了另一个面具，战场变成了观光旅游之地，炮弹壳被捶成菜刀，高粱酒已不是"黄昏时归乡的小路"，而成为打入国际市场的品牌。第二次返回金门时，战地重游，感慨良深，我写了一首《再回金门》，最后一节是这样的：

> 十月，没有铜像的岛是安静的
> 炮弹全部改制成菜刀之后
> 酒价节节上涨
> 在亲朋好友的宴席上
> 我终于发现
> 开酒瓶的声音
> 毕竟比扣扳机的声音好听

有一次金门大学请我去演讲，校长李金振博士也在下面听。讲完后，我朗诵了这首《再回金门》，八百多名学生一开始回应的不是掌声，而是一片肃穆的表情，然后才是一阵如雷的掌声。校长也十分动容，当时允诺要把这首诗刻成诗碑。第二年，一块极其壮丽的诗碑果然竖立在金门大学的校园，成为一个旅客必看的景点。

2012 年，台北一家电影公司的摄制组来金门为我拍摄"岛屿写作：文学大师纪实电影《无岸之河》"，为了拍我当年写《石室之死亡》的石室（山下面的坑道），摄制组曾多次与金门防卫司令部交涉，始得把封闭了数十年的坑道打开。开封后进入坑道时，一股浓烈的霉味扑鼻而来，回想当年在炮火硝烟中写诗的情景，恍若隔世，余悸犹存。

庄晓明：《长恨歌》无疑是您的重要作品，体现了您的诗歌于另一个方向的巨大创造力。我曾经遗憾您没有再创作出《长恨歌》式的诗章，而您微笑着回道："好事不可有二哟！"这是否意味着在《长恨歌》这一类型的创作中，您已经把该说的话说尽了，把该用的诗法用尽了，不可能再有新的突破，以至于《长恨歌》成了一个孤本？

洛　夫：二十世纪八十年代台湾现代诗的创作生态极为旺盛，大家争写现实的、超现实的、内心世界的、乡土的、新古典的各类题材，我也调动了浑身解数，运用多样的题材和表现手法，几乎到了技穷的困境，后来我终于发现了一条新路子，那就是发掘历史题材。利用现代诗形式改写白居易的《长恨歌》是第一次尝试，以后并不是没有再创作出类似的作品，诸如 1979 年的《与李贺共饮》，1980 年的《李白传奇》，1986 年的《车上读杜甫》，以及日后写的《走向王维》与《杜甫

诗探索 4　理论卷　2016 年　第一辑

草堂》等与古代诗人对话的历史题材。

《长恨歌》可以说是当年台湾诗坛最具原创性的创作，其结构与形式近乎戏剧，风格既古典又现代，颇获著名诗歌学者谢冕、陈仲义等教授的赞赏，并于2004年被音乐家谢天吉先生谱成音乐剧在温哥华上演，轰动一时。这种具有创意的作品，是唯一的，没有第二。这种形式我不愿重复使用，抄袭他人或重复自己，都是我在创作时经常警惕自己的戒律。

庄晓明： 2007年10月，在湖南凤凰古城举行的"《漂木》国际学术研讨会"上，吴思敬先生曾这样总结：长诗《漂木》将与小说中的《红楼梦》一般，成为一个说不尽的话题。至少，诗界目前已达成这样的共识，就是长达三千行的《漂木》，是中国诗歌史上的重要作品，它打破了多项诗歌与诗人创作的记录。但于普通读者而言，它却可能始终是一个无法接近的巨大存在，《漂木》在文学史上的境遇，是否会与乔伊斯的旷世巨著《尤利西斯》一般，诗人学者中声誉卓著，而普通读者却寥寥？

洛　夫： 一部文学作品既能获得学者、专家的赏识，又能取悦于大众读者，这是不太可能的两难之局，即便是《红楼梦》，爱读琼瑶的读者不见得读懂《红楼梦》。我写《漂木》之时，并未考虑到读者问题，甚至也没有想到能否发表与出版，因为这是我个人的精神史，我只能忠于我自己，忠于诗神。

《漂木》是我一生诗歌艺术创作的总结，也是我的诗观"意象思维"的具体展示。前面已说过，除了表现时代精神之外，它更表达了我的人生体验和感悟、美学倾向、宗教情怀、对两岸社会与政治生态的批判等。尤其最后一章《向废墟致敬》，乃是以反讽手法对当今人类文化全面崩溃所唱的挽歌。有人说，《漂木》的思想内核十分接近T. S. 艾略特的《荒原》。

《漂木》虽不如《石室之死亡》因太多形而上的思想纠结、诡异而复杂的原始意象，以及独创的陌生语式而导致艰涩难懂，但对于一般普通读者还是有一段距离的。但出版至今，销售情况还算不错，这也证明今日诗歌读者的进步，而愿接受"难懂"的挑战。近年来，艺术评论家提出一个很前卫很特殊的美学观点，认为"晦涩"也是一种美，是一种历史现象，例如徐渭的画、张瑞图的书法，西方的毕加索、米罗的超现实的画，都有一种不能逾越的难懂。当然，本质上诗就不是取悦大众的读物，即使再明朗可读的诗，不要说普通读者，就是学养深厚的学者也可能不接受，这是趣味问题，无可争辩。

庄晓明：先生晚年的"天涯美学"，是另一个重要诗学，也是长诗《漂木》审美意识的核心。"天涯美学"令人联想到屈原的"远游"的承继与发展，而《离骚》尾声部的"仆夫悲余马怀兮，蜷局顾而不行"，显示了屈原最终对"故土"的徘徊难舍，先生的"天涯美学"是否亦诞生于这种远游与回望的精神挣扎之中？

洛　夫：没错，"天涯美学"的确是长诗《漂木》审美意识的核心，也是《漂木》最根本的思想核心，其主要内容有两项：一是悲剧精神，乃个人悲剧意识与民族集体悲剧经验的结合；二是宇宙境界，即诗人应具有超越时空的本能，以及带着梦幻飞行的宇宙游客的愿望。有些评论家也有与你相似的视角，认为"天涯美学"只是一种远游与回归的精神纠结。台湾学者马森教授也曾把《漂木》与屈原的《离骚》相提并论。其实《漂木》的内涵远比想象更丰富更复杂，"远游与回归"的概念只限于第二章《鲑·垂死的逼视》，其中最重要的部分是写鲑鱼为延续后代而向故乡回游，沿途逆流奋力搏斗，以致头破血流最后死于河滩，这是多么伟大的悲剧精神。

在《天涯美学——海外华人诗思发展的一种倾向》这篇文章中，我对其中所谓"悲剧精神"特别提到一点："对于一个长年过着漂泊生活的海外华人而言，更有一种难言的隐痛，那就是在人生坐标上找不到个人的位置而引发的孤绝感，一种宇宙性的大寂寞。"这就是所谓"身份焦虑"。可是我在"天涯美学"中论述的悲剧精神有着更广泛的含意，它是超越一切的，是一种形而上、深刻的关照生命的哲思，一种近乎神性的宗教的悲悯情怀与敬畏心态。至于"宇宙境界"，我认为诗人都天生赋有超越时空的想象力，所以他能摆脱狭隘的民族主义和本土意识的局限，正如庄子说的："独与天地精神往来而不傲倪于万物"，人在天涯之外，心在六合之内，直游太虚。当然，这也与你的"远游与回归"的概念并不相悖。

庄晓明：《向废墟致敬》的最后一节，也就是长诗《漂木》的尾声是这样的："我很满意我井里滴水不剩的现状/即使沦为废墟/也不会颠覆我那温顺的梦"。井里滴水不剩，显然意味着一种时间已到尽头。而即将面对的废墟，之所以使您保持着一种致敬的姿态，是否是这"废墟"是生命划了一个完美的圆环后，与老子的"无"、佛家的"空"的叠印——它既是一种终结，同时又是一个新的开始？"温顺的梦"，是否象征着进入并服从于这种无限循环的一种生命意志？

洛　夫：《漂木》最后一章《向废墟致敬》，可以说全部是一个暗喻系统。我早年有一项写诗的座右铭："以小我暗示大我，以有限暗示无限"，也就是在一粒微尘中可以暗藏一个宇宙之意，对一切事物都可以透过暗示手法得到合理的诠释，亦如佛祖的拈花一笑。所以，《向废墟致敬》中的最后三行：

> 我很满意我井里滴水不剩的现状
> 即使沦为废墟
> 也不会颠覆我那温顺的梦

暗示着即使当今人类文化（包括人性、道德意识、价值观等）全面崩溃，沦为废墟，我个人仍然保有最后的乐观，哪怕是阿Q性的。

你说得好，这正是佛教"色空"观念的辩证关系，是终结，也祈望，是新的开始。

庄晓明：再次祝贺先生荣获2015年汉语首届李白诗歌奖，这不仅是对您诗歌创作成就与高度的肯定，实际上也是在古典诗歌与现代诗之间，完成了一个完美的对接。因为您的创作与李白一般，尤其是有代表性的长诗，都是一种巨大而强健的生命现象，它们并非为了抵达什么哲学理念，而如同火山的爆发与熔岩的奔流，它们直接来自人类生命的黄金部分，因而具有了一种难以模仿、追随的诗歌之美。但另一方面，您又写下了大量的禅诗，走向王维，对现代诗歌的发展产生了极大的影响。如果再设一个王维诗歌奖，您的获得也是当之无愧。能否请您谈谈，在这两种极端的诗歌风格之间的创作状态，您是如何平衡它们的？

洛　夫：谢谢，过誉了！李白、王维这两位先贤大师一直是我敬仰的两座诗歌高峰，我追慕他们、学习他们。少年时，我血气方刚，想象力与创造力十分丰沛，李白儒侠之气、飘逸入神的风格，正是我倾心钦仰的对象。但随着年龄的增长，心性的变化，到了晚年我的心潮渐趋平静，诗作常有虚境与实境相辅相融，而进入空灵之境。禅道在于空，诗道在于灵，空灵也正是王维禅诗的特色。这就是我走向王维的心理过程。

《石室之死亡》出版时（1965年），我在自序中指出："超现实主

义的诗进一步必然发展为一种纯诗，纯诗乃在于发掘不可言说的内心经验，最后就会进入禅诗境界，真正达到不落言诠，不着纤尘的空灵之境。"多年后，我从纯诗到禅诗这一发展过程又有了新的论证。这就是我尝试着把西方超现实主义与东方禅宗这一神秘经验做出有机的融会，而蜕化为一种具有现代美学属性的现代禅诗。

我发现中国传统文学（尤其是诗）和艺术中有两种迥然不同的特性：一种是飞翔的、飘逸的、超凡的显性素质，这正是李白诗歌的本质；另一种是宁静的、安适的、沉默无言的，所谓"羚羊挂角，无迹可寻"的隐性素质，王维的心性与作品风格恰巧与此吻合，他的这种隐性素质就是其诗的本质，也是禅的本质。其实李白与王维这两种极为互异的风格，只是我数十年创作过程两个不同的阶段，无所谓平衡的问题。

庄晓明：您投一生精力于诗歌创作，而鲜做其他文体的尝试，是什么因素决定了您这一抉择？在某种意义上，您一直是一位先锋式的诗人，而您的晚年却出乎意料地潜心于书法艺术，并取得了卓著的成就，这使得您更像一个传统的中国诗人——书法在您的精神中，是否有着连接传统与现代之间桥梁的意味？

洛　夫：我是一个直觉胜于知觉的人，只宜写诗。有时面对自己的作品，一时竟想不出这首诗是如何产生的。由脑子想出来的？不可能，苦思写出来的诗肯定缺乏一种神韵，或称神思，但光靠灵感写出来的诗总不免有点空洞，至少语言应受到知觉的节制，所以我说："诗人是诗的奴隶，但必须做语言的主人。"一首好诗通常是感性与知性的平衡。早年我也有过做一位小说家的心愿，但因不擅于处理小说的结构而作罢。我长于经营意象而弱于叙事，所以我的散文也多以意象代替叙述。其次是价值问题，小说剖析人生，批判现实，自有它的价值，但我对诗歌的评价一向高于小说，因为一首简短而想象空间广阔、表现多层次内涵的诗，可以包含一部小说的全部精神世界，而情感适度的抒发，可以凝聚成一股强大的撞击灵魂的力量。饱含神韵的意象的永恒之美，正是唐诗历百代而不衰的缘故。

诗与书法是我国传统文化中两项最能表达民族审美经验的载体。写诗之余，我之所以选择书法作为我喜爱的第二项艺术创作，是因为我发现诗与书法有太多相同之处。除了书法的内容主要是诗之外，同时一幅好的书法，字的结构、字的姿态所形成的节奏感、韵律美，以及整体的行气都带有浓郁的抒情味，也就是诗性。还有，诗讲究想象空间，书法

诗探索 4　理论卷　2016年　第　辑

则重视留白。书法艺术好比太极，太极由"阴""阳"二元构成宇宙的基本因子，书法则以"黑""白"二色构成一个独特的宇宙。黑白虽只两色，但二者交融互补，可以产生无限的变化。一幅书法的空白部分本是笔墨不到之处，不过这个"白"并非纸上的白，而是书法家所创造的空间，正由于这些空白的存在，笔墨才能产生情趣，使人觉得气韵生动，有灵气。

古代书法家多为诗人，在宣纸上能有效地发挥书法与诗的特色，使二者得到极好的结合。但当今书法家能作诗的不多，文化修养欠缺，书法作品也鲜少突破。在书法界我也许是一个后来者，却因用传统书法来书写新诗而闻名，这就有点你所说的"联结传统与现代之间桥梁"的意味，而且也多少给书法突出了一些时代风貌。

有一次在我的展览现场，一位记者问我："你是一位很前卫的现代诗人，却又从事这种非常传统的书法艺术，你不觉得这很矛盾吗？"当时我回答说："表面看来，这的确有点矛盾，但从美学观点来看，我认为凡美的东西都富于创意，因为这种美是超越时空、万古常新的，譬如唐代怀素的草书，千百年后的今天看来仍是那么气韵生动，魅力无限，真可以说是一种凝固的永恒的时空。他创造的美既是传统的，也是现代的，一点也不矛盾。"

庄晓明： 诗人的影响力，曾经长期地占据着时代的中心位置，但在商品与资本急速而全面地控制社会的今天，诗人的影响力被边缘化了。诗人曾经有着预言家、时代的代言者、鼓手等称号。那么，今天应如何重新界定诗人存在的意义？是在诗意栖居的生存意义上，还是在与商品资本的悲壮对峙之中？

洛　夫： 前面我已说过，我从来不以消费市场的价格来衡量诗的价值。在当今这个沉溺于物质享受的社会，人们大多认为精神生活可有可无。其实自古以来，能欣赏精致的、高尚的经典文学艺术的人本就不多，诗的边缘化，诗的读者限于小众阶层，在今天其实应视为一种常态，这样就心安理得多了。

不过，据我近年来的观察，以及两岸诗坛的舆论反应，我发现一个稍可乐观的现象：诗人并没有被这个精神崩溃、价值意识沦陷的社会所吓住，创作的热情反而高涨，诗歌生态充满了活力，佳作频繁出现。尤其在中国，诗歌活动更趋活跃积极，每个城市乃至乡镇都经常举办讲座、朗诵会、诗歌节，以及诗歌奖等各种活动，全国诗歌界显得生气蓬勃。但我也有隐忧，一个诗人活动太多，势必影响他静心潜沉、致力于创作的时间。

庄晓明：在您的漫长的创作生涯中，创作风格一直在变，是有意为之，还是一种自然的发展？您的一直在变化的诗歌创作中，又有哪些品质却始终保持着？

洛　夫："行到水穷处，坐看云起时。"王维这两句诗可以说是诗歌创作面临困境时的解救之道。换言之，这时你就必须另辟蹊径，寻求变化。所谓"江郎才尽"，只是灵思一时塞滞，但潜能仍在，这时"变"便成了天才的另一个名词。我的风格一直在变，一个诗人不可能毕其一生只写一种风格的诗而不变，时代潮流催着他变，个人创意逼着他变，他如要追求突破，就必须不断放弃、不断占领。事实上，诗人常因岁月嬗递而引发内心变化、个人生活形态的改变，因而产生不同感受的强度和思考的深度，这些变化也势必促使他对题材的选择、意象语言、表现策略做出相应的调整。因此数十年来，在我从事现代诗的探索历程中，包括早期狂热地拥抱现代主义，中期重估传统文化的价值，以及晚期抒发乡愁、关怀大中国、落实真实人生，每一阶段都是一个新的出发、一种新的挑战。我的变当然主要在语言表述方式和诗歌形式的变，换一副新的面具，面具后面的真我与独特的诗歌精神却是万变不离其宗的。

庄晓明：在您的《创世纪》诗刊的主编生涯中，最满意的成就有哪些？您与当今许多著名的诗人、作家及评论家有着很深的交往，他们当中有哪些人给予了您的创作以影响？台湾与大陆的年轻诗人中，有哪些是您所期待的？

洛　夫：一个诗人出道之初，在自我摸索的阶段受他人的影响是很正常的事。写诗不能完全闭门造车，生活、诗人与外在世界的互动都是灵思的泉源。影响我的大多是历代的先贤，尤其是唐朝的大师们对我多有启发，在意象创造方面，杜甫和李商隐对我帮助甚大。至于当代的诗友们，由于起跑点都相同，谁也影响不了谁，倒有人说我影响了数代人，这也只是泛泛而言。

台湾与大陆优秀的年轻诗人不少，有的有交情，有的未曾谋面，在你主编的《扬州诗歌》中，就不乏很有创意的诗人，值得期许，恕不指名道姓。至于在我主编《创世纪》期间有哪些重大成就，让我回想一下，我自认为有三项具有前瞻性的事值得一提。其一，二十世纪八十

诗探索 4　理论卷　2016 年　第一辑

年代期间，为了向台湾诗坛提供西方的新兴文学艺术思潮，曾系统地将欧美现代主义各个流派著名诗人的生平、理论与作品编成个人专辑，分期在《创世纪》上发表，对台湾现代诗发展的方向、创作风格、语言形式都产生过深远的影响。其二，在不同的历史阶段，曾以社论或个人论述的方式提出重要的言论主张，诸如早期的"新民族诗型"的揭橥，"修正超现实主义"的倡导，"大中国诗观的沉思"的提出等，可以说都是台湾现代诗发展史的重要文献。其三，最早在《创世纪》上开辟中国大陆诗歌的展示平台，曾相继推出《大陆朦胧诗专号》《当代著名诗人选辑》《中国第三代现代诗选》，以及《两岸诗论专号》等，对促进两岸诗坛的交流，成效显著。至于《创世纪》六十多年来独特的精神面貌与创作风格对台湾，以及中国大陆、世界各地华人诗界的明显的或潜在的影响就不细说了。

庄晓明：作为诗人，您曾经历了抗日战争、金门炮战、越南战争，1944 年岁末，更是曾从日本人的兵营偷走一挺机枪，能否谈一谈您对战争的理解？

洛　夫：战争是一个含有多种负面意义的复合名词，其同义词有仇恨、杀戮、死亡、苦难、人性灭绝、文明摧毁、文化废墟等。我这一生可以说是在战乱中长大的，几度处于危及性命的边缘。1944 年，我还只是一个初中二年级，年仅十五岁的大孩子，抗战期间，学校停课，便伙同一群同学上山打游击。那时衡阳沦陷，我家进驻了一个日本分队。一天，游击队龙姓大队长命我回家乘机去偷一挺轻机枪。在极度危险的情况下，我有幸完成了任务，为抗战做出一项小小的贡献。1949 年，我由湖南家乡随军来到台湾，号称"第一度流放"，嗣后在军中混了二十年，这期间完成了大学学历、结婚生子、主编《创世纪》诗刊，日渐为自己建立起了一个文学王国。1958 年，金门与厦门发生了一场轰动全世界的炮战，我被调到金门前线担任新闻联络官，专门接待外国记者，有两次险些丧命于炮火中。但危难中也有幸事，我在金门的炮火中写出了我的第一首长诗《石室之死亡》。用血与火写诗的年代还没有翻篇，1965 年，越南战争打得惨烈，我又被派到西贡出任台湾军事顾问团联络官兼英文秘书，过了两年惊险的战时生活，每天身怀手枪，枕戈待旦。这些就是我一面写诗，一面过着惊悚而又精彩的烽火生涯的难以磨灭的悲情记忆。

庄晓明：在您的生活中，曾有这样一幕至今不时为人们津津乐道的场景：1963 年 8 月，您的长女莫非周岁生日时，您与痖弦、商禽、辛郁、楚戈、韩国诗人许世旭等午宴后，同往深谷涧水裸泳，并摄影留念，这在当时是否有惊世骇俗的意味？

洛　夫：二十世纪五十年代中期，《创世纪》诗人做了一件轰动一时的事，至今仍难判断这是一件韵事，或一件糗事。那时美国大学刮起一阵裸奔之风，一群大汉脱得一丝不挂，在众目睽睽之下满街狂跑，不久欧洲相继效尤，一时蔚为一阵奇异的世纪之风。不料十多年后，台北一群青年诗人，包括痖弦、楚戈、辛郁、商禽、我，还有一位韩国诗人许世旭等六位，仿效竹林七贤的放浪形骸，也做了一次惊世骇俗的裸泳。当时我们年轻，意气风发，有些半野蛮的心性，居然在一个四顾无人的深山里的池塘中，赤条条地戏起水来。此事本可隐而不宣，不料许世旭带有照相机，咔嚓数声，留下了几张不堪入目的裸照，不但在诗坛哄传开来，一家《大人物》杂志还公然刊登了这些裸照，采访了我和痖弦、楚戈，成了那年最吸睛的新闻。前年（2014 年）《创世纪》六十周年庆的展览中曾摆出一幅放大到真人那么高的裸照，当时我还和辛郁在照片旁合照了一张相，但人世无常，不料辛郁已于去年遽逝，而照片中的楚戈、商禽、许世旭三位也在多年前相继去世，只剩下我和痖弦二人在照片中相对无言。

庄晓明：从我与先生的多年交往中，我有这样一个判断，就是真正对您的一生影响最大的人，或者说，协助成就了您一生伟大诗歌事业的人，应是一直陪伴在您身边的太太——陈琼芳女士，不知我的判断是否准确？您在大陆的每次演讲，都要以播放一曲献给太太的诗篇《因为风的缘故》收尾，是否为了表达这样一种谢意？

洛　夫：我和老妻琼芳结缡迄今已届五十三年，2011 年在亲友热情哄抬之下，曾分别在温哥华、台北、金门、衡阳、深圳等地举办过金婚（五十年）庆典。许多朋友都调侃我们说："当今世上像洛夫伉俪这样结婚五十多年还没有换届，实属罕见。"这话一则说明我们的观念陈旧，性格稳定而保守，再则也证明我们数十年都处在"相濡以沫"、十分常态的二人世界中，尤其在北美二十年生活中，更是"相依为命""甘苦共尝"。当年在台北结婚时我很穷，诗人们都很穷，介绍人痖弦参加婚礼穿的西装裤还是向我借的。早年我对婚姻这回事较为轻率，只拍了一张黑白的结婚照，家中墙上从来没有挂过，结婚证书早就找不到了，结婚戒指不到一个礼拜便丢掉了，现在唯一剩下的就只有数十寒暑的鹣鲽情深和一个安详和谐的家。她的勤劳简朴和我的甘于淡泊，是构成我们和睦相处、两无异心的主要因素。琼芳不会写诗，但她欣赏诗，因而也就爱诗及人。她有一手好厨艺，经常邀集一些好友来家小酌，酒酣耳热之后，余兴就是谈诗读诗，通常都以我的诗为主。有时我在书房埋首写作，她会轻叩房门，为我端上一杯热茶，或一盘水果，然后悄悄离去。当她发现我有一段时间没有写诗，她会在不经意中提醒我。写《漂木》的那一年，我几乎摒除所有应酬，连电话都由她接，家事全由她料理。我在《漂木创作记事》最后写道："《漂木》在将近一年的写作期间，对我督促最殷勤，关照最深切，照顾最辛劳的是妻子琼芳，特以此诗献给她，以志永念。"在书的扉页上还特别印上"赠吾妻琼芳"数字。

据我粗略了解，我国古今诗人题名给妻子写诗实不多见，台湾诗人仅痖弦、叶维廉二人而已。我给琼芳写过两首诗，一首是大家熟知的《因为风的缘故》，多年来广为两岸传诵，且多次在中央电视台和网络上朗诵，成了我的招牌诗。2001年，儿子莫凡（享誉两岸的音乐人）把这首诗谱成歌曲，调子特别感人。在台湾一次大规模的诗歌朗诵会中，我先朗诵了这首诗，接着莫凡自弹自唱，身兼妻子与母亲的琼芳坐在台下静静聆听，唱完后我和她不禁热泪盈眶。正如你说的，每次我在大陆演讲之后，都会播放这曲《因为风的缘故》作为压轴。某网络上曾有报道，中国有三大情诗：一是徐志摩的《再别康桥》，一是戴望舒的《雨巷》，再就是我这首《因为风的缘故》。

1991年，为了纪念我们结婚三十周年，我又写了一首《赠琼芳》，仅短短七行：

> 你兜着一裙子的鲜花从树林悄悄走来
>
> 是准备去赴春天的约会?
>
> 我则面如败叶，发若秋草
>
> 唯年轮仍紧紧绕着你不停旋转
>
> 一如往昔，安静地守着岁月的成熟
>
> 的确我已感知
>
> 爱的果实，无声而甜美

这首小诗的知名度显然不如《因为风的缘故》，主要是因为这是一首读者不太熟悉的"隐题诗",不明其中玄机便难以索解。所谓"隐题诗"乃是我创发的一种新型诗体,类似传统的藏头诗,诗的标题隐藏在每行诗的头一个字,读者如试着把头一个字连起来念,便可明白此诗的隐秘。

我们在海外过着十分单纯的半隐居生活,琼芳的生活空间多在厨房,我的领地在书房,我戏称:"我们各搞各的房事。"她有时很机智而风趣。有一次家里来了访客,很客气地对我说"相见恨晚",琼芳马上冒出一句"有缘不迟",客人听了大加称赞。我也常对她开玩笑。有一天,她突然对我说:"你看,最近我脸上长出了一粒青春痘。"我随即反讥说:"你只剩下痘了,哪还有什么青春。"惹得她一阵白眼。在另一次朋友的聚会中,她说她不会写诗,但数十年来在洛夫的熏陶之下,不会写也多少会欣赏一点。我当时回她说:"你岂不熏成一块诗腊肉了。"引起一阵哄堂大笑。

庄晓明:2015 年 10 月,您第十次也是连续第十个年头访问扬州,这在国内的城市中是少有的,也是扬州这座诗歌之城的荣耀。扬州八怪纪念馆前与瘦西湖畔,都将树立您的诗碑。能否谈谈您与扬州这座古城的因缘?它的什么气质吸引了您?

洛 夫:我与扬州的结缘,简单地说,最初由于受到李白的诗句"烟花三月下扬州",还有杜牧的"十年一觉扬州梦,赢得青楼薄幸名"那种既浪漫而又神秘的想象空间的影响。但回到现实,我仍不得不归功于扬州的那种结合古典与浪漫、历史与现代的自然美、人文美,当然,更重要的还是"诗缘"。与扬州诗人结识最早的是庄晓明,记得是在2002 年,我应南京作协之邀访问南京一周,其间认识了分别专程从北京和扬州赶来看我的李青松、庄晓明二位诗人。日后我与晓明时有书信往来,随后又结识了著名的评论家叶橹教授、市作协主席杜海、市文联主席刘俊,以及诗人曹利民、陆华军、吴静、袁益民、孙德喜、一木、许国江、梁明院、朱燕、青燕、芳兰、布兰臣等。他们都待我甚厚,每次来扬州都有回家的温馨之感。扬州是我最喜爱的历史文化名城之一,曾访问过十次之多,为我举办过多次诗歌讲座、朗诵会、书法展览,我也为扬州写了两首诗《西湖瘦了》《唐槐》,不仅广为读者喜爱,且将刻成诗碑立在扬州城内。《西湖瘦了》算是我写大陆名胜的经典之作,有评者说,此诗可作为讲授诗歌的范本,也有人说,这首诗论其诗质,实不输于杜牧写扬州之作云云,姑妄听之吧!

庄晓明：您 2015 年 7 月的诗《晚景》，其炉火纯青之境，赢得了一片惊叹。这是您八十八岁的高龄之作，在中国古今大诗人中，已创下了一个纪录。您的诗歌创作力的不衰，已成了一个谜，并将成为一个永久的话题。您在与时间的搏斗中，是如何获得这样一种不衰的诗歌力量的？能否透露一点给后人以启示？

洛　夫：过奖了，谢谢。一个人的时间与智慧有一定的限量，早花早完，晚花晚完，不花就浪费了。有些人早慧，很快就把才情与生命消耗光了，如王勃、李贺、雪莱等，有人晚成，他们的时间和才情可以持续使用很久，如白居易、陆游、歌德等，不过算起总账来都是一样。

我非早慧，也难说是晚成，写《窗下》《暮色》（1956）如此成熟的作品时已二十八岁了，其实我的创作力最旺盛时期是四五十岁的中年，记得四十八岁那一年有一天晚上写了十首诗。我创作的持续性颇佳，除了在越南西贡那两年因为太忙、生活紧张而无诗外，其余每年都能列出一张无愧的成绩单。至于晚年还能写出《漂木》三千行的长诗来，大家都感到惊讶，诗人简政珍教授说："简直不可思议，洛夫这首长诗无疑已推翻了那些认为步入高龄即无法写作的论断。"《漂木》于 2001 年面世之后，随之又出版了《背向大海》《唐诗解构》，以及《禅魔共舞》《烟之外》《给晚霞命名》《如此岁月》等多种选集，如此成绩还算满意，但毕竟垂垂老矣，感觉迟钝，创作力大不如前。但诗心未泯，总是如此叨念着：好的作品还没有写出来，期待下一首吧！

·诗人访谈·

　　　　　　　　　　　［洛夫：台湾诗人　庄晓明：扬州诗人］

金曜诗话（十则）

邵洵美

一　抗战中的诗与诗人

俗语说："三百六十行，行行出状元。"但是人们的习惯，总喜欢说，只有他自己的一行会出状元，也只有他自己会做状元。历史上一切争王称霸的举动无非是这同一种的心理表现。为了要抢所谓领袖权，于是劳心者便为自己的一行立出各种理论上的根据，而劳力者便供了他们的使遣去施用手段与技巧。

在文学的疆域里也不乏这种现象。诗人抹煞小说家，小说家取笑诗人。文学史上便有了韵文与散文的比较与争论。诗人不以写好诗为满足，一定要辨明诗是高于一切。小说家不以写好小说为满足，一定要指斥除了小说别的东西决不能担负得起伟大的使命。

明白人不是没有，但是这世界上大多数人喜欢看"抢状元"的表演，所以不论什么打擂台式的热闹局面，自有群众来捧场。

即使是以文学为宣传工具的苏俄，上面所说的那种心理，依旧存在。蒲哈宁在他的《苏俄的诗与关于诗的一切问题》的短短的序言里便作着下面这一个解说，"我们当然明白诗的创作是许多意识创作的形式之一，而诗的'出品'又是一种特别的出品；不论诗人注意与否，诗终究是社会发展的最有力的因子之一（在古代的希腊，他们已完全明白了，——虽然我们有许多职业的文学理论者还没有明白——一切文学，尤其是诗，自有其社会教育以及教育战争之职责），所以我们应留心质的问题，诗的创作的质的问题，诗的创作的技巧的运用问题，与同化文学及文化遗产的问题，我们应将这些都作为最先决的问题。"

他虽然并没有把诗作为社会发展的最有力的因子，但是他仍旧要说明诗是一种特别的"出品"。我以为世界上的东西，假使我们说句真心话，是没有所谓"特别"的。"特别"一词是对着"平常"一词而发的；无论什么东西都会有它相对的"特别"，或者是时间的，或者是空间的。凡百事物都是"说穿了一钱不值"。

明白了这一层，我们当然可以省却许多无谓的争论；把这种精神与时光省下来，以作本身进步的努力，才是有知识人应取的态度。

譬如，在这抗战中，诗的确是可以深入人心的宣传工具；但是深入人心的宣传工具却并不只是诗。以文学宣传来讲，那么，无论什么体裁，只要运用得当，都能深入人心而发生所需求的效力。

所以在这抗战中，谈起诗来，我们可以说："发生宣传效用的诗便是好诗。"在抗战时间的诗已不能与太平时间的诗相提并论了，况且，也不必相提并论的。

说到抗战中的诗，它的条件是比较简单的——而在抗战中也难能产生别种的诗。譬如说，抗战中的诗，对于形式方面的要求便决不会与平时一般复杂。诗人在这个时候，只有感觉的机会而没有思索的机会了。在欧战中欧诗的形式回复到维多利亚时代的风格；而在今日的我国，最热闹的便也是"旧瓶子装新酒"的论调。这不是诗人们的发现，乃是诗的必然趋势。

至于内容，那么，像英国批评家吉尔克在他的新著《现代诗的钥匙》中说，简单得可以用一只手来记数。他说，第一是勇敢，第二是毅力，第三是服从，第四是好斗。此外的一切便是不需要的了，而一切的争辩也都是多余的。所以在目前，凡是能表现上面这几个现象的诗，便是一首好诗。

抗战的环境已经自己完成了它要求的形式与内容，诗人们在这个时候，假使他的目的在于对群众发生宣传的效用，那么，他的工作是简单的。而假使他的目的是在写一首在太平时期所谓好诗的好诗，那么，这是他私人的工作。

现在我们都是供使遣的时候，而不是争王称霸的时候，所以标新立奇会受到大家的指斥。

抗战中的诗人，都是劳力的劳心者。英国诗人考莱说过："一个战争及紊乱的时代，是极好的诗歌题材，而是最坏的写诗环境。"目前只是产生发生宣传效用的好诗的机会，所以我也不想谈到别的。

（《中美日报》1938 年 11 月 25 日）

·新诗史料·

二　什么是新诗与新诗是什么

新诗到今日已有了二十多年的历史，讨论新诗的文章也不知已有多少篇，可是每一个人，甚至有一部分新诗人，依旧在那里问着："什么是新诗？"

这问题便有许多诗人和批评家答复过。但是答复人自己，正和发问的人一般地糊涂，说了不少个人的意见和希望；而每一个答复人又有每一个的意见和希望，结果究竟什么是新诗始终是个问题。

我以为答复人所以说不出一个具体的答复的原因，是在问题问得不够准确。我们不应当问"什么是新诗"，我们应当问，"新诗是什么"。

要知新诗和宇宙间一切的事物一般，也是先有"物"而后有"名"的。大家也许要说，新诗在胡适之先生等没有尝试以前，已有了它的议论；但是这新诗的"新"字乃对了旧诗的"旧"字而发；在最初的议论，新诗是一种消极的产物，它本身的存在是靠了对于旧诗的不满意。譬如，我们觉得旧诗文字是已经死了的，于是新诗便须用活文字来写成；我们觉得旧诗所有的形式不足以包含新的内容，于是新诗便完全不采取传统的形式；我们觉得旧诗的意象无非是你抄我袭的重复，于是新诗的意象便得是每一个诗人的创作。根据了这种反面的议论，他们便有了各种的尝试，结果才有了新诗。所以，虽然新诗似乎是先有了批评，然后有创作；但是新诗最初的议论不是新诗是什么而是新诗不是什么，最初的新诗人的确都是有所凭藉的。他们既将他们所希望的新诗写了出来，后来人便依据了已有的作品而定出一切的定义来。所以新诗也是先有"物"而后有"名"。

我们假使承认了这一点，那么，要知道"什么是新诗"，我们只须看一看已有的新诗而辨解出一个"新诗是什么"好了。正像我们要知道电灯是什么，只要看一看已有的电灯；我们要知道汽车是什么，只要看一看已有的汽车。

但是新诗也正和电灯与汽车一般，是时刻在改变的。变好变坏虽然看一般批评家的意见，不过有些新诗已改变到在批评家了解的能力以上，所以也有些新的新诗便在某一个时期里不被人承认。今天的新诗不一定是明天的新诗，今年的新诗不一定是明年的新诗；而要知道"新诗是什么"的人，他们便得自己去认识，自己去发现。每一个有鉴别力的都可以是批评家。不过人有学问才能不同，所以正像解释电灯与汽车，有的只能讲外面的形状；有的还能讲内部的组织，新诗的批评家便也有浅薄与高深的分别。

我这些话，当然是偏于读者方面的。假使你自己是诗人，你便自己会有新的创作。我们不能禁止诗人去把新诗写得"更新"。

总之，为读者，为批评家，我们应当根据已有的现象而定出解说来。假使你自己要发挥对于将来新诗的希望，那么，你并不是一个下定义的人。下定义必须要有所根据，所以"新诗是什么"决不是一个回答不出的问题。只有"什么是新诗"，才会有各种不同的答案。我们问"新诗是什么"的时候，我们要求的是定义。我们问"什么是新诗"的时候，我们要求的却是意见了。

你要知道"新诗是什么"么？请你去读已有的新诗好了。你们要知道"什么是新诗"么？我当然也有我个人的意见，有机会的时候，我们不妨大家来讨论。

（《中美日报》1938 年 12 月 2 日）

三　新诗的认识

新诗的读者和作者都有一种论调，他们觉得新诗比旧诗要容易写。他们所根据的理由是写旧诗你得有字数和音韵的限止，而写新诗却可以绝对自由。

我以为在学术上的议论，再比这个浅薄与低能的是没有的了。假使说一个诗人而要对了数定几个字眼，辨别一些声音，感到困难，那么，他根本连写诗的才能都没有，更谈不到会做出什么好诗来。

他们对于写诗的观念，可见始终没有脱离旧时的见解：他们把写诗当作一种献技；他们还是把诗用来作为酬应、茶经，或是卖弄聪明的工具。

其实时代已经变迁，人们的习惯也改了；写新诗的目的和写旧诗的目的完全不同；新诗已无所谓唱和，而文人才子也很少在笔头上比较高下的了。新诗人负着有他特殊的使命。

不过，从新诗产生的历史上说，胡适之先生等当时的尝试，的确大半是为了对旧诗的形式和文字的不满；他们确然也讲过几句要求新内容的话，但是仍旧是些反面的理由，并没有明显地提出正面的或是具体的意见。而对于文字方面，他们也不过从因袭的文言文解放到流行的白话文，并没有什么要推进语体文的企图。

新诗到了今天，经过了不少人的努力，它已经有了它自身存在的一切价值。虽然每个新诗人所工作的方面不同，但是我们把来总合起来，却可以得到一张简明的方单。

（一）文字

著述新诗的文字，当然是运用语体文。不过因为语体文经了一般低能者的支配，也已经有了"死的语体文"——即是所谓"白话八股"。在新诗里，我们也可以举出不少例子。譬如一切新成语的抄袭模仿，便早有人举发而加以讥讽了的；在作者，他们以为一首诗里有了这许多新成语便成功了一首新诗；在批评者，则为了从多数的新诗里寻到了这些幼稚的表现，于是拿来当作攻击整个新诗界的口实。两方面的行为是同样的低能。要知真的新诗人对于文字的组织，各人正在创造着各人自己的笔调；而各人也都有着各人的尊严与骄傲，再不会肯抄袭模仿。更有一部分又进一步地从各处的方言里去提精汲淬来丰富原有的字汇。所以一般批评家尽可以不必在这方面代为着急。

（二）形式

对于新诗的形式，始终会有两种意见：一是要有格律的；一是绝对自由的。我个人相信一首好诗，它的形式决不会绝对的自由；每一首好诗都有着诗人自己所认为最适宜的格律。我对于格律则始终执着着我的见解：我以为"格律是去教低能儿读诗的方法"。——关于这一点，我将来要详细地来解释。

而一般主张要有格律的，主张格律是一首诗的外表的，也正在分头地向外国诗里选择，一方面再自己创作。他们也要求韵节，更以为好韵节存在在好格律里。我们已经尝试过的新格律，多得数不清；总之，在格律上说，新诗比旧诗的范围广了；但是也因为它范围广了，所以新诗人而要求格律的，他们选择适宜的形式时便比写诗来得复杂。

（三）题材

不论新诗旧诗，题材当然不会有限止。人们的印象是因为在旧诗里所见到的，已随着词藻的狭隘而千篇一律，于是写新诗的便有了对新题材的要求。其实这个问题是不容讨论的。一个真的诗人自会有他的题材。况且题材仍不过是表现意境的媒介，表现的成功在意境不在题材：

诗探索 4　理论卷　2016 年　第 4 辑

新意境不妨用旧题材，而新题材也不定便可以表现新意境。譬如一首诗里，尽使你用了许多近来的物象，后面所躲着的真义依旧可以是一个弯腰曲背的老学究。事实上，新诗里却正多着这一类的"化装旧诗"呢。

所以一首新诗的写作，虽然依靠着文字、形式、题材等工具，但是这许多工具依旧不能决定一首新诗的成就。一首诗的新旧完全在于意境；所有的争论都是多余的。而说新诗比旧诗容易写，更只能暴露出说话人认识能力的鄙陋。

（《中美日报》1938 年 12 月 9 日）

四　诗人和他的读者

大概是自己年纪一天天老了，感觉到时光有限；我近来最不喜欢人家说曲折话：明明一说便能明白，他偏要暗喻隐射，让你费尽心血去猜索，结果说穿了一钱不值。

写文章我也抱着同一个态度，句法要简单，字眼要准确，只希望一方面自己所要解说和形容的东西完全达到目的；一方面可以省却读者不少脑力。"故弄玄虚"，不但是文场恶少，简直是人类公敌。

记得欧洲有位批评家曾经说过："所谓好文笔，便是把最复杂的事物用最简单的方法来描画尽致。"这句是我近来写文章的金科玉律；当然大家不能忽略后面"描画尽致"那四个字。

我以为文章写出来，总是给人看的。有许多人偏说，他的文章不希望人家读，这句话的真实性实在有限。还有几个人甚至说，他的文章发表出来也不一定要人家读；那简直是发了疯。

写了文章要人读，这是不成问题的。不过我进一步要求作者还应当时常把读者放在心里。要知说话一定要有对象；有了对象说话才有分寸。文学史上无论古今中外的作者，都有他一个假定的对象。同时这对象也可以说是时代供给他的。即以我国来说，唐代文学发达，帝王显宦，平常百姓，都有欣赏诗歌的雅兴，所以李白、杜甫的诗的题材，便十分广大；到后来文化发展到了极点，时代反趋于颓废，宋词便成了特殊阶级酒红灯绿的灵魂；元曲是外力侵入后，一般人苟安偷生，粉饰太平的点缀；到了明代，于是爱国及反抗心理在此中表现；清代的诗词则简直是名利场中的装饰品了。所以诗里面可以看出时代的精神，原因是为了诗人写诗都有一个对象，而对象又总是时代所供给的。这个一些不能勉强。

　　不过，一个时代不只有一个对象，诗人尽可以自己选择。指定了对象，你自然会知道如何去表现。所以我以为，目前有许多人要喊着写大众诗是"反宾为主"。我们只要认定大众为对象便够了；技巧上的问题，一个相当有修养的诗人自己会决定。这时候，每个诗人方会写出每个人的诗来，诗才有价值。否则千篇一律，何必你也写我也写？认定对象是必然的现象；若去决定表现的方法，便是低能的工作了。

　　从这点出发，写出诗来便决不会有什么看不懂的问题发生。换一句话，那么，凡是看不懂的诗，毛病在于作者所认定的对象，而不在于他表现的方法。

　　譬如目前我国诗坛上有一种"象征诗"，它曾受到过各方的指谪。我以为应指谪的，不是象征诗本身，而是它产生的原因。象征诗在欧洲的确有它存在的根据，在我国却缺少了它生理上的基础：在我国，它正像是水面上的花朵，是随风飘来的。

　　原来象征诗的产生是法兰西，又从法兰西分种到英吉利及美利坚。他们文明的发达都已到了极点，诗人已不能认定一个小集团来做他们的对象，结果便走到最个人的方面去，索性把对象来放弃了。象征诗便因此产生。象征诗里有许多所谓"联想"（Association），便是最个人的东西，除了写诗人自己，别人绝对不能了解。像爱略特的一首名诗《荒地》，读者如要完全了解，非懂得一二十国文字以及他们的神话故事、历史风俗不可。在文明最发达的国家，方有这一类闲暇的读者，在我国，当然行不通。

　　象征诗在欧美是一种文明的证据；在我国却是一种疾病的症象。我记得《笑林广记》里有一段故事，叫做《诗翁治病》，里面有一首诗，大家都看不懂；那位诗翁便说道："无怪先生不解。我费尽千锤百炼之功，始有此一掷地金声之作，庸手俗目，何能望其项背？"再看这一首诗，简直和近代象征诗的"联想"是同一种技术的结果。他是的确写来给他"自己"读的。

　　我们目前不希望这类写给自己读的诗。

（《中美日报》1938 年 12 月 16 日）

五　一首诗的产生

　　"假使一首诗的产生，不像花朵长上桠枝，那还是不要写的好。"

我已经忘记这句话是欧洲哪一位诗人说的。照他的意思，写诗一定要自然，使读者会感到词句音节的天造地设。但是这句话却可以有两种解释。一是关于形式方面的，那么，他的意思应当是诗人须用熟练的技巧，每一个字每一句诗都要安置在最适当的地位；好像是一部机器，由多少种零件配合成功，发生出极大的力量，而没有一只螺丝钉或是一块铁片的存在会使人感到不满意。一是关于内容方面的，那么，他大概是说诗人务必有真实的情致，完美的题材，更要有强烈的灵感；到那时，千言万语，一气呵成，完全是心底里唱出来的声音，绝对没有一些虚伪的痕迹。

不过，技巧上的修养乃是诗人必然要具备的工具，他一定知道；所以那句话大概更注重灵感。对于浪漫派诗人，一首诗的产生，灵感是最重要的因素。他们把自己当作是一种机器，灵感便是推动力；灵感来时，他会不由自主地写作出千古的绝响。还有几位诗人把灵感叫作"显示"（Vision）——神灵的点化，而把自己当作是传播福音的使徒。但丁的《神曲》是如此地写成的。弥尔顿的《失乐园》也是如此地写成的。他们简直把自己的成就认为神助。

何谓灵感？好像没有人能把来解释明白。我有一位朋友曾经说过："灵感原是一个外来的名词（即英文的 Inspiration，有人用音译作烟士披里纯）。我以为很像中国词里的所谓触机。假使灵感和触机是一样的，那么一首诗的产生决不是外来的力量；诗人的心里早有了准备，好比悬帆的小艇，灵感便像一阵清风可以把它送行千里。"

我相信我那位朋友的见解。他把灵感这般地说明了，对于许多人是有益的。因为我亲自会见过不少青年诗人，他们竟然把写诗的责任完全推在灵感身上；他们写不出诗，从来不怪自己，而怪灵感不来。

我也相信灵感是有的；但是它决不是物理的而是心理的，甚至可说是生理的。英国诗人霍思曼在他一本《诗的性质与名称》里说过像下面这样几句话："我完全能肉体地感觉到一首诗的到临，时常在我早晨修面的时候，在我不提防中，有一种感觉在我心头顶走到脚尖。"他的好诗便总在这种环境里写出来了。

当然他也是故弄玄虚。他所描写的感觉，还不是他自己忽然想要写诗而起的心理状态？我们惯常忽然记起了一件想做而没有做的事情，不也有几乎相同的肉体感觉？所以一首诗的产生，完全在于诗人自己。

中国的新诗，虽然有了将近二十年的历史，但是为了国家的情况，始终还是在萌芽时期。（即在今日，尚有不少人在问着新诗是如何写的?）所以我们一般献身新诗的人应当尽量充足自己的修养，训练写作的工具，绝不能再让灵感来分担我们的责任。我们更可以说，中国以往的新诗人，大半都受着浪漫派的影响，而没有外国浪漫派诗人所必备的修养，于是写作出来的东西，很多浅薄到肉麻。新诗在二十年中，便无时无刻不受着人家的怀疑与指摘。

根据了同一个理由，我对于最近的新诗，便发生相当的乐观。最近的新诗人虽然没有充分的闲暇使自己的经验溶化，但是他们已不再去把一切的责任托付给灵感了。最近的新诗人格外注重题材。从这条路上出发，新诗的内容才会坚实；说话便不至于再像以前那样空虚。进一步，为了要使那应用的题材得到满足的表现，于是他们自会注重到技巧上去；新诗人便会感到有修养的必要。

当新诗人在现实中求题材，而增加了经验；再因表现的需要，而充实了修养；这时候，新诗人才完备了他们写作的工具。假使再能有充分的时间使一切经验得到溶化的机会，一切修养得到个性的锻炼；再谈灵感便不会蹈以前的覆辙。

（《中美日报》1938 年 12 月 23 日）

六　诗与政治

"诗与政治"这又是中外文坛上一个永久的争论。两方面都有着成千成万篇文章去拥护各自的立场。

我奇怪为什么到今天它依旧成为一个问题。因为我们只要平心静气来研究，则两方面的意见都是各趋极端；好像他们所注意的，并不是为文学批评去得到个解决，而是为他们本身去争获辩士的荣誉。主张诗与政治无关的，简直把诗当作一种超人的玩意，似乎它的确存在在一个世界以外的领域，而它的动作是不受着任何一切影响的，它也不会给任何一切以影响。有一般神经病更厉害的，简直恨不得写诗能放弃文字；因为文字本身并不是一种绝对独立的记号；以文字作媒介，诗人便不能使他的读者得到真正纯粹的感觉。主张诗与政治有关的，根本否认诗能有它自身的存在：他们几乎要推翻艺术是万物项下一个独立的门类。他们坚持着说，诗是政治宣传的一种工具；它的价值依靠在它为宣传工作的成就。

像这样的两种议论，当然永不会得到一个两方面同意的结果。他们的根本错误，是在前者否认了人生，而后者则简直否认了诗。

　　只要是相当有知识的，都会觉得这两方面的固执可笑。他们为了要使自己的理论胜利，不惜捏造出了两种不可能会存在的东西。依据前者，那么，诗简直不应当在人世间显现；依据后者，那么，我们大可不必有诗。诗假使是两种中的任何一种，那么，根本连讨论也是多余的。

　　假使我们出来将两方面的议论妥协一下，我们可以说："诗既是人类的艺术之一种，它既存在于人世间；那么，它当然会受到政治的影响，同时也会影响政治。在另一方面讲，那么，它可以让政治来利用或利用政治，也可以不让政治来利用或不利用政治；它是绝对有它自身的地位的。"这是对于诗的自身的说明，并不是一种"两可"的论调；因为我完全承认诗的自身的存在。

　　我以为一切的议论都得根据事实。况且诗不是一种新产物，它有它的历史，它有它的物质的形状；我们现在所要做的工夫，只要根据事实下结论好了。

　　事实所显示给我们看的，不便是我上面所得到的妥协现象么？

　　不过，事实上，现代诗的确和政治发生着很亲近的关系。一般新批评家会发出前面那种固执的论调，说诗不过是宣传工具之一种，大概便是这个原因。

　　我以为一切关于"诗与政治"的议论，要算英国新诗人奥登的为最切实透彻。他说："诗的工作并不是去教大家做什么，而是把他们对于善恶的知识来供人利用，也许因此会使人感觉到活动的急需，或是更明白一切的性质；他们只是把我们带到一个地方，使我们懂得如何去作合情理的选择。"

　　这一段话，表面上，会使我们感到有一种道义的意味。其实他真正的意思不过是说："诗人将它们的智慧贡献给大家。"他不是代你选择，而是要你自己选择；他不解释给你听，而是要你自己明白。在他这种议论的前面，把诗当作是劝化、指导、宣传的，便当然显得虚浮与浅薄了。

　　　　　　　　　　　　　　　（《中美日报》1938 年 12 月 30 日）

七　新诗的病根

　　有人读了英国杰姆士·乔易斯的新著《在进展中的工作》便问他：

"你为什么要故意写得这般难懂，几乎每一页，读者都得花上许多工夫去研究？"

乔易斯笑着回答："我费了五六年才写成的东西，肯让你们在十五或二十分钟里明白它的解释？"

这一段对话在外国文坛上很有名，用意在形容乔易斯笔调的复杂。可是使我感动的是乔易斯竟有这种把握，觉得世界上自有这一批忍耐的读者，肯为了一个字与一句话而费去多少时间。

在中国，不要说这般忍耐的读者没有，便连"读者"的存在，始终还是一个疑问。尤其是新诗坛上，我简直敢下句断语说："我们只有写新诗的人，而没有读新诗的人。"

大家一定不肯承认我这句话。可是你们只要仔细一想，或者把你自己做例子，你自会发现，我的确没有"言过其实"。说得更准确些，更详细些，那么，在读着新诗的人，虽然并不一定已经是新诗人，但是他们至少自己也想写新诗。

凡是读过新诗刊物的都会和我同意。

我曾经到过几个小城市，事先查到了定阅《诗刊》人的姓名、地址，又向当地的书店打听得了他们新诗的主顾；结果总发现那六七位新诗读者，非特自己都在写新诗，而且他们之中还组织着一个或是一个以上的新诗团体呢。

这是一个很严重的问题，但是始终没有人提到过。

究竟是"读了以后才写的"呢，还是"为了写才去读的"？

这和"鸡和鸡蛋谁先？"是一般地难以回答的。不过假使我们不要求证据，而凭了常识来推想，那么，起先一定是读到了人家的作品，自己方才也写起来；随后是为了自己写，所以也去拿了人家的来读。

我当然不是说，所有读过新诗的都会自己要做新诗人；不过，现在尚继续地买新诗来读的，自己都是在写着的。

所以我们的问题应当是"为什么不写新诗的便也不读新诗？"

这样一来，我们便又得研究到新诗本身上去。

因为根据了上面这种现象，我们便又可以发生两种推想：（一）新诗是一种极易使人爱好的表现工具；（二）新诗不是一种被欣赏的艺术。

从表面上看来，那么，新诗是用白话写的，白话人人看得懂；新诗没有固定的格律，大家不受任何技巧上的束缚。

诗探索 4　理论卷　2016 年　第 4 辑

假使这两句绝对是真的，那么，只要说出话来便成诗了；新诗便当然没有使人欣赏的价值。但是事实上何尝如此？

不过，我们假使把上面这两句话反过来说，那么，便可以得到很好的新诗的条件了。

"新诗是用白话写的，但是白话须得写成诗；新诗没有固定的格律，但是写出来要使人看上去是诗。"

所以，"我们只有写新诗的人，而没有读新诗的人"，是一种畸形的现象，也便是新诗的病根所在。

（《中美日报》1939 年 1 月 13 日）

八　谈肌理（上）

有一位朋友读了我前面某一次的诗话题做《诗人和他的读者》的，以为我反对象征诗。

他并没有看明白，我不喜欢的是中国新派的象征诗；是缺少历史背景，"像水面上的花朵随风飘来的"象征诗。依我个人的趣味，我简直觉得，除了象征诗，别的都不够深切，不够完全；不过我所指的是，从波特莱（Baudelaire）、冷鲍（Rimbaud）、马拉梅（Mallarme）系统传下来的。这是一切诗艺的结晶品，是文明到了顶点的表现。这一类的象征诗，技巧方面可以说已是极端的精细与复杂，决不仅仅限于用些古怪的句法，生疏的字眼，以及只有写诗人自己能懂的典故。

这一类的象征诗，全首诗简直是个完整的生命，甚至是个雏形的宇宙。要读懂一首诗算是不容易；但是当你找到了写诗人思想的线索以后，每一个字会是一个新发现，每一句会是一个新境界。我当然不是故弄玄虚，不过非有原诗在此地，是绝对解释不清楚的。我说的当然是英法的象征诗。中国的有些只摹仿了它的形式；有些根本误会了它的意义；他们自己不知道自己是在"挂了羊头卖狗肉"；我所诅咒的便是他们的浅薄与狂妄。

正统的象征诗，要说话，当然也可以移植到中国文里来；但是我们需要有一个最忠实于文学，最有了解力，最有中外文根底的人来做这一件工作。

而要摹仿，当然只是摹仿技巧；诗里面的"意义"须由写诗人自己创作；否则便是整个的偷盗了。

象征诗里有几种技巧是根本须由你去会悟而不能解释的：即英法人自己也费过不知多少口舌。我最感兴趣的是由现代英国女诗人雪特惠儿（Edith Sitwell）称作"Texture"的那种链字上的技巧。这一个字眼，我们不能从字典上去寻解释；字典上所指的和雪特惠儿所指的，完全是两样东西。当然不容易在中文里找到适当的名词。钱钟书先生曾把来译作"肌理"，而特别说明这和王渔洋所谓的"神韵"、"肌理"有程度上的差异。从字面上看，已经可以觉得满意了；所以我承认了这个译名。

要运用"肌理"这种技巧，须先承认一个"字"的生理上的条件；它是有历史背景的，它是物质的，它是有形状、颜色、声音、软硬、轻重和冷热的。简单一句话，"肌理"便是链字上的功夫。要充分说明当然又得要举例子；外国文的例子在此地是不适宜的：譬如说，在爱略特（T. S. Eliot）一首叫做《荒地》的诗里面，他所用的典故，"借用句"的来源，个人的"联想"，以及句法和字眼都会给你一种枯干穷荒的感觉。你即便不能懂得全首诗的解释，你依旧可以领略它的意义，赏鉴它的美妙。

不过，在中国，我却发现这一种技巧是曾经有过许多人来运用的，而且运用得近乎吻合象征诗的"肌理"的一切条件。我们可以在唐诗里看到；而在李太白的作品里尤其来得显著。哪怕我们丢开诗句的解释不管，但是在全诗的句法里，在字音里，在形式里，我们一般地可以领略到诗人所要显示给我们的"意义"。

（《中美日报》1939 年 1 月 20 日）

九　谈肌理（中）

在李太白诗里，我们随时可以举出很好的例子。最十足考究"肌理"的，我现在可以抄两首在下面：

　　　　天马来出月支窟，
　　　　背为虎文龙翼骨，
　　　　嘶青云，
　　　　振绿发，
　　　　兰筋权奇走灭没；

诗探索 4　理论卷　2016 年　第 4 辑

腾昆仑，

历西极，

四足无一蹶；

鸡鸣刷燕晡秣越，

神行电迈蹑恍惚。

　　这首诗叫做《天马歌》。我们读着，即便不留心他的词句，我们已经隐约可以感觉到奔驰的马蹄声了。特点是当全篇的句读，三五七字长短不同，于是更足以表现这只天马的精神与生气。再有词藻的奇妙，又可以使我们会悟这只天马的不同凡俗。"肌理"的运用，在这里已到了最成熟的境界了。但是前人的注解却说："太白所拟，则以马之老而见弃自况；思蒙收赎，似去翰林后所作。"我真不懂他何所据而云然。诗里的词句既没有丝毫怨愤或是忧郁的意思，首节又是如此活跃而有力量。说什么"以马之老而见弃自况"？前人注解，每每随意曲解，对作者与读者都不负责任，想起了真叫人痛心。我还可以举一首，《夜坐吟》：

·新诗史料·

冬夜夜寒觉夜长，

沉吟久坐坐北堂。

冰合井泉月入闺，

金缸青凝照悲啼。

金缸灭，

啼转多，

掩妾泪，

听君歌，

歌有声，

妾有情，

情声合，

两无违；

一语不入意，

从君万曲梁尘飞。

　　这当然是描写思情。开始两句，两个"夜"字，两个"坐"字，已把冬夜的悠长，相思的缠绵，完全刻画了出来。从"金缸灭"起至

·185·

"两无违"止，使我们亲身能领略这长夜深情的意味；这种感应非特是精神的，简直是肉体的。诗艺到了如此地步，真是出神入化了。

不过在唐诗，除了李太白，还有几位诗人，也能运用这种技巧；虽然手段的高下，有着相当的分别。我平常为人解释"肌理"，为了前面两首诗比较长，总喜欢举张祐的《集灵台》做例：

> 虢国夫人承主恩，
> 平明骑马入宫门；
> 却嫌脂粉污颜色，
> 淡扫蛾眉朝至尊。

分析起这首诗来，更有趣味。说句大家不会相信的话，我每次读这首诗，非特眼睛里能看得见这一幅活动的图画；耳朵里还能听得到各种不同的声音。从"肌理"上说来，这首诗的技巧是"完全"的了。开始"虢国"两个字真凑巧，是她的称号，同时必是马蹄走在石街上的声音，而且连速度都似乎表现出来了。"人"，"承"，"恩"，当然是铃声；同时也是全诗最重要的几个字。"平明"，"宫门"，又是金属物的连响。第二句的"人"字，第三句的"却"字，是照应前面的马蹄声；等到第三句最后一个"色"字，这马便显然停止了。第四句七个字，在分量上讲，都是轻一级的，活现出一位又文静又温柔又妩媚的虢国夫人。我们读诗读到这样的"神品"，应当叹为"观止"了。

（《中美日报》1939 年 1 月 27 日）

十　谈肌理（下）

有人说，做诗做到如此，未免太苦。其实这是诗人的基本条件。要知道诗以字造句，以句成文；那么，推敲字句应当是诗人第一步的修养与训练。也有人会说，我虽然似乎说得有理，诗人也许完全出于无意。不过我们只要留心一下旧有的诗话，便可以明白这一类技巧的研究是极流行的。据我个人的见解，在唐代及魏晋六朝是对字的本质上用功夫，而后来便只在字的意义上去费心血了。《渔隐丛话》里论杜子美诗说："至于甫，则悲欢穷泰，发敛抑扬，疾徐纵横，无施不可；故其诗有平淡简易者，有绮丽精确者，有严重威武若三军之帅者，有奋迅驰骤若泛驾

诗探索 4　理论卷　2016 年　第 4 辑

之马者，有淡泊闲静若山谷隐士者，有风流蕴藉若贵介公子者；盖其绪密而思深，观者苟不能臻其阃奥，未易识其妙处，夫岂浅近者所能窥哉。"

我们更有专谈格律音韵的书如《诗人玉屑》等作品。但是后人倒果为因，把写诗的手段，误作写诗的目的；这种技巧本来是使诗得到生命的，反而为诗宣告了死刑，从此的诗便只剩了空虚的棺椁。

所以李太白写出上面那样的诗决不是偶然的。他曾经在一首《幽涧泉》里作过他诗艺的自白："乃辑商缀羽，潺湲成音；吾但写声发情于妙指，殊不知此曲之古今。"有些批评家没有注意这几句诗，于是当李太白和杜子美开玩笑写了一首诗说："饭颗山头逢杜甫，头戴笠子日卓午。为问因为太瘦生？只为从来作诗苦。"他们便以为李太白是"矫矫也不受约束"的了。幸亏高明的批评家不是没有，而下了"李太白诗，非无法度，乃从容于法度之中，盖圣于诗者也"的定论，近代人总喜欢把李杜二人放在一块讲，他们惯常说，李诗的好在于才气，杜诗的好在于格律；他们乃是完全不懂"肌理"真正的作用。

同时注重肌理，当然也可以有分别。李杜二人便是一个例子。雪特惠儿也把蒲伯（Pope）和弥尔顿（Milton）对比过，她说：

> 蒲伯给我们一百万个快活；他表现夏天的空气与夏天风的分别；露珠的秘密与雨点的丰满的分别。这些分别的表现，不是靠意象，也不是靠辞句，而是靠肌理。但是他不像弥尔顿般表现地狱的海湾与天堂的园地的分别——因为他并不要这样。

在外国，肌理也是一种旧技巧：十六世纪便已被几位大诗人来充分地运用过。现代诗人又注重起肌理在韵节上的影响来。他们的实验要比蒲伯等更来得敏锐：从这面上便表现了时代的精神，因为这是一个机械时代，而一切是在高速度地进展。

有些诗人从印刷的技巧上来运用肌理，便是说，他们或则以字句的排列，甚至以字形的大小来表现诗里面的意义，同时又教导读者如何去吟诵。这个似乎太做作了。事实上，我上面也早已说过，肌理乃是链字的功夫。像蒲伯，那么，他惯常用英雄律（Heroic Couplet），每两句一段，但是为了肌理的技巧的奥妙，我们读着自会发现那变化的丰富。我们中国与唐诗里已经有过完美的成绩，在新诗里也不妨开始尝试。

（《中美日报》1939年2月3日）

·新诗史料·

日常的艺术与实践

[美] 查尔斯·伯恩斯坦 著 赵慧慧 章 燕 译

【译者前言】

查尔斯·伯恩斯坦（Charles Bernstein，1950— ），美国诗人，批评家，学者，宾夕法尼亚大学英文系教授，美国"语言派诗歌"（L-A-N-G-U-A-G-E）的重要诗人和诗歌理论家，2006 年当选美国艺术与科学院院士。伯恩斯坦教授曾经为哥伦比亚大学、布法罗大学、布朗大学、普林斯顿大学等著名高等学府的诗歌、诗学、诗歌理论和创造性写作的客座教授，著有三十本诗集、多部学术论文集，曾获得众多诗歌大奖。伯恩斯坦教授认为，"语言诗"从二十世纪七十年代开始代表一个喧嚣的美国诗歌时期，语言派诗人执着于诗歌创新，致力于从历史和意识形态的角度探讨诗学和美学，表现其对主流诗歌规范的批判。他坚持实用诗学，认为言语不能用来再现某一特定的世界，相反，言语可以用来更新世界。诗歌决不会脱离政治而存在，但其政治性不取决于诗歌的内容，而在于诗歌的语言和形式。诗歌的真谛不在于情感而在于感觉，诗歌的功能在于强化审美体验。

《日常的艺术与实践》选自《日常的批评：与查尔斯·伯恩斯坦的交谈》，发表于《法语学习》1997 年第 2 期（多伦多圭尔夫大学出版）。他在文中明确提出了日常诗学的概念。在他看来，诗歌不再是对崇高、优美、典雅或催人奋进的主题的展现，诗歌的魅力在于其日常性。这种日常性并非对日常生活中的日常事物进行客观再现，而是通过诗歌语言和形式表达一种本体存在的日常性。它可以是一种口语的表达，可以是日常用语或方言俚语的表达，通过这种语言形式传达出诗歌审美的真实、生活的真实和社会政治意识形态。

日常性总是让人难以捉摸——"触手可及/难以把握"，尽管它是最为常见的事实。提起日常性，我总感觉其极不寻常。矛盾地讲，一旦企图给日常性下个定义将其固定，它便脱离了它所处的日常情境，因此也就失去了力量。

通俗易懂的语言所包含的问题是它旨在创造一种类似日常的东西，一种日常的景观。但是这往往与你想要达到的目标相违背。它所创造出来的既非对日常的体验，亦非在日常生活中的体验，而是对日常事物的再现。通俗易懂的语言虽试图去刻画日常，却因此让读者远离了日常。

在一个景观社会①里，比如美国社会，很多日常生活都建立在消费文化的基础之上。如此一来，大型购物中心便成为最普通的日常环境，购物就成为最普遍的日常活动。然而，这种日常环境和生活与诗人想要唤起的日常性截然不同。

在我看来，有关日常的问题，在实践上和哲理上可分为三个元素，它们彼此既相互独立，又相互依存，但不完全对等。其一是对日常生活的再现和对象化，这一点我刚才已有所提及。其二是日常的语言哲学（除了路德维希·维特根斯坦，还有米歇尔·德塞都和斯坦利·卡维尔②都谈到这个问题）。还有第三点，这在诗歌里尤为重要：日常口语的书面语转化。这可以被看作诗歌用语的问题，或是使用本地语的问题，更明确地说，是方言的问题。

在美国诗歌传统中，有关用语的问题呈现出几种形式。第一，坚持日常诗歌用美式英语来书写，而非用英式英语，这一进步通常与威廉·卡洛斯·威廉斯③密切相关。然而，使用本地语言并非简单等同于将口语转录为文字。事实上，美式英语的口语结构很复杂，在写作中无法用简单的或单一的方式来呈现。如果将我的所言都转录为文字，包

· 外国诗论译丛 ·

---

① 《景观社会》（*A Society of the Spectacle*, 1967）是当代西方激进文化思潮与组织——"情境主义国际"的创始人、当代法国思想家居伊·德博的成名之作，被西方学者誉为"当代资本论"。认为"世界已经被拍摄"，发达资本主义社会已进入影像物品生产与物品影像消费为主的景观社会，景观已成为一种物化了的世界观，而景观本质上不过是"以影像为中介的人们之间的社会关系"，"景观就是商品完全成功的殖民化社会生活的时刻"。

② 路德维希·维特根斯坦（Ludwig Wittgenstein, 1889—1951），生于奥地利，后入英国国籍，是二十世纪最有影响力的哲学家之一，在数学哲学、精神哲学和语言哲学方面有重要贡献。米歇尔·德塞都（Michel de Certeau, 1925—1986），法国学者，其思想将历史、心理分析、哲学和社会学结合在一起。《日常生活实践》（*The Practice of Everyday Life*）的英文版1984年出版，在美国产生很大影响。斯坦利·卡维尔（Stanley Cavell, 1926— ），美国哲学家。

③ 威廉·卡洛斯·威廉斯（William Carlos Williams, 1883—1963），美国二十世纪诗人，开启了美国现代主义和意象主义诗歌。

括停顿和迟疑，写下来的就是一个非常浓缩的、乔伊斯式①的文本。试图将言语缩减为一种特殊的文学文体形式，借此再现言语，声称这种文体形式就是"日常的"，这往往与日常性相去甚远。诚然，这种"日常的"诗歌用语现在已经受到人们的膜拜，被等同于日常性，而它实际上只是一种文学文体形式。口语（本地语或方言）与口语的文学再现之间的矛盾关系，可追溯到但丁以及更早的诗人那里。这种矛盾张力会产生新的诗歌用语，而绝非消除诗歌用语，但这也绝非纯粹的"日常"用语。这种辩证的运动是英语诗歌最重要的特征之一，它不是仅从华兹华斯的《〈抒情歌谣集〉序言》②开始的，更可追溯到古英语时期。

但是日常性与口语的关系，并不一定就是文字转录的问题，无论是理想化的还是经验化的文字转录。以格特鲁德·斯坦因③的诗为例，她对口语的文字转录并不感兴趣，却始终坚持使用日常词语。她创造了一套句法规则，即她发明了新的词语顺序，不再遵循公认的语法规则。她和日常的美式英语词汇以及日常的物体打交道，频繁地使用"这个""一个""这"，或者"肚子""纽扣""软""百叶窗"等词语，很少用非日常用语，但她使用日常用语并不是要再现日常事物。斯坦因看重的是这些词语本身的日常性，而不是使用什么词语去表现所指物的日常性。如果将二十世纪一二十年代斯坦因的诗歌与十九世纪中叶罗伯特·勃朗宁④措辞精致而雄辩的戏剧独白诗相比，或者依照更通常的做法，与维多利亚时期的诗歌相比，斯坦因的诗歌就脱去了"文学性"的所有外衣，比如高雅的诗歌辞藻、特定的主题、格律规定，甚至在页面上呈现出的诗歌的形态。的确，《软纽扣》所用的散文体比十四行诗的诗文体更加寻常。因此，该作品无疑走向了日常性，而远离了文学性。然而，因为它并非以传统的方式去再现什么，它便似乎有些怪异或含糊。它看上去并不寻常，却旨在表现日常性。相比之下，威廉·卡洛斯·威廉斯的作品再现性更强，但因为题材单薄浅显，其效果也就无异于将诗

---

① 乔伊斯（James Joyce, 1882—1941），爱尔兰作家，诗人，二十世纪最伟大的作家之一，其作品及"意识流"写作对世界文坛产生巨大影响。

② 华兹华斯（William Wordsworth, 1770—1850），英国浪漫主义诗人。他在《〈抒情歌谣集〉序言》中提出了摒弃诗歌用语辞藻繁复的语言观，主张使用人们的日常语言来写诗。

③ 格特鲁德·斯坦因（Gertrude Stein, 1874—1946），美国小说家，诗人，剧作家和理论家，对二十世纪现代主义文学和艺术的发生和发展产生很大影响力。

④ 罗伯特·勃朗宁（Robert Browning, 1812—1889），英国十九世纪诗人，剧作家。他的诗作以戏剧独白诗见长。

诗探索 4　理论卷　2016 年　第 4 辑

歌落脚于每个日常词语。

当然，我们可以接着看看俚语或地方语言的使用，尤其是非裔美国人的英语作品和加勒比海地区的英语诗作。这种试图通过改变词语的形式来捕捉地方语言的发音的做法，带有非常明显的政治性。这样的作品呼唤了人们的说话方式，在这个意义上这种做法的确是寻常的。但是因为拼写问题，诗歌文本看上去会很古怪，即使我们为地方语言建立一套新的正字法也是如此（正字法本身就远离了单词发音的日常性）。也就是说，在方言正字法（这甚至对说方言的人而言看上去也有些古怪）与"口语"公认的自然效果之间，存在着一种矛盾。例如，一些战后的加勒比海方言诗——就说迈克尔·史密斯和露易丝·班纳特①的诗吧——富有高度的表现力。人们在表演这些诗作时所发出的声音不会引发拼写不规范的问题，因为观众并未看到诗作的书写文本。但是此类作品对于不属于这一特定话语群体的人们来说似乎难以理解。因此我认为，即使对于讲这种方言的人来说，用方言写就的诗也是有些古怪的，因为他们不习惯看到文学语境中的方言；而在不懂这一方言的人们眼里，方言的日常性使得它成为明显具有异国情调的东西。想想在上世纪初保罗·劳伦斯·邓巴②写的非裔美国方言诗吧。该方言诗运用了抑扬格五音步的形式。邓巴创造性地结合了非标准化的、"日常"使用的语言和高雅的文学形式，形成了一个奇特的混合物，一种形式上的矛盾混合体。目前大多数说唱音乐也是如此。我觉得这些矛盾张力是无法摆脱的。邓巴这类作品的有趣之处恰恰在于在文学形式和现场表演（不仅是诗歌的表演，还有语言本身的表演）之间形成的张力。

其次，在洛杉矶，日常语言——方言或非标准语——的问题，无疑一直是当下最具有政治性的问题之一。黑人英语被主流保守派辱骂为畸形英语，却被非洲中心论者称颂为母语。一个群体崇奉的日常性却被另一个群体嘲笑为虚伪。对于使用黑人英语的人来说，正是因为其日常性，才使它的意义不证自明（理应如此），但这种日常性对于保守主义者来说却是不着边际的题外话，因为对他们而言这并非日常性。问题就在于没有唯一的一种日常语言，只有多种日常语言，且所有的语言都是

① 迈克尔·史密斯（Michael Smith），加勒比海地区诗人。露易丝·班纳特（Louise Bennett-Coverley，1919—2006），牙买加诗人，民俗学家，作家。她的诗作易于表演。

② 保罗·劳伦斯·邓巴（Paul Laurence Dunbar，1872—1906），美国诗人小说家，剧作家。他的很多作品用黑人方言写成。

社会性的建构——标准英语是，黑人英语也不例外。

日常性这一问题的政治性意义重大，因为这涉及日常性与传统、方言与标准语、正式语与口语、通用语与本地语之间的对立冲突。这是日常事物与真正日常性之间的对抗。常规的标准英语因其规范标准、易于理解和通俗易懂取得权威性。"这肯定是日常的语言，因为这是我能理解的语言。"然而，方言却将惯例或标准描述为做作、另类、学究气、强制——"这并非我日常的语言"——与此同时声称自己真实、自然、口语化。

日常诗学想要说明的是，真实性和标准性都误解了语言具有动态活跃的，本质上是修辞性和隐喻性的社会事实。黑人英语跟标准英语同样是丰富多彩的，同样是正当合理的（所有语言都同样是正当合理的）。关键是不要从膜拜标准的语言（或使标准语言自然化）走向膜拜真实的语言（或使真实语言自然化），而是要承认多种语言的可能，承认语言不同的社会框架。进而要认识到，日常性并非存在于某一特定的语言类型中，而是处于一个过渡的中间地带。

夏尔·波德莱尔①在我们所说的再现日常的现代历史进程中，是一位关键性诗人。他想要将法国诗歌的崇高主题拉下来，而在传统上人们认为崇高的主题对诗歌来说是适宜的：美好、奢华、庄严、富有神话色彩、重要，还有关键的一点，催人奋进。但是波德莱尔仍有问题。我们以《给红发女乞》一诗为例，他的问题在于，他将自己塑造成一个波西米亚式的放荡不羁的艺术家——一个摆脱日常生活束缚的诗人。他坐在咖啡厅，注视着窗外的普通民众，就像彼得·尼科尔斯在《现代主义》②中提到的那样。简言之，波德莱尔将他的日常主题进行了客体化处理，以自己置身其外的特权姿态来注视日常生活。而客体化的问题与再现的问题联系紧密。波德莱尔的重要性在于他与周围的日常性产生了共鸣，但他无法摆脱将日常性进行客体化的问题。将客体化视作再现，这个问题在我们思考日常诗学时非常重要：这正是通俗易懂的诗歌的美中不足之处。客体化与日常诗学格格不入，因为这种客体化使得被客体化了的对象脱离了日常性的流溢，脱离了它在日常中所处的位置。我感

---

① 波德莱尔（Charles Pierre Baudelaire, 1821—1867），法国十九世纪最著名的现代派诗人，象征派诗歌先驱，代表作《恶之花》。

② 彼得·尼科尔斯（Peter Nicholls, 1950—   ），英国学者，批评家，出版了多种有关现代主义文学批评著作，美国纽约大学教授。《现代主义：文学指南》是他的一部颇有影响的批评著作。

诗探索 4　理论卷　2016 年　第 4 辑

兴趣的是日常诗学，这是一种打破将日常客体化的诗学。这就要求在写作中努力去打破观看者与被观看者、观察者与被观察者之间的关系。这正是我这周末在一些诗人身上所看到的重要之处。

正如维特根斯坦一样，我们必须理解日常性实际上是一种实践，而不是一种文体形式。这是我们要从事的事情。我们来看看米歇尔·德塞都《实践的艺术》中的一个例子，一个工人将他的考勤计时卡往后调慢了，以便给自己创造一点空间。这是一种违背日常性的行为，并不是一种文学文体形式，不是一种再现方式，而是行动的过程。这一过程，这一日常性的实践，正是产生问题最丰富、辩证冲突最明显的地方。正如居伊·德博①和其他情境主义者②所认为的那样，文体形式固定不变的艺术只是为消费文化增加景观。情境主义者，例如阿斯格·尤恩③，热衷于创建一种打破艺术与日常性之间的鸿沟的方法。我对日常性的批判（跟昂利·列斐伏尔④作品的标题一样），也是对市场价值的批判。人们想要一种对抗疏远日常性行为的实践，而不是使这种疏远驯服，或将其归化。

马克思主义与日常诗学的关系意义重大，但是我建议诗人开辟一条完全不同于社会现实主义的道路，尽管两条道路的某些政治前提是一样的。这些诗人尽管有所差异，但统称为"客观主义者"，例如路易·祖科夫斯基、乔治·奥朋、查理斯·雷兹尼科夫、罗林·尼代科等。⑤ 奥朋和祖科夫斯基都致力于社会主义。奥朋在二十世纪三十年代及此后的时间里效力于共产党，这期间他停止了创作，很可能是因为无法调解他的政治观与诗学之间的矛盾。他的第一部作品《离散序列》（*Discrete Series*，1934）艰涩难懂，在某种程度上非常抽象。另一方面，诗中绝对的日常的用语和一系列具象的观察又层出不穷，没有丝毫华丽的辞藻。事实上，奥朋和祖科夫斯基在摆脱作品的文学性和美学性上是最为

---

① 居伊·德博（Guy Debord，1931—1994），法国哲学家，电影导演，"情境主义国际"的创始人和理论家。主要作品为《景观社会》（见本文第一个注释）。

② 情境主义国际（Situationist International），1957 年成立于哥本哈根。情境主义者致力于发动城市中每日生活的革命，来取代资本主义的景观社会。

③ 阿斯格·尤恩（Asper Jorn，1914—1973），丹麦艺术家，作家，国际情境主义者。

④ 昂利·列斐伏尔（Henri Lefevre，1901—1991），法国思想家，西方学界公认的"日常生活批判理论之父"。主要著作有《辩证唯物主义》（1938）、《日常生活批判》和《资本主义的幸存》。

⑤ 路易·祖科夫斯基（Louis Zukofsky，1904—1978）、乔治·奥朋（George Oppen，1908—1984）、查理斯·雷兹尼科夫（Charles Reznikoff，1894—1976）、罗林·尼代科（Lorinne Neidecker，1903—1970），均为美国"客观主义诗人"（Objectivist poets）。

激进的，他们竭力摆脱夸夸其谈、高度诗意化的作品，比如欧洲未来派诗人和超现实主义诗人的作品。他们的写作非常"接地气儿"。奥朋和祖科夫斯基都来自犹太移民家庭，英语不是他们日常所讲的第一语言，但是他们选择用英语来写作，为的是成为国际现代主义运动的一员。因而，他们的写作中有种现世的国际主义的文风。但与此同时，他们又致力于描写具体的、细节的东西，而不是普遍的、隐喻性的作品。据此，他们特别反对将具体的事物象征化、寓言化，这点有悖于社会现实主义，有悖于更传统的日常诗歌，因为在传统的日常诗歌里，个体是为了象征更宏大的东西。而奥朋和祖科夫斯基只想要事物原原本本的存在。

雷兹尼科夫的大部分作品都是根据主题编排的系列短诗，而他诗作的主题甚至就不像是主题，近似于稍纵即逝的事物，比如粘在人行道上的口香糖。这些都是非常典型的城市诗，与追忆另一种生活的怀旧文风非常不同。

近来，有些日常性的表现手法被一些作家广为追捧，例如罗伯特·克里莱、泰德·贝里根、琳·海基尼安、罗恩·西里曼、肯尼斯·戈德史密斯和艾琳·迈尔斯。① 我的实践跟我的同代人一样，与我非常崇拜的年长一辈的诗人们当然有很大不同。在我自己的实践中，我对文学机制有强烈的批判，并持续关注诗歌如何在社会层面上一展身手，因此日常性可以被理解为语言的社会性使用，以及对本地语的不同记录。

比起谈论日常美学，我对参加"为日常而战"的活动更感兴趣。日常的问题一直是一个争议地带。在这一点上，我始终对理解诗歌形式的政治性很感兴趣，而对诗歌主题的政治性不大关注。诗歌的政治性在一定程度上与其反抗性有关，其顽固抗拒，其粗劣笨拙，都是政治领域和价值观上值得反思和思考的关键点。让我们将诗歌想象为一个形式上的而非内容上的日常空间吧，我是说，将诗歌自身固执倔强或飘忽不定

---

① 罗伯特·克里莱（Robert Creeley, 1926—2005），美国诗人，作家，与"黑山派诗人"联系在一起。泰德·贝里根（Ted Berrigan, 1934—1983），美国第二代"纽约派诗人"。琳·海基尼安（Lyn Hejinian, 1941— ），美国女诗人，散文家，翻译家，与"语言派诗人"联系在一起。罗恩·西里曼（Ron Silliman, 1946— ），美国诗人，与"语言派诗人"联系在一起。肯尼斯·戈德史密斯（Kenneth Goldsmith, 1961— ），美国诗人，1996年建立了Ubu-Web，一个大型的诗歌教育网站，免费提供大量具有先锋性的视觉、声音、具象诗作。艾琳·迈尔斯（Eileen Myles, 1949— ），美国诗人，作家。

诗探索4 理论卷 2016年 第4辑

的空间想象为日常生活中的真实存在，普普通通。其固执倔强和飘忽不定的特性就跟文学的文体形式一样古怪。日常性所包含的是实行的过程，而不是成品。

显然，随着战后时期的开始，诗歌不再是大众交流的媒介。如果作为艺术家的你对激励大众感兴趣的话，诗歌已经不是实现这一目的的最佳选择了。

在意识形态批评的进程中，诗歌作品跳出了日常的语境。诗歌不能被标准化，不能用一种个性化的声音来说话，诗歌是反常的。事实上，语言的规范性（即标准化）并非人类的自然现象，而是一个人们被迫遵循的、受到高度控制的社会机制。如果你想抛弃规范，你就会寻求失语的层面，这是很寻常的。失语、结巴、古怪都是最为日常的体验中的一部分，在诗歌语言中这些体验拒绝连贯性。掌权的一方会说这么反常的语言是堕落的、非正派的、混乱的，或是虚无主义的。换言之，这是对理法的抨击（或是任何根据意识形态的国家机器来确定的理法）。如果不检视通过语法结构、辞藻和阐述的标准所体现的价值观，你就会发现自己不断地陷于并受控于一个模拟的现实，限制了任何形式的政治变革。当然，批评并不能改变财富的分配，不能终止种族歧视或性别压制。政治在任何一个层面都不会消解，当然不会简单地作为艺术作品而消解。但是，艺术确实要扮演它重要的社会角色。

我在写作中要做的，就是去创造一种作为社会物质的语言体验，在此过程中，激发起语言和语言节奏在物质层面上的事实，我们每个人都熟悉这样的事实，就像熟悉我们的呼吸、怦怦的心跳，以及唾液的黏性一样。这样的写作总是被指控为晦涩、费解、难以接近。但这是因为我们对诗歌该是怎样的形态抱有成见，阻碍了我们对语言的真实体验，而只要语言不受文体形式惯例的束缚，这种体验是可能的。相反，对于标榜自己的表达直截了当或富于情感的诗歌而言，富于情感和直截了当这两个术语则受制于由文学手法、文学形式和文学结构编织的意识形态之网，最终阻挠了诗歌的直接表达。如果一个诗人不去正视直接性和抒情性如何成为文学操纵的对象，那么，他/她就无法在诗歌中实现直接表达。这样的对峙和抵制在一开始或许比较困难，因为它要求质疑规范，甚至打破规范。想要从事日常创作，就要从观念上去探求结构的有效性，这样，日常的直接性才能得以表达。不幸的是，日常的政治性不允许采用简单的解决办法。社会现实太过复杂，人们难以征服或完全理解这样的现实，但这并不意味着我们不能进行变革或转化。我们要做的是和这种复杂性打交道而与日常保持联系，日常是我们永恒的伴侣，是我们最值得信任的向导。

[译者单位：北京师范大学外文学院]

Poetry Exploration

(4th Issue, Theory Volume, 2016)

CONTENTS

// STANCE AND ATTITUDE

// INTERVIEW WITH POETS

// NEW POETRY HISTORICAL MATERIALS

// POETRY TRANSLATING STUDY

图书在版编目（CIP）数据

诗探索.4／吴思敬，林莽主编．—— 北京：作家出版社，2016.12
ISBN 978-7-5063-9274-7

Ⅰ．①诗… Ⅱ．①吴…②林… Ⅲ．①诗歌－世界－丛刊
Ⅳ．①I106.2-55

中国版本图书馆 CIP 数据核字（2016）第 301141 号

诗探索.4

主　　编：吴思敬　林　莽
责任编辑：张　平
装帧设计：孙　蕊　刘营营
出版发行：作家出版社
社　　址：北京农展馆南里 10 号　　　　　邮　　编：100125
电话传真：86-10-65930756（出版发行部）
　　　　　86-10-65004079（总编室）
　　　　　86-10-65015116（邮购部）
E-mail：zuojia@zuojia.net.cn
http：//www.haozuojia.com（作家在线）
印　　刷：北京盛兰兄弟印刷装订有限公司
成品尺寸：165×260
字　　数：426 千
印　　张：26
版　　次：2016 年 12 月第 1 版
印　　次：2016 年 12 月第 1 次印刷
ISBN 978-7-5063-9274-7
定　　价：70.00 元（全二册）